LA ENFERMERA
DEL
BELLEVUE

Amanda Skenandore es enfermera especializada en prevención de infecciones y una autora premiada de ficción histórica con cinco novelas publicadas. Proviene de una familia de científicos —su padre es físico y su madre, matemática— en la que siempre ha habido un espacio destacado para la literatura.

Entre otros galardones, ha recibido el premio de la American Library Association a la mejor ficción histórica. Vive en Las Vegas, Nevada.

En *La enfermera del Bellevue*, vuelca su experiencia como sanitaria en una historia que muestra la evolución de la enfermería moderna a través de los ojos de una heroína excepcional.

www.AmandaSkenandore.com

AMANDA SKENANDORE

LA ENFERMERA DEL BELLEVUE

Una joven se abre paso en la primera escuela de enfermeras de Nueva York

Traducción de:
Ana Guelbenzu

EM BOLSILLO

Título original:
THE NURSE'S SECRET

© Amanda Skenandore, 2022
Publicado originalmente por Kensington Publishing Corp.
Derechos de traducción negociados a través de Sandra Bruna Agencia
Literaria, S.L.
Todos los derechos reservados
© de la traducción: Ana Guelbenzu, 2024

© de esta edición EMBOLSILLO, 2026
Benito Castro, 6
28028 MADRID
www.maeva.es

ISBN: 978-84-18185-94-6
Depósito legal: M-445-2026

Diseño de cubierta: Kristine Mills sobre ilustración de © Alan Ayers
Adaptación de cubierta: Opalworks BCN
Fotografía de la autora: © Hazuki Photography
Impreso por CPI Black Print (Barcelona)
Impreso en España / *Printed in Spain*

Para mis compañeras Nightingale.
Pasadas, presentes y futuras.

1

Nueva York, 1883

Los viajeros descendieron de los trenes recién llegados a los andenes como se escurre el agua hacia las alcantarillas, titubeantes y perezosos. Se oía el eco de sus voces en la estación, que se fundían con el resoplido del vapor y el quejido del metal. La luz del día lidiaba con las manchas de hollín y los remolinos de nieve para atravesar el techo de cristal. Sin embargo, Una prefería la sombra. Observaba a los viajeros desde detrás de uno de los grandes soportes ornamentales que aguantaban el techo. Observaba y esperaba.

Los primeros en aparecer siempre eran los hombres de negocios: banqueros, especuladores, petroleros, dueños de fábricas. Caminaban a zancadas por el andén como si fuera su vestíbulo privado, alterados pero impávidos ante el fastidioso gentío. El tiempo era dinero para esos hombres, y sus prisas y soberbia los convertía en blancos fáciles si estaba dispuesta a padecer sus ropas con exceso de perfume y sus aires de superioridad. No era el caso de Una ese día.

Pisándoles los talones iban los de la clase económica. Mujeres de aspecto demacrado con niños estupefactos aferrados a sus faldas. Debutantes pretenciosas y sus asfixiados maleteros. Viajantes con estuches forrados de piel repletos de mercancías. Gentes del campo que carreteaban gallinas y guiaban cabras que balaban. Muchos cargaban con poco más que lo que habían podido meter a presión en el macuto. Una muda. Una rebanada de pan a medio comer. Una Biblia desgastada con el nombre y dirección de un pariente lejano metido dentro. Nada que mereciera su tiempo.

Entonces apareció él, el hombre que estaba esperando. Bien vestido, pero sin resultar vanidoso. De tez rubicunda, juvenil. Sin duda, era un hombre del Medio Oeste. Tal vez de Indiana. Ohio. Illinois. Daba igual de dónde exactamente, estaba claro que no era neoyorquino. A juzgar por la manera de buscar con los ojos bien abiertos un indicador o letrero que lo orientara entre la muchedumbre, era nuevo del todo en la ciudad.

Una comprobó que llevara el sombrero bien sujeto y se mordió los labios para sacarles el color. Abrió el pasador de la bolsa de viaje y agarró con fuerza las asas para mantenerla cerrada.

El hombre avanzó como pudo y se tambaleó por el andén hasta que posó la mirada en el letrero que sobresalía y dirigía a los pasajeros a las salidas que daban a la calle Cuarenta y Dos. Enderezó los hombros y aceleró el paso. Se encaminó hacia él entre la multitud. Cuando volvió a apartar la vista, esta vez hacia un gran reloj colgado en lo alto de la torre central en el extremo del andén, Una se plantó delante de él. El hombre tropezó con ella, que profirió un leve grito y dejó caer el maletín de viaje, con lo que el contenido se desparramó a sus pies.

—Oh, le ruego que me disculpe, señorita —dijo el hombre.

—Ha sido culpa mía, señor. No sabía por dónde iba.

—Ya somos dos. Nunca he estado en una estación tan grande.

Ella se arrodilló para recoger sus pertenencias esparcidas y le lanzó una tímida sonrisa cuando él se agachó a su lado. Un discreto aroma a tabaco impregnaba su elegante abrigo Chesterfield.

—La estación más grande del mundo —dijo ella—. Por lo menos eso me han contado.

El hombre le dio una capota con cintas y un mantón de lana, que ella dobló con cuidado y metió en la bolsa.

—No se moleste.

—Es lo mínimo que puedo hacer. —Le dio otra prenda, se quedó inmóvil, y el cuello y las orejas se le sonrojaron tanto como las mejillas. Una le arrancó de las manos la camisola de seda, y el suave tejido y el dobladillo de encaje rozaron las puntas de los dedos enguantados del hombre mientras ella la metía a toda prisa en la bolsa. Bajó la barbilla en un gesto cohibido y escondió la cara bajo la visera ancha y el plumaje alicaído del sombrero.

—Yo… eh… —Él se tambaleó en cuclillas y el abrigo Chesterfield barrió el suelo sucio.

Recogió la última prenda y la metió en la maleta.

—Gracias —dijo ella, la cerró y se puso en pie.

El hombre también se levantó.

—Acepte de nuevo mis disculpas, señorita. —Se sacudió el polvo del abrigo y volvió a mirar el reloj—. ¿Me permite acompañarla a un carruaje?

Se atrevió a echar otro vistazo a su rostro amplio y sincero. Le dedicó otra sonrisa tímida.

—Es usted muy amable, pero me voy, no acabo de llegar.

—Ah.

—Sí, señor. Vuelvo a casa, a Maine. Solo había venido a hacer una breve visita de consuelo a una amiga enferma.

—Entiendo —contestó él con un evidente matiz de decepción en el tono.

—Gracias otra vez. —Hizo una reverencia y se dirigió a los trenes a punto de partir.

En el extremo de la cochera, cruzó las vías y se adentró en la abarrotada sala de espera. Tras refugiarse en el rincón, inspeccionó la estancia. Había un policía al fondo, asediado por un anciano que blandía un horario de trenes. Una sonrió satisfecha y abrió la maleta. Envuelta en el mantón estaba la cigarrera del hombre del Medio Oeste. Era de plata pura, a juzgar por el aspecto, con filigranas decorativas grabadas en forma de volutas. En el dorso se leían las iniciales del hombre: JWC, pero era fácil borrarlas quemándolas. Si es que Marm Blei no quería fundirla.

Echó otro vistazo al poli y sacó la cigarrera de la maleta para meterla en un bolsillo oculto entre los amplios pliegues de la falda. Había sido pan comido hacerse con el estuche mientras el hombre se preocupaba por la ropa esparcida. Prácticamente se le cayó del abrigo al agacharse para ayudarla. Indagar en los bolsillos interiores era más arriesgado, pero ese camisón con encaje siempre servía de trampa. Mientras él trastabillaba cohibido, ella había metido la mano y le había sacado unos cuantos billetes de la cartera y dos dólares de plata.

Una cerró la maleta y salió de la sala de espera a la avenida Vanderbilt. La menguante luz solar servía de poco para calentar el aire de enero. Cuatro compañías ferroviarias distintas administraban líneas en la terminal Grand Central, cada una con sala de equipaje y zona de espera propias. Con un alijo de billetes de tren falsos ocultos en la manga del abrigo, no tenía problema para pasar de una sala a otra y salir y entrar de la estación.

Todos los días paraban más de cien trenes en la terminal que escupían incautos a la ciudad. Con un poco de inteligencia, era dinero fácil. Ella nunca duraba mucho en un sitio. Jamás volvía a la misma sala de espera más de una vez al día. Nunca sisaba más de lo que podía esconder con facilidad. Una buena ladrona tenía sus normas y las respetaba.

El hombre del Medio Oeste, el señor JWC, llevaba un reloj con cadena de plata y guardaba por lo menos diez billetes más en la cartera que ella había dejado, no por bondad. Cuanto más afanara, más probabilidades había de que la víctima se diera cuenta antes de salir de la estación. No siempre llegaba a casa con el botín más abultado, pero tampoco la pillaban. Por lo menos, no siempre. El dinero de la fianza iba sumando, y sabía que Marm Blei llevaba la cuenta.

Le rugió el estómago vacío. En el sótano de la terminal había un restaurante para señoritas, pero rara vez comía cuando estaba trabajando. Necesitaba estar preparada para salir corriendo sin previo aviso, y el estómago lleno de jamón y col o guiso de ostras le restaría velocidad. Sin embargo, en el sótano había buenas presas (hombres acicalados y recién afeitados que salían pavoneándose de la barbería, señoritas que corrían presurosas al baño, ferroviarios que salían a trompicones de la cantina), así que decidió hacer un poco más de prospección antes de ir a casa.

Regresó al interior de la estación atravesando la sala de espera de otra compañía. De camino a la escalera que llevaba al sótano avistó a un niño pequeño ataviado con unos pantalones raídos, un abrigo parcheado y una gorra mugrienta. Puso cara de desesperación al ver que se acercaba con sigilo a un hombre bien vestido con un reluciente sombrero de copa. «No lo hagas, no seas torpe», pensó. El chico echó un vistazo rápido a la sala y luego estiró el brazo hacia el abrigo del caballero. Una se quedó en lo alto de la escalera, aunque la sala estuviera a punto de convertirse en un hervidero de policías. «No lo hagas.»

Ella también había sido así de joven. Igual de boba. No había acabado encerrada a cal y canto en el reformatorio del Refugio de milagro.

El muchacho consiguió deslizar la mano sucia en el bolsillo de su víctima. Sacudió la cabeza. «Será mentecato.» Pasado un instante reapareció la mano del chico, que agarraba un reloj de oro. Probablemente valía cien dólares, pero no iba a sacarle más de veinte a un perista, menos si trabajaba para un jefe. Aun así, debía reconocerle que había logrado sacarlo sin que el hombre se percatara. Tal vez no fuera tan inútil.

Empezó a escabullirse, y ella se volvió hacia el hueco de la escalera. Solo había dado unos pasos cuando una voz grave rugió:

—¡Al ladrón!

Se le tensaron todos los músculos del cuerpo. Sintió un hormigueo en los pies, dispuesta a salir disparada. Miró por encima del hombro y vio que el hombre bien vestido había agarrado al chico de la muñeca, y que el reluciente reloj de oro le colgaba de la mano por la cadena.

El chico acababa de ganarse un puesto en el Refugio. Por muy escuálido que estuviera, seguro que habría preferido morir congelado que acabar ahí. Una subió los peldaños y se abrió paso a empujones hacia el chiquillo entre el creciente rebaño de espectadores antes de que el sentido común la parara. Se metió la bolsa de viaje bajo el brazo y levantó las manos con grandes aspavientos.

—¡Ahí estás, Willie! Tu mamá está muerta de preocupación por ti. —Se volvió hacia el hombre—. No le estará molestando este chico, ¿verdad?

El hombre entornó los ojos.

—Este chico es un ladrón. Ha intentado robarme el reloj de bolsillo.

Ella se agarró el pecho: era un gesto un poco dramático, pero necesitaba seguir acaparando la atención del hombre.

—¿Qué? Willie, ¿es verdad?

—Yo… eh… —El niño desvió la mirada a la mano del hombre, que aún le agarraba con fuerza la muñeca, y la confusión de su rostro se desvaneció—. Lo siento, tía Mae, ya sabes cómo es mamá cuando está bebida. Hace tres días que no como.

Una reprimió una mueca. La enfermedad era una carta mucho mejor que la borrachera, pero era evidente que el chico estaba muy verde.

—Eso no es excusa. Sabes que podrías haber venido a pedirme comida. Dale su reloj a este señor tan elegante ahora mismo y discúlpate.

El hombre aflojó poco a poco los dedos alrededor de la muñeca del chico. Seguía rojo, con las marcas de la rabia en la piel. Una intuyó por la mirada salvaje y asustadiza del mocoso que podría echar a correr y dejarla colgada con su robo. Lo agarró por la parte trasera del andrajoso abrigo y lo zarandeó con suavidad.

—Dáselo ahora mismo, ¿me oyes?

—Sí —masculló el chico tras fulminarla con la mirada.

Dejó caer el reloj en la palma de la mano del hombre que esperaba y lo observó con anhelo cuando se lo guardó en el bolsillo del abrigo.

—¿Y las disculpas? —insistió ella.

—Lo siento, señor. No lo volveré a hacer nunca más.

—Buen chico. —Una siguió agarrando el abrigo del chiquillo y se volvió hacia el hombre con una sonrisa apocada—. Le ruego que me disculpe, señor. Su mamá es una buena mujer, solo está de duelo por la pérdida de su marido, nada más. Seguro que lo entiende, al ser un caballero de buen corazón. No le robaremos más tiempo. —Le dio otro meneo—. Pero descuide, que se va a llevar una buena tunda antes de cenar.

El hombre no suavizó la expresión. Se frotó la manga del abrigo como si la mera cercanía de aquel par de miserables la hubiera mancillado.

—Espero que se ocupe de que así sea.

Ella hizo una reverencia veloz y sacó al chico a rastras de la sala de espera, agarrándolo por la parte trasera del abrigo. Cuando llegaron a la calle, el muchacho se revolvió para zafarse, pero ella lo sujetó y lo llevó detrás de una de las columnas de acero que soportaban las vías elevadas cercanas.

—¿A qué juegas, niño? —dijo—. ¿Buscas un billete en primera clase a la isla de Randall?

—¿Y a ti qué te importa?

Ella soltó el abrigo.

—No me importa, pero un granuja como tú que no distingue la cabeza del trasero va a hacer que todos los posibles objetivos de ahí dentro se pongan nerviosos, comprueben si llevan el reloj y la cartera y miren alrededor con suspicacia. Por no hablar de los polis. Hacen que para mí y cualquier otro pescador que haya por aquí el trabajo sea el doble de difícil.

—Podría haber escapado.

—Ese hombre te tenía sujeto como si te hubiera atornillado. ¿Crees que se van a andar con remilgos en la cárcel de Tombs porque eres un niño? El juez te comerá para desayunar y escupirá tus huesos en el patio. Les importa un pimiento la gente como tú y como yo.

El chico se limitó a encogerse de hombros. Era un patán cabeza hueca.

—¿Tus padres saben que estás aquí hurgando en los bolsillos de hombres elegantes?

—No tengo padres.

—Entonces será mejor que muevas ese trasero flacucho que tienes hasta la misión de Five Points. Ahí te darán de comer. También te enseñarán las letras.

—Y me enviarán al oeste con el resto de huérfanos.

—Mejor que una vida en la cruz. —Las palabras de Una toparon de nuevo con un gesto de indiferencia. Se agachó. El niño tenía las mejillas agrietadas y con manchas de barro, y la nariz en carne viva y goteando—. Por lo menos tienes que ser listo. Es más fácil pescar en el ferrocarril elevado. —Señaló con la cabeza las vías que tenían encima—. También hay menos polis. Y tienes que empezar poco a poco: las monedas que lleve un hombre en el bolsillo o unos cuantos billetes del bolso de una señora. Si te lo llevas todo, lo van a notar. Hace que sea más difícil escapar. Uno de esos fanfarrones se da cuenta de que le falta el reloj y vas listo. Mejor espera a que se haya instalado en algún sitio y tenga la nariz metida en un periódico o en un vaso de ginebra antes de ir a por un premio como ese.

Sacó un pañuelo, escupió en él y se lo pasó por las mejillas.

—Límpiate un poco. El mejor ladrón es el que no lo parece.

Cuando estuvo un poco presentable, buscó una moneda de diez centavos en el bolsillo.

—Ten. Cómprate algo de cenar. Y piensa lo de la misión.

En cuanto le puso la moneda en la mano, notó que le metía la otra en el bolsillo del abrigo.

—Muy bien. Siempre es más fácil hurgar en el bolsillo de alguien cuando está distraído. Pero no soy tan tonta, no guardo nada de valor donde granujas como tú puedan echar mano.

Él esbozó una sonrisa avergonzada y retiró la mano.

—Además, tienes que ser más rápido. Meter la mano con un gesto más suave. Quizá podrías asociarte con algunos de los chicos que trabajan en los tranvías de caballos. Podrían enseñarte un par de cosas.

—¿Tú tienes un socio?

—No, yo no confío…

Un alboroto junto a la entrada de la estación la distrajo. Se puso en pie y echó un vistazo a la verja de hierro. El hombre al que el chico había intentado robar estaba hablando fuera a voz en grito con dos polis. Una frunció el entrecejo. Parecía molesto pero apaciguado cuando lo dejaron. Se volvió hacia el niño, lo atrajo hacia sí de un tirón y revolvió en los bolsillos hasta que encontró el reloj del hombre.

—Caradura malnacido, por esto puede que acabemos los dos encerrados.

Dejó el reloj en el bolsillo del niño (mejor que se lo encontraran a él que a ella), pero recuperó su moneda.

—Yo voy al norte, a la Cuarta; tú, al este, a la Cuarenta y dos. No corras, llamarás la atención. Y si te vuelvo a pillar en la estación, te entregaré yo a los polis.

Apenas había pronunciado esas palabras cuando el niño echó a correr. Y no hacia la calle Cuarenta y Dos, sino hacia arriba, a la Cuarta Avenida, donde pretendía ir ella. ¡Desgraciado! Se colocó las asas de la bolsa en el recodo del brazo, enderezó los hombros y atravesó la entrada. Dos mujeres con sombreros y manguitos de piel pasaron por su lado paseando. Una caminó a su altura y se adaptó a su ritmo. Por detrás, el alboroto en la entrada de la estación se intensificó. Un grito. Un pitido. Seguramente los polis habían visto al niño correr, habían sumados dos más dos y se habían lanzado a perseguirlo.

No miró atrás. Se arrimó más a las mujeres, aunque una de ellas entornara los ojos en una mueca de desdén. Su ropa, por muy pulcra y respetable que fuera, palidecía al lado de la finura de esas mujeres. Sin embargo, de lejos costaba distinguir el astracán del pelo de caballo, los fragmentos de seda auténtica de la de imitación, sobre todo si tenías el cerebro de mosquito de un poli. Vista por detrás a veinte pasos de distancia, parecía igual que cualquier otra joven señorita que hubiera salido a dar un paseo con sus amigas. O eso esperaba. Regla número cinco: aparenta que eres de los suyos.

Unas botas de suela gruesa daban golpes secos en los adoquines. Era uno de los polis. Caminaba deprisa, pero sin correr. Se acercó más a las mujeres.

—Vaya, su manguito es precioso —le dijo a la mujer que tenía al lado, luciendo una sonrisa agradable—. Marta cibelina, ¿verdad?

La mujer parecía sorprendida.

—Ah, sí. Mi padre la trajo del continente.

—De Rusia, imagino. Me han dicho que la mejor marta cibelina viene de allí. Queda perfecta con su sombrero.

—Sí, iban a juego.

—En Stewart and Company hay un bolsito con cintas de marta cibelina que sería un complemento precioso para el conjunto. —Ella lo sabía porque la semana anterior habían cambiado uno de esos bolsos en la tienda de Marm Blei. El ladrón dijo que se vendía por treinta dólares en Ladies' Mile. Le dieron siete por él y lo vendieron por doce después de que Una quitara a conciencia la etiqueta de A. T. Stewart que llevaba cosida.

El ruido de las botas se fue acercando. No le hizo falta darse la vuelta para saber que era un poli. Debían de haberse dividido para buscar al chico cuando se les escapó. A menos que el hombre bien vestido la hubiera reconocido y señalado entre el gentío.

El poli pasó por su lado a zancadas sin mirarla. Una suspiró aliviada. Se separó de las mujeres y giró por la Segunda Avenida. Por mucho que la tentara volver a la estación para birlar algo más, sabía que era demasiado peligroso. «Niño estúpido.» Casi deseó que el poli lo atrapara por todos los problemas que le había causado. «¡Y pensar que he estado a punto de darle una moneda!»

No había recorrido ni una manzana cuando una voz gimoteó por detrás.

—¡Esa es! ¡Es la ladrona!

Esta vez, se dio la vuelta lo justo para ver a un poli con pinta de matón que se abalanzaba sobre ella. Echó a correr.

2

UNA CORRIÓ COMO alma que lleva el diablo entre vendedores de fruta, repartidores de prensa y coches de caballo de alquiler. Saltó de la acera, pasó por debajo del tren elevado y consiguió por los pelos cruzar las calles sin que la pisoteara el coche que se acercaba. Las botas del poli seguían sonando por detrás de ella.

Tropezó con la pata del carro de verduras de un vendedor ambulante y trastabilló, se torció el tobillo de mala manera, pero siguió corriendo. Con la bolsa de viaje agarrada contra el pecho, esquivaba y se abría paso entre la multitud a codazos. Habría ido más rápido si se hubiera apartado de la vía pública, tan abarrotada, pero no podía arriesgarse a quedar atrapada en un callejón sin salida. Necesitaba situarse. Se permitió bajar el ritmo y recordó la imagen de la cuadrícula que dibujaban las calles de la ciudad como si fuera una paloma que las sobrevolara. Al oeste, al otro lado de la calle Cuarenta, estaba el Reservoir Park. Los senderos enrevesados y los matorrales descuidados eran un buen sitio donde zafarse de sus perseguidores. Tomó esa dirección, pero dudaba si lograría llegar al parque antes de que la alcanzaran. Las fuertes pisadas ya iban ganando terreno.

No, era imposible dejarlo atrás. Tendría que ser más lista que él. Siguió bajando el ritmo con la esperanza de que pensara que estaba hecha polvo y volvió a la imagen mental de las calles de la ciudad. Recordó una callejuela que salía de la avenida Madison y desembocaba en un pequeño patio. Un poco más allá había una zona de letrinas y un estrecho pasaje que daba a la calle Treinta y Ocho. No ganaría mucho tiempo, pero tendría que bastar.

El poli también iba más lento, ese gordo canalla. Oía cómo arrastraba los pies. Probablemente esperaba que ella frenara un momento junto al poste de luz más cercano para recuperar el aliento. La conjetura era bastante acertada, teniendo en cuenta cómo estrujaba el corsé los pulmones de una chica, aunque lo llevara holgado, y eso era lo que ella quería que pensara.

La callejuela apareció ante sus ojos. Una esperó unos segundos entre el gentío y salió disparada por la acera hacia allí. La ropa tendida entre los edificios ondeaba en las cuerdas justo por encima de su cabeza. Cruzó como un rayo el pequeño patio hasta las letrinas. El aire frío apestaba a piel de patata podrida y heces humanas. En el rincón había dos cubos de basura a rebosar. Se agachó detrás de ellos, se tapó la cabeza con el abrigo y se acurrucó entre los papeles de periódico arrugados, los restos de comida mustios y los trapos manchados de hollín.

Pasado un instante, el poli entró en el patio de letrinas. Sacó con brusquedad un pañuelo del bolsillo para protegerse la nariz del hedor. Una reprimió una risita. Los polis de hoy en día eran unos blandos, con sus retretes de interior. Escudriñó con la mirada el pequeño patio y abrió las puertas de las letrinas con la porra lo justo para echar un ojo dentro. Luego salió a toda prisa por la angosta salida que había en el otro extremo.

Cuando se desvaneció el ruido sordo de sus pisadas, se puso en pie y se sacudió el abrigo. Tenía un minuto, tal vez dos, hasta que el poli regresara. Se quitó el alfiler del sombrero y lo cambió por un pañuelo que llevaba en la bolsa enterrado bajo el camisón de encaje. Un delantal manchado, guantes sin dedos, una mancha de hollín en una mejilla, y la transformación ya casi había terminado. Se deshizo del abrigo y se ató la bolsa a la espalda con un cinturón usado que llevaba a mano para esas emergencias. Si se inclinaba un poquito hacia delante, la bolsa parecía una joroba bajo el abrigo. Antes de volvérselo a poner, le dio la vuelta. Los novatos de la tienda de Marm Blei se escandalizaron cuando Una cubrió el elegante forro de satén con retales de tela gruesa y raída de algodón. Al fin y al cabo, le había pagado veinte dólares a Marm Blei por el abrigo, una bonita suma. Sin embargo, ese cambio era indispensable en momentos como este. Había pasado de viajera acaudalada a ser una pordiosera deformada en un santiamén.

Regla número once: a veces el mejor lugar donde esconderse es a simple vista.

Como cabía esperar, no había pasado ni un minuto cuando el poli volvió vociferando al patio de letrinas. Una estaba encorvada junto a los cubos de basura, hurgando entre los desechos.

—¿Ha visto a una mujer escondida por aquí? —le preguntó él.

Ella levantó la vista y lo miró a los ojos hundidos. Tenía las mejillas encendidas por el esfuerzo, y los jadeos al respirar nublaban el aire.

—¿Qué tipo de mujer? —dijo ella, imitando el acento alemán.

—Una ladrona.

Se volvió hacia la basura. Sacó un mendrugo de pan enmohecido del cubo, lo olisqueó y luego lo tiró al suelo.

—No es muy buena descripción. ¿Es alta o baja?

—No lo sé. De estatura media, supongo.

—¿Gorda o flaca?

El poli resopló.

—Ni una cosa ni la otra.

—¿Qué llevaba puesto?

—Un abrigo azul y un sombrero de terciopelo.

Ya fuera por el frío, el hedor o porque no le había gustado el almuerzo, el poli parecía a punto de estallar de la rabia.

—¿Uno de esos sombreros elegantes con plumas y cintas o de los sencillos?

—No lo sé —masculló él.

Una encontró media botella de ginebra enterrada bajo varias cáscaras de cacahuetes y latas de sardinas vacías. La levantó y la sacudió un poco. Algunas gotas de líquido salpicaron dentro. Le ofreció la botella al poli. Él frunció el entrecejo. Una se encogió de hombros, limpió la boca de la botella con la manga del abrigo y se bebió la ginebra.

—Bueno, ¿ha visto a alguien que encaje con esa descripción?

—Lo siento, agente, pero acaba de describir a la mitad de las mujeres de esta ciudad. La verdad es que no lo sé.

El poli refunfuñó y se dispuso a irse dando zancadas.

—Pero hace un momento había una mujer escondida detrás de estos cubos de basura.

—¿Sí?

—Casi me mata del susto.

—¿Por qué no me lo ha dicho?

—Era una chica guapa. De ojos oscuros. Tenía un pequeño lunar justo aquí. —Una se señaló un lado de la nariz—. No ha dicho nada de un lunar.

El poli parecía que concentraba todos sus esfuerzos en no estrangularla.

—¿Por dónde se ha ido?

Ella señaló la callejuela que iba hacia la calle Treinta y Ocho.

—Por allí. Creo que ha girado a la derecha.

Rio con disimulo cuando el poli salió corriendo. Eran todos unos idiotas ingenuos. Se limpió las manos con un pedazo de papel de periódico y se dirigió renqueante al otro extremo del callejón, lejos de las letrinas y del hedor.

3

UNA SIGUIÓ CON su disfraz de la joroba durante varias manzanas hasta que los imponentes bloques de ladrillo y madera de los bajos fondos de la ciudad le ofrecieron una sombra segura. Allí se desató la bolsa de viaje de la espalda, pero no se molestó en ponerse bien el abrigo. Una semana entera de basura, excrementos de caballo y lodo cubrían las calles. No tenía sentido arriesgarse a ensuciar la cara elegante del abrigo cuando no había cerca nadie a quien engañar o impresionar.

Continuó con paso comedido, sin prisa pero sin pausa, como si no llevara encima una cigarrera grabada ni un montón de baratijas apretujadas que le pudieran acarrear un billete solo de ida al centro penitenciario de la isla de Blackwell. Le rugió el estómago como cuando estaba en la estación. De no ser por ese niño, ya habría cambiado su botín en la tienda de Marm Blei y estaría bajando la cena con una pinta de cerveza en el local del abacero Hayman. Más le valdría no meterse en ese tipo de historias. La primera regla para sobrevivir en esas calles era agachar la cabeza y mirar por una misma. Su madre había sido una buenaza y estaba claro de qué le sirvió: acabó quemada hasta crujir como si fuera un bistec demasiado hecho. A nadie le importó qué le pasara.

Saludó con la cabeza al agente O'Malley en la esquina de Bowery y la calle Grand. Le había contado que trabajaba en una fábrica de jabón, y Marm Blei le pagaba por creérselo.

Le hizo un gesto con el sombrero y siguió con su ronda. Aun así, la cigarrera le pesaba en el bolsillo. Se sentiría mejor cuando lo tuviera lleno de perras.

Una manzana y media más allá avistó a un hombre alto ataviado con una levita de color azul marino, apoyado en un poste de luz. Captó el brillo de la plata en la garganta antes de llegar al rostro. Barney Harris. Fingía, sin mucho acierto, leer una revista, como si lo más natural del mundo para un periodista bien vestido fuera merodear por los suburbios. Cambiaba el peso de un pie al otro y alzaba la vista por encima de las páginas de la revista cada pocos segundos. El chirrido de los frenos del tren elevado lo sobresaltó y se irguió como un palo, hizo una pelota con la revista y estuvo a punto de caer de la acera.

Una se rio entre dientes al tiempo que reducía el paso. Tal vez debería girar por el siguiente callejón para evitarlo. Marm Blei odiaba que la hicieran esperar después de cenar. Además, no estaba para charlas. Sin embargo, se lo debía: un mes antes le había facilitado una coartada falsa en el teatro de la ópera cuando un hombre la acusó de haberle robado un anillo con sello.

La soprano había estado magnífica esa noche. Si los polis se la hubieran llevado a comisaría para cachearla, habrían encontrado más objetos ocultos en los pliegues y volantes de la falda que el anillo del hombre. No obstante, cuando la interrogaron les dijo que había estado acompañada por el señor Harris toda la noche. De hecho, era cierto, la buscó durante el primer interludio y halagó con timidez su vestido (robado, por supuesto, y demasiado ceñido). Así que el hilo del que había tirado con los polis no era del todo una mentira. Gracias a Dios, Barney supo interpretar su mirada cuando se acercó con los polis y, tras un instante de balbuceos, corroboró su versión.

Se lo debía, y odiaba deber nada a nadie, contravenía sus reglas. Así que, pese a los trofeos que le pesaban en la falda, siguió caminando hacia él.

—Aquí de pie destaca más que una mancha de hollín en la nieve —dijo ella al acercarse—. ¿Ha vuelto a equivocarse de dirección al tomar el tren elevado en la Primera Avenida?

—¡Señorita Kelly! Me alegro de verla. Esperaba que pasara por aquí tarde o temprano.

—¿Ha venido hasta aquí desde Newspaper Row para verme? Pobre de mí. No sé si sentirme halagada o tener miedo.

—Halagada, se lo aseguro. Le habría traído flores si pensara que le gustan esas cosas.

—Me gusta el oro. Los diamantes. La seda francesa de importación.

—También probaría con eso si no supiera que lo llevaría directamente a la puerta trasera de la tienda de Marm Blei.

Se encogió de hombros.

—Las chicas necesitamos comer.

Él frunció los labios y soltó un gruñido escéptico. Entornó los ojos grises. No fue un gesto de desaprobación, sino de desconcierto. Una lo sabía porque había visto muchas miradas parecidas a la que mostraba el periodista con los ojos entrecerrados. Como si ella fuera un ave rara en una tienda de curiosidades, que no cantara, pero mudara el plumaje. Un pájaro que necesitaba ser rescatado. «¿Podría ser él el hombre que lo lograra?», parecían decir sus ojos. ¿Podría saltar la esclusa de sus amargas circunstancias?

Era un hombre decente, Barney sí. Su belleza era infantil. En las arcas familiares había dinero suficiente para permitirse adornos absurdos como el alfiler de plata que lucía en la corbata. (Sin duda su sueldo en *The New York Herald* no alcanzaba para eso.) El problema era que también la esperaba con su propia jaula, tal vez más grande y fabricada con un metal más noble, si ella mordía el anzuelo.

Así que, en vez de batir las pestañas y esbozar una sonrisa tímida, le dio un golpe en el hombro y le birló el alfiler.

—Sé que no ha venido hasta aquí para susurrarme naderías al oído. ¿Qué quiere?

Él frunció el entrecejo y se metió la revista bajo el brazo.

—¿Sabe algo del asesinato del sábado pasado en la calle Cherry?

—¿Se refiere a Joe el Narigudo? ¿Qué pasa con eso?

—¿Cómo ocurrió?

—Me contaron que lo estrangularon. No me han dicho mucho más.

Una mujer empujaba una carretilla llena de medias de segunda mano y caminaba renqueante hacia ellos.

—¡Quince centavos el par! —gritaba a todo el que quisiera oírla.

Un paño grasiento le cubría la cabeza y llevaba un mantón descolorido sobre los hombros. Una agarró un par y estudió el zurcido.

—Cinco.

—Diez —repuso la mujer.

Se llevó a la nariz las medias de algodón. El olor a jabón era suficiente para deducir que las habían lavado hacía poco. Hurgó en los bolsillos y le dio a la mujer una moneda de diez centavos. Se percató de que Barney, ruborizado, había clavado los ojos en el pescadero y su viscosa mercancía al otro lado de la calle, en un intento por disimular el incipiente sonrojo que coloreaba sus mejillas.

—¿Esa anguila de ahí le ha contagiado el color o han sido estas medias? —dijo Una, sosteniendo el algodón fláccido delante de él antes de guardarlas en la bolsa.

Si se ruborizaba así por un par de medias, ¿qué haría si viera la camisola? Se planteó dejar caer la bolsa como había hecho en la estación de tren para averiguarlo.

Barney se aclaró la garganta y sacó un lápiz de la faltriquera. Se palpó los demás bolsillos, se suponía que buscando un bloc de notas, luego suspiró y desplegó la revista.

—Ropa interior aparte, ha mencionado que a Joe el Narigudo lo estrangularon. ¿Quién?

Una se encogió de hombros.

—Vaya usted a saber. Jugaba tanto a las cartas que medio barrio dice que le debe dinero.

—En el informe policial figuraba que llevaba diez dólares y un reloj de oro encima cuando hicieron inventario de sus pertenencias en la morgue. Si alguien lo mató por una deuda de juego, ¿por qué no desplumarlo?

—Tal vez quien lo hizo no tuvo tiempo.

—Pero sí le dio tiempo a estrangularlo. Sería más rápido con un cuchillo o una bala.

—Y puede que más escandaloso.

—En eso lleva razón. —Garabateó algunas palabras en la portada de la revista.

—¿Qué dice la policía? —preguntó ella.

—Lo atribuyen a una discusión por las cartas. Gajes del oficio, por así decirlo.

—Probablemente fuera eso. —Joe era famoso tanto por su temperamento como por su nariz aguileña.

—¿Y si no? ¿Recuerda que hallaron a una prostituta estrangulada en la calle Water hace un mes?

Martha Ann. Había trabajado en una de esas casas elegantes una temporada, ganaba más dinero en una noche de lo que sacaba ella en una semana repleta de timos. Hasta que, unos años atrás, uno de sus clientes habituales se puso celoso de otro y le talló la cara como si fuera una calabaza. Desde entonces hacía la calle.

Se pasó la bolsa de una mano a otra y habló cuando se tragó el nudo que sentía en la garganta.

—Como dicen los polis, gajes del oficio.

—A los dos los estrangularon con una cuerda o algún tipo de cinturón. ¿Y si los mató la misma persona?

—¿Un loco estrangulador que merodea por los suburbios? Bueno, me habría enterado.

—No si no fuera de por aquí.

—Sobre todo si no fuera de por aquí. —Levantó el alfiler de plata—. Como he dicho, los forasteros aquí cantan como una mancha de hollín en la nieve.

Él le sonrió y recuperó su alfiler.

—Entendido. Pero vaya con cuidado, ¿de acuerdo?

—Siempre estoy atenta.

Barney se guardó el alfiler junto con el lápiz. Arrancó la portada de la revista y tiró el resto al suelo.

—Oiga —exclamó Una, que la recogió.

—Ah, lo siento. No pensaba que… no hay mucho que valga la pena leer. Nada que…

—Nada que pueda interesar a gente como yo, ¿eh? —Retiró una piel de cebolla mustia de la primera página—. Y eso que hace un momento hablaba de traerme flores.

Barney se ruborizó de nuevo y se frotó la nuca.

—Yo… eh…

Ella dejó que buscara las palabras y disfrutó un momento de su incomodidad antes de darle un golpe en el codo.

—Le estoy tomando el pelo. No puedo desperdiciar un buen papel higiénico como este.

Barney soltó una risa tensa y volvió a mirar el puesto de pescado para esquivar sus ojos. Ella le metió la mano en el bolsillo, se hizo con el alfiler y se fue.

—Nos vemos por ahí, Barney. Si me entero de algo de su misterioso asesino, se lo diré.

Cuando había avanzado unos metros, la llamó. Una se dio la vuelta.

—Vaya con cuidado.

4

LA EXPRESIÓN DE Barney, de auténtico interés y preocupación, la persiguió mientras recorría las calles bulliciosas hasta la tienda de Marm Blei. Era buen reportero, ávido, aunque estaba un poco verde. Además, ya era hora de que a alguien le importaran los barrios pobres. Alguien que no fueran esos pesados reformistas cuya amabilidad siempre tenía trampa.

Tal vez debería haber coqueteado y dejar que le comprara flores. Cielos, en esa época del año valían su peso en oro. Metió la mano en el bolsillo interior y toqueteó el alfiler de la corbata. El extremo puntiagudo la pinchó a través del guante.

Una soltó un improperio y siguió adelante, mientras el frío y la oscuridad se cernían sobre la ciudad.

En la esquina de la calle Orchard, un joven rufián se afanaba en barrer la calzada delante de ella, con las cerdas de la escoba cubiertas del polvo y del estiércol de caballo de todo el día.

—¿Cuánto te falta? —preguntó ella cuando llegaron al otro lado de la calle.

El niño, con el pelo negro y la piel cetrina, le sonaba, pero no sabía cómo se llamaba.

—Cinco céntimos.

Ella conocía el chanchullo. El padre del niño (quizá ni siquiera era su padre, sino un estafador de los más infames) fijaba cada día un importe que el niño tenía que conseguir antes de volver a casa. De lo contrario, se llevaba una paliza. Recordaba haber pasado con su madre junto a barrenderos callejeros en esa misma intersección casi dos décadas atrás. Entonces tenía la misma edad que esos niños, que eran irlandeses como ella, no italianos. Una y su madre salían para alguna misión con la intención de hacer el bien y, en vez de dar al niño un penique, su madre le daba un bollo de la cesta de comida que había preparado esa mañana.

Señaló hacia el barrio de Five Points en general y le habló de la House of Industry, donde, además de comida, le darían una educación.

—Nunca les des dinero —le advirtió su madre—. No hace más que perpetuar su explotación.

Se recordó asintiendo, aunque en ese momento no entendió del todo semejante sentencia. Hurgó en el bolsillo en busca de una moneda. A esas horas, probablemente solo le faltaban un penique o dos. Un niño sincero se lo habría dicho, pero con sinceridad no se compraba una mazorca de maíz o un pastel de carne de camino a casa. En esas calles se sobrevivía a base de timos. Esa era la lección que debería haberle enseñado su madre. Le lanzó al niño una moneda de cinco centavos y se fue.

La puerta de entrada de la tienda Blei Dry Goods estaba cerrada cuando llegó, y las ventanas a oscuras. Aun así, Una nunca usaba esa puerta. Tras echar un vistazo alrededor, se metió en el callejón lateral de la tienda, se abrió paso entre barriles de ceniza, cajas de pollo vacías y una rueda de carro rota hasta llegar a la puerta trasera.

Una campana tintineó cuando ella entró, y Marm Blei alzó la vista del broche de perlas que estaba examinando.

La primera vez que vio a esa mujer gigantesca con los dedos largos y rollizos y los ojos pequeños y brillantes llenos de astucia, el miedo se apoderó de ella. Un paso en falso y esa mujer podía aplastarla como si fuera un *latke*. Tantos años después, perduraba un eco de ese miedo. Por mucho que Marm Blei le hubiera enseñado casi todo lo que sabía de robar y la hubiera salvado más de una vez de viajar a la Isla. La consentía, o de eso se quejaban los demás, pero eso no significaba que no pudiera aplastarla cuando quisiera.

—Ven a ver esto, *sheifale* —dijo, y dio unas palmaditas en el taburete que tenía al lado. Corderillo en hebreo. La llamaba así desde que se conocieron.

Una dejó la bolsa y se sentó a su lado, delante de la mesa larga y estrecha que ocupaba el centro de la sala. La planta contaba con dos despachos. Uno daba a la tienda principal y albergaba un escritorio de roble pulido y unos libros de contabilidad bien guardados para todos los negocios oficiales. El otro, donde estaba sentada en ese momento, era en parte un taller, en parte el despacho de recepción de todos los objetos no oficiales. Había escondrijos secretos debajo de los tablones de madera, y en un montaplatos oculto se trasladaban las mercancías más pesadas hasta el sótano.

Marm Blei le dio el broche y la lupa.

—Toby el Patizambo quería sesenta y cinco dólares. ¿Tú qué crees?

Ella le dio la vuelta al broche en la mano para notar el peso antes de estudiarlo con mayor detenimiento bajo la lupa. Las perlas estaban incrustadas en un lecho de plata tallado con delicadeza. En el dorso habían grabado el sello de un célebre artesano de lujo, MARTIN & SONS, junto al cierre.

—Es una buena pieza. Vale por lo menos sesenta.

—Fíjate bien.

Se llevó la lupa de nuevo al ojo y volvió a examinar el broche. Al principio no vio nada fuera de lo normal. Marm Blei soltaba leves resoplidos a su lado. El frío siempre le daba problemas de pulmón. Se llevó el broche hasta la nariz y olisqueó. No era un olor metálico. Entonces, era plata pura. El peso también lo confirmaba. Si fuera más ligero, habría sospechado que las partes más gruesas de la pieza estaban huecas. Si pesara más, deduciría que una cobertura de plata escondía un metal más barato debajo. Le dio la vuelta y estudió el cierre. La soldadura se había hecho con delicadeza, pero el cierre en sí era más bien endeble. Agarró un trapo que había por ahí, lo mojó en el potecito de pulimento para plata del banco de trabajo de Marm Blei y frotó con él el cierre. Mantuvo el gris sin lustre.

—El cierre no es de plata. Por lo menos, no de plata pura. Y de fabricación más bien barata.

—¿Qué más? —preguntó Marm Blei.

Le dio la vuelta al broche y volvió a examinar las perlas. Flotaban en medio de la filigrana como si fueran gotas de lluvia congelada, de tamaño y color uniformes. Demasiado. Bajo el aumento de la lupa, debería ver más variaciones. Tendrían que distinguirse las minúsculas imperfecciones que hacían que cada perla fuera única.

—Perlas romanas. Falsas.

—¿Todas?

—No. —Las arañó una a una. Las perlas auténticas desprendían un polvo fino. De las demás, cuentas de cristal con un líquido irisado dentro hecho con escamas de peces molidas y luego relleno de cera, no salía nada—. Más o menos la mitad.

Marm Blei asintió en un gesto de aprobación cuando ella le devolvió el broche.

—¿Crees que ya lo habían robado y que alguien ha sustituido las perlas auténticas por falsas? —preguntó—. ¿Que fundió el cierre original y lo reemplazó por este?

—Tal vez. Muy inteligente, si lo hicieron. Debían de ser hábiles. Una mano no versada habría dañado el trabajo en plata y sustituido todas las perlas.

Había unos cuantos peristas en la ciudad, Marm Blei incluida, capaces de semejante proeza. Sin embargo, eran un montón de problemas por un puñado de perlas sueltas y un granito de plata. Una frunció el entrecejo.

—No creerás que…

—¿Que lo hicieron los propios Martin & Sons? Podría ser, sí. El cliente medio no notaría la diferencia. —Soltó una carcajada y le dio una palmada en la rodilla—. No somos las únicas delincuentes ahí fuera, *sheifale*.

—¿Cuánto le das a Toby?

—Quince.

Era un precio justo. No importaba que Marm Blei fuera a darse media vuelta y venderlo por cincuenta. Guardó el broche en una cajita revestida de terciopelo que había abierta sobre el banco de trabajo. Cuando volvió a mirarla, la risa se había desvanecido de sus ojos.

—Me han contado que te has metido en un lío hoy en la estación.

Se irguió en el taburete. ¿Quién se había chivado? No había visto a nadie más de la banda de Marm Blei en la estación, pero ella tenía ojos por todas partes aunque Una no lo supiera.

—No ha sido nada.

—¿Nada?

—Nada que no pudiera controlar. Estoy aquí, ¿no?

—Sí. Tarde, pero estás aquí. —La escudriñó un segundo más con esa mirada severa, luego se le suavizó la expresión.

Volvió a darle una palmadita en la rodilla—. El cocinero va a hacer lebrada esta noche. Nunca me ha gustado demasiado el conejo. Enséñame lo que tienes.

Una se vació los bolsillos y dejó el botín del día en el banco de trabajo. Un anillo de oro. Un par de guantes infantiles. Unos cuantos billetes arrugados. La cigarrera de plata. La aguja de Barney, en cambio, se la guardó. Se la había llevado para demostrar algo, no para venderla. A lo mejor algún día se la devolvería. O no.

Marm Blei contó primero los billetes, luego desvió la atención hacia el resto. Dejó el anillo junto con una cadena de reloj de oro para fundirlos más tarde. Los guantes eran de punto bueno con algunos signos de desgaste. Marm Blei intentó ponerse uno en la enorme mano, pero solo cubrió la mitad.

—Vaya —dijo, y los lanzó a una cesta con otras prendas de ropa. Luego examinó la cigarrera.

—Vale más sin esas iniciales.

—El grabado no es muy profundo. Para eliminarlas no hará falta más que pulirlas unos minutos.

Marm Blei frunció los labios y miró un montón de baratijas de plata que, como el oro, estaban destinadas a que las fundieran. Pasado un instante, asintió.

—Supongo que llevas razón. —Dejó la cigarrera al lado del broche, luego cerró la caja con una llave que colgaba de una cadena que portaba en el cuello.

Sin necesidad de que se lo dijera, Una tomó la caja y la llevó al otro lado de la sala, donde había una silla con la tapicería descolorida apoyada contra la pared. Apartó la silla a un lado, levantó la esquina de la alfombra y metió la caja debajo de un tablón suelto.

—Mañana trabajarás aquí, en el cuarto trasero —le dijo Marm Blei, al tiempo que le daba unos cuantos billetes antes de meterse el resto en el bolsillo. No hacía falta que los contara para saber que era menos de lo que esperaba, pero más de lo que merecía.

—Pero odio...

Marm Blei la silenció con una mirada de acero.

—*Besser fri'er bevorent aider shpeter bevaint.*

Había oído esas palabras muchas veces para saber lo que significaban: mejor precaución primero que lágrimas después.

5

Una volvió caminando a duras penas por la calle Mulberry hasta el corazón del suburbio. Subió los empinados escalones hasta su bloque mientras encendía un fósforo en cada rellano para iluminar el pasadizo sin ventanas. La pintura vieja se desconchaba de las paredes, y aparecían agujeros en el revoque. La escalera estaba manchada de años de mugre infiltrada en la madera del suelo.

Por lo general, no se percataba de la suciedad ni del olor a orina y restos de comida podrida, pero esa noche parecía que se elevara y la asfixiara. ¿Por qué no podían los demás inquilinos ir con más cuidado al vaciar los orinales y los cubos de la basura? ¿Por qué no rascaban las botas en la puerta? Marm Blei disfrutaba de un conjunto elegante de pisos encima de la tienda que contaban con un sistema de cañerías. Las mejores telas que entraban por la puerta trasera de su tienda terminaban tapizando sus muebles y rematando las ventanas. Las mejores molduras en mármol y los cuadros acababan en sus paredes. Y ahí estaba ella, entrando en… pisando a saber qué sustancia pegajosa de camino a su sórdida habitación. Rascó la mugre oscura que tenía pegada en la suela de la bota en el borde de la escalera y siguió subiendo.

No era que Marm Blei no fuera buena con ella. Todo el mundo sabía que, para como funcionaban los peristas, ella era la más justa. ¿Acaso no la había acogido años atrás? ¿No le había enseñado el arte de la estafa? Si fuera más cuidadosa con el dinero, podría permitirse un piso mejor. O eso le recordaba siempre Marm Blei. «Si te comes todo el *beigel*, *sheifale*, no te quedará en el bolsillo más que un agujero.»

Una no había cumplido los once años y llevaba solo unos meses en la calle cuando conoció a Marm Blei. Aun así, fueron unos meses largos. Duros. El reflejo demacrado y zarrapastroso que la miraba desde los escaparates bien podría haber sido el de una desconocida.

Aquella mañana en concreto, se había despertado con cristales de hielo en las pestañas. El panadero de la calle Worth que le daba pan duro en vez de dárselo a los puercos se había quedado sin nada cuando llegó a la parte trasera de la tienda. El lechero que repartía por el Bowery vigilaba con tal celo su carro que no pudo robar ni un sorbo. Así que se encaminó, helada y hambrienta, hacia el barrio judío. Los harapos de los pies empezaban a perder grosor por el desgaste, esperaba encontrar retales nuevos entre los cubos de la basura de los fabricantes de pantalones. Los mercaderes abarrotaban las aceras en el centro del barrio, vendían de todo, desde verdura a pollo y artículos de hojalata.

Vio una manzana que había quedado desatendida y se apuró. Cuando fue a agarrarla, una mano la asió de la muñeca. Sin duda, era de un hombre, con los dedos tan largos y carnosos. Sin embargo, cuando Una levantó la vista, vio que quien la retenía era una mujer. No era la vendedora de manzanas, sino una mujerzuela bien vestida que había salido a hacer la compra matutina. La mujer la miró desde su imponente altura, con ojos grises severos mientras sujetaba con tal fuerza la muñeca de Una que era imposible escapar.

Antes de que la niña pudiera mascullar una excusa, apareció la vendedora de manzanas. Hizo una mueca. Seguro que esa giganta la delataría, la vendedora iría a buscar a un poli, y la mano gruesa de aquella mujer sería sustituida por un par de esposas de acero. En cambio, le dijo a la vendedora:

—Una libra, *bitte*, y una manzana para esta *sheifale* de aquí.

Le dio la cesta a la vendedora y sacó tres monedas brillantes del monedero de seda que le colgaba de la muñeca, sin soltarla en todo el tiempo. Cuando la vendedora le devolvió la cesta, repleta de manzanas, la mujer alta se inclinó y le dio una.

—La próxima vez ten más cuidado.

Aceptó la manzana con una sonrisa, pero fue incapaz de resistirse al suave tintineo de las monedas en el interior del monedero de la mujer. En cuanto le soltó la muñeca, Una le birló el monedero y salió corriendo.

No había recorrido ni media manzana cuando un poli la agarró por la parte trasera del vestido. La levantó del suelo y la sujetó a la distancia del brazo como habría hecho con un gato callejero molesto.

—¿Por qué corres? —preguntó. Entonces clavó la mirada en el monedero de seda que Una tenía agarrado en la mano—. Ya veo. Deduzco que esto no es de una pilluela como tú.

Intentó zafarse de él, con el corazón acelerado. No sabía lo que pretendía hacerle, pero no era nada bueno. Desesperada, le tiró la manzana directa a la nariz. El poli soltó un grito y la dejó ir. Ella se puso en pie, pero la giganta llegó antes de que pudiera largarse. La agarró otra vez del brazo. Un apretón de esos dedos rechonchos y le partiría un hueso en dos.

No lo hizo. En cambio, se arrodilló y la miró a los ojos.

—Eres una pequeña codiciosa, ¿verdad?

Pese a que aún tenía el corazón acelerado y los ojos anegados en lágrimas, ella le aguantó la mirada. Pasado un instante, la mujer se rio entre dientes.

—Eres valiente. Veamos si también eres lista. —Desvió la mirada hacia el poli, que seguía chillando por detrás—. ¿Has oído hablar del Refugio?

Una asintió.

—Entonces, sabrás que no es un sitio bonito.

Volvió a asentir.

—Bien, pues devuélveme el monedero o te entregaré al policía, que te llevará allí directa.

Ella soltó un pequeño resoplido y le devolvió el monedero a la mujer.

—Buena chica. Muy bien, ¿dónde está tu familia?

Al oírlo, la cría apartó la mirada.

—Ya —dijo la mujer en un tono un poco amable—. En ese caso, vendrás conmigo, *sheifale*. ¿Quieres ser ladrona? Obedéceme y te enseñaré a serlo. Una buena. Inteligente. Luego podrás conseguir todas las manzanas que quieras. —Se puso en pie, sacó varias monedas más del monedero y se las puso en la mano al poli al pasar por su lado—. No se preocupe por esta niña, agente. —La miró por encima del hombro y siguió andando.

Ella vaciló un momento, luego la siguió, recogió su manzana del suelo y se alejó del poli.

Habían pasado catorce años, y nunca miró atrás.

Abrió la puerta de su destartalado piso. La estancia principal estaba a oscuras y la estufa de carbón sin encender. Sus compañeras de piso, tres mujeres más que también vaciaban bolsillos para Marm Blei, no estaban, pero alguna había dejado la ventana entreabierta. El aire frío hizo ondear la cortina de franela. Cruzó la habitación a grandes zancadas y se quitó con brusquedad el cinturón. Con lo helado que estaba el piso, no se molestó en encender la estufa ni la lámpara de queroseno que había sobre la mesa. En cambio, prendió una vela y entró en el armario sin ventanas que hacía las veces de dormitorio.

Tal vez Marm Blei llevara razón. Mejor pasar desapercibida en la tienda al día siguiente. Seguro que había sido más lista que ese poli. Además, dudaba de que alguno de los inocentones de la estación de tren pudiera describirla en términos que no fueran muy básicos. Mujer. Veinticinco años, más o menos. Pelo castaño. Piel clara. Iba vestida de colores apagados que hacían que los ojos parecieran más marrones que verdes. Siempre llevaba un sombrero de ala ancha, aunque la moda actual la impusiera más corta, para tapar la cara. Además, si ese poli no tenía cera en los oídos y pájaros en la cabeza, estaban buscando a una mujer con un lunar en la nariz. Jugar al despiste. Uno de los primeros trucos que le enseñó Marm Blei.

Sin embargo, ese niño torpe sí que la había visto bien. Si lo atrapaban, seguro que cantaría. Diría que lo de portarse mal y robar el reloj había sido idea suya. Puede que incluso lo llevaran a la Comisaría Central para enseñarle la galería de rufianes del inspector jefe Byrnes. ¿Sería capaz de distinguir la suya de entre todas las fotografías de la pared? Era una imagen antigua y puede que un poco borrosa porque fingió estornudar justo antes de que saltara la luz de la bombilla, pero no había muchas mujeres en la pared. Solo unas docenas entre las mil y pico imágenes de ladrones y delincuentes que se decía que estaban expuestos. Algunos hombres alardeaban de su lugar en la pared.

Daba igual el niño. No iba a quedarse sentada en ese piso gélido y vacío toda la noche como si fuera una cuáquera haciendo penitencia. Marm Blei no le había prohibido de forma explícita que saliera esa noche. No hacía falta. Conocía las reglas, y una de las suyas, la séptima, era seguir las reglas de Marm Blei. Sin embargo, estaba cansada de vivir bajo el control de esa mujer. Sacudió los hombros para quitarse el abrigo y tiró la bolsa de viaje al rincón. Las páginas de la revista de Barney estaban enrolladas y arrugadas cuando las sacó del bolsillo. Bueno, en la letrina tampoco le importaría a nadie. La dejó al lado de la bolsa. Después de contar la mitad del dinero, retiró con cuidado una solapa de papel de periódico enyesado que tapaba un agujero al pie de la pared. A la derecha de la apertura, oculta allí dentro, había una cajita de hojalata. La sacó y abrió la tapa. En su interior había varias decenas de monedas y billetes y un collar con un camafeo de marfil.

El collar había pertenecido a su madre. Un día se lo llevaría a Marm Blei para venderlo, cuando los camafeos volvieran a ponerse de moda o el precio del marfil subiera. Añadió la aguja de corbata de Barney al alijo junto con la mitad, no, una cuarta parte de las ganancias del día y devolvió la caja al escondrijo.

Su PRIMERA PARADA fue la tienda de comestibles situada dos manzanas más allá para buscar un pastel de carne picada y una taza de vino especiado. Allí se encontró a su compañera de piso, Deidre. Con una melena pelirroja y la nariz pequeña y puntiaguda, era tan guapa como tonta, lo que la convertía en buena compañera de calle. Deidre ejercía de distracción mientras ella saqueaba los bolsillos. Habían colaborado juntas alguna vez de jóvenes, cuando las dos eran nuevas en la banda de Marm Blei. Sin embargo, en cuanto se tuvo un poco en cuenta su opinión, Una insistió en trabajar sola. Demasiados problemas para preocuparse de sí misma y de otra persona. Sobre todo cuando esa otra persona tenía la inteligencia de una paloma.

Pese a todo, Deidre era una buena compañía. De la tienda de comestibles pasaron a un club de ocio al otro lado de la calle. Hombres decentes que trabajaban en los muelles y el vertedero se sentaban junto a ladrones de cajas fuertes y estafadores para hablar de las inminentes elecciones a magistrado principal o quién vencería en el combate de boxeo a manos desnudas de esa noche. Todos estaban encantados de invitarla a una copa, pero, la mayoría de las veces, esperaban algo a cambio: un oído que escuchara sus penas, un beso robado, un revolcón en alguna de las habitaciones que había encima del bar. Si un tipo era lo bastante guapo y ella estaba de humor, Una podía aceptar la oferta. Esa noche se compró el *whisky* y dejó que las profesionales, con colorete en las mejillas y corpiños escotados, lidiaran con los hombres.

En el callejón de detrás del bar estaban jugando una partida de bolos; apostó en unas cuantas partidas. Fumó un cigarrillo y se apiñó junto a los demás espectadores, soltando maldiciones que harían sonrojar al mismísimo demonio cuando uno de los jugadores no le daba a un bolo. Deidre la llevó a la sala de baile en la calle Church, pero no antes de que hubieran desplumado a Una, salvo por un dólar.

En la sala de baile, daba pequeños sorbos en una mesa junto a la pared mientras Deidre giraba y se balanceaba en brazos de un pretendiente tras otro. Por su parte, Una rechazó a los hombres que se acercaron dando tumbos a la mesa, con las palmas sudorosas y los ojos esperanzados, a pedirle un baile. Nunca había sido muy aficionada. ¿Qué tenía el baile que ofrecer más que la efusión de mal aliento y el riesgo de que te aplastaran los dedos de los pies? En cambio, estuvo dándole vueltas a Marm Blei y a la manera en que seguía tratándola, como si fuera la misma ingenua que robaba manzanas de hace tantos años. Era la mejor carterista y timadora de la banda de Marm Blei. Quizá había llegado el momento de ir por su cuenta.

Deidre se sentó a su lado, con las mejillas encendidas y los ojos sonrientes.

—¿No vas a bailar?

—No —contestó Una, y bebió un trago largo de *whisky*.

—Apuesto a que, si ese reportero estuviera aquí, estarías de pie meneando la cadera en un periquete.

—Nuestra relación es comercial, nada más.

—¿Me estás diciendo que si te hiciera una propuesta honesta la rechazarías? Qué tontería.

La idea de una oferta de ese tipo le amargó el sabor del licor. Barney no era mal partido. Por muy terco que fuera merodeando para asegurarse una exclusiva, eso le gustaba de él. Pero ¿qué haría ella si fuera su mujer? ¿Cocinar, limpiar y perseguir a sus mocosos todo el día? Si apenas sabía hervir una patata. Pongamos por caso que él tuviera dinero suficiente para contratar a otras mujeres para esas tareas, como insinuaba la aguja de plata para la corbata, ¿luego qué? Ella no tenía ninguna intención de quedarse sentada en un salón anticuado todo el día como uno de esos animales lánguidos encerrados en Central Park.

—¿Qué quieres que te diga? No estoy hecha para una vida honesta.

Deidre rio con disimulo.

—¿Preferirías acabar como ellas? —Señaló con la cabeza a una mujer en el otro extremo de la sala. El público del teatro acababa de llegar, y justo detrás las prostitutas.

No envidiaba a esas mujeres. Por mucho que los domingos el padre O'Donoghue dijera que todo el mundo necesitaba comer. Esa profesión era aún más peligrosa que la suya. Había visto los morados, y a más de una morirse o enloquecer por una enfermedad. Por no hablar de lo que le ocurrió a Martha Ann, y a otras, como Helen Jewett, que habían terminado con un hacha en el cráneo.

—Estoy bien así, gracias —dijo Una, aunque deseó haber guardado más dinero en su lata y menos en las manos de los jugadores del callejón. Pero, bueno, un buen botín lo compensaría.

Deidre sacudió la cabeza y volvió a la pista de baile. Una se terminó la copa de un trago, pero decidió no pedir otra. El alcohol le había dado cierta calidez interior y una sensación ligera y un hormigueo en las extremidades. Otra copa y ese cosquilleo se convertiría en entumecimiento, y el calor, en una chispa feroz. Una mirada o un mal gesto encenderían la mecha. Se había despertado las mañanas suficientes con los nudillos magullados o un ojo morado para recelar de beber demasiado. Los Kelly eran de sangre caliente, decía su padre. Sin embargo, él casi siempre acababa gimoteando. Se ponía taciturno y sentimental hasta que se sumía en el estupor a base de licor. Más de una vez, ella le había puesto la mano en el pecho, temerosa de que hubiera muerto, y había notado la perezosa expansión de los pulmones y el indolente latido del corazón. Quizá la mezquindad se saltaba una generación.

Estaba a punto de irse cuando uno de los aficionados al teatro se acercó a su mesa. Eran chicos jóvenes, todos engreídos y petulantes. En el momento que caía el telón de *Marriage by Moonlight* o la obra tonta que hubieran visto, mentían a sus esposas y madres al decir que iban al Union Club a tomar una copa y luego juntaban a sus amigotes para pasar una noche en los bajos fondos. Para ellos, Una y todos los demás miembros de la clase trabajadora del lugar eran solo la siguiente ronda de entretenimiento.

—Una chica tan encantadora como tú debería estar bailando —le dijo.

Era tanto una orden como un halago, y ella se encrespó.

—Una chica tan encantadora como yo no tiene interés en bailar con… —Estaba a punto de decir «con un vanidoso de mentón flojo como tú» cuando le llamó la atención el centelleo de los gemelos de rubí—. Con... con un caballero cualquiera, sino con uno tan admirable como usted, bueno, cómo podría negarme.

Él le ofreció la mano enguantada, y ella la aceptó con gusto. Esbozó su mejor sonrisa. Habló solo el lenguaje apropiado y cortés que le había enseñado su madre mientras el hombre le hacía preguntas. Por suerte, no fueron muchas. Al fin y al cabo, no le interesaba la conversación. Una lo supo enseguida cuando le deslizó la mano de las lumbares hasta debajo del polisón. Ella le recolocó la mano, no sin una mirada coqueta que insinuaba que ya volvería allí a su debido tiempo. Y no sin desabrocharle con cuidado el gemelo.

Pasaron dos bailes más hasta que encontró la ocasión de hacerse con el otro, y durante ese tiempo le estuvo contando mentiras sobre un prostíbulo de la calle Church donde podrían tomar una copa antes de ir a su habitación. Sin embargo, cuando otra pareja chocó con ellos y ella se aseguró el segundo gemelo, se disculpó diciendo que iba a un lateral a atarse bien la bota, y se escabulló por la puerta trasera hacia el callejón cuando el hombre no miraba.

Eligió el camino largo para volver a casa, paseando entre el nido de fábricas y almacenes junto al río Hudson. El hombre de la sala de baile había sido presa fácil. No podía negar la satisfacción de engañar a alguien que se había considerado ingenuamente el depredador. Sin embargo, birlar los gemelos a un hombre no contaba como pasar desapercibida. Por lo menos, no según el manual de Marm Blei. Por mucho que la tentaran, tendría que portarse bien durante unos días como mínimo, para evitar las sospechas de Marm Blei.

A menos que recurriera a otro perista. Sonrió pese a la repentina ráfaga de viento gélido que le llegó desde el agua. Mike Sheeny, el Viajante, hacía rondas por Sixth Ward en esa época del año. Marm Blei no tenía por qué saberlo jamás.

6

Una se pasó el día siguiente en el cuarto trasero de la tienda de Marm Blei, puliendo las marcas de los fabricantes para eliminarlas de un alijo de objetos metálicos. Era una labor tediosa, y, a medida que pasaban las horas, le empezaron a entrar ganas de salir a la calle.

De vez en cuando sonaba la campanilla de la puerta y aparecía un nuevo comprador o vendedor. Observaba desde el rincón cómo Marm Blei vendía y regateaba. La mayor parte de los artículos pequeños y menos caros que adquiría se vendían junto a las existencias de objetos comprados de forma legítima en la tienda. Sin embargo, el botín grande, único o caro, o bien lo fundía o bien lo escondía porque tenía en mente un comprador confidencial en concreto.

Una admiraba la sagacidad de Marm Blei en la misma medida que recelaba de su mano controladora. Era cierto, el dinero y los objetos que ella le soltaba día tras día servían para pagar a la panda de magistrados, jueces y polis que, la mayor parte del tiempo, hacían la vista gorda y dejaban en paz a Una y al resto de subalternos de Marm Blei. Si la hubieran detenido el día anterior, habría salido enseguida bajo fianza y, con seguridad, se desestimarían los cargos. En caso contrario, Marm Blei tenía abogados en la recámara.

Sin embargo, no la habían detenido. Había escapado usando el ingenio. Sin duda, una ladrona como Deidre necesitaba la protección de Marm Blei. Sus habilidades como carterista eran rudimentarias en el mejor de los casos, y su ambición no daba para mucho.

Una quería más. No estaba segura de qué con exactitud, pero seguro que no lo iba a encontrar allí, frotando y puliendo, como si fuera una simple marioneta. Cuando cayera el telón y pasaran el sombrero, Marm Blei recogería todas las monedas.

Bueno, reuniría algunas por su cuenta más tarde, de noche. Los gemelos que se había afanado la noche anterior valían más de cien dólares. Mike el Viajante le daría más de treinta, tal vez cuarenta y cinco si prometía hacerle llegar más negocio. Todo el dinero iría directo a la lata, no iba a gastarse ni un céntimo en bebida ni apuestas. Aunque una buena cena en el Delmonico no haría daño a nadie. *Filet de boeuf* y *asperges à la sauce hollandaise*. *Glace napolitaine* de postre. Un buen licor después. No importaba que no le dieran asiento a menos que se arreglara la ropita y encontrara compañía masculina, eso tenía solución. Casi notaba el sabor dulce en la lengua.

A ÚLTIMA HORA de la tarde, Una había estado puliendo copas para eliminar todas las marcas que su antiguo propietario pudiera identificar.

—Tienes buen ojo para los detalles, *sheifale* —dijo Marm Blei al inspeccionar su trabajo.

—Entonces, ¿puedo irme?

—Siempre con prisas.

—Yo… eh… quería llegar al mercado de cerdos antes del atardecer. Allí los huevos dañados están regalados.

Marm Blei sacudió la cabeza y la despidió con un gesto de la mano. Ella sintió un cosquilleo extraño e irritante en la nuca al agarrar el abrigo. ¿Era culpa? Solo eran unos gemelos malos, y a Marm Blei no le faltaba negocio. Masculló un «*gut Shabbes*», buen sábado, por encima del hombro y salió a toda prisa antes de que le fallaran los nervios. El día anterior, al ver que estaban a punto de llevarse al niño a rastras ante la policía, había olvidado la regla número uno: mira por ti. No iba a volver a olvidarla.

FUERA, VARIAS NUBES grises y esponjosas asfixiaban el cielo y caía una nieve suave. Por si acaso Marm Blei o alguno de sus ojos estaban vigilando, Una se fue a casa por la calle Hester, sacándose de encima a los miserables golfillos callejeros que se ofrecían a limpiarle la nieve convertida en barro de su camino. Los vendedores ambulantes abarrotaban las aceras y anunciaban a gritos sus mercancías. Tazas de hojalata a dos céntimos. Sombreros por veinticinco. Abrigos andrajosos «¡como nuevos!» por un dólar. El olor a rábano picante recién picado y pan caliente se mezclaba con el hedor procedente de las rejillas de las cloacas. El gong de una ambulancia sonó por encima del barullo, y el caballo y el carro pasaron disparados y la salpicaron de barro.

—Maldita sea —murmuró, se limpió el abrigo y se sacudió la falda.

La primera vez que vio esos carros de hospital unos doce años atrás, le parecieron una maravilla. Ahora no eran más que otra molestia.

Cuando llegó a casa, encontró a sus compañeras de piso discutiendo sobre a quién le tocaba bajar el cubo de las cenizas a la basura.

—Yo lo hice la semana pasada —dijo ella antes de que la enredaran en su discusión.

Colgó el abrigo en un gancho de la pared y corrió a su dormitorio. Tardó tres intentos en encender una vela. Cuando la llama titilante pasó a ser un resplandor constante, cerró la puerta con calma. Hacía años que conocía a sus compañeras de piso, a Deidre desde que tenían doce años. Bebían juntas, tenían trifulcas juntas, iban a robar juntas. Eran lo más parecido a amigas que tenía, pero eso no significaba que se fiara de ellas. Todas tenían escondida una reserva de dinero en algún sitio: en la pared, debajo de un tablón suelto del suelo, detrás de un panel secreto de su arcón. Una incluso dormía con las botas puestas, un hábito adquirido de la primera vez que se fue de casa y durmió en la calle.

No se fue por voluntad propia, en realidad. Poco después de la muerte de su madre, la echaron de su casa junto a su padre. Él había renunciado a fingir que buscaba un trabajo estable, e invertía el día entero y la totalidad de su dinero en beber. Todas las cosas bonitas, desde el jarrón de cristal hasta el servicio de té de plata que la bisabuela Callaghan había traído de Irlanda, pasando por los tapetes de ganchillo que había tejido su madre o la muñeca de porcelana que había recibido por Navidad justo el año anterior, todo lo vendió. Se mudaron a una casa de huéspedes y luego a un edificio de viviendas de alquiler en Five Points. Para entonces ya se había acostumbrado a hurgar en los bolsillos de su padre en busca de cambio para comprar pan, leche o patatas.

Antes iba a la escuela, asistía a clases de piano y practicaba punto de cruz, pero todo cambió y se pasaba el día vagando por las calles, mendigando carbón o rebuscando en los cubos de basura. Cuando volvía a casa, muchos días su padre se había ido a alguna taberna. Un día abrió la puerta de su desastroso piso y vio que habían desaparecido las últimas de sus escasas posesiones (se las había llevado el cobrador del alquiler para cubrir la deuda de un mes) y otra familia lo había ocupado. Lo único que le quedó de su antigua vida fue el collar de su madre, oculto bajo el cuello del vestido. Buscó a su padre hasta altas horas de la madrugada y lo encontró en un cuchitril en un callejón, demasiado borracho para entender lo que había ocurrido. Los demás hombres del bar se rieron mientras ella suplicaba e intentaba ponerlo en pie. Al final se rindió, le quitó las últimas monedas del bolsillo y salió a toda prisa a la noche.

El barrio de Points de día era un lugar burdo, bullicioso. Cuando oscurecía, era siniestro y amenazador. Encontró un rincón apartado en el patio trasero de un bloque cercano, pero no durmió. Cada vez que se le caían los párpados, un crujido, un estrépito o un grito la despertaban del susto. La noche siguiente fue bastante parecida. Dormía a ratos durante el día hasta que la despabilaba la bota o la porra de un poli.

La experiencia era una maestra implacable, pero Una aprendía rápido. Después de que le robaran las botas al sacárselas para dormir, nunca volvió a cerrar los ojos sin esconder todo lo que tuviera de valor o asegurarlo contra el cuerpo. Pasó unos días con una banda de piratas fluviales, luego se unió a una panda de niños callejeros que le enseñaron a pelear, buscar comida y armar un buen escándalo. Por último dio con Marm Blei, que le enseñó a robar.

Se encontró con su padre al cabo de unos años. Salía dando tumbos, esta vez de una guarida de fumar opio en lugar de una taberna. Dudó antes de acercarse a él, inquieta por si no la reconocía. Volvía a ir limpia y con un atuendo respetable, Marm Blei insistía en que toda su banda luciera un aspecto presentable, y había crecido por lo menos una cabeza. Al principio la atravesó con los ojos vidriosos. Luego, por un instante, parecieron aclararse.

—¡Una, *a stór*!

«Mi tesoro.» No la llamaba así desde que era pequeña. Antes de la muerte de su madre. Antes de la guerra. Cuando todos estaban bien, sanos y felices. Sin embargo, la mirada vidriosa y distante regresó con la misma rapidez. Ella le metió unos cuantos dólares en el bolsillo y lo vio marcharse arrastrando los pies.

Ahuyentó el recuerdo. Regla número catorce: no pierdas el tiempo con el pasado. Aguzó el oído en la puerta del dormitorio para asegurarse de que sus compañeras de piso seguían discutiendo sobre el cubo de las cenizas, luego sacó la lata de la pared. Los gemelos de plata y rubíes brillaron bajo la luz de la vela. Una parejita muy guapa, sin duda. Sólida y bien hecha. No iba a aceptar menos de cuarenta por ellos. Se los metió en uno de los bolsillos ocultos de la falda junto con la aguja de Barney. A lo mejor la vendía, según la oferta que le hiciera Mike el Viajante. Tomó también el puño americano por si intentaba mangarle los gemelos sin pagar.

Acababa de guardar la lata en el interior de la pared cuando se abrió la puerta y entró Deidre con tranquilidad.

—He sacado el maldito palito corto.

Se dejó caer en el nido de paja y paños que era su cama. Ninguna tenía colchones de verdad ni armazones que los levantaran del suelo. Pero algún día sí lo tendría. Los gemelos que llevaba en el bolsillo demostraban que estaba prosperando en la vida.

—Mejor hazlo antes de que la nieve empeore —dijo.

—Te doy cinco centavos si lo haces tú.

—Ni hablar.

—Está bien. ¿Tienes papel para usar en la letrina? También podría aprovechar el viaje.

Agarró la revista de Barney, arrancó las primeras páginas y se las dio a Deidre.

—Ten.

—¿Qué dice?

—¿Qué más te da? Solo te vas a limpiar el culo.

—Eso no significa que no me guste saber qué está pasando en el mundo. Además, me gusta que leas. Algún día aprenderé yo.

—Sí, justo después de que encuentres un marido rico y te mudes a una casa en el barrio de los millonarios.

Deidre arrugó una de las hojas de papel y se la tiró.

—¿Te has tragado un palo de escoba hoy de camino a casa?

—No. —Una se levantó y se alisó la falda, con cuidado de que los gemelos no hicieran ruido. Por si acaso, se guardó la revista en otro bolsillo, una página o dos podrían resultarle útiles si volvía a acabar salpicada de barro, luego le tendió la mano a Deidre y la levantó del suelo—. Lo siento.

—No sé por qué te enfadas tanto cuando Marm Blei te pone a trabajar en la tienda. Ojalá me lo pidiera a mí.

—Es un castigo, no una recompensa. Además, tú no eres lo bastante meticulosa. ¿Recuerdas la última vez que se te olvidó quitar el nombre cosido en el interior de un elegante abrigo de piel? Marm Blei estuvo un buen rato explicándoselo a los polis.

Deidre torció el gesto.

—Eso solo fue una vez.

—¿Y la copa de cristal que confundiste y pusiste con las de vidrio? ¿Y la vez que…?

—De acuerdo. ¡Me rindo!

Una miró atrás para asegurarse de que la tapa de yeso que ocultaba su tesoro secreto estaba bien colocada en la pared y luego salió de la habitación detrás de su compañera.

—¿A dónde vas? —preguntó Deidre cuando ella descolgó el abrigo.

—A ningún sitio que te importe. —Sonó más dura de lo que pretendía, así que añadió—: A buscar huevos. —Regla número veintisiete: cuando escojas una mentira, cíñete a ella.

—Voy contigo —anunció Deidre.

—¡No! —dijo casi a gritos. Respiró para calmarse y continuó—: No voy a esperar mientras tú llevas el cubo de las cenizas hasta el patio y vuelves. Ya te traeré unos cuantos.

—Y un pepinillo. O quizá una de esas salchichas de Grutzmacher.

—No me pilla de camino —dijo Una mientras las demás compañeras de piso también pedían salchichas a gritos.

—Seguro que va a ver a ese reportero que le gusta tanto —les dijo Deidre, y luego sonrió con suficiencia a Una—. Nos podemos ir todas un rato si quieres traerlo aquí.

Una sacudió la cabeza mientras las chicas se reían, sin molestarse en corregirlas. Mejor que pensaran que iba a darse un revolcón con Barney a que intentaran adivinar la verdad. Se colocó la bufanda al cuello y las dejó con sus risitas.

Fuera seguía nevando, pero más lentamente que antes. Algún copo considerable de vez en cuando, como si las nubes se hubieran dado la vuelta y estuvieran sacando los últimos posos. Una andaba rápido pero con mesura. Miraba a los transeúntes a los ojos y sonreía. El crepúsculo se había apoderado de la ciudad y ofrecía unos cuantos minutos de sombría tapadera hasta que se encendieran las farolas.

El barrio se había transformado desde su niñez. Los bloques de ladrillo habían sustituido a muchos de los antiguos de madera con escaleras de incendios que subían por los costados. La nueva fábrica de goma escupía humo al aire. La basura no se acumulaba tanto en las calles. Ahora oía hablar italiano en la calle. Griego y chino. El fuerte acento irlandés como el de su padre se había desvanecido de muchas voces como cuando planchas una arruga en una camisa.

Sin embargo, algunas cosas no cambiaban nunca. Los niños de la calle se apiñaban sobre las rejillas de vapor. Los mendigos hacían sonar sus latas. Las bandas merodeaban por los callejones. Ganaba la lista demócrata. Un combate de boxeo, una comida gratis o un edificio en llamas seguían siendo las bazas más seguras para atraer a una multitud. Y los ladrones honestos no existían.

Se detuvo en la esquina de las calles Centre y Pearls. La luz tenue se filtraba desde las ventanas heladas de la taberna hacia el exterior. Miró como si nada en la dirección de donde venía para asegurarse que nadie del grupo de Marm Blei la había seguido. A unos cuantos pasos, un hombre arrancaba una melodía a su organillo. Una se acercó y escuchó la canción mientras escudriñaba de nuevo la calle. Las sombras que se intensificaban en la noche hacían imposible distinguir los rostros de todo el que estuviera a más de media manzana de distancia, pero ella no podía esperar eternamente. Lanzó una moneda al monito atado en el lateral del molinillo del instrumento y cruzó la calle hasta la taberna.

Dentro, el aire era cálido y denso, impregnado de aroma a cerveza rancia. De un vistazo rápido a la sala sumida en la penumbra vio a Mike el Viajante sentado a una mesa en el rincón del fondo. Tenía una copa de coñac delante. El maletín de madera de comerciante descansaba en el suelo, junto a la silla. A diferencia de Marm Blei, que rara vez hacía tratos fuera de la tienda, Mike el Viajante era un nómada que dirigía su negocio de perista desde los patios traseros de bloques de viviendas, callejones y sótanos abandonados de toda la ciudad. Funcionaba solo con su deslucido maletín de vendedor ambulante, así que no podía trasladar objetos grandes, como abrigos de piel o jarrones de mármol, pero si un ladrón tenía algo interesante, como un anillo de diamantes, un reloj de oro o un par de gemelos de rubíes, y necesitaba deshacerse de ello rápido, Mike el Viajante era tu hombre. En la calle se decía que se levantaba miles de dólares al año.

Solo había presente otra mujer aparte de ella, una camarera vieja con la piel de cuero, así que todas las miradas se centraron en ella cuando cruzó la estancia hacia Mike el Viajante. El escándalo de voces y tintineo de vasos se redujo a un murmullo. La campana de una ambulancia clamó desde la calle. Se oyó el roce del dobladillo empapado de su falda contra el suelo cubierto de serrín.

En vez de sentarse a su mesa, ocupó una silla en una mesa más allá, junto a un hombre de mediana edad que se había encerado demasiado el bigote. Sonrió al hombre y dijo:

—¿Me invita a una copa?

Él parpadeó, luego se levantó tan rápido que estuvo a punto de volcar la silla y se apresuró hasta la barra. Una esperó a que no pudiera oírla antes de susurrar:

—Tengo un botín que le interesará.

No miró a Mike el Viajante al hablar, pero supo que la había oído por su risa entre dientes.

—Ah, ¿sí?

—Seguro que no está aquí por la cerveza mala y la terrible compañía.

Otra risita.

—Pensaba que eras una de las chicas de Marm Blei. Sabes que no le gustan nada las chaqueteras. —Tenía el acento lento y adormecedor de un sureño, pero en sus palabras había un matiz peligroso.

—Eso es problema mío, no suyo. —El hombre bigotudo volvía con su copa. Lanzó una mirada hacia Mike el Viajante—. Bueno, ¿le interesa?

Se acabó el coñac de un trago y se levantó.

—Espera diez minutos, luego ven a verme en el callejón que hay media manzana más allá por la calle Pearl.

Agarró su maletín de viajante y se fue hacia la puerta justo cuando el hombre bigotudo volvía a sentarse. Empujó media pinta de cerveza rubia en la mesa hacia ella. «Merluzo tacaño. Por lo menos podría haberse estirado con una pinta entera.» La cerveza sabía a pis de rata, o como ella imaginaba que sabía el pis de rata, pero necesitaba todos los estímulos a su alcance para armarse de valor. Mike el Viajante tenía razón: a Marm Blei no le gustaban nada los chaqueteros.

Consiguió pasar los diez minutos siguientes sin tener que hablar mucho: el bigotudo estaba encantado de llevar la voz cantante. Dejó que paseara la mirada desde su rostro hasta la turgencia de sus pechos y el diseño de la falda que abrazaba sus muslos. Sin embargo, cuando intentó tomarse las mismas libertades con las manos, le dio una bofetada y se puso en pie. «Por media pinta de cerveza rancia no hay más.» De todos modos, era la hora.

Fuera la nieve seguía cayendo perezosa. Estudió a los transeúntes antes de dirigirse al callejón que le había indicado Mike el Viajante. Mientras caminaba, aguzó el oído por si oía el chirrido de las bisagras de la puerta de la taberna, para asegurarse de que nadie la seguía. El frío y la oscuridad se habían intensificado, y el aliento salía de sus labios como si fuera vapor. Los cristales de hielo se acumulaban en el ala del sombrero. Espió en los recovecos y los portales sombríos para asegurarse de que estaba sola. Entonces, nada más llegar a la boca del callejón, apareció una mano que la agarró.

7

UNA SE LIBERÓ de un tirón y se dio la vuelta mientras retrocedía y se agachaba a la defensiva. Metió la mano en el bolsillo y agarró el puño americano mientras levantaba la otra con rapidez para parar un golpe. Enfocó la vista y la silueta del atacante tomó forma.

—¡Cielo santo, Deidre! ¿Qué diablos haces aquí? —Bajó el brazo. Estaba tan concentrada buscando a alguno de los rufianes que contrataba Marm Blei que no había visto que Deidre iba detrás de ella todo el tiempo.

—No has ido a buscar salchichas o huevos.

—Cuando he llegado, Grutzmacher lo había vendido todo.

—¿Lo has visto a tres manzanas de distancia?

Una tensó la mano en el puño americano que llevaba en el bolsillo. Nunca lo había usado con Deidre, pero se moría de ganas en ese momento.

—¿Qué haces siguiéndome? Te he dicho que no vinieras.

—No te estoy siguiendo. —Deidre bajó la mirada y se mordisqueó el labio inferior—. Por lo menos no he empezado siguiéndote. Pero cuando he visto que ibas en dirección contraria a la tienda del viejo Grutzmacher, me ha picado la curiosidad.

Se acercó un poco más y le clavó un dedo en el pecho a Deidre.

—¿Creías que había ido a ver al señor Harris? Pensabas mirarnos de refilón como una mirona.

Deidre la apartó de un empujón.

—Sé que no has salido a ver a ese reportero. No te interesa nada ni nadie que no puedas usar o vender.

—Eso no es… —Se detuvo. Era cierto, por mucho que le doliera oírselo decir en voz alta—. Esa no es la cuestión. No tienes por qué seguirme.

—Y tú no tienes por qué beber cerveza en el mismo bar que Mike el Viajante.

Una conservó la firmeza en la voz, aunque se le acelerara el corazón.

—Ah, ¿estaba ahí? No me he dado cuenta. He venido porque he quedado con…

—Y un cuerno no te has dado cuenta. Por él has salido esta noche. No has ido a buscar huevos ni a ver al periodista. A Marm Blei no le gustaría nada si se enterara.

Sintió que un frío creciente le provocaba un hormigueo en las extremidades. ¿Qué le haría Marm Blei cuando Deidre la delatara? Aún no se había producido ninguna transacción entre ella y Mike el Viajante. ¿Podría negarlo? Aunque Marm Blei la creyera, a partir de entonces sospecharía de ella. No, la mejor salida era enredar a Deidre en el engaño. Eso garantizaría su silencio.

Agarró a Deidre del brazo y la atrajo hacia sí.

—Oye, tengo unos gemelos que vender. Rubíes y plata auténtica.

Deidre abrió los ojos de par en par.

—¿Cuánto crees que puedes conseguir por ellos?

—Por lo menos veinte. Te daré el veinticinco por ciento si no dices nada. Espera aquí y yo…

—Cincuenta, y voy contigo.

Una lo sopesó un momento. Mike el Viajante podría enfadarse si aparecía alguien más. Seguro que dificultaría el trato. Y si Deidre se sumaba, estaría al tanto de las negociaciones y sabría el importe real que pagaba Mike el Viajante. No habría manera de no darle su parte.

Respiró y el aliento se elevó como un fantasma en el aire. Cuanto más se retrasara, más opciones había de que Mike el Viajante perdiera la paciencia y se marchase. «Diantres, tal vez ya se había ido.» Además, no podía arriesgarse a que Deidre se fuera de la lengua.

—Está bien. El cincuenta por ciento. Pero no digas ni una palabra, es mi negociación.

Siguieron por el callejón hasta un pequeño patio trasero, la nieve caída amortiguaba sus pisadas. El contorno oscuro de cajones rotos y barriles podridos atestaban el patio. Los edificios de ladrillo y madera se alzaban alrededor de ellos por todas partes y tapaban la luz de la calle. Cortinas harapientas y retales finos de franela cubrían las ventanas, las pocas que había, que daban al patio. El pálido brillo que asomaba a través de los desgarrones y alrededor de las costuras insinuaba una chimenea dentro, pero no iluminaba. Detrás, el ruido de la calle era un murmullo distante: las voces y las pisadas eran indistinguibles del crujido de ruedas de carro sobre el pavimento helado. El eco de los mismos sonidos lejanos llegaba desde el otro extremo del callejón, donde solo se veía una rendija de la calle.

—Maldita sea —masculló Una, que hurgaba en el bolsillo en busca de un librito de cerillas. Había estado tanto rato discutiendo con Deidre que Mike el Viajante había desistido y se había ido.

Deidre consiguió encender un fósforo antes. La llama iluminó un momento el patio. Un manto de nieve reluciente y blanca cubría los deshechos. Marcaba un contraste extraño y disonante con las manchas oscuras de hollín y porquería que tenían las paredes. Le llamó la atención un movimiento fugaz a ras de suelo, y bajó la mirada justo cuando Deidre chilló. Dejó caer el fósforo y el patio se oscureció antes de que ella pudiera procesar del todo lo que había visto. ¿Era un hombre? ¿Agachado al lado de otro despatarrado sobre el pavimento nevado? ¿Un cinturón o un pedazo de cuerda enrollado al cuello del hombre despatarrado?

Retrocedió por instinto. Se le enredaron los pies con un montón de escombros y se cayó contra la pared. Notó el ladrillo duro y frío en la espalda. Pese a la negrura y a los continuos chillidos de Deidre, tenía la desagradable sensación de que el hombre que estaba agachado se había levantado y había dado un paso hacia ellas. Si es que había algún hombre. Una aún no estaba segura de lo que había visto.

Buscó algo a tientas en los bolsillos. La aguja de corbata…, los gemelos…, el puño americano…, la maldita revista. ¿Dónde estaban las cerillas? Solo unos segundos antes las tenía al alcance de la mano. Deidre dejó de gritar y buscó a tientas sus fósforos. Rozó uno, dos contra el rascador, pero no se encendieron. Por fin, encontró los suyos y consiguió encender uno.

Solo quedaba un hombre en el patio: Mike el Viajante. Yacía en el suelo, boca arriba, con los ojos abiertos y rojos. La baba teñida por la sangre le goteaba de los labios. Estaba muerto. No tuvo que escuchar la respiración ni tomarle el pulso: había visto esa quietud de ojos apagados muchas veces, estaba segura. Tenía el maletín de comerciante al lado, muy cerca. La nieve de alrededor estaba sucia y revuelta por una pelea. La piel del cuello estaba irritada y roja, pero el cinturón no estaba, si era eso lo que había visto.

Recorrió de nuevo el patio con la mirada para asegurarse de que el otro hombre no estaba escondido detrás de un barril o un cubo de la basura. Había otro hombre, ¿verdad? Solo lo había entrevisto antes de que Deidre dejara caer el fósforo.

—¿Adónde habrá ido? —dijo esta.

También había visto al otro hombre, Una sintió un gran alivio seguido de un pavor punzante.

—Tenemos que salir de aquí.

Se retiró de la pared y agarró a Deidre del brazo. Su cerebro confundido por el miedo empezaba a despejarse. El rastro de unas botas seguía por el estrecho pasaje que había en el otro extremo del patio. Tras ellas, un batiburrillo de huellas: suyas, de Deidre, de Mike el Viajante y tal vez incluso del asesino, todas se adentraban en el patio. Nadie había salido. Tiró de Deidre en esa dirección.

—¿No deberíamos…? —Deidre señaló con un gesto vago a Mike el Viajante.

¿Se refería a cerrarle los ojos? ¿Recolocarle las extremidades retorcidas en un reposo más pacífico? ¿Abrir el maletín, fisgonear y repartirse el botín? Esto último no era mala idea, pero no tenían tiempo.

—¿Estás loca? Media ciudad debe de haber oído tus gritos. Los polis llegarán en cualquier momento.

—A lo mejor deberíamos quedarnos y contarles lo que hemos visto.

Encendió otro fósforo. Incluso bajo la luz cálida y el brillo, el rostro de su compañera parecía sin color. Deidre, que se había criado en los suburbios, había visto cosas terribles, pero Una se dio cuenta de que no como aquello. No asesinatos. Le dio un cachete a su amiga en la mejilla.

—Vamos a correr como un toro hasta la calle, y luego a calmarnos. Solo somos dos señoritas que han salido a dar un paseo vespertino. No hemos oído nada. No hemos visto nada. ¿Entendido?

Deidre se frotó la mejilla y asintió. Cuando el fósforo se consumió hasta convertirse en una protuberancia, echó un último vistazo a Mike el Viajante. Luego echó a correr. Las pisadas de Deidre sonaban cerca detrás de ella. Casi habían logrado llegar a la calle cuando un poli flacucho y de cara aniñada dobló la esquina en el callejón.

Una derrapó al detenerse en la nieve resbaladiza. Deidre chocó con ella y las dos estuvieron a punto de caerse.

—¿Quién hay ahí? —gritó el poli, que intentaba sacar a tientas la linterna que llevaba en el cinturón.

Se abrió paso al dar un empujón a Deidre y volvió corriendo al patio. Podría escapar del callejón por el otro lado, como el asesino. Con suerte la seguiría, pero de momento cada una cuidaría de sí misma. Cruzó como un rayo el patio a oscuras, se tropezó con los cajones y las cajas medio rotas y algo blando y maleable que podría ser un brazo. Un destello de luz al otro lado del estrecho callejón prometía una salida, pero sus pies redujeron el ritmo cuando volvió a pensar en el maletín de Mike el Viajante. Debía de haber objetos robados por valor de cientos de dólares. Lo suficiente para sacarla de los suburbios y liberarla de Marm Blei.

Miró por encima del hombro para calcular la distancia a la que se encontraba del poli. La linterna no era más que un puntito de luz en la boca del callejón. Quizá Deidre estaba entreteniéndolo con alguna historia antes de salir corriendo. Tenía tiempo de volver a por el maletín. Sin embargo, antes de poder dar media vuelta, topó con un muro de piedra en medio del callejón.

Retrocedió tambaleándose y meneando la cabeza. No era un muro de piedra, sino otro poli. En la penumbra, solo distinguió la silueta alta de matón. La agarró por el cuello del abrigo antes de que tuviera la ocurrencia de escabullirse y huir. Ella intentó librarse del abrigo, pero el poli estiró la otra mano y le atenazó el brazo con los gruesos dedos.

—¿Iba a algún sitio, señorita?

Una le pisoteó los dedos de los pies con el tacón de la bota. El rostro arrugado del hombre ni siquiera se inmutó cuando dijo:

—No. Eso pensaba.

8

En comisaría, llevaron a Una a rastras ante el sargento. Estaba sentado en un recinto cerrado en la sala principal. Había varias lámparas de gas en ambos extremos del amplio escritorio, que arrojaban sobre él y el registro abierto un brillo amarillento. El corte del bigote era irregular, por un lado estaba más poblado y por el otro seguía más allá de las comisuras de los finos labios como si el hombre hubiera tenido la mente en otra parte cuando se afeitó.

Sumergió la pluma en el tintero y alzó la vista hacia ella con una expresión tediosa.

—Nombre.

Tenía las manos atadas a la espalda con unas esposas oxidadas. El poli con quien se encontró de forma tan abrupta en el callejón aún la sujetaba con fuerza del brazo, seguro que con esos dedos tan gordos le dejaba un moratón.

—Yo no he hecho nada malo, sargento —dijo Una, que hablaba con el mismo tono lento y sureño que Mike el Viajante—. Su agente me abordó sin más de camino a casa, sin motivo aparente.

El poli le soltó el brazo y hurgó en una cartera de piel que llevaba sujeta al cinturón. Sacó un puñado de objetos y los dejó sobre el escritorio del sargento. El puño americano de Una. El librito de fósforos. La revista arrugada. La aguja de plata de Barney. Los gemelos de rubíes, en cambio, no aparecieron.

En el callejón, la había empujado contra la rugosa pared de ladrillo y le había sujetado las manos por encima de la cabeza mientras la cacheaba. Los ladrillos estaban mojados por la nieve y olían a verdura rancia. Se había quitado el guante de piel con los dientes y la había registrado con las manos desnudas, toqueteándole los pechos y entre las piernas antes de hurgarle los bolsillos.

—Nunca se es demasiado riguroso con las golfas como tú —le había dicho al oído, y había notado el aliento como una nube sudorosa en la piel.

Sí que fue meticuloso, encontró todos los huecos secretos que había en los pliegues y volantes de la falda. Se lo había llevado todo, incluidos los gemelos, antes de volver con la mano a los pechos para darles un último apretón.

Para entonces, la cerveza rancia que tenía en el estómago le había subido por la garganta hasta la boca, con un regusto de ácido. En vez de forzarse a tragársela, vomitó en el brazo lleno de botones de latón del poli, que se apartó de un salto, maldiciéndola. Tuvo suerte de que solo hubiera bebido media pinta de esa cerveza rancia y no una entera.

Visto así, ahí había tenido una oportunidad de escapar. Sin embargo, al pensar en Mike el Viajante y su asesino, en el aliento pegajoso y las manos rugosas del poli, seguía con la mente nublada. Antes de que se le activaran los músculos, el poli la empujó de nuevo contra la pared, de modo que acabó con un moratón donde la mejilla dio contra el ladrillo, y le metió las manos en unas esposas.

Ahora, el sargento tocaba sus pertenencias con la punta de la pluma, con una evidente falta de interés.

—Nombre —repitió.

—Dorothea Davidson —contestó. Tal vez no había tenido la astucia de escapar del callejón cuando tuvo oportunidad, pero invirtió el paseo esposada hasta la comisaría en inventar su estratagema. Antes de nada, tenía que pensar en un apodo que no hubiera usado antes—. Y como le he dicho…

—¿Cuáles son los cargos? —dijo el sargento, dirigiendo la mirada al agente.

—Desorden público, vagabundeo y hurto.

Miró hacia atrás y le puso mala cara al poli. Eran el tipo de cargos que los agentes de medio pelo presentaban contra las prostitutas cuando querían crearles problemas. No importaba que ellos mismos, cuando no estaban de servicio, recurrieran a esas mujeres tanto como los demás hombres. Ni que algunos, como ese maldito poli, se aprovecharan de cualquier mujer, estuvieran de servicio o no.

Se volvió hacia el sargento, procurando contener la sarta de obscenidades que tenía en la punta de la lengua. Al fin y al cabo, una dama del sur que había ido a la ciudad con la inocente intención de visitar a una amiga enferma no diría groserías.

—¡Pero eso es absurdo! Yo no he robado nada. Y, a menos que los yanquis penséis que es delito que una señorita salga sola después del atardecer, tampoco he infringido ninguna otra ley.

El poli soltó un bufido tras ella.

—¿Y ese alfiler de plata? ¿De qué le sirve a una «señorita» como usted?

—Era de mi difunto marido, muchas gracias. Siempre lo llevo encima. Como recuerdo.

—¿Y cómo es que tiene tantos bolsillos secretos?

—La delincuencia en esta ciudad es toda una leyenda. Robos, golfillos en la calle, timadores. Le dije a mi sirvienta que me cosiera estos bolsillos adicionales por precaución. —Se volvió hacia el poli que la había llevado a rastras desde el callejón hasta allí—. A salvo de todo menos de las manos más fisgonas.

Él la amenazó con la mirada. Ella le respondió con una sonrisilla. Si no soltaba los gemelos, el caso contra ella era frágil como una copa de cristal.

El sargento agarró la revista de Una por el lomo y la sacudió. Al ver que no caía nada de entre las páginas (ni certificados bancarios robados ni billetes falsos) frunció el entrecejo y la dejó de nuevo en el escritorio.

—Retírele las esposas a esta mujer, Simms, y devuélvale sus cosas.

—Pero se armó un escándalo en el callejón que da a la calle Pearl, y atrapé a esta mujer huyendo.

El sargento mantuvo la expresión imperturbable.

—¡Además, me aplastó los dedos de los pies y me vomitó encima!

En vez de con indignación, el sargento reaccionó con una risa cansada.

—Ah, ¿sí? ¿Te los aplastó? —La miró de arriba abajo y se rio de nuevo. Luego volvió a dejar la pluma en su sitio y cerró el registro.

El agente Simms rezongó, pero obedeció y le levantó los brazos para quitarle las esposas. En cuanto quedó libre, recogió sus cosas y se las guardó en los bolsillos. Los gemelos eran una pérdida, pero estaba dispuesta a tragársela teniendo en cuenta lo cerca que había estado esa noche de una detención, tal vez incluso de que la acusaran de asesinato. Lo bueno era que el poli no había seguido indagando en el callejón antes de llevarla a comisaría. El vómito de cerveza podría haber tenido algo que ver. Sonrió de nuevo para sus adentros y se dirigió a la puerta.

Antes de que pudiera dar unos pasos sonó un timbre desde el otro lado de la sala. Un hombre bajito con lentes corrió al receptor de telégrafos que había junto a la campanilla. Una aceleró el paso.

—¡Sargento! —gritó el hombre, que agitaba la fina tira de papel que había escupido el aparato—. Ha habido un asesinato. En el doscientos setenta y seis del bloque de la calle Pearl. En el patio trasero.

—Espera un momento —oyó decir al tarado del poli Simms tras ella—. Acabamos de estar ahí.

Ella mantuvo la mirada fija en la puerta. Ya estaba a medio camino. Cuando estuviera fuera, echaría a correr. El alboroto de voces y pisotones fue en aumento. Solo unos cuantos pasos más…

Una mano rolliza la agarró por la parte trasera del abrigo y la obligó a dar la vuelta.

—No tan rápido, señorita.

UNA APENAS TUVO tiempo de inspeccionar la celda en busca de barras endebles o bisagras oxidadas antes de que sonaran pisadas en los peldaños que llevaban al sótano. Sabía que no podía esperar que fuera el guardia que iba a liberarla, pero cuando vio que llevaban a Deidre a una celda en diagonal a la suya, se le encogió el estómago. Aún no había recuperado el color en las mejillas. El cabello pelirrojo era una maraña enredada, y había perdido el sombrero. El carcelero la encerró y giró la llave con un chirrido, luego se fue dando zancadas.

—Deidre —susurró y colocó la cara entre las barras de la celda—. ¡Deidre!

La joven apareció en la puerta de su celda.

—¿Una? Pensaba que te habías escapado.

—Yo pensaba lo mismo de ti. No te has ido de la lengua, ¿verdad?

—Claro que no —repuso ella, pero algo en su expresión alertó a Una.

—Bien.

El ambiente en el sótano era mohoso y frío. Olía a hierro oxidado, a tierra mojada y al hedor intenso de la desesperación. Deidre se ciñó bien el abrigo y dio una patada al suelo de piedra resquebrajado.

—En menudo lío nos has metido.

—Te dije que no vinieras.

—Marm Blei se va a enfadar tanto que va a mear sangre. Nunca deberías haber…

—Shhh —exclamó. No había manera de saber cuántas celdas estaban ocupadas y quién estaba escuchando—. Tú cierra el pico y todo irá bien.

Los escalones volvieron a crujir. Dos polis, de los cuales no reconoció a ninguno, bajaron de la sala principal. Uno se paró frente a su celda. El otro delante de la de Deidre.

—¿Señorita Davidson? —dijo el hombre situado frente a Una.

Ella contestó con el mismo deje sureño que había empleado con el sargento.

—¿Sí?

—Me gustaría hacerle varias preguntas.

Ella desvió la mirada hacia la celda de su amiga. Ojalá no la hubiera seguido. Esa noche todo había salido mal. Se recordó que solo tenían que mantener la cabeza fría, y al día siguiente estarían de nuevo en la calle vaciando bolsillos. Deidre miró hacia ella: las pupilas dilatadas invadían el color verde de sus ojos. No era una señal muy tranquilizadora. Justo por eso trabajaba sola.

El poli entró en la celda de Una y le tapó la vista de la de Deidre. Llevaba las mejillas bien afeitadas pese a las horas que eran, y el corte del bigote, a diferencia del sargento, era impecable. En vez de lucir uniforme de agente de policía, vestía un traje con una reluciente placa de detective enganchada en la solapa. Dejó la linterna que llevaba sobre un cajón que estaba boca abajo junto a la puerta. Los rayos de luz reptaban por las paredes frías y húmedas.

—¿Conoce a esa otra mujer?

—No, señor —contestó Una, que se sentó en el banco destartalado que había al otro lado de la celda. Se alisó la falda y cruzó los tobillos como una señorita.

—Uno de nuestros agentes ha dicho que las vio juntas en el callejón que desemboca en la calle Pearl.

—Querido detective, solo porque dos mujeres caminen juntas en la misma dirección no significa que se conozcan.

—Ya. ¿Por qué huyó de él?

—Estaba oscuro y no me di cuenta de que era un agente de la ley.

—¿Y qué hacía en el callejón en realidad?

—Me había perdido.

—¿Perdido?

—Soy nueva en esta ciudad, ya sabe. Solo he venido a visitar a una amiga enferma.

—¿Y los cargos?

Soltó una risa tímida.

—¿Le parezco una ladrona y vagabunda?

—Señorita, hace tiempo que aprendí a no dejarme engañar por las apariencias. —Se acercó unos pasos más—. Según mi experiencia, podría ser usted una asesina a sangre fría.

Intentó reír de nuevo, pero solo le salió un leve graznido.

—¿Una asesina? Pero ¿por qué lo dice?

El detective movió la linterna al suelo, arrastró el cajón hacia el banco y se sentó delante de ella.

—Oiga, sé que no fue idea suya. Fue idea de su amiga, ¿verdad? —Señaló con la cabeza hacia la celda de Deidre—.

Tenía algo ilegal que vender y la llevó con ella por si la cosa se ponía fea. Quizá le ofreció una parte de los beneficios. Pero al señor Sheeny no le interesó. Discutieron y, antes de que usted supiera lo que estaba ocurriendo, ella lo estaba sujetando y le pedía que lo estrangulara.

Una retrocedió. Pese a su pulcro aspecto, el aliento del detective olía a podrido. No pensaría de verdad que ella y Deidre tenían algo que ver con el asesinato, ¿no?

—¿O fue al revés? Usted tenía los objetos y se llevó a su amiga. Estar a salvo depende de los números. Para una mujer nunca están de más las precauciones. No en la calle. ¿Tengo razón? O quizá son de las que trabajan en equipo. Tal vez el asesinato siempre fue el plan para poder echarle mano al maletín del señor Sheeny. Me han dicho que dentro han encontrado más de quinientos dólares en objetos robados.

Le sostuvo la mirada de acero, consciente de que si la apartaba, lo interpretaría como una señal de culpabilidad. Sin embargo, no dijo nada. Regla número veintitrés: cuando una mentira no funciona, no compliques las cosas con la verdad.

El detective se reclinó hacia atrás.

—Está bien. No hace falta que diga nada. Estoy seguro de que su amiga está parloteando por las dos. —Se levantó y empujó despacio el cajón con el pie. Al arañar el suelo, producía un ruido fuerte y estridente que ahogaba cualquier retazo de sonido que esperara oír procedente de la celda de Deidre. Pese al ambiente frío, notó el sudor en las costuras del corsé. Ese detective era listo, el malnacido.

El acento desapareció de su voz.

—No creerá que ninguna de las dos tenemos algo que ver con el asesinato de Mike el… eh… de quien sea.

—Este es el trato, señorita Davidson, o quien sea: usted admite que su amiga cometió el asesinato, y yo tomo nota de su declaración y la dejo en libertad.

Una se cruzó de brazos y apartó la mirada a propósito. Debía de pensar que era idiota. No había pruebas que las relacionaran a ella o a Deidre con Mike el Viajante.

Él se encogió de hombros y recogió la linterna.

—Como quiera. Pero espero que esté segura de que su amiga es tan discreta como usted. De lo contrario, se pasará la vida en la Isla deseando haber largado.

La mención de la isla de Blackwell hizo que se le erizase la piel. Una vez pasó diez largos días allí gracias a un falso cargo y a un juez de mal humor. De hecho, estuvo valorando la opción de robar carteras, pero el tonto del poli no pudo atraparla con las manos en la masa, así que se la llevó por desorden público, aduciendo que ninguna mujer respetable estaría en la calle a esas horas sin un acompañante. La fuerza de la ley estuvo de acuerdo. Se dictó sentencia y la enviaron a la Isla antes de que Marm Blei pudiera intervenir. Diez días en el centro penitenciario con sus celdas infestadas de alimañas bastaron para que Una jurara que no volvería jamás.

Pero Deidre no la traicionaría. Hacía años que eran amigas. Habían pasado por peores apuros que este. Si las dos callaban, los polis no podrían acusarlas de nada. Por lo menos, no de asesinato.

Entonces, ¿por qué era incapaz de controlar el cosquilleo tembloroso que le recorría la espalda? Recordó la piel pálida de Deidre y el terror en sus ojos. El temblor fue en aumento.

—Voy a ver cómo va el interrogatorio de mi compañero. Ese sí que es un hueso duro de roer. Probablemente ya tiene una declaración jurada. —El detective estiró el brazo hacia la puerta.

Se levantó de un salto.

—¡Espere!

75

9

«Mira por ti por encima de todos los demás.» Era la regla número uno por algo. Aunque significara que Deidre podía terminar en la isla de Blackwell cumpliendo cadena perpetua por asesinato, Una estaba dispuesta a cumplirla. No importaba que de pronto sintiera la boca reseca y el estómago revuelto como si se hubiera tragado un cubo de ceniza. Caminaba de un lado a otro mientras esperaba a que volviera el detective con una pluma y un papel para anotar su declaración.

Marm Blei podría sacar a Deidre de esta. Tenía a la mitad de los fiscales y jueces de la ciudad a sueldo. Por no hablar de la policía. Solo era cuestión de saber dónde poner dinero suficiente. Metió las manos en los bolsillos para no arrancarse la piel a tiras de la preocupación. Si era preciso, podrían montar una fuga de prisión. Marm Blei también conocía a las personas adecuadas. Ni siquiera la cárcel de Tombs era impenetrable. Toqueteó el librito de fósforos, la aguja de Barney y el frío puño americano. No se habían molestado en registrarla de nuevo antes de meterla en la celda. Tenía un golpe rápido y un buen gancho, pero no parecía el tipo de situación en la que buscar una salida con una pelea. No, iba a decirle al poli lo que quisiera oír, y luego iría directa a ver a Marm Blei.

Al regresar, el detective lucía una sonrisa extraña. Cuando fue a agarrar algo del bolsillo, Una se percató de que no llevaba pluma ni papel.

—¿Quiere mi declaración o no? —preguntó, procurando sonar más segura de lo que se sentía.

De nuevo esa sonrisa rara. El detective retiró la mano del bolsillo y le enseñó algo brillante: los gemelos de rubíes.

—Hábleme de esto.

—No los había visto en mi vida.

—¿No? El agente Simms dice que los ha encontrado en su falda al cachearla en el callejón.

Le costó no sonreír. Qué oportuno que de pronto aparecieran los gemelos en manos del agente Simms ahora que estaba en curso una investigación de asesinato. Era evidente que el patético reconocimiento de sus superiores le resultaba más tentador que el dinero que podría haber conseguido al venderlos. Ese idiota no sabía cuánto valían los rubíes.

El detective continuó, sosteniendo aún los gemelos.

—El mismo callejón, permítame que se lo recuerde, donde el señor Sheeney, un conocido perista, fue asesinado solo unos momentos antes de que la detuvieran.

El tintineo de las llaves y el lamento del metal sonaban fuera de la celda. El detective se hizo a un lado para que ella viera a través de las barras de la puerta. La celda de Deidre estaba abierta, y la estaban liberando.

—Pero yo… No ha oído…

—No será necesaria su declaración, señorita Davidson. Su amiga ya nos ha contado todo lo que necesitábamos saber. A menos, claro, que quiera corroborar su relato del asesinato.

Una pasó corriendo por su lado y se agarró a las barras de la puerta de la celda. Parecía que su corazón tuviera alas y latiera con frenesí en la garganta.

—¡Deidre!

Al pasar de largo, su amiga se avergonzó y se encogió de hombros a modo de disculpa.

—No es personal. Tú habrías hecho lo mismo.

—¡Claro que no! —le gritó Una.

Deidre subió los peldaños del sótano y no se dio la vuelta.

Cuando la puerta que llevaba a la sala principal se cerró de golpe, ella se volvió hacia el detective.

—Sea lo que sea lo que les ha contado, es mentira.

—¿Y el hilo del que iba a tirar usted es la verdad? —Se rio—. Todos los delincuentes son iguales. Le clavaría un cuchillo a su madre con tal de salvar el pellejo.

El aliento amargo del detective le llegó desde el otro lado de la celda. «Dame un cuchillo y te enseñaré de lo que soy capaz.» Transformar esa sonrisa engreída en una mueca permanente sería solo el principio. Los hombres como él se creían por encima de sus instintos animales. Los que nunca habían pasado frío o hambre ni habían estado solos intentando salir del pozo. Unas cuantas noches solo en Tenderloin, Hell's Kitchen o Mulberry Bend sin su cálido abrigo de lana y su pistola reluciente, y conocería otra faceta de sí mismo. Una en la que le quitaría a otro las botas de los pies. En que le arrebataría una corteza de pan a un niño. En que delataría a su amigo.

Además, él no tenía ni idea. Fue la madre de Una quien la dejó en la estacada.

El detective volvió a guardarse los gemelos en el bolsillo.

—Esto es lo que creo que pasó…

Gracias a la lengua suelta de Deidre, la versión de los hechos que él había elaborado contenía trazos de verdad. Sin embargo, cuando aludía al asesinato de Mike el Viajante, era tan incongruente como la nieve en julio. Ella la contrarrestó con su versión de los hechos. Sí, estaba buscando al señor Sheeny con la esperanza de venderle los gemelos, que se había encontrado, por cierto, no los había robado. No, no había coaccionado a Deidre para que la acompañara. De hecho, había sido ella quien había propuesto llevarlos a un perista. No, el regateo no había acabado en discusión. Y no, ella no había matado al señor Sheeny por eso. Ahí, Una decía la verdad. Describió la oscuridad del patio. El resplandor de luz del fósforo. La silueta en la sombra que había visto agachada junto al cuerpo de Mike el Viajante.

—¿Cómo era esa silueta en la sombra? —preguntó el detective en un tono burlón.

—No lo sé, estaba demasiado oscuro. Ese es el quid de la cuestión. —Cerró los ojos y pensó en el momento en que resplandeció el fósforo de Deidre—. Llevaba traje y un gorro. Negro, tal vez azul marino… y botones. Recuerdo el destello de la luz en ellos.

—¿Era negro? ¿Oriental? ¿Un hombre blanco?

—Un hombre blanco… creo.

—¿Alto, bajo, gordo, flaco?

Abrió los ojos.

—No me acuerdo.

—Ya. Así que deberíamos buscar a un hombre blanco de complexión indeterminada con un traje oscuro y gorro. ¿Lo he entendido bien?

—Sí.

—Entonces, más o menos la mitad de los hombres de la ciudad. —Soltó un bufido.

Se sentó en el banco de la celda con las piernas estiradas, como si estuvieran holgazaneando frente a una hoguera, como si intercambiaran banalidades y no la descripción del asesino.

Una siguió caminando de un lado a otro. Volvió a meter la mano en el bolsillo y los dedos en los agujeros del puño americano. Había descartado la pelea como manera de salir de ese embrollo, pero era bonito imaginar, por un instante, que le daba un buen golpe en la cabeza.

—Le estoy contando la verdad.

—Disculpe, señorita Davidson, o comoquiera que se llame en realidad, pero soy un poco escéptico con su versión de la verdad.

—¿Cree que es más probable que yo, una simple mujer, matara al señor Sheeny sola?

Odiaba que la consideraran débil e indefensa por su género. Si tuviera una razón para hacerlo, matar a un hombre no escapaba a sus capacidades, aunque fuera tan alto y hábil como Mike el Viajante. Sin embargo, tampoco iba a despreciar los prejuicios del detective si con eso conseguía salir del apuro.

—Resulta sorprendente la poca presión que hace falta para estrangular a un hombre. Si se dan las circunstancias adecuadas, claro.

Recordó el cinturón que vio en el cuello de Mike el Viajante antes de que huyera el asesino, luego recordó lo que Barney le había contado de Joe el Narigudo y Martha Ann. Los habían estrangulado de la misma manera.

—Es el mismo hombre —se dijo en voz alta.

—¿El mismo que qué?

Miró al detective.

—Se han cometido otros dos asesinatos últimamente. Los dos en zonas pobres de la ciudad. Los dos por estrangulamiento. Creo que el hombre que mató a Mike… eh, al señor Sheeny, también los asesinó a ellos.

El detective soltó tal carcajada que estuvo a punto de resbalarse del banco. Ella agarró con más fuerza el puño americano. No le importaba la verdad ni resolver el asesinato cuando ya tenía a una sospechosa bajo custodia. Para él, todos los delincuentes eran iguales.

—No me está es…

El detective levantó un mano y se puso en pie.

—Ahórrese las ridículas historias para el juez. Aunque, se lo advierto, no es mucho más amable que yo con la gente como usted.

10

Una pasó la noche en vela en la celda. Cada vez que cerraba los ojos, tenía visiones del barco de vapor que la llevaría a una vida deplorable en la isla de Blackwell. Recordó la transpiración gélida que dejaba las paredes del centro penitenciario resbaladizas cuando acabó allí a los dieciséis gracias al falso cargo de desorden público. Rememoró el agua de la tina, espesa y turbia por la mugre de otros presos, en la que la obligaron a bañarse. Recordó la paja infestada de moscas que cubría el suelo de su celda abarrotada. Las horas que pasó tejiendo alfombras de trapos con las manos heladas. La «celda oscura» donde la encerraron por faltar al respeto al vigilante.

Durante su breve estancia murieron dos mujeres: una de disentería, la otra por el frío húmedo. Los vagabundos que acababan allí cada pocos meses, le contaron que en verano la situación era igual de mala porque el sol achicharraba el edificio y las cucarachas infestaban el lugar. Se rumoreaba que era aún peor la prisión situada en el otro extremo de la isla, donde enviaban a los delincuentes más curtidos, como los condenados por asesinato.

Se recordó que Marm Blei intervendría antes siquiera de que ingresara allí, mientras daba vueltas encima del banco duro y estrecho. Aunque esa traidora de Deidre no le hablara de la suerte que había corrido, Marm Blei lo sabría por la mañana. Llegaría la primera con su pandilla de abogados caros de la ciudad detrás. Le quitarían de encima los cargos contra ella. Al fin y al cabo, no había cometido ningún delito.

Sin embargo, llegó el amanecer, con un tenue goteo de luz a través de los barrotes de acero de la ventana alta, y Marm Blei no apareció. Recordó que era *sabbat*. El carcelero pasó para recoger el cubo del cuarto, que despedía un olor ácido, y luego con un cucharón de agua como único desayuno. Caminaba por su celda y se paraba cada vez que oía que se abría la puerta que daba a la sala principal. Observaba cómo la luz al otro lado de las ventanas cambiaba y se intensificaba, y los delicados cristales de hielo que se habían acumulado en el cristal durante la noche se derretían.

Por fin, mucho después del atardecer, apareció Marm Blei. Sola. Tal vez los abogados estaban de camino. O arriba, y negociaban ya con el sargento. Una corrió a la puerta de la celda.

—*Sheifale* —dijo Marm Blei al tiempo que movía despacio la cabeza—. *Klug, Klug, un fort a nar*.

—¿Deidre te ha contado…?

Marm Blei levantó la mano.

—Me lo han contado todo.

—Me acusan de asesinato.

—Lo sé.

—Pero me sacarás de aquí, ¿verdad? Por lo menos bajo fianza, hasta que se desestimen los cargos. Sabes que lo valgo.

—Puedo, *sheifale*. Pero no lo haré.

Ella sacudió la cabeza. ¿Lo había entendido bien?

—Deidre me ha contado que ibas a ver a Mike el Viajante para venderle algo. Creo que dijo que unos gemelos de rubíes.

—No es…

—¡*Shveig!* —dijo en tono cortante. Una calló. Pasado un instante, Marm Blei meneó la cabeza de nuevo y prosiguió más suave—: De todas las chicas, eras mi favorita. Eras toda una promesa. Pero veo que no tienes paciencia. Ni lealtad.

—No fue nada. Solo quería saber qué ofrecía Mike el Viajante. No iba a…

—Una manzana podrida estropea el resto. —Se dirigió a la escalera—. Adiós, Una.

—¿Vas a dejarme aquí pendiente de un juicio por asesinato por un patético par de gemelos? —le gritó la joven.

Marm Blei no se dio la vuelta, pero dijo por encima del hombro:

—Eres lista. A veces demasiado. Algo se te ocurrirá, por tu bien.

Una sintió un nudo en el estómago. Zarandeó la puerta de la celda con tanta fuerza que las bisagras oxidadas protestaron con un chillido. Durante años se lo había dado todo. Los bolsos de seda, relojes de oro y brazaletes de plata que usurpaba. A cambio, ella le daba las migajas. Mientras tanto, Marm Blei comía en platos de porcelana fina (robada, por supuesto, pero igualmente), y gozaba de la protección de sus matones y abogados elegantes. Se suponía que también la protegía a ella. Ese era el trato.

El guardián de la cárcel le ordenó a voces desde lo alto de la escalera que dejara de hacer ruido o ya vería. ¿Ya vería qué? Se enfrentaba al cargo de asesinato. Aun así, soltó los barrotes y se apartó de la puerta. Regla número cuatro: no llames la atención. Además, necesitaba pensar. Dar con una salida a ese maldito embrollo. Era más fácil allí que en la parte trasera del vehículo de la policía de camino a la cárcel de Tombs.

Sin embargo, era incapaz de dominar sus pensamientos. Las palabras de Marm Blei habían sido como una coz de caballo en las tripas. Aún no había recobrado el aliento. Por eso no confiaba en la gente. Por eso trabajaba sola. Por eso había ido a ver a Mike el Viajante. Marm Blei se sentía amenazada por ella. Por su potencial. Pues se lo iba a demostrar. Cuando saliera de allí, redoblaría los esfuerzos, perfeccionaría sus timos, pasaría de los niñatos de ciudad a presas más grandes y ricas. A Marm Blei la corroería la envidia, con todos los bienes que conseguiría.

Se llevó las manos a la cara y se dio una fuerte palmada. Los ricos y la venganza tendrían que esperar. Primero necesitaba salir en libertad. Caminó por la celda dibujando círculos lentos. ¿De qué recursos disponía? El puño americano, un librito de fósforos, páginas de revista suficientes para hacer cien viajes a la letrina y la maldita aguja de Barney. Nada de mucha utilidad. Lo que necesitaba en realidad era dinero, el suficiente para sobornar a los guardias o pagar a un degollador medio decente. Sin embargo, aunque tuviera esa pasta, que no tenía, ni siquiera en su lata secreta, ¿cómo iba a acceder a él entre rejas? No, necesitaba encontrar una oportunidad de huir y solucionar el resto escondida.

La noche dio paso a la mañana, y aún no contaba con un buen plan. El agente Simms bajó la escalera con pesadez y la recogió para el traslado. Cuando le cerró las esposas frías y metálicas en las muñecas, se le ocurrió una idea. La aguja de Barney era demasiado frágil para forzar la cerradura de la puerta de la celda o el grueso candado de acero del vehículo de traslado, pero podría funcionar con las esposas. Y el agente Simms, el muy tarado, le había hecho un gran favor esposándola por delante en vez de por la espalda.

Solo necesitaba un poco de tiempo, con treinta segundos bastaría, sin estar vigilada o encerrada tras una puerta.

Sin embargo, el agente Simms no la dejó ni aflojó el gesto con el que la agarraba del brazo cuando la arrastró para sacarla de la celda, la hizo subir por la escalera y salieron al transporte que esperaba. Ahora tendría dos moratones idénticos, uno en cada brazo, gracias a esos asquerosos dedos de salchicha. Esperaba encontrar una aglomeración en la sala o algún disturbio en la calle que le diera la oportunidad de huir, pero no apareció ningún borracho, vagabundo ni demente. Los vendedores ambulantes que abarrotaban la acera no reñían. Los caballos no mordían ni relinchaban. Ni siquiera los chicos que repartían prensa, que siempre estaban haciendo diabluras, llamaron la atención de Simms.

—Estoy deseando verte en el juicio —dijo mientras la subía a la parte trasera del vehículo como si fuera un saco de cebollas podridas—. Siempre es una alegría ver cómo los delincuentes os retorcéis bajo la luz.

Una aterrizó en el carro sobre las manos y las rodillas. Si no escapaba entonces, tendría pocas opciones de hacerlo en Tombs, donde merodeaban el doble de polis. Ya no podía esperar más una distracción, tendría que provocarla ella. Se arrastró a uno de los asientos desvencijados y se metió la mano en el bolsillo. Justo cuando el agente Simms cerraba la puerta, dejó caer el puño americano al suelo y con la punta de la bota lo calzó en la jamba. La pesada puerta tembló y no se cerró del todo. El agente Simms lo volvió a intentar. Esta vez todo el carro se agitó por la fuerza que ejerció. Sin embargo, el puño americano seguía allí, ahora medio incrustado en la madera de la jamba.

El policía se puso a blasfemar, abrió la puerta de un golpe y la fulminó con la mirada. Cuando bajó la cabeza para ver qué pasaba, ella le dio una patada en la cara. El agente Simms se tambaleó hacia atrás, la sangre le salía a chorro de la nariz. Una saltó desde la parte trasera del carro y echó a correr. No miró atrás. Tampoco bajó el ritmo para orientarse.

Los feligreses abarrotaban las aceras con sus mejores atuendos. Los carros y los cochecitos se movían a trancas y barrancas por la calle. La nieve había empezado a derretirse y dejaba el suelo embarrado y resbaladizo. Corría como un rayo, resbaló y patinó alrededor de los obstáculos. Las manos esposadas le dificultaban mucho ganar velocidad.

Pasados varios minutos sintió un fuerte dolor en el costado. Su respiración sibilante sabía a sangre. Tras ella sonaban gritos y pitidos.

Giró por una calle tras otra. Por un instante el clamor de sus perseguidores se desvaneció, para redoblarse unos instantes después. Pronto irían a por ella desde todas direcciones.

Necesitaba un lugar donde esconderse, y rápido. Sin embargo, su cerebro necesitado de aire iba a la zaga de los pies, y no veía una ventana abierta o un arbusto crecido hasta que ya lo había pasado. Los callejones repletos de ropa tendida se ramificaban desde las calles, pero no se atrevía a adentrarse en ellos sin saber mejor dónde estaba. De lo contrario, se arriesgaba a quedar atrapada en un callejón sin salida.

Sintió un calambre en el músculo de la pierna que la obligó a ir más lenta. La distancia que había ganado respecto de los polis se reduciría a cero si no aliviaba el dolor. Se paró lo suficiente para frotarse rápido la pierna y aspirar un poco de aire. Sabía amargo, como a huevo podrido. ¡Era el distrito de Gas House!

Siguió renqueando, pero esta vez a propósito. Las fábricas de gas cercanas escupían una cortina de niebla gris que manchaba el cielo. Allí los gases lo impregnaban todo: los bloques de pisos destartalados, las farolas y puestos de telégrafos, los escaparates y las marquesinas desgastadas. Nadie iba allí por voluntad propia, y esperaba que eso jugara a su favor.

Recorrió presurosa una amplia avenida, luego bajó por una calle que cruzaba hacia el río. Incluso sin la ayuda de los carteles de las calles, sabía dónde estaba. En la avenida A, dudó. Al otro lado de la calle estaba Tompkins Square. Con sus numerosos árboles y arbustos, sería el sitio perfecto para esconderse. Sin embargo, en lugar de cruzar la calle y huir a través de la maleza del parque, torció a la izquierda y luego volvió a dar un giro rápido. Si pensaba que Tompkins Square era el sitio perfecto para esconderse, también lo pensarían los polis, y en cuestión de minutos lo inundarían.

En cambio, se coló por el agujero en una valla herrumbrosa junto a la calle Once y entró en el antiguo cementerio católico. Hacía décadas que estaban prohibidos los entierros en Manhattan, así que el camposanto se había convertido en un lugar venido a menos, desolado. Las lápidas resquebrajadas se inclinaban hacia el suelo. Otras se habían caído del todo. Los montones de basura y hojas muertas crujían bajo sus pies. Se santiguó y siguió a toda prisa. Entre la niebla de las fábricas de gas y las sombras que arrojaban los edificios y las tabernas que los rodeaban, la sensación era como de crepúsculo, aunque no podían ser mucho más de las doce del mediodía.

Cuando era pequeña, su padre le llenó la cabeza de historias y advertencias sobre los muertos. Cuidado con el espíritu del último cadáver enterrado en un camposanto porque vigila a los muertos mientras espera su turno para ascender a los cielos. Si tropezabas con una tumba y caías, te morirías en menos de un año. Silbar en un cementerio equivalía a invocar al diablo. Sabía que solo eran supersticiones antiguas, pero, aun así, se le ponía la piel de gallina en los brazos, y pisaba con especial cautela para no caerse.

Cualquier día los espíritus enojados se harían cargo de los polis. En el otro extremo del cementerio, encontró una lápida lo bastante grande para ocultarse si alguien miraba desde la calle. Se agachó detrás y recuperó la aguja de Barney.

11

Justo acababa de amanecer al día siguiente cuando Una llegó a la casa adosada de su prima, cerca de Murray Hill. Había tardado más de una hora en abrir las esposas con el alfiler de plata de Barney, pero se quedó en el cementerio mucho tiempo, escuchando el ruido sordo y revelador de las botas de los polis. Hasta que anocheció y el bullicio de las calles se apagó, no se aventuró a salir. Para entonces ya había rezado el rosario cinco veces para ahuyentar a los fantasmas y había urdido una especie de plan.

Aunque los polis no sabían dónde vivía, no podía volver a su piso. Estaba demasiado cerca de la tienda de Marm Blei y no confiaba en que esa mujer no se chivara a la policía. Además, no era solo por Marm Blei. Ya no podía confiar en ninguno de sus secuaces en esa parte de la ciudad: el tendero, los barrenderos, los vendedores de libritos de fósforos, los chatarreros, las otras carteristas con las que compartía piso, sobre todo Deidre. El alijo de dinero y baratijas que había escondido en la pared de su habitación era irrecuperable.

Eso la dejaba sin un céntimo en el bolsillo ni un amigo al que acudir. Por no hablar del malestar que sentía en el pecho (estaba segura de que era una indigestión) al pensar que había perdido el collar con camafeo de su madre. Aunque lo tuviera, ahora no le serviría de nada. Sin embargo, su madre le había dejado algo más: una prima. Ella nunca había creído en esas chorradas de «la sangre siempre tira», pero eso no significaba que no estuviera dispuesta a sacar provecho de esos sentimientos. Regla número dieciséis: no descartes a nadie hasta que esté muerto.

Antes de acercarse a la casa, esperó agazapada en el otro lado de la calle hasta que el marido de su prima, capataz en una fábrica de papel pintado, se fue a trabajar. A Ralph, (¿o era Richard?) nunca le había caído bien. El hecho de que le hubiera robado una pluma en la última visita seguro que no había ayudado. Era ostentosa, un objeto grueso y cubierto de oro con filigranas que agitaba al hablar como si fuera un maldito rey y no un capataz de segunda que ganaba diez veces más dinero que las mujeres a las que daba órdenes. Además, insinuó que Una era analfabeta. Sus palabras exactas fueron «vulgar» y «tonta», si no le fallaba la memoria. No le habló directamente a ella, por supuesto. Así eran las maneras de esos irlandeses de las cortinas de encaje. Se reían de ti o lloriqueaban a puerta cerrada. Los de clase baja aún tenían el coraje de insultarte a la cara. Así que birló esa monstruosidad de oro del bolsillo de Ralph o Richard y escribió: «Muchas gracias por la pluma» en letras grandes y pulcras en una hoja de papel de carta con sus iniciales estampadas que había en el escritorio, y se fue sin despedirse.

De eso hacía seis años. Esperaba que hubiera sido tiempo suficiente para suavizar el resentimiento. Llamó a la puerta de roble pulido y esperó. Al ver que no contestaba nadie, volvió a llamar. Le inquietaba estar de espaldas a la calle. La víspera había encontrado un mantón raído colgado de la barandilla de una escalera de incendios mientras se escabullía y se deslizaba por la ciudad. Aún estaba mojado de la colada del día, pero se lo colocó sobre los hombros de todos modos. No era un gran disfraz, pero era mejor que nada. Ahora, bajo la irritante luz intensa de la mañana, el mantón con el dobladillo deshilachado y la lana manchada de hollín hacía que llamara aún más la atención en ese vecindario tan estirado. Se lo quitó y llamó por tercera vez.

Por fin se oyeron pasos desde dentro. La puerta se abrió lo justo para dejar al descubierto una franja del rostro de su prima. Aún llevaba el pelo sujeto con cintas y el sueño incrustado en los ojos. Parpadeó varias veces y luego frunció el entrecejo.

—¿Una?

—No, Claire, su santidad el papa. Pues claro que soy yo. Déjame pasar. —No esperó a que su prima contestara y empujó la puerta hasta que se abrió lo suficiente para colarse. La luz del día se filtraba a través de las ventanas cubiertas con gasa que flanqueaban la puerta y sumía el recibidor en un tenue resplandor.

Claire retrocedió arrastrando los pies, con la nariz arrugada y el ceño aún más fruncido.

—Por el amor de Dios, estás horrible. También hueles fatal.

Era lo que le pasaba a una chica cuando dormía una noche en la cárcel. No importaba todo lo que hubiera corrido. Ni su estancia en ese cementerio abandonado. Pero no iba a decirle nada de eso a Claire. De pequeñas eran muy amigas, decían que eran como hermanas. Ahora no eran más que desconocidas.

La madre de Claire nunca aprobó el marido que había escogido su hermana, un paleto recién salido del barco con pocas expectativas. Después de la guerra, con tanto holgazanear y beber, aún lo aceptaba menos. Las familias ya se habían distanciado, tanto en riqueza como en afecto, cuando su madre murió. Su tía se ofreció a acogerla, pero su padre se negó. La familia de Claire se fue, levantando la nariz y meneando la cabeza, y Una no había visto a ninguno de sus miembros desde que buscó a Claire seis años atrás y se pasó a verla, no con la intención de robar nada, sino para visitar a su prima y examiga.

La fría acogida de Claire no la sorprendió. Tampoco la altivez de su marido. Sin embargo, la pena velada que sentía su prima la enfureció. Ahora esa pena era su único recurso. Se alisó la falda sucia y arrugada y luego miró a la cara recelosa de su prima.

—Me he metido en un pequeño lío y necesito un sitio donde alojarme.

—¿Alojarte? ¿Cuánto tiempo?

Se encogió de hombros. No había pensado más allá de eso.

—Una semana. Quizá dos. Como mucho un mes.

—¿Estás loca? Si Randolph se enterara de que te dejo pasar más de un segundo, se pondría hecho un basilisco. Era su pluma favorita, ya lo sabes.

—No me has dejado pasar, primita. He tenido que entrar sin permiso. No ha sido un gesto muy familiar por tu parte.

—Pensaba que un mendigo estaba aporreando la puerta de lo que me ha costado reconocerte.

Sonrió con los dientes apretados. ¡Una mendiga! Se miró en el espejo que colgaba en la pared de enfrente, encima de una mesa con la superficie de mármol. El pelo sobresalía como un plumero alrededor del sombrero torcido. Una salpicadura de barro le manchaba el cuello. Tenía los labios cortados y la nariz roja por el frío.

—Bueno, ahora que ves que no soy una mendiga, solo tu prima perdida que está en apuros, ¿puedo quedarme?

Claire cruzó los brazos sobre la bata. Era de terciopelo color borgoña intenso con ribetes de piel. De conejo, sin duda. Randolph no podía permitirse armiño ni visón con el sueldo de capataz. Aun así, parecía más suave que toda la ropa que había llevado en su vida.

—¿Qué ha pasado? —preguntó Claire—. ¿Tu marido te ha echado?

—No estoy casada.

—Entonces, ¿huyes de un amante celoso?

A Una se le escapó un suspiro sin poder evitarlo. ¿Qué tipo de patrañas leía Claire? Se sentó en un banco lacado junto a la pared y se puso a desatarse las botas. Las ampollas de los pies le dolían como un demonio.

—No.

—No he dicho que puedas quedarte —dijo Claire en tono chillón y con los brazos aún cruzados—. ¿Tienes problemas con la ley?

—Claro que no.

—Pues los tendrás si Randolph te encuentra aquí. —Separó los brazos y se puso a caminar por el pequeño vestíbulo—. ¿Lo que necesitas es dinero? ¿Es eso? Sabía que algún día pasaría algo así. Mamá siempre decía que erais mala hierba.

—Salimos de la misma hierba —repuso, se quitó primero una bota y luego la otra, y las tiró al suelo con estruendo.

—Me refiero a la parte paterna. Hablando de tu padre, ¿por qué no le pides ayuda a él?

—Está muerto —mintió. En realidad era una mentira a medias.

Hacía casi tantos años que no lo veía como a Claire. Había pasado de la botella a la pipa y podría estar muerto. Lo cierto era que no podía merodear por el barrio chino, metiendo las narices en cada tugurio de opio de la calle Mott para averiguarlo. Menos ahora que la buscaban.

Claire adoptó una breve expresión de empatía y siguió andando.

—Bueno, aquí no te puedes quedar. Randolph está pendiente de que lo asciendan en la fábrica y ahora mismo no puede permitirse alterarse. ¿Y qué dirían los vecinos si te vieran? No te han visto, ¿no? —Se asomó a las cortinas de gasa como para asegurarse—. Se presenta a ayudante de concejal y…

—Nadie me ha visto. Lo juro. Ni me verán. Quiero pasar desapercibida. —Tenía las medias mojadas y pegajosas donde le habían sangrado las ampollas. Tenía la boca reseca y el estómago revuelto. No le sorprendería que se le hubiera hecho un agujero. Se levantó y tomó a Claire de las manos para hacer que se calmara—. Por favor, por los viejos tiempos. No tengo otro sitio adonde ir.

Al ver que no contestaba, parpadeó rápido varias veces, como si intentara contener las lágrimas, y siguió con un hilo de voz:

—Siempre te he envidiado, ya lo sabes. El pelo, tan bonito. La casa grande. Una madre que te quería y te cuidaba. Desde el incendio yo… —Resopló, apartó la mirada y rezó para que Claire mordiera el anzuelo.

—Ay, está bien —dijo al fin, y apartó las manos con un suspiro dramático—. Puedes quedarte unos días. Nada más. Y tendrás que dormir en el sótano. Randolph no puede saber que estás aquí.

12

Se sentía como una rata. Instalada en el sótano de su prima entre los sacos de patatas y cebollas, solo merodeaba por los niveles superiores de la casa cuando Randolph no estaba. Sin embargo, era mucho mejor que la cárcel.

Claire no disimulaba su desdén. Cuando salía del sótano, la seguía como si fuera una dependienta demasiado atenta en una tienda, pero no solícita, sino desconfiada. Soltaba restos de comida y las sobras frías de los platos con la misma repugnancia piadosa que había vivido de pequeña en la misión de Five Points. Ni una cucharada de sopa caliente valía ese trato, así que se fue de allí tras pasar una noche. También se iría de la casa de su prima en cuanto lograra decidir su siguiente paso.

Tres días después de su llegada, Una se quedó despierta en su cama improvisada de trapos y sacos viejos de harina. El silencio de arriba le decía que aún no había despuntado el alba. Las pisadas torpes de Randolph cuando se vestía y se preparaba para trabajar solían despertarla. Sin embargo, ese día fue el estruendo del carbón cayendo por el conducto. El polvo de carbón se extendió en el aire cuando aterrizó en el suelo del sótano. Lo olía más que verlo, y notaba cómo se posaba en la piel.

Incapaz de volver a dormirse después de semejante ruido, encendió una vela y se puso el abrigo para añadir calor en ese ambiente frío y húmedo, y ahora polvoriento.

Mientras daba vueltas de un lado a otro, intentando ponerse cómoda, los objetos que llevaba en el bolsillo crujieron bajo su peso. Los sacó y los dejó al lado, en el suelo. La aguja de plata de Barney estaba doblada y desconchada tras la larga y tediosa batalla con el cierre de las esposas. Aunque se atreviera a llevarla a un perista, que no era el caso, no valdría más de un dólar.

Necesitaría mucho más que eso para irse de Nueva York. Por lo menos diez dólares para un billete de tren y lo indispensable para viajar. Ni siquiera así estaría a salvo, fuera del alcance de la policía. Le dolían las entrañas al pensar en irse de la ciudad. Las calles estaban sucias y abarrotadas. Los veranos eran calurosos y húmedos. Los inviernos eran lúgubres y fríos. Si te caías, existían las mismas probabilidades de que los viandantes te pisaran o de que te ofrecieran una mano. El olor de la urbe revolvía el estómago. Aun así, a ella le encantaba. Cada callejón angosto y bloque destartalado. Había nacido en Nueva York. Allí había llegado a la mayoría de edad. Siempre había pensado que moriría allí. Pero, si no se iba, la única parte de la ciudad que volvería a ver sería la isla de Blackwell.

Tomó la revista y desenrolló las páginas. Las letras de la portada se habían desgastado hasta convertirse en una mancha de tinta ilegible, pero dentro las páginas estaban mejor conservadas. Clavó la mirada en un artículo titulado «Una nueva profesión para las mujeres». Soltó una risita pensando en las mujeres esclavizadas en las fábricas de corsés y botones. Las que cosían camisas a la luz de las velas en su casa por unos peniques a la semana. Las criadas y otras empleadas del servicio doméstico que trabajaban día y noche en las mansiones de Millionaire's Row. Si ese era el tipo de profesión al que se refería el autor, seguiría con el robo, muchas gracias.

Sin embargo, le picó la curiosidad y siguió leyendo.

Durante muchos años el Hospital Bellevue, la principal institución pública y gratuita de este tipo en Nueva York, se ha ganado una reputación por el excelente servicio médico y quirúrgico, y su facultad acoge a muchos de los principales miembros de la profesión en la ciudad. Durante los años venideros es probable que se asocie con normalidad a otro gran avance de las artes curativas: los resultados de fundar en 1873 la Escuela de Formación para Enfermeras del Hospital Bellevue, una nueva profesión para las mujeres de Estados Unidos.

¿Enfermería? La idea le hacía pensar en mujeres de gesto adusto que reñían y desatendían a los inválidos a su cargo, y les robaban las cervezas y los tónicos hasta que la propia enfermera alcanzaba una borrachera agradable y se volvía por completo inútil. Ella había conocido a muchas de esas mujeres, durante sus visitas a las lóbregas salas de hospital cuando la herida de guerra de su padre no andaba bien o había tomado demasiado *whisky*. Sin embargo, no era el tipo de mujeres que describía el artículo. Intrigada, lo leyó hasta el final.

Por lo visto, algunas mujeres adineradas de Nueva York se habían empecinado en que los hospitales necesitaban una reforma, y qué mejor lugar para empezar que las negligentes y caóticas enfermeras. Habían decidido fundar una escuela de formación y ponerse en contacto con una enfermera famosa de Inglaterra para saber cómo hacerlo. Siguiendo sus directrices, y gracias a una suculenta donación de la esposa de un magnate del ferrocarril, acababa de nacer la Escuela de Formación para Enfermeras del Hospital Bellevue. Las alumnas asistían a un programa de dos años, y durante ese tiempo recibían alojamiento y comida gratis, además de una modesta beca mensual. Cuando se licenciaban, encontraban trabajo enseguida en hospitales y domicilios privados de todo el país.

Se incorporó y agarró un trozo de regaliz de un saco que había en una estantería cercana. Claire le había prohibido expresamente que rebuscara en la despensa, pero masticar la ayudaba a pensar. Tal vez al final no le haría falta irse de Nueva York. Regla de oro número once: el mejor lugar para esconderse es a simple vista.

Esa tarde, Una ya había rehecho del todo su plan. En vez de huir a Boston o Filadelfia, o hasta donde lograra llegar, se quedaría en Nueva York disfrazada de alumna de la escuela de enfermería del Bellevue. A la policía jamás se le ocurriría buscar ahí. Al final, el caso contra ella se enfriaría y caería en el olvido. Mientras se mantuviera alejada de Marm Blei y sus secuaces, podría volver a su antigua vida. Salvo que ahora contaba con un timo aún mejor. Ya no tendría que esperar en andenes abarrotados a ver una señal. De hecho, la gente la invitaría a su casa, pensando que podía cuidar de sus seres queridos enfermos, mientras ella estaría todo el tiempo urdiendo el golpe perfecto. Desde luego, tendría que ser muy lista o correría la voz sobre la enfermera ladrona, pero algunas de sus mejores habilidades eran la paciencia, la cautela y la distracción.

Solo se interponía un problema en su camino: lograr que la admitieran en la escuela. Según el artículo, los requisitos eran muy estrictos. Las candidatas ideales tenían entre veintiún y treinta y cinco años, eran solteras, cultas y religiosas. Cumplía esas condiciones sin problema. Era cierto que hacía más meses de los que podía contar que no asistía a misa, pero cuando vivía su madre nunca se perdían un domingo. Si sumaba las festividades religiosas y la fiesta de San Patricio, era suficiente para compensar su reciente absentismo. También era de complexión fuerte, diligente y carecía de defectos físicos. La obediencia nunca había sido su fuerte, pero también lo enmendaría. Sin embargo, necesitaría más ingenio para fingir las demás aptitudes. Tendría que falsificar certificados que demostraran que había recibido una buena educación, así como cartas de referencia para demostrar que era de carácter «meticuloso y empático».

Llevaba la mayor parte del día caminando por el sótano y mascando casi todo el regaliz de Claire cuando vislumbró una manera de conseguir esos documentos. Si no estuviera escondiéndose de la policía ni la repudiara el equipo de Marm Blei, conseguir falsificaciones sería fácil. Marm Blei conocía a tres o cuatro hombres hábiles en ese negocio. Sin embargo, había perdido esos contactos. Tendría que confiar en el único que tenía: Claire, quien sin duda se sentiría presionada a escribir una referencia falsa si con eso conseguía sacarla del sótano, y otra persona de la que se acordó al agarrar el alfiler de plata de la corbata para limpiarse las uñas: Barney.

Cruzar la ciudad hasta Newspaper Row no resultó tarea fácil. Tuvo que incordiar a Claire durante dos días hasta que accedió a prestarle un vestido y veinte céntimos para el tren elevado. Sin embargo, incluso con un vestido nuevo y respetable, el pelo lavado y un peinado modesto, sentía que llamaba la atención. Tras casi una semana de habitar en el sótano, tenía los nervios de punta y estaba susceptible. Dio un respingo ante la intensa luz del sol y se asustó con el sonido metálico de la campanilla de un coche en la calle.

Reprimió una docena de veces la urgencia de mirar atrás o acelerar el paso. «Solo eres una señorita más que ha salido a dar un paseo», se recordó. Cuanto más se lo creyera ella, más convencería a los demás.

Sin embargo, por mucho que se fundiera entre las señoritas que caminaban por la ciudad, seguían buscándola por asesinato. Un paso en falso o un encuentro fortuito, y volvería a verse esposada. Cuanto antes pudiera volver a la seguridad del sótano de Claire, mejor. Había dibujado en su mente la ruta más rápida para llegar a la oficina de Barney y había salido de casa de Claire al mediodía, cuando los polis estarían ocupados gorreando un almuerzo. Si todo salía bien con Barney, volvería a casa de su prima con los documentos falsificados en la mano, justo al inicio de la hora punta de la tarde. El gentío siempre facilitaba el camuflaje. Por supuesto, estaba el tema de Randolph, pero Claire le había asegurado que hoy, como todos los martes, acudiría a un bar de la Cuarenta y Nueve de camino a casa para asistir a la reunión de los demócratas. Eso le daba un margen de unas horas para volver al sótano antes de que regresara.

Consiguió llegar a la estación del tren elevado sin incidentes, pagó el billete y subió los escalones de acero hasta el andén. Cuando llegó el tren, encontró asiento junto a un hombre que leía el periódico. No le prestó atención cuando se sentó ni se esforzó en contener las rodillas y los codos extendidos. Una pensó que era la presa perfecta. Sería tan fácil deslizar la mano en el bolsillo del abrigo y hurtar los tesoros que hubiera dentro. La reacción de su cuerpo a esa deliciosa idea fue natural: se le aceleró el pulso, se le tensaron los músculos, se le aguzaron los sentidos. Echaba de menos esa sensación más que el licor y los cigarrillos o las apuestas de su antigua vida. Aun así, se quedó con las manos pegadas al regazo. Era demasiado arriesgado.

En cambio, paseó la mirada por el vagón, oteó a través de la pringosa ventana, y luego observó de nuevo al hombre. Un titular en la parte inferior del periódico le llamó la atención. La emoción que había sentido unos segundos antes se desvaneció. Se le enfriaron las manos y clavó los pies en el suelo renqueante. «Timadora detenida en relación con un asesinato en Sixth Ward huye de la policía», decía.

Se inclinó todo lo que se atrevía para leer el artículo. Antes de llegar a la mitad, el hombre pasó a la página siguiente. Sin embargo, lo que había visto bastó para notar que el cuerpo le había encogido dos tallas. Violento y malicioso, el artículo hablaba de ella. Enumeraba cuatro de sus antiguos seudónimos, incluido el que iba adjunto a su imagen en la galería de granujas de la Comisaría Central. ¿El agente Simms había escudriñado a fondo la pared de fotografías y atado cabos? ¿O el detective con mal aliento? ¿O uno de los socios de Marm Blei los había avisado? En todo caso, de pronto, las calles despejadas de Nueva York le parecieron mucho más peligrosas.

El tren elevado traqueteaba con una lentitud insufrible. Cada vez que paraba y entraban nuevos viajeros, a Una se le encogía el estómago pensando en que algún poli subiera y la reconociera, o que un observador indiscreto la relacionara con la mujer del periódico. Esta última opción era ridícula, claro. Aun en el caso de que en la segunda mitad del artículo se incluyera una descripción novelesca de su aspecto, cualquiera que la leyera esperaría ver a una mujer sucia y zarrapastrosa de mirada maligna y expresión taimada.

Respiró despacio y de forma constante para calmarse. Cuando llegó a su parada, salió del vagón con la cabeza bien alta. Se ganaba la vida desafiando las expectativas de la gente. Siempre con sus prejuicios y suposiciones fruto de la estrechez de miras. Ahora el riesgo era mayor, pero el juego era el mismo.

Pese a todo, el corazón no recuperó su ritmo normal hasta que estuvo acomodada a salvo en una sencilla silla de respaldo recto junto al escritorio de Barney. No tenía despacho propio, era uno de los más de diez reporteros que trabajaban en la redacción bulliciosa de una segunda planta. Unas lámparas de gas de techo iluminaban la sala. El aire olía a papel, humo de tabaco y café quemado. Un receptor telegráfico trinaba desde un rincón por encima del murmullo de voces y del tecleo de las máquinas de escribir. Nadie había prestado mucha atención a su llegada salvo Barney, que al verla había soltado en el regazo el bocadillo de jamón que se estaba comiendo.

—Una… yo… ¿qué haces aquí? —preguntó después de llevarla a su escritorio—. Estás… distinta.

Ella dedujo que con «distinta» se refería a respetable. Era una observación justa, puesto que la última vez que la vio iba disfrazada de chatarrera. Su escritorio estaba en el rincón de la abarrotada sala. Una ráfaga procedente del ventanal doble que tenía detrás revolvió el montón de papeles situado detrás de su máquina de escribir. Aún lucía una mancha de mostaza y unas cuantas migas en los pantalones. Se inclinó hacia delante y tiró las migas al suelo. A él se le pusieron rojas las puntas de las orejas.

—Necesito tu ayuda —susurró, aunque las mesas cercanas a la de Barney estaban vacías; seguramente sus colegas habían salido a comer.

—¿Con qué?

Dudó y echó otro vistazo a la sala. Confiaba en Barney, pero cuanto menos supiera él o cualquiera, mejor. Regla número seis: revela solo lo imprescindible.

—Necesito elaborar unos cuantos documentos.

Él frunció el entrecejo.

—¿Qué tipo de documentos?

—Nada ilegal. Por lo menos, no del todo. Solo un expediente escolar y una carta de referencia.

—¿Para quién?

—Para mí.

Seguía con una expresión recelosa.

—¿En qué andas metida para necesitar una carta de referencia de un periodista de pacotilla como yo?

—Ay, Barney, no te subestimes. Además, no sería tuya.

—No lo entiendo.

—La recomendación sería del padre Connally de la parroquia de St. Mary, de Augusta, Maine, y un expediente ejemplar de la escuela femenina de St. Agnes que hay allí.

—No sabía que eras de Maine.

—No lo soy.

—Me temo que sigo sin entender. ¿De qué va todo esto?

Una suspiró. Uno de los reporteros cruzó la sala hacia un armario que había cerca y rebuscó en los estantes. Esperó a que volviera a su mesa, con cinta nueva para la máquina de escribir en la mano, antes de hablar.

—¿Has oído hablar de un nuevo programa de formación para enfermeras en el Hospital Bellevue?

Barney asintió.

—Voy a presentarme.

—¿Quieres ser enfermera? —Arrugó la frente como si la idea fuera inconcebible.

—¿Qué tiene de malo ser enfermera?

—Nada. Solo que… las mujeres de la escuela de formación responden, bueno, a un patrón concreto que…

—¿Que qué?

—Eh… bueno… con sinceridad, al que tú no correspondes.

—Yo puedo corresponder al patrón que me convenga.

—Una, ¿qué hay detrás de todo esto? No esperarás que crea que de pronto has sufrido un cambio de actitud y quieres pasar de vivir en los suburbios y ser una estafadora a ser enfermera. —Se rio—. En serio, ¿has visto a esas mujeres? Caminan arrastrando los pies por las salas con su expresión severa y los uniformes recién planchados, sin hacer más que mascullar «sí, doctor», y «ahora mismo, doctor». Es el último sitio al que pensaría que querrías ir.

—Justo por eso voy a presentarme. Necesito algún sitio —bajó de nuevo la voz hasta susurrar—, pasar desapercibida durante una temporada. Un lugar donde nadie me busque.

—Oye, si tienes problemas conozco a un abogado que te podría ayudar. Un amigo de la universidad.

Ella negó con la cabeza.

—Nada de picapleitos.

—Entonces a lo mejor yo podría ayudarte. Podrías quedarte en mi casa y…

Le agarró las manos. Las tenía teñidas de tinta y manchadas de mostaza.

—No te conviene una chica como yo en tu vida, Barney. Confía en mí.

El periodista estrechó con fuerza las manos de Una y tragó saliva.

—¿Los documentos? Por favor.

Por fin, Barney asintió.

Ella correspondió al apretón de manos antes de soltarlas.

—¿Quién sabe? Puede que hasta saques una historia de ahí.

13

EL HOSPITAL BELLEVUE se erguía tan acogedor como una cárcel junto al East River, con su abultado contorno gris fundiéndose con el cielo plomizo de invierno. Un poco más allá, al otro lado de la Veintiséis, había un edificio mucho más atractivo con numerosas ventanas y una moldura de piedra blanca. El número 426 era la sede de la escuela de enfermería. Subió el breve tramo de escalones que conducían a la entrada y se bajó las mangas antes de llamar a la puerta. El vestido, otro que le había prestado Claire, le iba tan ajustado en la cintura que los pulmones no se podían expandir del todo. El dobladillo se levantaba peligrosamente cerca de los tobillos y las mangas apenas le llegaban a las muñecas. Aun así, era el vestido más bonito que Claire le permitiría llevar y mucho más adecuado que el suyo.

La puerta se abrió y una mujer no mucho mayor que ella se asomó. Llevaba un vestido de lana azul de corte sencillo con un gorro a juego, y el cabello de color miel recogido en un moño bajo y apretado. Podría haber sido guapa de no ser por la frialdad de sus ojos y la línea dura y seria que formaba su boca.

—La señorita Kelly, supongo —dijo en un tono plano, que casi sonaba aburrido.

Igual que con todos los retazos de la historia que había inventado, pensó que lo mejor era ceñirse a la verdad en la medida de lo posible. Eso incluía usar su nombre real.

Además, en Nueva York le dabas patadas a una piedra y salía una Kelly, era un nombre muy común. (Pero, atención, una Kelly te podía devolver la pedrada.) Además, nunca le había dado a la policía ninguna variante que se le acercara siquiera.

—Sí, he venido por la entrevista para el programa de formación en enfermería.

La mujer la miró de arriba abajo igual que hacía Marm Blei cuando inspeccionaba una joya de la que sospechara que era falsa, luego se hizo a un lado para dejarla pasar.

—Dos minutos más y habría llegado tarde. —Sonaba casi como si se hubiera llevado una decepción porque no hubiera llegado tarde, pues así no habría tenido que molestarse en abrir la puerta—. La puntualidad es un rasgo esencial para una aprendiz de enfermera.

«Ya te daré yo una patada puntual en el trasero», pensó, pero en cambio dijo:

—Gracias, lo recordaré.

Siguió a la mujer por el vestíbulo y un ancho pasillo. Una alfombra oriental afelpada cubría los tablones de madera pulida, y de las paredes colgaban impresiones de acuarelas de paisajes rurales.

—Yo soy la señorita Hatfield, una de las enfermeras jefas de la escuela —anunció la mujer, al tiempo que la llevaba a una gran sala forrada de librerías—. Haremos la entrevista aquí, en la biblioteca. La superintendente Perkins y la señora Hobson del Comité de Dirección también estarán presentes.

Señaló con un gesto un conjunto de cuatro sillones orejeros dispuestos alrededor de una mesita con un servicio de té preparado. Se sentó en el sillón situado más cerca de la puerta: nunca se sabía cuándo podrías necesitar una salida rápida. Se recostó en el sillón y se hundió en los cojines mullidos. Recorrió con los dedos el terciopelo suave y sonrió al imaginarse allí holgazaneando en silencio, al calor, día tras día, mientras la policía la buscaba en los barrios bajos. Era un escondrijo perfecto, más de lo que había imaginado.

La señorita Hatfield se sentó enfrente, en el borde del sillón, como una monja en misa, con la espalda recta y los brazos a los lados. La expresión también era la de una religiosa, de severidad y desaprobación. Se irguió enseguida. Cruzó los tobillos y juntó las manos en el regazo como le había enseñado su madre de niña. Era evidente que la entrevista ya había empezado, y no estaba ganando puntos.

—Es una biblioteca preciosa —dijo tras un silencio incómodo. Unas flores recién cortadas, todo un lujo en invierno, decoraban una mesa cercana y perfumaban el aire. Unos grandes ventanales enmarcados con cortinas onduladas iluminaban la sala, y unos bustos de mármol observaban desde lo alto de las librerías.

—Una mujer como usted, que solo ha recibido una educación básica, seguro que pasará mucho tiempo aquí. Si la aceptan, claro.

¡Educación básica! Estaba bastante orgullosa del expediente escolar que habían confeccionado entre Barney y ella.

—Se lo aseguro, las clases en St. Agnes eran de lo más rigurosas.

La señorita Hatfield frunció los labios y miró por la ventana.

—Sí, estoy segura de que eso pensó usted.

Disimuló con una sonrisa mientras apretaba los dientes. De haber conocido a esa mujer insufrible en los suburbios, le habría limpiado los bolsillos y se habría ido tan campante, salpicándose la falda de barro. Pero no estaba en los barrios bajos, y estaba desesperada por conseguir el puesto. Así que siguió sonriendo y dijo en un tono muy dulce:

—¿Dónde cursó usted sus estudios?

—En la Keenbridge Academy, más dos años en Vassar.

Nunca había oído hablar de ninguna de las dos escuelas, pero la señorita Hatfield hablaba como si el mismísimo Dios hubiera sido alumno allí. Por suerte, no tuvo que fingir más de un segundo de veneración antes de que las otras dos mujeres entraran en la biblioteca. Iba vestida con cascadas de terciopelo de seda, de ese importado de Venecia que Marm Blei vendía a doce dólares el metro. La cara era regordeta, arrugada pero aún bonita, y lucía la elegancia descuidada de los que tienen sangre azul. La apariencia de la otra mujer era más discreta, tal vez por su edad. (Calculó que por lo menos tenía cincuenta años.) El vestido, como el de la señorita Hatfield, era de corte sencillo y estaba planchado de forma impecable. Sus ojos grises titilaban con la sagacidad de un ladrón de cajas fuertes que está inspeccionando un banco, pero también trasmitían una calidez que la pilló desprevenida.

Se unieron a ella y a la señorita Hatfield alrededor de la mesita y se presentaron al sentarse. La mujer envuelta en seda era la señora Hobson, una de las fundadoras del Comité de Dirección de la escuela. La mujer circunspecta era la señorita Perkins, la superintendente de la escuela. Sabía por el artículo que era ella quién decidiría en última instancia sobre su idoneidad.

La señora Hobson sirvió el té, luego le hizo algunas preguntas básicas sobre su educación: dónde había nacido y se había criado, cómo habían sido su vida familiar y educación, qué tipo de aficiones practicaba. Había invertido días en ensayar su historia, así que respondió con facilidad. Al seguir la regla número doce, se había ceñido a una mentira sencilla, lo más próxima posible a su vida real. Cuantas menos falsedades, más fácil sería recordarlas. De hecho, había asistido a una escuela católica, aunque en Nueva York, no en Maine. Y solo durante cinco años, no doce. También hubo un padre Connally, pero llevaba tiempo muerto y antes se habría hecho de la Orden de Orange que escribir una carta de referencia para ella.

Cuando su propia vida se extraviaba de lo idílico y refinado, tomaba prestada la de su madre. El abuelo Callaghan era comerciante de vidrio. Una profesión mucho más apreciada que la ocupación de su padre: jornalero ocasional y borracho a tiempo completo. Sí mencionó su participación en la guerra, con lo que se ganó un gesto de aprobación de la señora Hobson y la superintendente Perkins. La señorita Hatfield se limitó a bostezar.

Una vio en sus posturas abiertas y expresiones decididas que se habían creído la historia, incluso la señorita Hatfield, aunque era evidente que no la había impresionado. Era el momento de asegurarse la ventaja.

—Mi madre, una mujer de una caridad infatigable, murió en un incendio cuando yo tenía nueve años. Para cuando llegaron los bomberos, no pudieron hacer nada. —Hizo una pausa, se volvió hacia la ventana y parpadeó varias veces antes de proseguir—: Después de aquello supe que quería ayudar a la gente. Aliviar el sufrimiento de los necesitados. Cuando leí sobre su escuela de enfermería, supe que era la manera perfecta de lograrlo y… —Se volvió hacia las mujeres con los ojos convenientemente vidriosos—. Y honrar la memoria de mi madre.

La señora Hobson se limpió una lágrima con el pañuelo. La señorita Hatfield se revolvió en su asiento, esquivando de repente la mirada de Una. Eso le pasaba por arrogante. La expresión de la señorita Perkins, en cambio, era más difícil de descifrar. Dejó la taza de té y rechazó la oferta de la señora Hobson de servirle más.

—Señorita Kelly, pese a que aplaudo sus nobles intenciones, comprenderá que la enfermería es una profesión exigente. Requiere más que buena voluntad. Una enfermera debe ser diligente, disciplinada, lista. En cualquier circunstancia, debe desempeñar sus funciones con calma, precisión y eficiencia. Es esencial ser rápida en la observación y de constitución fuerte. ¿Cree que cuenta con esas cualidades?

—Sin duda.

La señorita Perkins frunció los labios como si dudara. Se sentó hacia atrás en su sillón y siguió estudiándola.

—Este año tenemos casi mil candidatas. Solo seleccionaremos a unas cuantas. De ellas, es probable que una tercera parte queden descartadas durante el primer mes de prueba.

Sintió el cosquilleo del sudor entre los omoplatos. La taza de té sonó con fuerza contra el platillo cuando la dejó. No era consciente de que tantas mujeres habían solicitado el puesto.

—A muchas candidatas las podemos descartar sin más —continuó la señorita Perkins—, en virtud de su incapacidad, debilidad física o por pertenecer a las clases ignorantes y sin educación.

—Baja calaña —añadió la señorita Hatfield, que la miraba directamente.

—Luego está el asunto del carácter —dijo la señorita Perkins.

Tenía la boca reseca, pero no estaba segura de no derramar el té o romper la delicada taza si la volvía a sujetar.

—Puede que no exista ninguna otra vocación en la vida que exija un mayor ejercicio de la virtud cristiana que cuidar de los enfermos —afirmó la señora Hobson—. ¿Ha dicho usted que era religiosa, señorita Kelly?

Una asintió.

—Católica, deduzco por su expediente escolar y las referencias —dijo la señorita Hatfield con el mismo desdén velado que había mostrado al saludarla en la puerta.

—Sí.

La señorita Hatfield miró a las demás mujeres como si quisiera asegurarse de que habían oído su respuesta condenatoria.

—Pensaba que… en el anuncio que leí decía que los cristianos de todas las ramas eran bienvenidos para presentar la solicitud.

—Por supuesto —aclaró la señora Hobson con una sonrisa forzada—. Pero nunca hemos tenido alumnas católicas.

Se maldijo en silencio por su estupidez. Por muy odioso que le resultara, debería haber añadido «protestante» a su lista de mentiras.

—Desde luego, las puertas del Bellevue están abiertas a todo el mundo, por muy mezquinos o pobres que sean —afirmó la señorita Hatfield—. Muchos de nuestros pacientes comparten su fe. Pero me pregunto cómo se llevará con el personal y las demás alumnas.

Bajo las mangas demasiado cortas, a Una se le erizó el vello de los brazos. Sentía el pulso atronador en los oídos. Aun así, logró sonreír.

—A lo largo de mi vida he tenido la suerte de tener amigos y conocidos de muchos credos, así que espero que aquí también. Al fin y al cabo, ¿Jesús no se hacía amigo tanto del pagano como del judío?

La señora Hobson le dio una palmadita en la rodilla.

—Bien dicho, querida. Sin duda, su fe no se tendrá en cuenta para perjudicarla.

Sin embargo, al mirar a la señorita Hatfield, cuya expresión engreída se había avinagrado, no lo tuvo tan claro. Se volvió hacia la superintendente. Al final era la señorita

Perkins quien tenía la última palabra en su admisión. La mujer se sentó de nuevo hacia delante en su sillón, con los brazos separados y las manos unidas pero relajadas. Eran buenas señales. Sin embargo, mantenía el cuerpo a cierta distancia de Una, y no había sonreído ni una sola vez. Sus ojos eran como cajas fuertes de un banco que ni siquiera el mejor ladrón era capaz de abrir.

A ella no se le había calmado el pulso. En todo caso, con cada segundo que pasaba sonaba más fuerte, hasta que apenas oyó su propia respiración. ¿Qué haría si rechazaban su solicitud? Claire ya estaba ansiosa por echarla. Tenía las mismas opciones de salir de Nueva York que de acabar en la isla de Blackwell. Solo una ingenua se molestaría en intentarlo con esas probabilidades.

—Entiendo que tienen más candidatas de las que pueden admitir —dijo Una, que procuraba emplear un tono suave y regular—. Y algunas, quizá muchas, cuentan con cualificaciones más distinguidas que las mías. Pero le aseguro que ninguna desea comprometerse con su escuela tanto como yo.

Pasaron varios instantes sin que ninguna de las mujeres hablara. El martilleo en los oídos se ralentizó hasta convertirse en un murmullo. ¿Qué más podía hacer, aparte de lanzarse al suelo y suplicar? Jamás había suplicado. Ni un solo día en su vida. Ni siquiera la primera vez que se fue de casa y no tenía ni un céntimo ni un resto de comida, pero en ese momento lo habría hecho si hubiera pensado que serviría de algo.

—Me gusta su actitud, señorita Kelly —dijo la superintendente Perkins al final—. Toda enfermera necesita ciertas agallas. Pero debe saber una cosa: el programa de formación del Bellevue es una tarea exigente. Son muchas horas de estudio y prácticas. La insubordinación o la desobediencia implican la expulsión inmediata. ¿Entendido?

—Sí —contestó sin dudar.

Contuvo la respiración mientras la señorita Perkins miraba a las demás mujeres. La señora Hobson asintió. La señorita Hatfield suspiró y se encogió de hombros.

Un amago de sonrisa cruzó los labios de la señorita Perkins.

—Bienvenida a la Escuela de Formación para Enfermeras del Hospital Bellevue.

14

CUATRO DÍAS DESPUÉS, Una volvía al enorme edificio de piedra gris de la Veintiséis, esta vez como alumna de enfermería con todas sus credenciales. En realidad, era aprendiza, pero no le hacía ascos a los títulos. Además, pasaría el período de prueba sin problema.

Sus escasas pertenencias cabían en la valija que llevaba. Claire se la había dado con la condición de que no volviera nunca más a pedirle favores. Accedió, aunque no pudo evitar meter en la maleta el regaliz que quedaba y afanarse otra pluma, esta vez de plata de ley, del escritorio de Randolph antes de marcharse.

Sintió un gran alivio cuando una mujer alta de mediana edad abrió la puerta, y no la altiva señorita Hatfield. En cuanto la puerta principal se cerró tras ella, los músculos agarrotados de la espalda empezaron a relajarse por primera vez desde la noche del asesinato de Mike el Viajante.

—Aquí intentamos que todo sea lo más acogedor posible —decía la mujer, que se había presentado como la señora Buchanan, el ama de llaves interna—. Después de tanto trabajo desalentador en el hospital, las señoritas necesitáis un refugio donde fortalecer el espíritu.

El majestuoso edificio no se parecía a ningún hogar en el que hubiera vivido Una, por lo menos no desde que falleció su madre. Las gruesas cortinas de terciopelo, el cálido revestimiento de madera y las alfombras afelpadas amortiguaban el ruido y el trajín que había al otro lado de la puerta. Tanto el vestíbulo como el salón contiguo estaban bien equipados, sin las insufribles florituras que había vislumbrado a través de las ventanas de las supuestas casas elegantes de la ciudad. Hasta la casa de Claire, pese a ser más pequeña, estaba repleta de tapetes y cojines con ribetes de encaje y adornitos brillantes.

No le impresionaba, ni en casa de Claire ni cuando paseaba por Millionaire's Row. Por supuesto, le llamaban la atención los relojes bañados en oro y las urnas de mármol que había sobre las repisas de la chimenea. No los miraba con anhelo, sino tasándolos. ¿Cuánto podría sacar por esa estatua dorada? ¿Y esas plumas decorativas? ¿Y ese jarrón de cristal?

Allí, en la escuela o el «hogar de enfermeras», como lo había llamado la señora Buchanan, la decoración era más modesta. No austera como en la Misión o en House of Industry, pero tampoco se daban aires. Aun así, si la desvalijara se llevaría una buena suma. Pero no estaba allí para dar un golpe rápido. Deidre y las otras ladronas que conocía se sentirían muy tentadas por las acuarelas de las paredes o los botones de latón de las lámparas, o la porcelana del servicio de té del armario. Por no hablar de todo lo que encontrarían si registraran las habitaciones de las enfermeras del piso de arriba. Pero ella no podía. Jugaba a largo plazo. Además, sería infringir la regla número diez: no robes a tus compañeras de piso a menos que te roben ellas primero.

La señora Buchanan le enseñó la primera planta. La mayoría de las demás aprendizas habían llegado antes y estaban en sus habitaciones deshaciendo las maletas, según le explicó la señora Buchanan en las estancias casi vacías. El resto estaban en el hospital. Pasaron junto a unas cuantas alumnas de segundo año que disfrutaban de su día libre.

Las que levantaron la vista de su lectura o bordado sonrieron, pero ninguna parecía muy interesada en ella, cosa que le parecía bien. No había ido a hacer amigas. Cuanta menos gente advirtiera su presencia, mejor.

Además del salón, había un gran comedor. También estaba la cocina, territorio de la cocinera Prynne, aunque allí se podía tomar una galleta y un vaso de leche entre las comidas, y un patio trasero con solo un grifo y unas cuantas cuerdas para tender.

—¿Dónde están las letrinas? —preguntó Una, que imaginaba que tendrían que caminar hasta algún patio adyacente para encontrar las letrinas pestilentes y saturadas que, además de la escuela de enfermería entera, usarían también los vecinos.

La señora Buchanan sonrió y la guio de nuevo adentro. Abrió la puerta de un cuartito que daba a la sala trasera y se retiró a un lado para que mirara dentro. Contra la pared de delante había una caja de madera tallada con una tapa con bisagras. Dos tubos la conectaban con otra caja situada en lo alto. Una cadena de latón con un mango de madera pendía al lado. Junto a ese artilugio había un armario que le llegaba a la cintura con una encimera de porcelana. Dos grifos idénticos colgaban sobre una amplia palangana empotrada.

—¿Qué es eso? —preguntó.

La señora Buchanan soltó una risita.

—Un retrete, querida.

Avanzó un poco, pero dudó antes de levantar la tapa que cubría la caja más baja. Había leído sobre esas letrinas de interior, pero nunca había visto ninguna. Debajo de la tapa había otra palangana de porcelana con un oscuro agujero que daba al suelo. Soltó la tapa y salió corriendo del cuarto, tapándose la nariz con la manga.

—¿Y los gases de las cloacas? —preguntó una vez cerrada la puerta, cuando pudo destaparse la nariz—. ¿No te hacen enfermar?

La señora Buchanan hizo un gesto de desdén.

—Eso son bobadas. Los días fríos de invierno como hoy, este lavabo es un regalo del cielo.

Forzó una media sonrisa y asintió, pero sintió un gran alivio cuando siguieron la ruta lejos de ese cuartito y sus gases venenosos.

La siguiente parada era la sala de prácticas, un espacio cuadrado el doble de grande que su antiguo piso, repleto de vendas, bacinillas y botellas con tapón de varias formas y tamaños. Luego llegó la biblioteca. Había estado tan concentrada en no echar a perder la entrevista que no había prestado mucha atención a lo que la rodeaba cuando estuvo allí hacía cuatro días. Entre las mesas y armarios, cabían varias decenas de mujeres cómodamente sentadas, aunque en ese momento solo unas cuantas ocupaban la sala. Los libros, pese a estar bien dispuestos en los estantes por tamaño y tema, no eran decorativos, como sospechaba de muchas bibliotecas privadas. Los lomos estaban rotos y las cubiertas desgastadas. Tampoco eran todos manuales médicos. Una vio los nombres de muchos autores cuyas historias y poemas le había leído su madre de niña. Estiró el brazo y rozó los lomos con los dedos.

—Puedes leer cualquier libro de la estantería —le dijo la señora Buchanan—. Solo tienes que devolverlo a su sitio cuando hayas terminado.

Una retiró la mano. ¿Qué sentido tenía una historia fantasiosa si no te servía para llevarte comida al estómago o zapatos a los pies?

—¿Podría enseñarme mi habitación?

—Sí, sí, por supuesto. Seguro que tienes ganas de instalarte y conocer a tu compañera de habitación. Voy a buscar ropa de cama limpia y te la enseño.

Caminó hasta el otro lado de la estancia, donde una pila de carbón resplandecía tras la rejilla de una chimenea de piedra pulida. Compañera de habitación, había dicho la señora Buchanan. En singular, no en plural. Imaginaba que todas las alumnas compartían la misma habitación. La idea de tener solo una compañera de habitación en vez de decenas sonaba mucho a lujo. Tal vez no estuviera tan mal pasar allí unos meses mientras las aguas volvían a su cauce en torno al asesinato de Mike el Viajante.

En la pared de la derecha de la chimenea había colgada una carta enmarcada. Era raro tomarse tantas molestias para enmarcar una simple carta y colgarla de la pared como si fuera una obra de arte. A menos que fuera del presidente Arthur en persona. Se acercó para ver de quién era, pero solo aparecía la primera página de la carta, el resto tal vez estuviera detrás. Iba dirigida solo a un «señor» y empezaba así: «Le deseo a su asociación, con todo mi corazón y mi alma, que Dios esté con ustedes en su tarea de reformar...» y seguía comentando los deberes y la formación de las enfermeras. «Las enfermeras no son "médicos" —decía—. Al contrario, están ahí solo para cumplir las órdenes del personal médico y quirúrgico, incluidas, por supuesto, las tareas de proveer limpieza, aire fresco, dieta, etc.» Describía a la enfermera como una mujer inteligente, cultivada y moral. Las mujeres ignorantes y tontas, decía el autor de la carta, siempre eran testarudas.

Una rio con disimulo. Pese a que en una o dos ocasiones la habían acusado de ser terca, ella consideraba que las cabezotas eran las mujeres que se consideraban bien educadas y morales.

El ruido suave de unos pasos sonó tras ella y se dio la vuelta. La mujer que se acercaba a ella parecía salida de uno de esos absurdos cuadros pastorales que decoraban las paredes. Pese a ser de lana de calidad, el corte sencillo y recto del vestido era propio de una pueblerina. A diferencia de las mujeres de ciudad, cuya piel lucía mate y cetrina fuera cual fuera la tez, ella tenía el cutis rociado de matices de rosa y cobre provocados por el sol. La expresión amable y sonriente era transparente. Si se hubieran conocido en un parque o una estación de tren, era justo el tipo de mujer a la que habría desplumado.

—¿No te parece increíble que de verdad sea una carta de ella?

—¿Ella?

—La señorita Florence Nightingale. El Comité Fundador le escribió pidiendo consejo cuando crearon la escuela. Esta es la correspondencia que devolvió. ¿Sabías que su escuela de Londres ha formado a más de cinco mil enfermeras que ahora están de servicio en todo el mundo?

Puede que esa chica fuera de campo, pero hablaba rápido como una neoyorquina y con un entusiasmo tan edulcorado que le rechinaban los dientes. Retrocedió un paso porque estaba lo bastante cerca para vaciarle los bolsillos, y tropezó con el cubo de cenizas que había junto a la chimenea. Por suerte, ni ella ni el cubo se cayeron.

—Por cierto, soy la señorita Lewis, pero puedes llamarme Drusilla. Estoy segura de que seremos buenas amigas. Me siento tan afortunada de estar aquí que podría explotar.

Atrapada entre la chimenea y la pared, torció el gesto, temerosa de que Drusilla estallara de tanta emoción que parecía acumular.

—Siempre he querido ser enfermera —prosiguió—. ¿Tú no? Desde que leí las *Notas sobre enfermería* de la señorita Nightingale cuando tenía diez años. ¿No te parece increíble…?

La señora Buchanan acudió a su rescate con un montón de ropa de cama.

—Disculpe la interrupción, señorita Lewis. Quería enseñarle a la señorita Kelly su habitación antes de que la cocinera Prynne me necesite para la cena.

—¿Nuestra habitación? —preguntó al abrirse paso alrededor de Drusilla.

—Sí, son compañeras de habitación.

—¡Compañeras de habitación! —chilló Drusilla. Agarró del brazo a Una y le quitó la ropa de cama a la señora Buchanan—. Yo se la enseño. Vamos arriba.

La señora Buchanan sonrió agradecida, se fue tambaleándose y la dejó en las garras de Drusilla. Ella siguió parloteando sobre esa tal Nightingale mientras subían dos tramos de escalera y recorrían un largo pasillo. Pese a que las lámparas ardían a intervalos regulares en la pared, Una se sorprendió buscando el librito de fósforos por costumbre. A diferencia de los angostos pasadizos de su bloque, donde la gente tenía que apretujarse y hacer todo tipo de contorsiones, allí podían caminar por lo menos tres mujeres una al lado de la otra, así que no tenía excusa para liberar el brazo del de Drusilla.

Su habitación era el doble de grande que el cuarto estrecho del tamaño de un armario que compartía con Deidre y las demás mujeres en los suburbios. Dentro cabían sin estrecheces dos camas con colchones mullidos y armazones de madera pulida. Todas tenían una mesita de noche a juego en el cabezal y un baúl de madera a los pies. Contra la pared del fondo, entre las camas, había un armario ropero más alto que Una y el doble de ancho.

Se detuvo en el umbral mientras Drusilla se ponía a hacer la cama de Una. ¿Allí se iba a alojar? Tenía que haber

121

truco. Escudriñó la pared en busca de mellas y grietas, pero el yeso estaba suave, inmaculado. Inspiró con fuerza, luego lo repitió. Olía raro. A jabón, tal vez. Pero también a algo floral.

—Espero que no te hayas llevado una decepción —dijo Drusilla, que la miraba preocupada—. Me han dicho que algunas de las demás alumnas critican en susurros la horrible sencillez del mobiliario, pero a mí me parece más que suficiente, ¿a ti no? Al fin y al cabo, esto es una escuela, no una casa de vacaciones en Newport. —Estiró la colcha sobre la cama, ahuecó la almohada y se volvió hacia ella, que seguía petrificada en la puerta—. ¿Y?

Dio un paso para entrar y echó un vistazo detrás de la puerta. Había dos ganchos en la pared, uno ya lo ocupaba el abrigo de Drusilla. Por lo demás, el escaso espacio de detrás de la puerta estaba vacío. ¿Qué esperaba? Eso no era un angosto callejón donde podría haber un delincuente al acecho. ¿O acaso pensaba que Drusilla formaba parte de una pareja de timadoras que querían atraerla a la habitación, donde su compañera esperaría para darle un golpe en la cabeza y robarle? La idea era tan absurda que tuvo que reprimir una carcajada. Conocía a estafadoras que trabajaban con ese tipo de engaños. Drusilla no podía ser más distinta a ellas, aunque quisiera. Cierto, era capaz de reventarle los oídos con su cháchara, pero no tenía ni un pelo de astuta.

De todos modos, se revisó los bolsillos antes de colgar el abrigo en la pared. Dejó su valija junto al baúl y tanteó la cama. El colchón volvió a tomar forma bajo el dedo. Fuera lo que fuera el material de dentro, no era paja ni trapos. Le dio otro golpecito, luego subió a la cama de un salto y aterrizó de espaldas, con los brazos y las piernas estirados. El armazón de madera gimió, pero aguantó. El colchón abrazó su cuerpo sin hundirlo.

Drusilla soltó una risita nerviosa y se sentó enfrente de ella en su cama, era la viva imagen de la elegancia en una señorita. Una recordó lo que había dicho la señora Hatfield durante la entrevista sobre la baja calaña y se contoneó para reposar con más decoro, con las piernas juntas y las manos sobre el estómago. Con suerte, su compañera no la delataría ante sus superiores.

Para su sorpresa, Drusilla se quitó las zapatillas de una patada y también se tumbó.

—¿Echamos una cabezadita antes de cenar? —propuso con placer infantil, como si ambas conspiraran en el mismo juego.

Cerró los ojos. Después de todas las argucias que había necesitado para llegar hasta ahí, en efecto, estaba muerta de cansancio.

Sin embargo, Drusilla no tardó ni un minuto en volver a hablar.

—¿No te vas a quitar las botas, boba?

A regañadientes, se desató las botas y se las quitó. Esperó a que Drusilla cerrara los ojos, luego las escondió debajo de la almohada. Fuera o no astuta, no correría el riesgo de despertarse y ver que le habían robado su único par de botas.

15

AL DÍA SIGUIENTE, Una corría por la Veintiséis, metiendo los brazos en las mangas del abrigo y colocándose el ridículo gorrito blanco. Drusilla iba presurosa a su lado. Ella le había dicho que no hacía falta que la esperara, pero ella insistió y se quedó a su lado mientras se ponía el uniforme, como un perro callejero después de cometer el error de darle un hueso.

Esa mañana se había despertado puntual. Con las ruidosas pisadas y la charla incesante de Drusilla, era imposible no despertarse. Sin embargo, volvió a quedarse dormida en cuanto su compañera bajó a desayunar. Madrugar nunca había sido su fuerte. De todos modos, los pobres diablos que al alba se dirigían presurosos al trabajo no tenían los bolsillos llenos. Mejor esperar a la caza mayor que salía a pasear más tarde.

Cuando Drusilla fue a buscar el abrigo, Una se había vuelto a despertar. Ahora caminaban detrás de sus compañeras de estudio, corriendo el riesgo de llegar tarde el primer día. Para colmo, Drusilla se paraba y se retiraba a un lado cada pocos pasos para dejar pasar incluso al carro más lento. Para cuando llegaron a la lejana acera, estaba tan exasperada con el ritmo vacilante y la interminable retahíla de «disculpe», «perdone» y «usted primero, por favor» de Drusilla que agarró de la mano a su compañera de habitación y tiró de ella entre el gentío.

El Bellevue era una descomunal fortaleza gris que ocupaba dos manzanas enteras junto al East River. Se erguía cinco plantas en el centro y se ramificaba en forma de letra te mal formada, donde el extremo daba a la Veintiocho. Un muro alto de ladrillo lo rodeaba por todas partes, salvo en la trasera, donde limitaba con el muelle en el río y el lateral de la Veintiséis, allí se había levantado una valla de madera temporal durante la construcción de una nueva garita.

—Es un edificio precioso —exclamó Drusilla, que se detuvo en el césped nevado que había justo detrás de la garita a medio construir.

Pensó que se parecía más bien a una caserna, le recordaba a un edificio parecido de piedra gris de la isla de Blackwell. Se estremeció y empujó a Drusilla hacia delante. Subieron de dos en dos los escalones curvos con barandilla de hierro que conducían a una entrada doble y llegaron a la sala principal justo cuando la superintendente Perkins llamaba al orden a las alumnas allí reunidas.

—Bienvenidas al Hospital Bellevue, señoritas —empezó—. Hoy emprenden un viaje crucial que requerirá disciplina, obediencia y una fortaleza extrema. No todas lo soportaréis. Sin embargo, la recompensa para las que aguantéis será un modo de vida de gran utilidad y propósito divino.

Metió un dedo debajo del cuello áspero del uniforme. ¿Propósito divino? Parecía que estaban a punto de entrar en un convento. Desvió la mirada de la superintendente Perkins a las demás alumnas. Algunas, como Drusilla, escuchaban embelesadas. Otras parecían asustadas, como si las fueran a lanzar a una pelea de gallos en pleno apogeo. Y otras lucían unas sonrisillas soberbias apenas disimuladas. Eran las mujeres que, como la señorita Hatfield, eran de pedigrí ilustre y egos a su altura.

Ella ya tenía un modo de vida útil. Tal vez no tanto para los demás, pero sí para ella. En cuanto al propósito divino, seguir viva y fuera de la cárcel ya era más que suficiente. Además, su madre había suscrito esas ideas absurdas del servicio a los demás y la llamada divina, y ya ves de qué le había servido. Que emprendieran las demás ese viaje. Su único objetivo era agachar la cabeza y que no la expulsaran, para poder huir de las garras de los polis. Si aprendía unas cuantas habilidades que utilizar en la calle, un nuevo ardid para entrar en las casas de la gente y no solo en sus bolsillos, tanto mejor.

Cuando la superintendente Perkins terminó su discurso, presentó a las enfermeras jefas que estaban a su lado. Tres de ellas supervisaban los pabellones médicos; las otras tres, las salas quirúrgicas. La señorita Hatfield era del segundo grupo.

—Estas respetadas mujeres estarán a cargo de su formación diaria y supervisarán su trabajo en los pabellones. Empezaron como ustedes, de aprendizas en el programa, y han ascendido a este puesto a base de mucho trabajo y estudio riguroso. Escuchen con atención lo que les digan y obedezcan todas sus instrucciones. Dentro de un año, las mejores de ustedes puede que también se ganen el título de enfermera jefa.

Miró a Drusilla, que asentía con ilusión a su lado, y no pudo evitar un gesto de exasperación.

La superintendente Perkins se fue, igual que cinco de las enfermeras jefas, cuya supervisión era necesaria en las salas. Así, Una y las demás alumnas se quedaron al cuidado «competente» de la señorita Hatfield.

Esperó a que la superintendente Perkins subiera la escalera hasta su despacho antes de dirigirse a ellas.

—Mirad alrededor —dijo en el mismo tono arrogante que recordaba de la entrevista.

Las alumnas giraron la cabeza en todas direcciones. Una no sabía si se suponía que debían mirarse entre sí o la sala donde se encontraban. Nada, ni las demás mujeres vestidas iguales, con sus uniformes de milrayas azules y blancas, ni la sala con sus paredes encaladas y el suelo de baldosas de mármol, parecía destacable. En la pared de la derecha colgaban tres retratos: hombres de aspecto soporífero, médicos según los letreros bañados en oro. En la pared de la izquierda había una lista de turnos del actual personal médico y quirúrgico. Esperaba no tener que memorizar los nombres de esos señores y sus puestos. En los suburbios solía bastar con un «eh, tú». Un apodo si te molestabas en ser educado. Sin embargo, si las expresiones vanidosas de los hombres de los retratos servían de indicación, no le valdría con un «eh, tú» o un «Joe Ojos Perezosos».

Por suerte, cuando la señorita Hatfield continuó, no mencionó la lista de médicos.

—No sois enfermeras. Ni siquiera alumnas de enfermería. Sois aprendizas. Estáis muy poco por encima de las mujeres groseras e ignorantes que friegan el suelo. Y por lo menos diez de vosotras —anunció—, quizá hasta quince, no estaréis aquí dentro de un mes. —Caminaba de un lado a otro por delante de ellas, se oía el eco de las botas de tacón sobre el mármol mientras hablaba—. Aprobar el período de prueba no es fácil. No se tolerarán ni excusarán a las personas nerviosas, olvidadizas o desordenadas —clavó la mirada en ella—. ¿Entendido?

Las mujeres asintieron.

—Si alguna quiere irse, puede hacerlo ahora y nadie la juzgará. Todas las que tal vez se sientan superadas por las mujeres que tienen al lado o que no están a la altura del desafío al que se enfrentan. —Los mezquinos ojos azules de la señorita Hatfield volvieron a posarse en Una.

Ella le devolvió la mirada fría. La señorita Hatfield no era nada comparada con los gánsteres, estafadores y polis con los que trataba en los suburbios, lo que no impidió que le sudaran las manos, ni que el corazón le golpeara contra el pecho. Eso por agachar la cabeza y pasar desapercibida.

—¿Nadie? —dijo la señorita Hatfield tras un silencio pesado—. Muy bien. Empecemos.

LAS PALABRAS DE la señorita Hatfield resultaron ser proféticas cuando no habían pasado ni dos horas, antes de terminar siquiera la ruta por el hospital. En la sala veinticinco pasaron junto al lecho de un hombre recién llegado tras un accidente en la fábrica de forjas. Tres médicos y una enfermera se agolpaban alrededor de él. Cuando la enfermera se fue a toda prisa a buscar morfina por orden del médico, las aprendizas vieron las heridas del paciente. La pierna derecha sobresalía formando un ángulo poco natural debajo de la rodilla. Su rostro, con moratones e hinchado, parecía una berenjena. Sin embargo, lo más espantoso era el brazo: lo tenía torcido y sangrante, donde debería estar la mano y el antebrazo solo había un muñón con el hueso astillado.

Varias mujeres soltaron un grito ahogado. Una de ellas vomitó en un cubo que había cerca. Otra se desmayó y se golpeó la cabeza contra el suelo al caer. Drusilla apretó el brazo de Una y apartó la mirada, y el color desapareció de sus mejillas rosadas. Cuando estuvo segura de que Drusilla no iba a desmayarse también, retiró los dedos sudorosos de su brazo y se acercó a la cabecera de la cama, intrigada por lo que estaban haciendo los médicos para salvar la vida de ese hombre. Habían colocado un torniquete en el brazo destrozado para contener la hemorragia, mientras dos médicos comentaban si era sensato operar ya o esperar a que se estabilizaran las constantes vitales. El otro médico estudiaba la cabeza como si comprobara si había fracturas en el cráneo, sin que lo detuvieran sus gritos.

Las sábanas empapadas en sangre no la impresionaron. Ni la carne destrozada. Había visto cosas peores en los bajos fondos. Sus gritos, en cambio, reverberaban bajo la piel y se instalaban en su interior, incomodándola, así que sintió un gran alivio cuando la enfermera volvió con la morfina.

Cuando el médico, un joven vestido con un traje bien diseñado y de ojos tranquilos y serios, fue a clavar la jeringuilla en el brazo del paciente, este, en su delirio inducido por el dolor, hizo saltar de un golpe la jeringuilla de la mano del doctor. Acabó en el suelo y rodó hasta parar a los pies de Una.

—Señorita Kelly —oyó que decía alguien tras ella.

Se dio la vuelta y vio que la señorita Hatfield la miraba con mala cara.

—Apártese. No debe entrometerse en el quehacer de los médicos.

Una no estaba ni a tres pasos de ellos y le habría gustado oír su veredicto sobre cuándo operar, pero obedeció y se sumó a las demás aprendizas. La mujer que se había desmayado ahora estaba despierta y sentada, con la cara del color de una col mustia y un creciente chichón en la sien.

La señorita Hatfield envió a una de las ayudantes que limpiaba la sala para que acompañara a la mujer de vuelta a la residencia de enfermeras, luego apremió al resto a continuar con la siguiente sala. No cabía duda de que para cuando volvieran a cenar, la mujer ya habría hecho las maletas y se habría ido.

—No os entretengáis ahora —ordenó la señorita Hatfield, que miró primero a una mujer de mejillas hundidas que se tambaleaba en la parte de atrás, y luego a ella, como si esperara pillarla también rezagada—. Ya vamos retrasadas con el horario.

—Creo que no le caes bien —le susurró Drusilla al andar—. Aunque no entiendo por qué.

Se limitó a soltar un bufido. Su apellido irlandés era un motivo. Su anodino expediente escolar, otro. Pero sospechaba que había algo más, algo que no le había gustado de ella a la señorita Hatfield desde el primer momento en que se conocieron. En todo caso, tenía que averiguarlo, y rápido, de lo contrario, la señorita Hatfield estaría encima de ella durante el resto de su estancia allí. Y, si se lo proponía, Una no duraría mucho.

16

Para su primer turno, le asignaron la sala seis, una sala quirúrgica supervisada por la señorita Hatfield. Su primer día fue un ajetreo confuso de ir a buscar suministros, limpiar vómito y cargar apósitos manchados a los barriles de la basura del patio trasero. Cuando terminó su turno de doce horas, volvió andando fatigada a la residencia de enfermeras con Dru. (Estaba demasiado cansada para decir su nombre completo o molestarse en preguntar si a ella le importaba que usara ese apodo.) Dru seguía de parloteo sobre el día con la energía de una niña que hubiera comido demasiado dulce. Ella asentía de vez en cuando, pero no escuchaba.

Los pies y la espalda le dolían más que cuando usaba la treta de la chatarrera y se pasaba todo el día vaciando bolsillos en la calle Market, encorvada y renqueando. O esa vez que le quitó la billetera a un mariscal estadounidense y tuvo que cruzarse la ciudad dos veces para eludir a los polis. El breve paseo desde el hospital le pareció de kilómetro y medio, y cuando por fin llegaron, estaba famélica. Atacó la cena como si fuera una pilluela de la calle, mojó un panecillo en la sopa que sirvió la cocinera Prynne y se lo metió en la boca. Varios bocados después, vio que todas las mujeres la estaban mirando.

—Estábamos a punto de bendecir la mesa, señorita Kelly —dijo una de ellas—. ¿Le importaría unirse a nosotras?

¿O los papistas no se molestan en dar las gracias a nuestro Señor antes de comer?

Una dejó el panecillo en su bandeja del pan a regañadientes.

—Por supuesto, solo que no montamos tanto espectáculo. —Juntó las manos y agachó la cabeza. Cuando la mujer altanera terminó la oración, ella se santiguó con una lentitud intencionada—. ¿Ya le parece bien a Dios que comamos?

Al ver que nadie contestaba, fue a agarrar el pan, pero entonces se lo pensó mejor y tomó la cuchara. Ya las había mosqueado bastante por una noche. Dru también agarró la cuchara. Al poco estaban todas tomando la sopa en silencio.

EL DÍA SIGUIENTE pasó un poco mejor. Se negó a arriesgarse a que la envenenaran los gases de las cloacas que desprendía el extraño artilugio del lavabo, así que después de desayunar se escapó para usar las letrinas que había tres edificios más abajo. Las dos casetas estaban ocupadas cuando llegó y, aunque podría haber hecho sus necesidades sin problema en el rincón del patio, no convenía que nadie viera a una alumna de enfermería del Bellevue subiéndose la falda almidonada y haciendo pis en el suelo. Sin embargo, la espera hizo que llegara tarde a la clase matutina. No tarde en el sentido normal de la palabra. En los suburbios podrías llegar prácticamente a cualquier hora y a nadie le importaba. Incluso en la misa dominical, mientras te colaras antes de que el padre O'Donoghue hubiera empezado a leer el Evangelio, se consideraba que habías llegado a tiempo para cumplir con la obligación sagrada de la semana. Pero la señorita Hatfield no era tan magnánima como el padre O'Donoghue. Dejó de hablar a media frase cuando Una abrió la rendija de la puerta de la sala de prácticas y entró.

—Me alegro de que se una a nosotras, señorita Kelly —dijo cuando Una hubo conseguido pasar entre algunas mujeres hasta llegar a un sitio vacío en el fondo de la sala—. Estábamos comentando la importancia de la limpieza en la sala. Tal vez usted pueda iluminar a las demás sobre la composición del polvo.

¿El polvo? ¿Era broma? Sin embargo, no había el más mínimo atisbo de travesura en los ojos de la señorita Hatfield.

—El polvo está compuesto… eh… de polvo.

Varias aprendizas se rieron, pero ella dudaba de si habrían dado una respuesta mejor a una pregunta tan absurda.

—Incorrecto. —La señorita Hatfield arrastró el dedo por encima del armario de suministros que tenía al lado y luego lo levantó—. El polvo está compuesto tanto por impurezas orgánicas como por gérmenes de enfermedades, de ahí la importancia de eliminarlo con cuidado y minuciosidad. Entonces, ¿cómo deberíamos limpiarlo?

Tras un breve silencio, se percató de que la pregunta iba dirigida de nuevo a ella.

—¿Con un plumero?

—Otra vez incorrecto. Si yo fuera tan ignorante como usted en los principios de la limpieza, me esforzaría más por llegar puntual a la clase.

No podía decirle que había cola en la letrina sin ponerse aún más en ridículo por evitar el lavabo, así que cerró el pico.

—¿Alguien puede iluminar a la señorita Kelly sobre el instrumento adecuado para quitar el polvo? —preguntó la señorita Hatfield, que apartó la mirada fulminante de ella y la paseó por la sala—. ¿Alguien?

Resopló y luego disimuló el ruido con una tos. Vaya, no era la única ignorante en el tema de quitar el polvo.

Entonces Dru levantó la mano con timidez.

—¿Sí, señorita Lewis?

—¿Un trapo o una esponja húmedos?

—Exacto. ¿Por qué?

—Para que no se levante el polvo.

—Correcto. Se puede usar un cepillo de cerda suave si se hace con cuidado. Hay que quitar el polvo así de la madera y las ventanas una vez por semana, de los suelos por lo menos dos veces por semana. Siempre con agua fenolada.

La señorita Hatfield continuó hablando sin cesar de las diversas tareas necesarias para mantener limpia una sala. Luego informó a las alumnas de que iba a mostrar cómo se hacía la cama.

Una reprimió otro bufido. Seguro que ninguna de las alumnas era tan boba para no saber hacer la cama. Sin embargo, cuando miró alrededor todas estaban observando con atención a la señorita Hatfield. Eran todas unas cabezas huecas. Quizá, en vez de insistir en que las candidatas fueran de buena familia y refinadas, deberían exigir sentido común y aptitudes domésticas básicas.

Más tarde, cuando llegaron a las salas, les encargaron poner en práctica las destrezas que les había enseñado la enfermera Hatfield esa mañana. Ella se puso manos a la obra a regañadientes, a quitar el polvo de los alféizares, limpiar bacinillas y cambiar la ropa de cama. No era ni la mitad de difícil de como lo había pintado la enfermera Hatfield. Podría haberse pasado toda la mañana en la cola de la letrina, perderse toda la clase y ahorrarse la intimidación sin hacer peor el trabajo. Qué más daba si ya se le había olvidado cómo hacer agua fenolada. El agua que salía del grifo también valía. Y no importaba qué sábana fuera primero.

Llevaba años durmiendo con una sola sábana y un montón de paja y estaba sana como una flor en primavera.

A media tarde, cuando la enfermera Hatfield hizo la ronda por la sala para inspeccionar su trabajo, las bacinillas estaban limpias y guardadas en sus estantes correspondientes, las mesas y las ventanas sin polvo, y todas las camas vacías estaban hechas con mimo. Se quedó de pie mientras la enfermera Hatfield pasaba los dedos de arriba abajo, en busca de polvo, y sonrió para sus adentros cuando quedaron limpios. Sin embargo, por lo visto a la enfermera jefa no le bastaba con que estuviera pulcro. Se llevó las puntas de los dedos a la nariz e inspiró.

—¿Qué proporción de fenol y agua ha utilizado?

—Bueno, sobre eso, yo… —La salvó de contestar una alumna de segundo curso que se acercó corriendo. Un paciente nuevo al que acababan de bajar de la sala de operaciones había empezado a sufrir una hemorragia. La enfermera Hatfield examinó rápido al paciente con ella y la estudiante de segundo curso espiando por encima del hombro. La sangre había empapado el apósito quirúrgico que cubría la mitad de la barriga del hombre y había goteado hasta la cama. Observó cómo retiraba el vendaje, que dejó al descubierto una línea dentada de puntos empapados en sangre.

—Vaya a buscar una jofaina con agua fenolada, señorita Kelly —ordenó la enfermera Hatfield en un tono firme y frío—. Una parte de fenol por cuarenta partes de agua, como seguro que recordará de la clase de esta mañana.

Salió presurosa hacia el almacén. Tras ella oyó que la enfermera Hatfield interrogaba a la estudiante de segundo sobre el estado del hombre antes de enviarla a buscar al cirujano. Encontró un tarro con fenol cristalizado. Midió media onza y la disolvió en veinte onzas de agua. La jofaina llena de líquido emanaba un olor leve pero intenso, distinto de todo lo que había olido antes. Entonces cayó en la cuenta que eso era lo que buscaba la enfermera Hatfield cuando olisqueaba.

Volvió a la cama del paciente con la jofaina, y de camino tomó una esponja y un montón de paños suaves. Primero, la enfermera Hatfield usó el agua para lavarse las manos. Luego humedeció unos cuantos paños y limpió la incisión del hombre. De los puntos salía sangre fresca, pero no tanta como para indicar el tipo de hemorragia interna grave que temía la estudiante de segundo.

—Un caso sencillo de coagulación lenta, como sospechaba —afirmó la enfermera Hatfield, hablando más para sí misma que a Una. El sangrado ya se había reducido a un goteo.

—Entonces, ¿vivirá?

—Eso habrá que verlo. —Se volvió hacia ella—. Deshágase de esa esponja que ha traído. Es del todo inadecuada para limpiar y vendar una herida.

—Es verdad, ¿cómo no se me había ocurrido? —dijo antes de que la enfermera jefa pudiera advertir el tono sarcástico.

—Una esponja, señorita Kelly, trasmite sustancias nocivas de una herida o llaga a otra. La estopa o la lana de algodón empapadas de agua son mucho mejores porque se pueden destruir después de usarlas.

—Solo intentaba ayudar.

—Hasta que no entienda los principios de la higiene y su importancia en la transmisión de enfermedades, no será de gran ayuda.

Agarró la esponja y volvió al almacén dando zancadas. Esponjas, estopa, paños, lana de algodón: ¿cómo iba a saber qué diferencia había? Nada de lo que hiciera dejaría jamás satisfecha a la enfermera Hatfield. No importaba que también hubiera llevado paños, que la mujer no había tenido problema en usar, y encima por iniciativa propia. En la calle se usaba lo que había. Una manga de camisa en lugar de un pañuelo. Una mazorca de maíz en vez de papel para la letrina.

Cuando regresó del almacén, se encontró a la alumna de segundo intentando retirar la sábana hospitalaria manchada de debajo del paciente. Pero no había sábana, así que la sangre había atravesado la sábana bajera hasta llegar al colchón. Había que lavar y desinfectar ambas cosas, y trasladar al paciente a otra cama. La enfermera Hatfield se acercó a las otras camas vacías que Una había hecho y tiró de las mantas. Ninguna estaba hecha a su gusto.

Ordenó que las volviera a hacer en condiciones: sábana bajera, sábana de caucho, sábana hospitalaria, sábana superior, manta. Se quedó de pie de brazos cruzados mientras la joven trabajaba, señalando cada arruga y esquina mal remetida. Cuando por fin se dio por satisfecha, le pidió que bajara las sábanas ensangrentadas y el colchón de paja a la lavandería.

—Cuando acabe con eso —dijo—, preséntese en la tercera planta.

—¿Para qué? —preguntó mientras recogía la ropa de cama manchada.

—Para dar explicaciones ante la superintendente Perkins.

17

LA SALA DE calderas, la lavandería y la cocina se ubicaban en el césped que había detrás del edificio principal del hospital. Pese al muro alto de ladrillos que tapaba la vista de la Primera Avenida y otras calles cercanas, oía los cascos de caballo y el traqueteo de los carros. Los vendedores hablaban a gritos unos por encima de otros, anunciaban fósforos, botones y castañas asadas a los transeúntes. Una mula rebuznó. Un organista hacía girar la manivela. Los sonidos amortiguados le resultaban cercanos y familiares, y al mismo tiempo parecían de otro mundo. Su mundo.

En un brazo cargaba con la cesta de ropa de cama, llena hasta el borde. En el otro, el colchón relleno de paja, doblado y apoyado en la cadera. Sus andares eran más bien patosos, y se paraba cada pocos pasos para reequilibrar la carga. ¿Qué demonios estaba haciendo ahí? No se lo imaginaba así. Despertarse a una hora infernal de la madrugada. Quitar el polvo y limpiar como una criada. Avergonzarse ante la mirada hiriente de la enfermera Hatfield hasta que todo estaba bien. Ni siquiera la cama cómoda ni las comidas calientes de la cocinera Prynne merecían tantas molestias. Diablos, hasta la vida en la Isla sería más fácil.

Sin embargo, en cuanto abrió con el hombro la puerta de la lavandería y entró, supo que no era cierto. Había media docena de mujeres inclinadas sobre tablas de lavar y escurridores, con el pelo aplastado por el sudor. Otras removían cubas de agua hirviendo y ropa de cama, con las mejillas rojas por el vapor sofocante. Estaban en los huesos, tenían la mirada vacía y la piel acribillada por las moscas. Eran mujeres del asilo para pobres, las llevaban desde la cárcel de Tombs en carro o en ferri desde la isla de Blackwell. Desempeñaban las tareas asignadas: lavar, remover, escurrir, como si estuvieran medio muertas.

Entregó la ropa de cama manchada y salió a toda prisa. Sentía un nudo en la garganta y las axilas sudorosas, y no solo por el asfixiante olor a lejía que la persiguió. Si los polis la encontraban, no le esperaba más que una vida de sufrimiento y trabajo pesado. Igual que a esas mujeres de la lavandería. Puede que el uniforme fuera áspero, su compañera de habitación una cargante charlatana y la enfermera Hatfield una pedante insufrible, pero no podía olvidar lo que le esperaba si fallaba.

Cuando llegó a la tercera planta, se alisó el delantal y se colocó bien el gorro antes de llamar a la puerta de la superintendente Perkins. Al entrar, sintió un gran alivio al ver que la enfermera Hatfield no estaba, aunque sospechaba que la enfermera jefa le había llenado la cabeza con el veneno suficiente para expulsarla tres veces. Tendría que recurrir a sus mejores artes para camelársela si quería quedarse.

El despacho era más grande de lo que esperaba, con un escritorio de roble pulido, varias librerías y una zona separada con sillas acolchadas y una mesita de té lacada. De la pared colgaba la habitual mezcla de cosas: bordados, cuadros, grabados en madera anticuados, una cruz de tallado sencillo. La decoración de las salas era muy parecida, con el añadido de varios letreros colocados por asociaciones religiosas con citas de Isaías, Jeremías y el Libro de los Salmos. Varios ventanales daban al césped de detrás y al paisaje de la ciudad al otro lado, pero solo había uno abierto.

La señorita Perkins señaló con un gesto una silla delante de su escritorio, y se sentó. Posó las manos en el regazo, tanto para parar el temblor como para parecer una señorita, y miró a la señorita Perkins con aire inocente.

—La enfermera Hatfield me ha dicho que ha tenido usted algunas dificultades hoy —dijo la superintendente. Igual que durante la entrevista, el tono, la postura y la cara daban pocas pistas sobre lo que estaba pensando. Habría sido una buena estafadora.

—He tenido problemas para ver la demostración de la enfermera Hatfield de esta mañana desde el fondo de la sala y he confundido unas cuantas cosas. Ahora estoy segura de saber cuál es el orden adecuado a seguir. No volverá a ocurrir.

—Tal vez su desafortunada posición en la sala de prácticas tenía algo que ver con su tardanza.

—Solo he llegado uno o dos minutos tarde. Mi compañera de habitación no encontraba el gorro, y hemos…

—Pero la señorita Lewis no ha llegado tarde.

—Hemos encontrado su gorro en el último momento, y ella se ha ido corriendo a clase, pero yo aún tenía…

—Señorita Kelly, no la he traído a mi despacho para oír sus excusas. —Había juntado las cejas hasta formar un surco que se hacía más profundo a medida que hablaba—. O es usted apta para este programa o no. Su comportamiento de hoy me decanta por la segunda opción.

Se inclinó hacia delante en la silla. Se había equivocado en el planteamiento, pero seguía sin saber con certeza cuál era el adecuado. ¿La adulación? ¿La sumisión? Notaba el mismo sudor y la misma sequedad en la garganta que en la lavandería.

—Por favor, señorita Perkins, deme otra oportunidad. —Se le quebró la voz sin artificios—. Soy apta para este programa. Lo prometo.

La superintendente Perkins se reclinó en la silla y juntó las manos. Pasaron los segundos, pero no parecía tener prisa por hablar. Una se quedó todo lo quieta que pudo, con la esperanza de que la mujer interpretara su desesperación como sinceridad.

Había sido muy ingenua al pensar que podría pasar holgazaneando por el programa sin que se dieran cuenta. Aún más ilusa fue al subestimar a la señorita Hatfield y el resentimiento que sentía hacia ella. No volvería a cometer ninguno de esos dos errores. Si no la expulsaban antes.

Por fin habló la superintendente Perkins.

—La enfermería no es un entretenimiento para chicas aburridas. Es una profesión. Una vocación. No se tolerarán la ineficiencia ni la insubordinación. Si la vuelvo a ver en este despacho, por cualquier motivo, antes de que termine el mes de prueba, será expulsada. ¿Entendido?

—Sí, gracias. Sí. —Se levantó antes de que la señorita Perkins cambiara de opinión—. No se arrepentirá, se lo prometo.

18

AL DÍA SIGUIENTE por la mañana, se obligó a salir de la cama en cuanto oyó a Dru moverse. Usó el lavabo en vez de las letrinas al final del bloque, tapándose la nariz y conteniendo la respiración todo el tiempo. Resultó que la extraña cuerda que colgaba de la caja situada encima del retrete servía para soltar un chorro de agua que se llevaba la orina del recipiente. Tiró de la cuerda tres veces más por pura curiosidad, y se habría quedado más tiempo mirando si no se hubiera mareado por la necesidad de respirar aire fresco.

La señorita Hatfield la miró con los ojos entornados cuando llegó a la clase, puntual y atenta. Saltaba a la vista que lamentaba que la superintendente Perkins no le hubiera dado la patada y estaba ansiosa por pillarla en su próximo desliz. Pero no iba a darle ni la más mínima excusa para mandarla de nuevo a la tercera planta.

Sin embargo, del dicho al hecho hay un trecho. Cualquiera que fuese el principio que las estudiantes aprendían en la clase de la mañana (la importancia de la ventilación y las fuentes de aire viciado en la sala de enfermos, la temperatura, los desodorantes, la diferencia entre los desinfectantes absorbentes y los antisépticos), la enfermera Hatfield esperaba que ella lo dominara en la ronda de la tarde. Si había abierto las ventanas para facilitar la circulación de aire fresco, la enfermera Hatfield la acechaba por toda la sala y se aseguraba de que la ropa de cama de los pacientes fuera suficiente para abrigarlos y los biombos estuvieran en su sitio para protegerlos de la más mínima corriente. Si había cerrado las ventanas y encendido la estufa para expulsar el aire viciado por la chimenea, la interrogaba sobre si el aire más renovado procedente de la sala era fresco y estaba bien ventilado. Si colocaba cuencos con carbón para absorber las sustancias nocivas en el ambiente, la enfermera Hatfield cuestionaba por qué no había usado arcilla porosa, pese a haber dicho ella misma en clase que los dos remedios eran intercambiables.

No ayudaba que, en cuanto llegaba la enfermera Hatfield, todos los pacientes que unos momentos antes descansaban tan tranquilos de pronto necesitaran una bacinilla, un vaso de agua o paños calientes. La alumna de segundo se encargaba de todo lo que requiriera conocimientos o aptitudes médicas, así que esos incordios habituales recaían en Una, que a menudo acababa haciendo malabares con jarras de agua, ropa de cama y jofainas metálicas que salpicaban vómito u orina por toda la sala mientras la enfermera Hatfield le hacía preguntas sobre los distintos tipos de antisépticos. Sin embargo, pese a que a veces confundía el permanganato de potasio y el hidrato de cloral, o dejaba que la temperatura de la sala se desviara un grado o dos del intervalo prescrito de diociocho a veinte grados y la reprendían por su descuido, no la enviaron al despacho de la superintendente.

Dos semanas después, sentía que por fin había encontrado su sitio en ese extraño lugar de caos ordenado. Al fin y al cabo, no había mucha diferencia entre vigilar a un paciente y a un objetivo, como hacía antes. En cuanto veía un tono verdoso en las mejillas de un paciente, corría a buscar una palangana por si vomitaba. Si tenía los labios secos o chasqueaba la lengua, significaba que pronto querría agua.

La expresión tensa y los ojos inquietos le decía que el paciente necesitaba una bacinilla, pero le daba vergüenza pedirla.

Incluso había empezado a anticipar la llegada de la enfermera Hatfield. Igual que en la calle, las personas que funcionaban con hábitos eran fáciles de engañar. Además de hacer la ronda con los médicos a última hora de la mañana después de dar la clase, la enfermera Hatfield visitaba de nuevo todas las salas por la tarde. Siempre empezaba por la segunda planta a las dos en punto, después de tomar el té con la superintendente Perkins y las demás enfermeras jefa, e inspeccionaba las salas siete y ocho antes de bajar la escalera situada en el extremo oriental del ala norte. Desde ahí continuaba en orden ascendente, empezando por la sala uno. Si tenía en cuenta que pasaba una media de veinte minutos escudriñando cada sala, calculaba que llegaría hacia las cuatro en punto, rara vez un minuto antes. Así que el gong lento del reloj a las tres y media le servía de advertencia. Ordenaba la mesa larga del centro de la sala, alisaba las mantas de los pacientes, remetía las sábanas que veía sueltas y vaciaba las malolientes jofainas. Para cuando oía que se acercaban los pasos entrecortados de la enfermera Hatfield, estaba lista para saludarla con una sonrisa serena, aunque falsa. Estaba tan concentrada en mantener limpia la sala y a la enfermera Hatfield apaciguada que apenas advertía la presencia de nadie más en el hospital. Los médicos acudían con regularidad a ver a los pacientes, las visitas se sentaban junto a la cama, el personal de cocina repartía comidas, las mujeres del asilo fregaban el suelo y limpiaban las ventanas. Sin embargo, a menos que tropezara con la mopa de una trabajadora o fuera a buscar un pañuelo a una mujer desconsolada, estaba demasiado ocupada para prestarles atención. Los médicos daban las órdenes a las de segundo, en apariencia ajenos a ella incluso cuando retiraban los biombos que ella se había esmerado en colocar para proteger a los pacientes de las corrientes, o lanzaban sus utensilios sucios sobre las camas recién hechas.

Una mañana, al llegar a la sala tras la clase matutina, se fijó en el sudor y los temblores de uno de los pacientes. Le habían hecho algún tipo de cirugía y lo habían llevado a la sala hacía dos días. Cuando le preguntó si tenía frío o se encontraba mal, contestó con un galimatías. Podría haberlo tomado por extranjero y dejarlo así, pero habían tenido una conversación en inglés articulada a la perfección el día anterior. Además, había pasado tiempo suficiente con su padre para reconocer los indicios. Como la estudiante de segundo estaba ocupada volviendo a vendar la herida de otro paciente, le dio al hombre una copa de coñac y se puso a trabajar.

Al poco rato llegó un grupo de varios médicos acompañados de la enfermera Hatfield para hacer la ronda matutina. Avanzaban de una cama a otra como un cobrador de alquileres y sus esbirros se abren paso en un bloque de pisos, sin pensar en nadie más que en ellos mismos. Cuando llegaron al paciente aturdido, procedieron como de costumbre. Un hombre mayor con barba canosa bien recortada aleccionaba y preguntaba a los más jóvenes. Se alegró al ver que el paciente ya no sudaba ni temblaba. Cuando uno de los médicos le preguntó cómo se encontraba, contestó en un inglés claro. Entonces el médico mayor se inclinó, pegó la nariz a la del hombre y olisqueó.

—¿Quién le ha dado alcohol a este hombre? —gritó.

La alumna de segundo, que seguía al grupo recogiendo los vendajes desechados y volviendo a arropar a los pacientes, se acercó presurosa.

—Nadie, señor.

—Le huele el aliento a coñac; más claro, el agua. ¿Cómo vamos a hacerle la segunda parte de la operación cuando se le ha permitido beber apenas una hora antes? —Se le habían sonrojado las mejillas. Se volvió hacia el paciente—. ¿Quién le ha dado de beber esta mañana?

El paciente sacudió la cabeza.

—No me acuerdo muy bien, doctor. Podría haber sido un ángel.

—Un ángel. —El médico soltó un bufido—. ¿Iba vestido de blanco y azul?

—Creo que sí.

—¿Y con un gorro abullonado?

—Me suena que sí.

El médico se volvió hacia la alumna de segundo. Parecía haberse quedado congelada y retrocedió un paso. Una, que observaba desde el otro lado de la sala, agarró la cesta de la colada y se dirigió a la puerta de puntillas.

—Yo no le he dado nada —repuso la de segundo—. Lo juro. Debe de haber sido la aprendiza.

Todos clavaron los ojos en ella. Solo le faltaban tres pasos para llegar a la puerta.

—Usted —le dijo el médico—. Venga.

Una dejó la cesta y se limpió las manos en el delantal para darse un momento. Notó el corazón en la garganta mientras intentaba dar con otra salida a la situación. Las mejillas del médico estaban aún más rojas. La enfermera Hatfield apenas podía reprimir una sonrisa, como si ya se viera llevándola al despacho de la superintendente.

—Dese prisa, joven. No tengo todo el día.

El tono brusco y arrogante fue decisivo. Se acercó andando con los hombros erguidos y la cabeza alta.

—¿Le ha dado usted coñac a este paciente esta mañana?

—Sí.

El médico parpadeó.

—Le había dado el tembleque de los horrores.

—¿De qué?

—Creo que se refiere al *delirium tremens*, señor —aclaró uno de los médicos jóvenes.

Una asintió.

—De haber seguido así mucho rato, le habría dado un ataque.

El médico mayor la reprendió.

—¿Y por qué se cree cualificada para determinar semejante diagnóstico?

«Por la experiencia, idiota», le dieron ganas de decir. En cambio, le habló de los sudores, los temblores y el habla sin sentido del hombre.

—Eso podría ser el síntoma de muchas dolencias, no solo *delirium tremens*.

—Sí, pero por el tono amarillento en los ojos he pensado que había muchas posibilidades de que hubiera chupado… eh… bebido licores fuertes durante una buena temporada. Si lo habían ingresado de repente para una cirugía sin tiempo de rehabilitarse, el tembleque, el *delirium tremens*, quiero decir, me ha parecido una causa plausible.

El médico dio un paso hacia ella, y los demás le dejaron paso.

—Usted es enfermera. No, ni siquiera es enfermera, es una aprendiza. Ni es ni será jamás médica. Queda totalmente fuera de sus funciones, por no hablar de su capacidad intelectual, diagnosticar y tratar pacientes. Su trabajo es, o era. —Miró un momento a la enfermera Hatfield— cumplir mis órdenes. En silencio. De forma eficiente. Sin preguntas ni conjeturas.

Estaba deseando soltarle un puñetazo. ¿Por qué no, si, total, estaban a punto de expulsarla? Estaba cerrando el puño cuando uno de los otros hombres dijo:

—Yo le di la orden, señor.

Tanto Una como el médico mayor se volvieron a mirarlo. Era el mismo joven médico que había tenido la sensatez de saber que el tembleque era la misma maldita dolencia que el *delirium tremens*, con ese nombre tan elegante. Ella lo había visto varias veces en la sala, por lo general acompañado de otros médicos. Pese al bigote bien recortado, tenía un rostro juvenil con unas pecas suaves en la nariz. El pelo, un poco largo, era del color de la madera de cerezo y se rizaba en las puntas pese a la generosa cantidad de aceite. De no ser por los ojos, que transmitían la calma de alguien que había visto y vivido el lado más peliagudo de la vida, Una habría pensado que era demasiado joven para ser médico. De hecho, se preguntaba si estaba probando con ella o tan solo era tonto.

—Yo, eh... advertí los síntomas del paciente esta mañana de camino al quirófano y di instrucciones a esta enfermera de medicarlo con coñac hasta que pudiéramos deliberar cuál era el mejor tratamiento.

El médico mayor lo fulminó con la mirada.

—¿Por qué no se ha pronunciado antes, joven?

El color inundó el rostro del joven médico desde la punta de la nariz hasta las orejas. Antes de que pudiera responder, el otro hombre prosiguió y se dirigió a todo el grupo:

—¿Cuáles son las opciones apropiadas para tratar el *delirium tremens*?

—El hidrato de cloral o el opio —dijo otro de los jóvenes médicos con cierta petulancia.

—Muy bien, doctor Allen. Las dos son opciones adecuadas que no descartarían la cirugía de hoy como sí ha ocurrido al administrar una cantidad tan importante de coñac. —Se volvió hacia el médico de la nariz pecosa—. Creo que su abuelo no habría cometido semejante error.

—Sí, señor —masculló el médico, cohibido, aunque también parecía tener ganas de pegar al señor mayor.

Ordenaron dar hidrato de cloral al paciente y los médicos siguieron su ronda. La enfermera Hatfield los siguió, no sin antes lanzarle una mirada severa. Sus ojos parecían decir «la próxima vez no te escaparás». La alumna de segundo le dio un codazo en el costado a Una.

—Digan lo que digan los médicos, déjame a mí la dosificación de medicamentos, aprendiza.

Ella asintió. Aún notaba el corazón en la garganta, junto a la laringe. Sentía un hormigueo en las extremidades como cuando escapaba por los pelos de los polis. Tardó un momento en ordenar las ideas y recordar qué demonios estaba haciendo antes de que empezara todo ese embrollo. Incluso cuando ya volvía a tener las manos ocupadas en quitar el polvo de las mesitas de los pacientes, la cabeza le iba a mil revoluciones y desvió la mirada hacia el joven médico. Pero ¿qué pretendía? ¿Qué ganaba saliendo en su defensa? Seguro que con eso quería sentirse superior a ella de alguna manera.

Una se dio cuenta de que llevaba varios minutos quitando el polvo de la misma mesita, y frotaba con tal vigor que habían desaparecido trozos del barniz. Sacudió la cabeza y continuó, no sin antes mirar de nuevo al médico.

Unos minutos después, oyó al pesado del médico mayor que paraba para el almuerzo. La enfermera Hatfield y los médicos se dispersaron. Por fin los músculos tensos de Una se relajaron. Quizá ahora podría concentrarse en sus tareas. Sin embargo, el médico joven se quedó junto a la cama de uno de los pacientes. esperó a que la alumna de segundo desapareciera en el almacén y luego lo abordó.

—¿Qué busca? —susurró.

Él alzó la vista del paciente.

—¿Disculpe?

—Los dos sabemos que usted no me ordenó que diera coñac a ese hombre.

—¿Habría preferido que dejara que asumiera usted la culpa y la expulsaran?

—Sí. No. —Resopló—. Pero no estoy dispuesta a vivir sometida a usted por esto.

El médico se rio: fue un sonido agradable y cándido que la desarmó.

—Usted no es como las demás estudiantes de enfermería. ¿Cómo se llama?

Ella dudó un momento, luego entrecerró los ojos para dejar claro que no se fiaba de él.

—Señorita Kelly.

—Bueno, señorita Kelly, puede que su aguda observación haya salvado la vida de ese hombre. Si el ataque hubiera empezado durante la cirugía, quién sabe lo que habría pasado. Un resbalón de la mano, un corte con el escalpelo y podría haberse desangrado ahí mismo, en la sala de operaciones. Por no hablar del riesgo de asfixia. No hace falta una copa de coñac, basta con la propia bilis y la saliva de un hombre que convulsiona.

Una miró hacia la fila de camas donde descansaba el hombre. Nunca le había salvado la vida a nadie. Notó que una extraña ligereza le empujaba las paredes del pecho. Frunció el entrecejo. Las buenas acciones daban más problemas que otra cosa, se recordó, además de contradecir sus normas.

—Debería haberlo visto yo —prosiguió el médico—. Mi padre intentó dejar el alcohol en más de una ocasión.

Cuando se volvió hacia él, su mirada se había desviado hacia algún punto en el suelo.

—Pensaba que se suponía que los médicos eran de buena familia. La flor y nata y todo eso.

Al hombre se le sonrojaron las mejillas, y ella se arrepintió de un comentario tan impertinente.

—No es que yo crea en esas sandeces. Los hombres buenos beben tanto como los malos. Y la mayoría tiene sus motivos.

Él la miró de nuevo con una sonrisa atenta. Los dientes eran tan blancos y rectos que casi parecían falsos. ¡Por eso sí que conseguiría un buen precio!

—Se toma muchas más libertades al hablar que cualquiera de las demás estudiantes a las que he conocido —aseguró.

Sintió un nudo en el estómago. Se había mostrado demasiado cercana con él al usar palabras como «sandeces». Debería ser más precavida, ceñirse a su estratagema de mujer recatada de buena familia. Sin embargo, no era solo su risa lo que la desarmaba. Parecía distinto de los demás médicos, pero no era obvio. El traje caro de lana marrón era igual de soso. La postura igual de segura. Aun así, era como si no encajara del todo.

—Quiere decir que no soy callada.

—Eso seguro que no. El doctor Pingry ha estado a punto de convulsionar cuando se ha acercado y ha admitido sin más que había administrado el coñac. Solo por la cara que ha puesto valía la pena salir en su defensa.

Se oyeron los pasos de la alumna de segundo en el otro extremo de la sala y salió del almacén con un montón de suministros. Una retrocedió un paso y se dedicó a quitar el polvo de la mesita de noche más cercana. Solo le faltaba añadir el hecho de confraternizar de forma indecorosa con un médico interno a su lista de meteduras de pata del día.

—Sé defenderme sola, muchas gracias.

De nuevo esa risa irritante.

—No lo dudo, señorita Kelly.

19

AL DÍA SIGUIENTE por la mañana, en vez de hacinarse en la sala de prácticas o ir directas a sus quehaceres, llevaron a las estudiantes a la biblioteca. El mobiliario estaba apartado al final de la estancia, y en su lugar había varias filas de sillas de cara a una pizarra que habían llevado allí para la clase. Aunque Una habría preferido un asiento en el fondo donde poder lograr unos minutos más de sueño, Dru tiró de ella hasta la primera fila.

Junto a la pizarra había una mesa con decenas de huesos dispuestos sobre una tela de terciopelo. Sintió un cosquilleo en la piel, no por los huesos, sino porque recordó las horas que pasó en el cementerio cerca del distrito de Gas House. Se tocó la frente para empezar a santiguarse, pero paró y fingió que se recolocaba el gorro. Las otras estudiantes pensarían que era supersticiosa y simplona si la vieran santiguarse por unos cuantos huesos viejos.

—¿Crees que los sacaron y robaron de una tumba? —susurró una de las mujeres que se sentaba detrás.

—¿La gente aún hace eso? —preguntó otra—. ¿Cuánto crees que les pagan?

Se dio la vuelta en la silla.

—El robo en tumbas ya no da dinero.

Las chicas la miraron como si fuera un trozo de pan duro.

—¿Cómo lo sabes? —preguntó una de ellas.

—Yo...

Era evidente que no podía decirles que conocía a un hombre que antes se ganaba la vida exhumando cadáveres y vendiéndoselos a facultades de Medicina. Como él decía, eran «los buenos tiempos», antes de que se aprobara la infame ley conocida como Bone Bill, cuando se podían conseguir treinta dólares por un cadáver reciente.

Dru le ahorró el problema de inventar una explicación más recatada.

—En 1854 se aprobó la Ley de Promoción de la Ciencia Médica y de Protección de los Cementerios en el estado de Nueva York —informó por encima del hombro en un tono desenfadado, como si hablaran de pastitas de té—. Todos los vagabundos que fallezcan, sin reclamar y sin amigos, se donan a instituciones donde se enseña medicina y cirugía para su disección.

Las mujeres desviaron sus miradas de asombro hacia Dru, que se limitó a sonreír y a volverse hacia la pizarra. Una también miró al frente, no sin antes dedicar a las chicas su media sonrisa de superioridad. Con un poco de suerte, superaría el resto de rarezas del día con la misma facilidad. Lo malo era que no tenía a mano a Dru y su cerebro enciclopédico en el hospital. Aunque probablemente le dolerían los oídos con su verborrea. Por mucho que, en principio, tuvieran que estar calladas como muertas en las salas.

La suerte jugó a favor de ella de nuevo cuando otra de las enfermeras jefas, no la señorita Hatfield, se adelantó para dirigirse a la clase.

—Buenos días, señoritas. Hoy será la primera de muchas clases que impartirá el apreciado equipo de médicos del hospital. En estas clases se tratarán una gran variedad de temas, y hoy empezarán por la anatomía humana, a cargo del doctor Pingry, del Segundo Departamento de Cirugía.

Hizo una mueca cuando el pretencioso médico mayor que había conocido el día anterior caminó hacia delante. Hasta ahí había llegado su suerte. Las mujeres aplaudieron. Una hizo lo mismo con desgana. Se convenció de que era demasiado mayor y egocéntrico para recordarla. Además, vestidas con los gorros y los uniformes, las alumnas se parecían mucho entre sí, ¿quién era capaz de distinguirlas? Sin embargo, cuando inspeccionó la sala, sus ojos se detuvieron un momento en ella y apretó los labios como si hubiera probado algo amargo.

Luego, sin más preámbulos, empezó su clase describiendo el cuerpo humano como una máquina intrincada en la que el esqueleto era el aparato subyacente sobre el que funcionaba todo lo demás. Hizo alusión a un complejo interior de venas, tuétanos y un tejido parecido a una celosía llamado esponjoso. Sin embargo, pronto dejó eso a un lado bajo el pretexto de que estaba fuera del alcance de la clase y de sus capacidades intelectuales. Como enfermeras, solo necesitaban saber dónde iba cada hueso.

A su lado, notó que Dru hundía los hombros. Saltaba a la vista que le habría encantado saber esos detalles. A ella también le parecía interesante imaginar los huesos de su interior no como un simple andamiaje de piedra, sino como una parte viva y compleja de ella. Las descripciones de huesos largos, cortos, planos, irregulares y cuántos había de cada uno eran de lo más tediosas. No ayudaba que el doctor Pingry hablara en un tono plano, como un sonsonete interrumpido de vez en cuando por el chirrido de la tiza en la pizarra.

Desvió la mirada hacia la ventana. Las pesadas cortinas de terciopelo estaban abiertas, pero un fino velo de gasa blanca tapaba lo que ocurría fuera. No recordaba la última vez que había pasado tantos días seguidos sin salir. Incluso cuando el aire invernal era cortante y las calles estaban cubiertas por una mezcla blandengue de barro y nieve, le gustaba deambular por la ciudad. El mundo le parecía más grande así. Más libre. Se levantaba cuando le apetecía, compraba un bollo y una taza de café si tenía hambre y se iba al lugar donde le viniera en gana pasar el día. Sin duda, tenía sus motivos (los sábados los hurtos eran escasos en la estación de tren, mientras que Central Park estaba abarrotado de paseantes con los bolsillos llenos) y sus reglas, pero no tenía a nadie por encima del hombro que le dijera qué presa escoger ni que supervisara su técnica. A Marm Blei no le importaba mientras le llevara objetos y no se metiera en líos.

Malditos gemelos asquerosos. Maldita Deidre y Mike el Viajante y maldita policía. De no ser por ellos, estaría ahí fuera disfrutando del aire fresco y del bullicio de la ciudad en vez de ahí sentada en esa incómoda silla de madera, escuchando a ese viejo odioso que parloteaba sobre... sobre... ¡Dios! Ya no tenía ni idea de sobre qué estaba hablando.

Volvió a centrar la atención en el doctor Pingry, con la esperanza de no haberse perdido mucho de la clase. El médico estaba ahora de pie junto a la mesa, sostenía un hueso corto y achaparrado, con un agujero en el centro y unas protuberancias que parecían alas en los lados.

—Hay treinta y tres vértebras, sin contar las que forman el cráneo. Cada una se clasifica según la posición que ocupa en la columna vertebral, hay siete en la región cervical, doce en la dorsal, cinco en la lumbar, cinco en la sacra y cuatro en la del coxis. ¿Alguien puede decirme a qué zona pertenece esta vértebra? —El doctor Pingry paseó la mirada por la sala y continuó, pues estaba claro que no esperaba que nadie contestara—. A la zona cervical. Fíjense en el tamaño relativamente pequeño y en que es más ancha de lado a lado que de delante atrás.

Mostró ejemplos de los tipos de vértebras, describió los bultos y muescas con términos extraños como «pedúnculo», «lámina» o «proceso espinoso» y pensó que ojalá no tuviera que memorizarlos. Luego dibujó una ese larga y plana en la pizarra y explicó la curvatura adecuada de la columna.

—¿Quién puede decirme una dolencia asociada con una formación inadecuada de la columna vertebral?

Dru levantó la mano.

—La escoliosis, cuando la columna vertebral se curva a un lado.

—Correcto. Según la gravedad puede causar dolor, aturdimiento, incluso daños en el corazón y los pulmones. ¿Alguien más?

Varias chicas más dieron respuestas. Entonces el doctor Pingry posó la mirada en Una.

—¿Y usted? ¿Puede nombrar una enfermedad relacionada con la columna vertebral? Ayer parecía ansiosa por dar a conocer sus ideas.

Una hizo caso omiso de su mirada engreída y pensó en su vida en la calle. Los suburbios atraían a todo tipo de personas con malformaciones, con pies zambos, extremidades encogidas y espaldas torcidas, pero ella no sabía las sofisticadas denominaciones médicas de ninguna de sus dolencias.

—¿No? —dijo él con evidente regocijo—. Lo imaginaba. —Tiró de su chaleco de seda con un gesto de santurrón y se dirigió a la clase—. Pasemos a los huesos del cráneo. Son ocho…

—La joroba —soltó.

El doctor Pingry se volvió hacia ella.

—¿Disculpe?

—Una enfermedad de la espalda. La joroba.

—Deduzco que se refiere a la cifosis, que es un estado asociado a varias dolencias, no una enfermedad en sí misma. Como decía, ocho huesos componen el cráneo...

Sintió de nuevo ganas de darle un puñetazo. Era un hombre flaco solo unos centímetros más alto que ella. Se había peleado con hombres con la mitad de años que él sin salir mal parada. Sin embargo, por muy gratificante que pudiera ser, no podía arriesgarse más que a mirarlo con mala cara. No tenía poder para echarla de la escuela, solo la superintendente Perkins, pero podía quejarse de cualquier desprecio percibido o destello de desobediencia.

Así que juntó las manos en el regazo y forzó los músculos de la cara hasta lograr una máscara de quietud. Solo tenía que escuchar, o fingir que escuchaba, y el doctor Pingry no tendría nada de qué acusarla.

Sin embargo, cuando por fin el médico dejó su discurso y pidió a la enfermera jefa que pasara pizarras y tizas para el examen, la calma de Una se desvaneció. ¿Un examen? Si suspendía, tendría una queja legítima que presentar a la señorita Perkins.

Se sintió de nuevo como una colegiala al tomar la pizarra y la tiza. Notó el mismo zumbido irritante en el estómago que antes de un examen de Aritmética o de Geografía. En aquella época era buena estudiante, sacaba unas notas excelentes tanto por rendimiento como por conducta, pero ahora eso no le servía de nada. Pese a que tal vez un examen suspendido no fuera suficiente para expulsar a las demás aprendizas, no le cabía duda de que en su caso sí lo sería.

—Cuando les enseñe un hueso —les indicó el doctor Pingry—, escriban su nombre, tipo y ubicación en el cuerpo. Después, tendrán cinco minutos para repasar las respuestas antes de devolverme la pizarra para la evaluación. ¿Alguna pregunta?

«Sí», le dieron ganas de decir. ¿Por qué demonios nadie había mencionado un examen al principio de la clase? Quizá habría escuchado de verdad. Debía reconocer el mérito del médico con esa omisión, era el tipo de truco taimado que usaría un estafador. Pero eso no disminuía el odio que sentía hacia él, ni calmaba sus turbulencias internas.

Gracias a Dios, Dru estaba sentada a su lado. Cuando el doctor Pingry levantó el primer hueso, Una fingió escribir la respuesta mientras desviaba la mirada hacia la pizarra de su compañera. «Clavícula, hueso largo, situado en la zona del hombro.» Antes de que pudiera copiarlo en la pizarra, el doctor pasó al siguiente hueso, y se vio obligada a alzar la vista. Solo le faltaba que la pillaran haciendo trampas.

Fue avanzando demasiado rápido por una decena de huesos. Algunos, como las vértebras con las que tanto escándalo había armado, Una los reconoció. La mayoría los tuvo que copiar de Dru. Años de hurtos le habían entrenado la vista para ser rápida, y lo que no captaba a primera vista pensó que podría copiarlo al final durante el tiempo que les dejara el doctor Pingry para repasar. Sin embargo, cuando el médico dejó el último hueso, Dru echó solo un vistazo a la pizarra, se levantó y la entregó para su evaluación.

Reprimió una palabra malsonante y bajó la mirada a su pizarra. Solo tenía la mitad de las respuestas completas. Algunas las podía deducir. El hueso occipital parecía un hueso plano… o tal vez irregular… no, plano, y seguro que formaba parte del cráneo. Pero la mayoría apenas los recordaba y no tenía ni idea de su ubicación en el cuerpo. Movió la silla para poder ver la pizarra de la mujer que se sentaba al otro lado, pero tenía menos respuestas escritas que ella. Las respuestas que sí tenía eran casi ilegibles. Tendría que copiar de la pizarra de otra persona, pero ¿de quién? Gracias a Dru, estaba sentada en primera fila sin apenas opciones. Una cosa era una mirada de soslayo, otra muy distinta era darse la vuelta para mirar embobada las pizarras de las chicas de detrás.

Lo que necesitaba era un revuelo. Algo que distrajera al doctor Pingry, a la enfermera jefa y a las demás mojigatas que podrían hablar si la pillaban copiando. Sin embargo, a diferencia de la estación de tren donde siempre había algo o alguien que provocara un alboroto, en la residencia de enfermeras, sin duda, faltaban escándalos.

—Un minuto —anunció el doctor Pingry.

El zumbido que sentía en el estómago amenazaba con desbordarse. Veía borrosas las líneas en blanco y las respuestas a medias en su pizarra. No le hacía falta hacer el recuento de sus respuestas para saber que había demasiado poco blanco entre tanto negro. Y poco tiempo. No cabía esperar un incidente, tenía que provocarlo ella.

Había empezado a formarse una cola que ocupaba el reducido espacio que quedaba entre la primera fila de asientos y la mesa, mientras las chicas esperaban a que el médico evaluara sus respuestas. Sonrió. La tapadera perfecta era una multitud. Era el momento de armar alboroto. Otra estudiante se acercó por detrás, con la pizarra en la mano, y Una vio su oportunidad. Justo cuando la chica se aproximaba a la mesa, sacó el pie. La chica tropezó, cayó hacia delante y colisionó con la mesa. Se mantuvo en pie, pero la mesa volcó y acabó con un porrazo en el suelo de madera. Los huesos salieron rodando y se esparcieron.

Se levantó y fue a sujetar a la chica.

—¿Estás bien?

—Sí, yo… —La chica miró alrededor, vio el desastre y se le pusieron las mejillas del color de la remolacha encurtida—. Me he tropezado con algo y… Ay, qué torpe.

—Solo ha sido un pliegue en la alfombra, estoy segura —dijo, y le dio un apretón en el brazo antes de mirar la pizarra que tenía en la mano—. Ven, te ayudaré a recogerlo todo.

El doctor Pingry gruñó con mala cara mientras colocaban bien la mesa.

—Espero que no se haya roto nada.

La chica asintió, y el color de las mejillas se intensificó. Dejó la pizarra en la mesa y se puso a recoger los huesos. Una se tomó su tiempo para recuperar las costillas, vértebras y otros huesos cuyo nombre aún no había aprendido, y dejó cada uno con cuidado en la mesa mientras miraba a escondidas la pizarra de la chica. Para cuando encontraron todos los huesos, había memorizado todo lo que necesitaba para completar sus respuestas. La chica le dio las gracias con efusividad y volvió a la cola. Ella la siguió y llenó los huecos de su pizarra justo a tiempo para entregársela al doctor Pingry.

De cerca olía a puro y alcanfor. Tenía una miga del desayuno enredada en la barba canosa. A las pizarras de las demás alumnas solo les había hecho una valoración rápida, marcaba las respuestas correctas y tachaba las incorrectas, todo con una expresión de desinterés, como si las chicas no merecieran su tiempo. Cuando una de ellas suspendió y le suplicó entre lágrimas que le volviera a hacer el examen, se limitó a ahuyentarla sin inmutarse.

Sin embargo, escudriñó su pizarra con interés, y señaló las respuestas incorrectas con unas líneas tan gruesas y marcadas que pensó que se le iba a romper la tiza.

—Pero sí era una vértebra —dijo ella, señalando una de las tres respuestas que había borrado.

—Sí, pero no ha especificado de qué tipo.

Estaba convencida de que no había considerado incorrectas las respuestas de otras chicas por la misma omisión, pero reprimió el deseo de discutir. Seguía teniendo suficientes respuestas bien para aprobar, y había otras maneras de compensarlo. Cuando le devolvió la pizarra, metió la otra mano en la chaqueta del traje y se llevó el reloj de bolsillo.

Esa noche, Una se tumbó en la cama con el reloj del doctor Pingry encima. Dru seguía abajo, en la biblioteca, leyendo algún texto médico, y no subiría hasta que apagaran el gas a las diez. No era un reloj muy bueno, más práctico que distinguido, sin tapa frontal y con las iniciales CJP grabadas en el dorso. Podrían darle diez dólares, doce como mucho. No iba a aventurarse a salir a la ciudad para venderlo, pero tenerlo allí también era un peligro. ¿Y si la señora Buchanan hurgaba en sus cosas y lo encontraba? Infringía su regla número diecinueve: no robes nunca algo que no puedas vender, y también la nueva norma que se había impuesto de no hurtar nada mientras estuviera escondida.

Suspiró y salió a rastras de la cama. Le había salido casi por instinto, lo de meter la mano en el bolsillo del médico. Y le estaba bien empleado por ponerle una nota injusta. Con todo, tenía que ser más precavida. Es más, tenía que ser lista. Una vez más, había estado a punto de ser expulsada, y no podía confiar en tener a Dru siempre a mano con las respuestas correctas.

Abrió la tapa de su baúl y rajó un poco el forro de algodón en uno de los lados. Metió el reloj de bolsillo por la rotura. Este se deslizó entre el forro y la madera y llegó al fondo del baúl con un ruido metálico. No era un escondrijo perfecto, pero por lo menos no se veía. Cerró el baúl y bajó, aunque habría preferido cambiarse para dormir.

En la biblioteca había una docena de mujeres dispersas. Algunas hojeaban revistas. Otras jugaban al ajedrez o a las cartas. Dos charlaban en voz baja junto a la hoguera menguante. Localizó a Dru en una de las mesas, con un grueso manual abierto ante ella. Pensó de nuevo en su cama blanda y en lo bien que estaría poner los pies junto al fuego, pero se obligó a cruzar la sala para ir con Dru. El manual estaba abierto por un diagrama del esternón y la caja torácica. ¿No había tenido bastante con los huesos de hoy?, le dieron ganas de preguntar. En cambio, dijo:

—¿Puedo estudiar contigo?

Dru alzó la vista, encantada.

—Por supuesto.

20

Dos DÍAS DESPUÉS, Una llegó a la sala seis y se encontró a la estudiante de segundo con la cabeza apoyada en las manos. Tenía un cubo calzado entre las rodillas. Alzó la vista hacia ella con los ojos inyectados en sangre, luego torció el gesto y vomitó en el cubo. Una fue a buscar un paño húmedo y volvió cuando la estudiante vomitaba de nuevo.

—¿Estás bien? —preguntó—. Tal vez deberías tumbarte un momento.

Ella negó con la cabeza.

—¿Voy a buscar a la enfermera Hatfield?

—¡No!

Retrocedió un paso ante una respuesta tan rotunda. Nunca la había oído hablar más que en un susurro.

—Estoy bien —dijo con más calma—. Se me pasará, solo necesito un momento.

Tenía la tez pálida y salpicada de gotas de sudor. Le temblaban las piernas alrededor del cubo. Cualquiera que fuese su dolencia, con seguridad no se le pasaría en un momento ni pronto, pero la dejó tranquila y se puso a trabajar.

Pese a que tenían asignada la misma sala, no habían interactuado mucho. Ni siquiera estaba segura de cómo se llamaba. ¿Señorita Caddy? ¿Señorita Catson? ¿Señorita Carlisle? Como se llamara había dejado claro que no era más que una humilde aprendiza con una posición en la sala poco por encima de las ayudantes del asilo para pobres y las molestas ratas. Su trabajo consistía en quitar el polvo, hacer camas, enrollar vendas, atender la higiene personal de los pacientes y por lo demás, no molestar. Solo cuando pasara el período de prueba, si lo conseguía, valdría la pena fijarse en ella.

Sin embargo, eso no impedía que se hubiera fijado en la joven, y, bien mirado, llevaba unos días comportándose de un modo extraño. Descansaba a menudo. Criticaba el almuerzo. Entraba y salía del lavabo.

Después de media hora la chica logró ponerse en pie y atender a unos cuantos pacientes, para luego volver corriendo a su cubo. Cuando terminó con las arcadas, le indicó con un gesto que se acercara.

—El señor Kepler, de la cama cuatro, se someterá a una cirugía dentro de una hora. Se supone que debo acompañarlo. —Hizo una mueca y se agarró el estómago como si fuera a tener otra arcada—. No me encuentro bien para ir, necesito que vayas en mi lugar.

—¿Estás loca? No tengo ni idea de qué hacer en la sala de operaciones.

—Habrá otra enfermera para ayudar a los médicos. Solo tienes que llevar al paciente arriba y echar una mano yendo a buscar suministros.

—Pero yo…

—Solo es un procedimiento de litotomía. No debería durar más de una hora.

—La enfermera Hatfield jamás toleraría un plan tan demencial.

—No se enterará. Estarás de vuelta antes de la ronda de la tarde.

Ella se cruzó de brazos y miró de arriba abajo a la alumna de segundo.

—¿Por qué no quieres que la señorita Hatfield sepa que estás enferma? No será contagioso, ¿verdad?

—Claro que no. Solo estoy pasando… —Torció el gesto—. Un trance pasajero.

De pronto Una cayó en la cuenta.

—¡Estás en estado!

—Pero ¿qué dices?

Se acercó más y susurró:

—Sí, embarazada.

—Claro que no. —Sin embargo, un repentino rubor que le subió de la garganta a la frente desmintió sus palabras.

Estaba terminantemente prohibido confraternizar con hombres durante la estancia de una alumna en la escuela. Con una sonrisa coqueta bastaba para la expulsión. Un embarazo haría que ocurriera en menos que canta un gallo.

—Tarde o temprano lo descubrirán —dijo, pero no con antipatía. Había conocido a decenas de mujeres en el mismo aprieto, y no siempre por elección—. A menos que quieras ir a una abortera.

La chica le hizo un gesto de rechazo.

—Dentro de cuatro meses tendré mi certificado. Nadie se va a enterar a menos que tú se lo digas. Y que Dios me perdone si lo haces, porque…

—No lo contaré. No le incumbe a nadie, en absoluto.

La chica parecía aliviada.

—¿Acompañarás al señor Kepler a su cirugía?

—¿Prometes hablar bien de mí a la enfermera Hatfield durante el resto de mi período de prueba?

Ella asintió.

—Está bien, iré, siempre y cuando sea como dices y no tenga que hacer nada más que ir a buscar suministros.

Sin embargo, cuanto más le explicaba la alumna de segundo lo que tenía que hacer, más se le revolvía el estómago. En primer lugar, tenía que bañar al paciente y vestirlo con una bata ancha que se pudiera quitar sin dificultad cuando llegaran a la sala de operaciones. Luego había que preparar una camilla y subir al paciente. Cuando colocaran al señor Kepler en la mesa de operaciones, debía asegurarse de tener a mano lo siguiente: toallas, jofainas para lavarse las manos, jabón, agua fría y caliente, fenol, aceite de fenol, cuencos pequeños para recoger las secreciones, esponjas, vendas de franela y muselina de varios tamaños, lana de algodón, estopa, hilo de sutura, compresas de lino, alfileres, agujas e hilo.

—Y comprueba que no haya arena ni trocitos de concha en las esponjas —le recordó la estudiante de segundo cuando preparaba al señor Kepler en la camilla—. Durante la intervención, la enfermera asistente te irá dando las esponjas ensangrentadas para que las laves. Hazlo en agua fría y escúrrelas hasta que se sequen todo lo posible. —Le toqueteó el lazo que lucía al cuello y le colocó bien el gorro—. Por el amor de Dios, intenta parecer competente, y no le digas a nadie que eres una aprendiza.

Si estaba bien para mandar tanto, a lo mejor también podía llevar ella al paciente a la cirugía. Estaba a punto de decirlo cuando la chica se fue corriendo al cubo y echó el resto del desayuno.

Llegaron dos camilleros, metieron dos palos largos de madera por los agujeros de los lados de la camilla de lona que Una había dispuesto junto al señor Kepler. Lo levantaron con brusquedad de la cama y lo sacaron de la sala. Miró a la alumna de segundo. Era un plan horrible. Aun así, si no lo echaba a perder, tendría ventaja. Y con la enfermera Hatfield y el doctor Pingry deseando su expulsión, estaba desesperada por encontrar una aliada.

En cambio, si lo estropeaba todo, les darían la patada a ella y a la estudiante de segundo. Por no hablar de que estaba en juego la vida de ese hombre. Una cosa era vaciarle los bolsillos a la gente, al fin y al cabo todas sus víctimas eran gordos avaros que podían permitirse algo de caridad, y otra muy diferente era cargar con el peso de la muerte del señor Kepler sobre sus hombros, y más cuando ya se sentía culpable en parte de lo que le había ocurrido a Mike el Viajante. Se le erizó el vello de los brazos al pensar en él muerto en el callejón. Pese a no haber participado en el asesinato, no habría estado allí de no ser por ella.

Sacudió la cabeza. La alumna de segundo le hacía un gesto con las manos para que se diera prisa. Su expresión, de desesperación incontrolada, no le daba confianza. Respiró hondo y salió presurosa, siguiendo a los camilleros por las salas interconectadas y pasando por la sala principal hasta un cuarto minúsculo.

—Abre la puerta —le dijo uno de los camilleros.

Miró alrededor, pero no vio ninguna puerta. El camillero suspiró y señaló con la cabeza hacia un enrejado de metal plegado como un acordeón. Al tirar, la estructura se convirtió en una puerta que iba desde el suelo hasta el techo y que los encerró en un habitáculo.

Pero ¿qué hacían en un espacio tan pequeño? Apenas cabía el cirujano, por no hablar del equipo. Además, si no recordaba mal de su ruta del primer día por el Bellevue, las operaciones se hacían en la quinta planta, no en la primera.

Pasado un instante, obtuvo su respuesta. Sonó un crujido encima de ellos, y todo el cuarto subió de una sacudida. Soltó un grito ahogado y se abrazó a la pared. Los camilleros se rieron.

—¿No habías estado nunca en un ascensor? —preguntó uno de ellos.

Una se irguió, pero siguió con la mano apoyada en la pared por si acaso.

—Claro que sí —mintió—. Me ha pillado con la guardia baja, nada más.

Los chirridos y zumbidos de la maquinaria hicieron que se le acelerara el corazón, al tiempo que la extraña sensación de moverse hacia arriba le revolvió el estómago ya inquieto. Había oído hablar de cabinas que subían en hoteles y tiendas elegantes, pensó que había que estar loco para fiarse de unas cuantas cuerdas y poleas con el peso de todo un habitáculo. De haber sabido en qué tipo de cuarto de la muerte estaba entrando, habría ido encantada por la escalera.

Cuando por fin el ascensor se detuvo, se aseguró de que hubiera suelo firme al otro lado de la puerta antes de abrirla de un empujón. Salió con las piernas temblorosas. Había subido a un ascensor. ¡Un ascensor! Sería una leyenda en Five Points si lo supieran.

Sin embargo, tuvo poco tiempo para deleitarse en su triunfo. Los camilleros siguieron afanosos con la camilla por un corto pasillo hasta llegar a una gran sala rectangular. La luz del sol se colaba por un panel de ventanales de doble altura al fondo. Unos asientos escalonados que ocupaban media sala, formaban una curva y se elevaban en una pendiente precaria por encima del escenario de operaciones, donde había una mesa solitaria.

Notó la boca seca como una oblea de la iglesia. Ya había hombres que abarrotaban los asientos. Se apretujaban hombro con hombro y ocupaban los escalones. La estudiante de segundo la había avisado de que podría haber unos cuantos estudiantes de Medicina observando, pero no esperaba que estuviera lleno hasta la bandera.

Los camilleros colocaron al señor Kepler sobre la mesa, retiraron los palos de la camilla y luego se fueron. El señor Kepler también parecía abrumado por la enorme sala y la cantidad de espectadores, y le lanzó una mirada miedosa y suplicante. Ella se acercó y lo agarró de la mano. Estaba fría y pegajosa por el sudor. ¿O el sudor era suyo?

Comprendió que debía interpretar el papel de enfermera y decir unas palabras de consuelo, pero no se fiaba de que no le saliera un gallo. A cambio le dio un fuerte apretón en los dedos y enseñó los dientes en un gesto que esperaba que pareciera más una sonrisa que una mueca.

—¿Quién es usted? —dijo una voz femenina tras ella.

Se dio la vuelta y vio a una enfermera rolliza y carirredonda mirándola.

—Yo… eh… la enfermera Kelly… sustituyo a la enfermera… —Maldita sea, había olvidado el apellido de la alumna de segundo.

—¿La enfermera Cuddy?

—¡Sí!

—¿Había trabajado antes en la sala de operaciones?

Asintió, le daba miedo que un «sí» sonara demasiado hueco.

La enfermera la observó un momento, con los ojos, que ya eran pequeños para su cara, entornados hasta casi desaparecer.

—Muy bien. Manos a la obra.

Una asintió de nuevo y buscó el almacén con la mirada. Varias puertas daban a la tarima de la sala. Escogió una y caminó decidida hacia ella. A fin de cuentas, ser enfermera era una treta como cualquier otra. Solo funcionaba si lo hacías bien. La puerta escogida daba al cuarto oscuro de las escobas. Lo cerró con cuidado y probó con otra. Esta dio paso a un gran almacén provisto de jofainas de varios tamaños, esponjas, toallas y vendas de todo tipo. Se llenó los brazos con todos los suministros que recordaba de la larga lista de la enfermera Cuddy y algunos más, por si acaso.

De vuelta en la sala de operaciones, lo dejó todo sobre una mesa larga. En algún momento entre disponer un cuenco con agua fenolizada y preparar las jofainas para lavar las esponjas, dejaron de temblarle las manos. Además de colocar varios cuencos para el sangrado, llenó una bandeja de serrín y la colocó debajo de la mesa de operaciones. Un resto de sangre en el suelo podía hacer que el cirujano resbalara, le había advertido la enfermera Cuddy.

Se esforzó por hacer caso omiso del murmullo de voces procedente de los asientos mientras trabajaba. Del tenue siseo del recipiente puesto a hervir en la pequeña estufa de acero. Al final, hasta el pulso acelerado se le calmó.

Cuando la enfermera asistente terminó de preparar su mesa de brillantes instrumentos metálicos, se acercó y supervisó la de Una, la envió de vuelta al almacén a buscar unas cuantas esponjas más y otra venda de franela. Luego la mandó a buscar más agua para el hervidor y la reprendió porque había que mantener el aire húmedo y puro.

Justo cuando volvía con el agua, llegó el equipo de cirujanos, encabezado por el doctor Pingry. Se quedó helada, con el hervidor silbando a su lado. Estaba tan absorta intentando recordar cuántas toallas, cubos y vendas se necesitaban que no se había planteado quién haría la cirugía. Fue retrocediendo hasta que el trasero tocó la pared, como si esperara fundirse en el yeso. Seguro que la reconocería y recordaría que solo era una aprendiza que no debía estar en la sala de operaciones.

Sin embargo, a juzgar por la atención que le prestó, bien podría haber sido un adorno en la pared. El médico agarró una bata manchada de sangre de un gancho cercano, se la puso encima del traje y pasó andando junto al cuenco con agua fenolizada que ella había preparado para desinfectar las manos. Se detuvo en el centro de la tarima junto a la mesa de operaciones y se dirigió a la multitud de estudiantes de Medicina.

—Hoy estáis aquí para presenciar una litotomía de un cálculo de vejiga inaccesible. Empezaré con el procedimiento…

A diferencia de cuando daba clases a Una y las demás alumnas de enfermería, ahora la voz reverberaba y sonaba viva. Habló largo y tendido sobre el paciente y su estado. Gesticulaba hacia el señor Kepler, pero sin mirarlo de verdad en ningún momento, como si fuera la mesa de huesos que había enseñado a las estudiantes.

Los otros dos médicos que habían entrado con él no se molestaron en ponerse batas, se quitaron las chaquetas del traje y se arremangaron. Hizo una mueca cuando reconoció en uno de ellos al joven médico que la había salvado de la expulsión por el desgraciado incidente del coñac. ¿Cabía la posibilidad de que tampoco advirtiera su presencia?

Los dos hombres se lavaron las manos en el cuenco de agua fenolizada antes de sumarse al doctor Pingry junto a la mesa de operaciones. Una vez finalizada su grandilocuente descripción de la inminente intervención, el doctor Pingry presentó a los jóvenes como sus internos sénior y júnior, el doctor Allen y el doctor Westervelt. Oyó que un murmullo recorría el público al oír el apellido Westervelt. El médico al que Una había reconocido se sonrojó hasta las orejas. Había visto antes ese apellido, Westervelt, pero no recordaba dónde.

Rellenó el hervidor, luego se escabulló pegada a la pared hasta volver a su mesa de suministros, pisando lo más suavemente posible para pasar desapercibida.

El doctor Pingry apartó la vista del público para dirigirla al señor Kepler y frunció el entrecejo.

—¿Por qué el paciente no está en la posición correcta, enfermera? —Se lo dijo a la enfermera asistente, que a su vez fulminó con la mirada a Una. Ella se disculpó con una sonrisa.

Pese a las sesiones de estudio vespertinas con Dru, no tenía ni idea de qué era una litotomía. Mientras la enfermera asistente movía los pies del señor Kepler para colocarlos en unos artilugios que parecían estribos que le levantaban y separaban las piernas, el doctor Pingry se dirigió al público.

—Por eso las mujeres nunca será cirujanas. Entrarían en la vejiga desde la boca como si fuera el perineo. —Los estudiantes de Medicina se rieron, y la enfermera le lanzó otra mirada furiosa con los ojos entornados.

—En fin —dijo el doctor Pingry, que se volvió hacia la mesa de operaciones mientras seguía hablando en voz alta para que el público lo oyera—. Ahora que por fin estamos listos, mi asistente júnior preparará y administrará el éter mientras el doctor Allen ayuda en el procedimiento.

No dijo «el doctor Westervelt», sino «mi asistente júnior». Hasta ella se dio cuenta del desprecio. Se preguntó si él se sentiría igual que ella bajo el yugo de Marm Blei, asfixiada y poco valorada. Sin embargo, mostró una expresión impasible cuando se acercó a la mesa de suministros. Agarró una toalla y un montón de algodón sin mirarla y volvió a la mesa de operaciones. Se sintió aliviada y perturbada a la vez al ver que no la reconocía.

Observó cómo formaba un cono con la toalla y una hoja de papel de periódico doblada y luego metía dentro el algodón. La enfermera asistente le dio una botella de éter. Colocó el cono encima de la boca y la nariz del señor Kepler y le dio órdenes de respirar hondo mientras dejaba caer gotas de éter en el algodón por la parte superior del cono. Pronto las manos del señor Kepler se aflojaron y todo el cuerpo se le relajó como si estuviera dormido.

—Está listo —confirmó el doctor Westervelt, y se inició el procedimiento.

Aparte de limpiar unas cuantas esponjas ensangrentadas, tenía poco que hacer. Se puso de puntillas para ver cómo el doctor Pingry hacía una pequeña incisión por debajo del escroto del señor Kepler. No torció el gesto al ver la sangre y le maravilló cuando el doctor Pingry, tras mucho pontificar, retiró una piedra amarilla dentada del tamaño de un hueso de melocotón. La levantó para que la viera el público, y varios chicos pusieron cara de asco.

Cuando el doctor Pingry sacó varias ligaduras de cera del ojal de la solapa y empezó a coser la incisión, Una desvió la atención de nuevo hacia el doctor Westervelt. Había estado atento en el cabezal de la mesa de operaciones durante toda la intervención, de vez en cuando administraba unas cuantas gotas más de éter.

Rara vez le parecían guapos los hombres de buena familia. La piel era demasiado pálida y tenían los nudillos muy suaves. Caminaban con la espalda recta y, los hombros erguidos y una arrogancia inmerecida. Sin embargo, para ser un hombre de su clase, el doctor Westervelt no era del todo desagradable a la vista. Bajo su aspecto pulcro, Una percibía cierto tesón.

Levantó la vista de la mesa y la miró a los ojos. Enseguida apartó la mirada y sintió que le subía calor por el cuello. Con la cirugía terminada, el doctor Pingry despidió a la multitud ansiosa. Dejó la bata, aún más ensangrentada, en la mesa de Una y se lavó las manos en un cuenco de agua.

—Procure que las secreciones de la herida queden bien limpias —ordenó sin mirarla—. Y lleve un control estricto de la orina que expulsa. —Luego salió de la sala de operaciones con el doctor Allen y el doctor Westervelt detrás.

Respiró mejor de lo que había respirado desde que había entrado en el ascensor. ¡Lo había conseguido! Una Kelly, ladrona encubierta, había presenciado toda la cirugía disfrazada de enfermera. Si era capaz de eso, nada se interpondría en su camino de superar el período de prueba.

21

LA EUFORIA POR haber sobrevivido en la sala de operaciones le duró los dos días siguientes. No se quejó por tener que salir de la cama en plena oscuridad previa al alba. No ponía cara de desesperación mientras esperaba a que terminara la bendición de la mesa y por fin pudieran comer. No bostezaba sin pudor cuando Dru le contaba cómo le había ido el día. La genialidad de su plan, el de esconderse en la escuela hasta que las cosas se calmaran en la calle, era irrefutable. No importaba que sólo unos días antes estuviera tan harta de la enfermera Hatfield y del doctor Pingry que estaba dispuesta a esposarse ella misma y luego ir directa a la comisaría más cercana.

Sin embargo, pasados tres días, su alegría, si no su determinación, había empezado a decaer. La enfermera Cuddy seguía sufriendo náuseas, y no solo por la mañana, sino todo el día, de modo que Una tenía que correr por la sala preparando paños calientes, aplicando sanguijuelas y vendando heridas, además de sus tareas habituales. Lo que pensaba que había ganado cubriendo a la señorita Cuddy en la sala de operaciones (es decir, una alianza en la que ella tenía todas las de ganar) resultó ser una relación más complicada y menos beneficiosa. Ahora era cómplice del secreto de la señorita Cuddy, algo que podía usar y usaría en contra de ella. Solo le hacía falta decir: «Pero la señorita Kelly lo ha sabido siempre» y acabaría en el despacho de la señorita Perkins y, poco después, en la calle. Otro recordatorio de por qué tenía que mostrarse retraída. A fin de cuentas, tenía muchos secretos que guardar.

Justo después del mediodía llegó un paciente nuevo a la sala.

—Estaba yo con mis cosas cuando aparecieron un caballo y un carro de la nada y me atropellaron la pierna —le dijo el hombre mientras lo colocaba en una cama.

Sin embargo, a juzgar por el fuerte olor a *whisky* del aliento y el lamentable estado de la ropa, era más probable que se hubiera desmayado en la canaleta después de una noche de borrachera y que lo hubieran confundido con un montón de basura. Por suerte, había sido la pierna y no la cabeza lo que acabó bajo las ruedas. De hecho, tenía la parte inferior de la pierna (o la tibia o el peroné, como sabía gracias al tutelaje de Dru) hecha trizas, y habría que amputarla al día siguiente.

Cortó los pantalones del hombre y lo ayudó a quitarse la camisa y el abrigo embarrados. Además de oler a licor, apestaba a excrementos de caballo y sudor. Tenía la cabeza y los bajos llenos de piojos. De un solo vistazo, de pronto la enfermera Cuddy se encontró mal para ayudar a bañarlo. En cambio, se sentó al lado a catalogar las escasas pertenencias del hombre mientras Una iba a buscar jabón y agua y lo frotaba para limpiarlo.

Le recordó a su juventud, tras la muerte de su madre, cuando su padre se desmayaba borracho sobre su propio vómito y la dejaba ante un triste dilema: limpiar el desastre o inhalar el olor agrio toda la noche. En esos momentos odiaba a su padre. Odiaba la guerra y a todos los soldados que volvían enteros, mientras su padre había dejado atrás lo mejor de él. Odiaba a su madre por morirse y dejarlo a su torpe cuidado.

Ella tenía nueve años cuando murió su madre en un incendio en un bloque de pisos. Las llamas empezaron en un horno sin vigilar en la panadería del sótano. Enseguida consumieron el edificio, de unos treinta años de antigüedad y construido íntegramente de madera. Ese mismo año, la ciudad había aprobado una ley que exigía que todos los bloques tuvieran escaleras de incendios, una ley que muchos propietarios ignoraban por completo. Así, su madre no tuvo escapatoria, ni la familia necesitada a la que había ido a visitar, hasta que llegaron los bomberos con sus escaleras.

Sus padres habían discutido sobre el tema la noche antes. Su padre le decía que por qué se empeñaba en ir a las peores zonas de la ciudad y ayudar a los que deberían buscarse la vida, minando su propia comida y dinero.

—Es lo que hay que hacer —contestó su madre. Luego dijo, tan bajito que ella, que escuchaba desde el otro lado de la pared de su dormitorio, apenas lo oyó—. De todos modos, es mi dinero. Tú hace semanas que no trabajas.

Una botella estalló contra la pared y ella volvió a gatas a la cama. La puerta principal se cerró de golpe. Pasados unos instantes, oyó el roce de la escoba, el tintineo del cristal y el sonido amortiguado de las lágrimas de su madre.

Sacudió la cabeza. Hacía años que no pensaba en eso. Los nervios restallaban bajo la piel como si fueran brasas encendidas. No tenía sentido perder el tiempo en cosas que ya habían pasado, se recordó, pero no le aliviaba la sensación de que quizá su rabia era injusta.

Cuando terminó con el baño del hombre, la señorita Cuddy le dio un saco de algodón con las pertenencias del hombre.

—No hay más que ropa raída e instrumentos del demonio. Sácalo todo fuera, al vertedero.

¿Instrumentos del demonio? Era una censura muy contundente para una mujer que se había quedado encinta sin estar casada. Pero no lo dijo. Tampoco se quejó de los pies cansados, la espalda dolorida y los nervios de punta. No importaba que ya hubiera hecho dos viajes al vertedero esa mañana. Agarró el saco y se dirigió a la escalera. Quería saber qué eran esos instrumentos.

En vez de ir a los barriles rebosantes de basura del patio trasero, Una salió al césped de la fachada con vistas al East River. Habría nadado en el río como una niña, buscando plátanos y otras frutas exóticas que caían de las cubiertas desbordadas de los barcos que llegaban del Caribe.

Cuando dejó a su padre y se fue sola, se unió a una banda de piratas fluviales que quedaron impresionados con su intrépido nado. Al amparo de la noche y la niebla, remaban por los embarcaderos con remos amortiguados e inspeccionaban los barcos de vela amarrados en el río. Cuando encontraban uno que les gustaba, los hombres subían a bordo, agarraban el botín que pudieran cargar con una mano y bajaban por la escalera de cuerda hasta el bote de remos. Su función era bucear en busca de lo que se les cayera. Era peligroso porque había que estar pendiente tanto de los polis que patrullaban el río como de la tripulación del barco. Un timonel furibundo tiró por la borda a un chico, un poco mayor que ella, que se ahogó antes de que pudieran llegar hasta él.

Se apoyó en un árbol y hurgó en el saco. No fue la muerte del chico, ni la constante amenaza de que la detuvieran, ni el frío gélido del agua lo que la había empujado a buscar otra manera de estafar después de pasar solo unas noches con la banda. Se fue cuando se dio cuenta de que, según los cálculos descerebrados de los hombres, una mocosa como ella no tenía derecho más que a una parte ínfima del botín.

Rozó con los dedos la suavidad fría de una botella. Era *whisky*, a juzgar por el aliento del paciente. Removió la botella dentro del saco. No quedaba más que un trago o dos. También encontró una pequeña funda de tabaco. Sí, eran instrumentos del demonio. Esbozó una media sonrisa y echó un vistazo alrededor en busca de un escondite donde disfrutarlos.

Le llamó la atención una entrada amplia bajo el ala norte del hospital. Se asomó dentro. Había ocho carros de capota dura aparcados dentro, uno al lado del otro, en una gran extensión al descubierto, cada uno con la palabra AMBULANCIA pintada en negro y blasonada en oro en un lateral. Uno de los carros, el número tres según la designación pintada en el panel frontal, ya tenía un caballo enganchado al bastidor.

En el rincón del fondo de la sala había un hombre sentado con su uniforme negro. Tenía las piernas apoyadas en un taburete bajo y la gorra sobre los ojos. Una se disponía a irse cuando de pronto sonó el gong colgado en la pared del fondo. El hombre dormido se despertó de un respingo, se puso en pie y fue corriendo a una mesita donde había un receptor de telégrafo. El gong sonó doce veces, luego el receptor emitió una secuencia corta de clics.

Oyó pisadas por detrás. Se colocó contra la pared de la entrada y observó desde la sombra cómo un médico bajaba a toda prisa los peldaños de la entrada del hospital. Llevaba una gran bolsa médica negra. El hombre que había anotado el mensaje del telégrafo ya estaba sentado en el banco del conductor, con las riendas en la mano, para cuando el médico llegó a la ambulancia y subió a la parte trasera con su bolsa.

El conductor chasqueó la lengua, sacudió las riendas y la ambulancia salió disparada. La falda de Una se infló a su paso. El carro cruzó a toda prisa el patio de delante del hospital y salió por la garita a medio construir, haciendo sonar la campana cuando giró por la Veintiséis. Los transeúntes se apartaban de su camino.

Observó hasta que la ambulancia desapareció del campo visual, luego entró en la sala de puntillas. Ahora estaba tranquila, y en apariencia vacía. Se oía el tictac de un gran reloj arriba, en la pared, que le recordó que la señorita Cuddy pronto se quejaría de su larga ausencia. «Pues que se queje», decidió, y pasó de largo la fila de carros. Merecía un momento de paz después de toda la mañana de ajetreo atendiendo las funciones de las dos.

Había un establo adjunto al fondo del aparcamiento. El heno crujía bajo sus botas, y los caballos resoplaron cuando pasó. El aire olía a polvo, sudor de caballo y estiércol, pero era un cambio agradable tras la mezcla de aromas a carne putrefacta y desinfectante de las salas.

Encontró un compartimento vacío y se coló dentro, saltando los montones de excrementos. Tras una mirada furtiva a las paredes de los compartimentos vecinos, metió la mano en el saco y sacó la botella de licor. Una mosca saltó de la ropa mugrienta del hombre a la manga de su camisa. Se la quitó y usó la manga para limpiar el cuello de la botella. El *whisky* le ardió en la garganta al tragar.

Había pasado poco más de un mes desde que se bebió una cerveza rancia y aguada en el bar mientras contaba los minutos que quedaban para su encuentro con Mike el Viajante, pero parecía que había pasado media vida. Vació las últimas gotas de *whisky* y las saboreó en la lengua.

Estaba demasiado preocupada escapando y eludiendo a los polis para darse cuenta de los efectos adversos de dejar la bebida. Si es que los había sufrido. Ella nunca había sido una borracha, no como algunos de los estafadores que conocía. No después de ver lo que el alcohol le había hecho a su padre. Pero el *whisky*, por muy horrible que fuera, sabía delicioso. Como su antigua vida. Le dio la vuelta a la botella una vez más y la sacudió en vano encima de la boca abierta. Luego rebuscó en el saco el tabaco del hombre y enrolló las últimas hojas hasta formar un cigarro rechoncho antes de darse cuenta de que no tenía fósforos. Vació el saco en el suelo y se agachó para estudiar el contenido esparcido. En algún sitio tenía que haber un librito de fósforos.

—¿Puedo ayudarla?

Dio un respingo, cayó hacia atrás sobre el trasero y evitó por poco un montón de caca de caballo. Vio a un hombre con el pelo rubio anaranjado en la puerta. Los pantalones negros eran iguales que los del conductor al que había visto antes, pero, en vez de una chaqueta con botones de latón, solo llevaba una camiseta interior de franela y tirantes.

—Yo… eh… —Metió la ropa desperdigada y la botella de licor vacía en el saco. ¿Dónde estaba el maldito cigarro? Miró alrededor del caos de heno, pero no lo encontró—. Solo estaba llevando esto a los barriles de basura y me he perdido un poco.

El hombre le tendió la mano y la ayudó a levantarse.

—Ya. ¿Es una de las aprendizas nuevas?

Asintió. Oyó un mínimo rastro de acento irlandés en las vocales, como si se hubiera ido de Irlanda muy joven o le costara mucho ocultar su acento.

—Será mejor que siga mi camino —dijo ella mientras se limpiaba las manos en el delantal—. Si es usted tan amable de indicarme dónde está el basurero.

El hombre no se movió, su constitución ancha bloqueaba la puerta del establo, y tenía los ojos azules pegados a ella como si fueran de alquitrán. Ella reprimió un escalofrío.

—Perdone que la mire así, pero me suena su cara —dijo él.

Sintió un retortijón en el estómago. ¿La conocía de los suburbios? ¿Había visto su fotografía en la galería de delincuentes? Era un hombre corpulento, con los brazos y los hombros musculados como los de un boxeador. Tenía manos de obrero, fuertes y callosas. Sin embargo, ella rara vez olvidaba una cara. Le bastaba con echar un vistazo a un hombre para recordar el contorno de la barbilla o la curva de la nariz años después. A ese no lo conocía, y aún la inquietaba más que a él le sonara su cara.

Lo rodeó y se dirigió hacia la zona de estacionamiento de ambulancias.

—Espere, se le ha caído algo. —El hombre fue al trote tras ella, con el cigarro en la mano.

Lo agarró y lo metió dentro del saco.

—Qué instrumentos del demonio llevan encima estos pacientes. —La voz sonó más tenue que beata, pero el hombre asintió.

—Cuánta razón tiene. Esta ciudad es el circo de Satán.

Asintió con demasiada vehemencia, luego se encaminó de nuevo a la salida. El hombre andaba a su lado.

—¿Cómo se llama, si no le importa que se lo pregunte?

—Señorita Kelly —dijo sin mirarlo. No quería darle más oportunidades de relacionar su rostro con el recuerdo que asociara a él.

—Kelly, ¿eh? —Sopesó el nombre un momento, y Una deseó haber tenido la sensatez de mentir. Cuando estaban en mitad del aparcamiento de ambulancias, él se detuvo y se dio una palmada en el muslo—. Eso es. Ahí fue donde la vi.

Ella también se paró. Ahora notaba el latido del corazón cerca de los dedos de los pies. Había unos doscientos metros desde la zona de ambulancias hasta la garita a medio construir del hospital. Podía correr, pero jamás lograría llegar a la calle antes de que la atrapara, así que se volvió despacio hacia él.

—St. Stephen's —dijo él, sonriente.

—¿Perdone?

—Kelly. Es usted irlandesa, ¿verdad? La vi en misa el domingo pasado en St. Stephen's. En el penúltimo banco, si no me falla la memoria.

Una soltó aire. En efecto, había estado en St. Stephen's el domingo anterior, era la primera vez que iba a misa en años. Las demás mujeres de la residencia que no habían sido convocadas en las salas se habían dispersado en sus iglesias de credo episcopal, congregacional y de la Reforma holandesa. Si no hacía lo mismo, levantaría sospechas. El incienso le picaba en los ojos. El vino suave y la oblea rancia le revolvieron el estómago. O tal vez fuera el espectro de su madre al cantar *Credo in unum Deum* y *Agnus Dei* a su lado.

—Soy Conor McCready —dijo el hombre, y tendió la mano hasta que Una le dio un apretón. La piel era cálida y no tan áspera como parecía—. Encantado de ver que ahora dejan entrar a los nuestros en la escuela.

Solo logró esbozar una leve sonrisa. La señorita Hatfield seguro que no estaba encantada, y sospechaba que no era la única.

—Usted… eh… ¿trabaja aquí?

—Soy conductor de ambulancia —contestó él con una sonrisa orgullosa—. Permítame que se lo enseñe.

Una dudó. De verdad tenía que volver a la sala a ayudar a la señorita Cuddy, pero una parte de ella también sentía curiosidad. ¿Cuántas veces había sonado el gong de una ambulancia en los suburbios, o había pasado a toda velocidad el reluciente carro negro por la calle, mientras ella se preguntaba qué ocurría dentro?

Miró la hora que marcaba el reloj en lo alto de la pared. Faltaban dos horas para que la enfermera Hatfield hiciera la ronda.

—Está bien, pero solo un vistazo rápido.

El señor McCready (Conor, insistió él), la llevó a la ambulancia más cercana y le explicó que estaba fabricada con los mejores materiales, los más ligeros. La cabina estaba separada de las ruedas para que fuera más difícil que el paciente acabara zarandeado en las carreteras irregulares. Los faroles de gas y los reflectores ayudaban en los viajes nocturnos. La dejó subir al banco acolchado del conductor y apretar el pedal que hacía sonar el gong de alarma. El eco resonó en todo el aparcamiento y los establos, y los caballos se pusieron a dar pisotones y relinchar.

Una bajó, y Conor la llevó a la parte trasera del carro. Le contó que la cabina tenía un suelo móvil que se podía retirar para recibir pacientes. Subió y le ofreció la mano. Una la rechazó con un gesto.

—Mejor que no —dijo con una tímida sonrisa afectada—. La superintendente Perkins no lo aprobaría.

Las mejillas pálidas del hombre se sonrojaron un poco.

—Ah, por supuesto.

La superintendente Perkins no habría aprobado que subiera al asiento del conductor ni que hiciera sonar el gong. No aprobaría que estuviera allí, según sospechaba ella, pero una punzada incómoda en el estómago, quizá por el *whisky* amargo, hizo que se alegrara de tener una excusa para no subir.

Una observó desde el suelo mientras él señalaba un banco para el cirujano y otro para el paciente, si estaba lo bastante bien para sentarse. En la cabina también se guardaba una camilla y una caja de madera provista de material para entablillar, estopa, esposas, equipo para un lavado de estómago, una camisa de fuerza y un litro de coñac. Le explicó que los demás suministros, como las vendas y un torniquete, se guardaban en la bolsa del cirujano. Desde el mueble bajo colocado con esmero hasta las ruedas sin barro o los paneles laterales pulidos, era evidente que Conor estaba muy orgulloso del carro y era meticuloso en su mantenimiento.

Bajó y cerró el pestillo de la puerta trasera, alardeando de que nadie conocía el mapa de la ciudad mejor que él y los demás conductores.

—No hay una sola calle, callejón o cambio de sentido que no conozcamos. Además, somos rápidos. Bueno, soy capaz de recorrer kilómetro y medio en cinco minutos. Menos, si no es el barrio comercial.

Por lo visto, no se mostró lo bastante impresionada, porque se apresuró a añadir:

—Las carrozas y las berlinas que seguro que ha usado para viajar no llegan a hacer kilómetro y medio en diez minutos.

Sin contar el coche de la policía, hacía años que no iba en un carruaje, y menos en algo tan elegante como una carroza, pero no tenía intención de corregirlo.

—Ah, ¿sí? Confieso que nunca he prestado mucha atención a la velocidad a la que viajaba. Pero, por suerte, usted sí, ya que conduce con un propósito tan noble.

El hombre se ruborizó de nuevo.

—Será mejor que vuelva a la sala. Gracias por la ruta.

—Un placer, señorita Kelly. Entonces la veo el domingo en St. Stephen's, entonces. Quizá podríamos compartir banco.

Contuvo una mueca y asintió. Esperaba volver a la residencia de enfermeras cuando todo el mundo se hubiera ido a la iglesia y robar otra hora de sueño. Pero se le había acabado lo de escabullirse. Además, le pareció buena idea mantener cierta amistad con Conor. Una ya tenía suficientes enemigos.

185

22

UNA SE DEJÓ caer junto a Dru delante de la mesa de la biblioteca.

—¿Qué tenemos pendiente esta noche?

—El doctor Janssen va a dar mañana una clase sobre el sistema vascular, así que he pensado que tenemos que repasar un poco lo básico.

Se reclinó en la silla y se desató los cordones de las botas. No tenía ni idea de lo que era el sistema vascular, pero sabía que pronto la iluminaría Dru. Si le molestaba tener que ir más despacio y dar explicaciones, a veces dos y tres veces, no lo parecía. Siempre le dejaba espacio en la mesa y tenía dos tazas de leche caliente con miel para ir dando sorbos mientras estudiaban. Habría preferido coñac o como mínimo café fuerte, pero como desde la primera infancia nadie se había molestado en prepararle una taza de nada, no iba a quejarse.

Las demás aprendizas no trataban a Dru con más amabilidad que a Una. Era cierto que Dru parloteaba como un político de Tammany Hall el día de las elecciones. Y usaba un panecillo y no el cuchillo para empujar los guisantes hacia el tenedor, como todos los paletos. (Mejor que los dedos, lo que habría usado de no estar intentando ser una señorita.) Además, se mostraba más alegre de lo que debería ser una persona en su sano juicio. Pese a todo, sospechaba que el verdadero motivo eran los celos. Puros y duros. Lo veía en las caras contraídas de las demás chicas cada vez que Dru respondía bien a una pregunta o sacaba un excelente en un examen.

Eran todas unas bobaliconas, y a ella ya le iba bien. Así tenía a Dru y su enorme cerebro para ella sola.

Sin embargo, esa noche Dru no parecía ella. Lucía una sonrisa tensa con los labios apretados en vez de la suya amplia de siempre. No paraba de recorrer la sala con la mirada inquieta. El libro de anatomía del señor Gray (por lo general, ya abierto por la página exacta que necesitaban y con otras muchas marcadas para consultar) estaba a un lado y cerrado. En vez de abrirlo, Dru daba vueltas a la leche con la cuchara, una y otra vez, mucho después de disolverse la miel. El constante tintineo de la cuchara contra la taza enervó a Una y atrajo miradas de toda la sala. Cuando por fin dejó la cuchara, ni siquiera bebió, apartó la taza y el platillo.

Tomó el libro y pasó las páginas hasta el índice. «El sistema vascular, una introducción anatómica general», página setenta y cinco. La introducción empezaba con varios dibujos de estructuras como de tubos, algunos rectos y agrupados, otros que se ramificaban y se retorcían como las raíces de los árboles. Dru miró los dibujos, luego apartó la vista enseguida.

—Está bien, ¿qué pasa? —preguntó Una.

—¿Eh?

—No te comportas para nada como eres.

Dru se enderezó y desenterró otra media sonrisa.

—No es nada. Lo siento. ¿Por dónde íbamos?

—Ni siquiera hemos empezado.

Dru fue a tomar el libro, pero ella lo atrapó primero, se inclinó hacia delante y plantó los codos encima de las páginas.

—Nada, no.

—Cuidado, vas a arrugar las páginas.

Una agarró la esquina de la página principal e hizo ademán de rasgarla desde el lomo. Dru le paró la mano.

—Vale, vale… es solo, bueno, el sistema vascular.

—¿Tienes algo en contra del sistema vascular?

—No de todo el sistema. Solo… bueno… de la sangre.

Una se echó a reír, pero luego, al ver la expresión afligida de Dru, fingió toser.

—¿De la sangre?

—¡Chis! —Dru miró a las aprendizas que estaban sentadas en el otro lado de la biblioteca, luego se inclinó un poco más—. Solo verla me pone enferma. Una vez me desmayé y todo.

—Pero si te criaste en una granja. Debía de haber sangre por todas partes. Sangre de cerdo, de gallina, de cabra y…

Dru la mandó callar de nuevo, pero apreció la primera señal de sonrisa auténtica en sus labios.

—No es la sangre animal lo que me da problemas. Solo la humana.

—Por eso te pusiste pálida el primer día en el hospital. ¿Qué has hecho desde entonces? Debes de encontrarte mal todo el tiempo en la sala de enfermos.

—No he visto mucha sangre. O sea, no de verdad. No de cerca. ¿Tú, sí?

Una rememoró la sala de operaciones: las esponjas sucias, las manos resbaladizas del cirujano, el lento reguero de sangre que goteaba en la mesa hasta el hueco de serrín que había debajo. Luego estaban los vendajes ensangrentados que había cambiado mientras la señorita Cuddy vomitaba en un cubo. Se percató de que la mayoría de aprendizas se habían pasado las últimas tres semanas haciendo poco más que quitar el polvo.

—Eh… no mucha. Una mancha en las sábanas de vez en cuando.

—Ni siquiera eso me incomoda. Es si está fuera del cuerpo. Es solo verla salir del cuerpo lo que… —Se interrumpió y tuvo una arcada—. Ay, ¿qué voy a hacer? Si me pongo enferma o me desmayo, seguro que me expulsarán.

«No tiene por qué», pensó Una con ironía. Pero era cierto que la indisposición de la señorita Cuddy era solo temporal.

—¿No lo pensaste al solicitar el puesto de enfermera?

—Claro que sí. Pero me moría de ganas de ser enfermera. Pensé que… esperaba que, una vez aquí, se me pasaría.

Esta vez sí soltó una carcajada.

—¿Pensaste que al ver más sangre te recuperarías de pronto?

—Bueno… sí. Igual que, cuantas más coles de Bruselas comes, menos horrible es el sabor.

Ella nunca había oído hablar de las coles de Bruselas, ni mucho menos las había comido. Si no le gustaba el sabor de algo, lo escupía y no volvía a tocar esa comida. Pero tal vez Dru tuviera razón. Como durante su estancia en la isla de Blackwell. La primera noche que durmió en esa paja llena de moscas le picaba tanto el cuerpo que se habría arrancado la piel con una cuchilla si hubiera tenido una a mano. Sin embargo, al final del período, apenas notaba las picadas.

—A lo mejor debería presentar mi dimisión a la señorita Perkins y ahorrarme el bochorno —dijo Dru, y rompió a llorar.

Rebuscó en los bolsillos y le dio su pañuelo.

—No seas ridícula.

Sin embargo, el llanto de Dru, que avanzaba hacia un sollozo en toda regla, dejaba claro que lo decía en serio. ¿Qué iba a hacer si Dru se iba? ¿De quién se copiaría en los exámenes? ¿Quién la ayudaría a entender la jerga médica? ¿Qué tipo de mujer nociva ocuparía su lugar como compañera de habitación?

No podía permitirlo. Se giró en la silla para mirarla e intentó tocarla con la mano. ¿Qué se suponía que debía hacer con ese desastre de mujer que lloraba a moco tendido? ¿Cómo debía consolarla? Los ladrones no lloran, a menos que forme parte de la actuación. Daba igual que fueran hombres, mujeres o niños. Le dio unas palmaditas rápidas en el hombro como había visto que hacían los cocheros con un caballo inquieto.

Dru se lo tomó como una invitación a abrazar y se le lanzó al cuello a llorar. Una se puso tensa. Las mujeres de la sala las miraron mientras susurraban. Ella les devolvió una mirada poco amable hasta que apartaron la·vista. Recordó que su madre le frotaba la espalda en círculos lentos y constantes cuando estaba enferma y así lo hizo con Dru. Al principio el llanto cobró fuerza, intenso y tembloroso, y temió haber hecho algo mal. Sin embargo, al cabo de un minuto más o menos, se calmó y las lágrimas fueron a menos.

Se apartó y se limpió las mejillas.

—No sé qué voy a hacer si no puedo ser enfermera. Es lo que siempre he querido desde la primera vez que…

—Lo sé. Lo sé. Desde la primera vez que leíste a la señorita Eveningsbird…

—Nightingale.

—El libro de Nightingale. ¿No crees que algunas cosas no se le daban bien al empezar de enfermera allí, en…?

—Crimea.

—Crimea, exacto. Bueno, seguro que no distinguía una sábana bajera de la superior. Y sabes que la señorita Hatfield encontraría problemas a su manera de meter las esquinas.

Dru se rio. Se dio unos toquecitos más en los ojos y luego le dio su pañuelo.

—Gracias. Qué suerte tener una amiga como tú.

La otra volvió a tensar los hombros, que justo empezaban a relajarse.

—De… de nada.

—Pero sigo sin saber qué voy a hacer.

—¿Cuántas veces te has puesto así de mal?

—Dos.

—¿Solo dos veces?

—Después de desmayarme aquella vez, cuando tenía trece años, he procurado apartar la vista en cuanto veía sangre.

—¡Trece años! ¿Me estás diciendo que ha pasado una década de todo eso?

Dru asintió con timidez.

—Demonios… eh… Dios mío, ya podrías estar curada.

—¿Tú crees? No parece de esas cosas que desaparece sin más.

—Solo hay una manera de averiguarlo.

Agarró a Dru de la mano y la arrastró a la cocina. La estancia estaba vacía, pero se oía a la cocinera Prynne trasteando en el sótano. No había tiempo para ceremonias, pues. Sentó a Dru en un taburete bajo (así la distancia era menor si se desvanecía) y rebuscó en los cajones y armarios.

—¿Qué haces? —preguntó Dru por detrás con cierta inquietud en el tono.

—Ya lo verás. —Encontró un cuchillo, probó que estuviera afilado y luego deslizó la hoja por el dedo meñique. El corte escocía, pero solo un poco. No lo había hecho muy profundo. Lo más importante era que la sangre goteaba sin parar del dedo. Se dio la vuelta desde el armario con la mano tendida.

—Una, te has cortado el… —Dru se levantó, se tambaleó y volvió a sentarse enseguida. El rostro tenía ahora el color de la ceniza. Empezó a girar la cabeza.

—No, no te apartes, mira.

Dru hizo una mueca de dolor, pero dirigió la mirada al dedo. Tardó seis segundos (Una los contó para sus adentros) en girar la cara y agarrarse el estómago.

—Es inútil —dijo Dru entre jadeos.

—Tonterías.

Se lavó la sangre en el fregadero. El agua fría hizo que volviera a escocerle el dedo. Seis segundos. No era una hazaña de la que alardear, pero era un punto de partida.

Había visto una botella de jerez para cocinar en el fondo de un armario cuando buscaba el cuchillo, y le sirvió a Dru un vasito. Tras unos sorbos, parecía estar bien para levantarse. Se colaron en la sala de prácticas y Una agarró un trozo de estopa de una de las estanterías. Se la dio a Dru.

—Hazlo tú.

—Pero no puedo.

—El corte ya casi no sangra. Además, has dicho que querías ser enfermera, ¿no?

Sujetó la estopa con reticencia en la mano y el dedo meñique de Una en la otra. Tenía la piel sudorosa y le temblaba la mano. Le vendó el dedo con la misma gracia que un buey borracho.

Una se rio al observar su obra de arte. Esa mujer era capaz de recitar todos los huesos del cuerpo, sabía la diferencia en grados exactos entre un baño fresco y templado, era la más rápida en mezclar un cuenco de antiséptico de toda la escuela, pero era incapaz de vendar un simple corte.

—Ya te he dicho que era inútil.

Le tendió la mano. La venda suelta colgaba.

—Al contrario, es toda una belleza.

La expresión de Dru tembló. Una torció el gesto, temía que rompiera a llorar de nuevo. En cambio, se echó a reír. Ella se sumó y rio hasta que le dolieron las costillas.

—No quiero volver a oír hablar de retirarte, ¿me oyes? —dijo cuando las carcajadas se fueron apagando—. De un modo u otro, haremos que te acostumbres a ver sangre.

—Pero te quedarás sin dedos.

Una pensó que quizá tuviera razón.

23

Todas las noches durante los siguientes tres días, Una y Dru se colaron en la cocina para llevar a cabo la misma prueba. Los seis segundos se convirtieron en ocho, y luego en quince. Dru protestaba cada vez diciendo que era una locura que se cortara por ella y se lo agradecía en exceso después, afirmando que era la mejor amiga que había tenido jamás.

Estaba deseando acabar con el problema de su amiga. Le provocaba dispepsia. No era amistad, eran negocios. Si quería seguir en el programa de formación, Dru también tenía que quedarse.

Sin embargo, mirar fijamente durante quince segundos una insignificante herida en un dedo no era lo mismo que ver a un hombre con la pierna arrancada por una máquina o ayudar mientras el cirujano operaba. Al final, Una sí se quedaría sin dedos, y no estaba dispuesta a cortarse en ningún otro sitio. No, necesitaban un plan más radical para curar a Dru de una vez por todas.

Lo estuvo pensando al día siguiente en la sala mientras ayudaba a la enfermera Cuddy (cuyas náuseas matutinas por fin habían empezado a remitir) a preparar a un paciente para un enema. Tal vez Dru y ella podrían colarse en la sala de operaciones durante un procedimiento. Sin embargo, dos enfermeras de más seguro que llamaban la atención, por mucho que se apretujaran entre los estudiantes de Medicina que miraban boquiabiertos o se quedaran de pie a un lado de la tarima. Podrían salir con Conor en la ambulancia, pero no era garantía de que hubiera sangre en la emergencia a la que acudieran. Podrían colarse en un bar de Bowery o Hell's Kitchen. Seguro que se iniciaría una pelea a puñetazos cuando todo el mundo estuvieran bien empapado en licor, pero no podía arriesgarse a que la vieran en ninguno de esos sitios, y sospechaba que Dru antes dejaría el programa de formación que entrar en una taberna.

—Sujétalo —ordenó la enfermera Cuddy, y sacó a Una de sus pensamientos. Habían colocado al paciente de lado con las rodillas dobladas. Una contuvo al hombre mientras la señorita Cuddy introducía el enema: leche y huevos espesados con arruruz para complementar el escaso alimento que el hombre podía ingerir.

El doctor Pingry y sus internos llegaron poco después para la ronda. Mientras interrogaban a la enfermera Cuddy sobre la elevada frecuencia cardiaca de un paciente o la herida llena de pus de otro, se escabulló para hacer sus tareas: quitar el polvo, hacer camas y vendar. Sin embargo, se le fue la mirada de nuevo hacia ellos, hacia el doctor Westervelt en particular. Estaba segura de que la había reconocido la semana anterior en la sala de operaciones. ¿Por qué no le había dicho nada al doctor Pingry o a la enfermera Hatfield? No se fiaba de un hombre que supiera algo turbio sobre alguien y no lo utilizara para sacar provecho. Aunque, ¿qué ganaría con hacer que la expulsaran? Tal vez no le había mencionado el incidente ni a ella ni a sus superiores porque en su pretencioso mundo una aprendiza carecía de importancia.

Una sumergió el trapo para el polvo en el cuenco de desinfectante con más fuerza de la que pretendía. El agua fenolizada salpicó por los lados y le llegó al delantal. Oyó una risita discreta y al darse la vuelta vio que el doctor Westervelt la miraba embobado y disimulaba la risa con el puño.

Nadie más parecía haberse dado cuenta. Estaban alrededor de una cama y observaban a un paciente enfermo que el día anterior estaba bien y animado.

—Un caso de inicio de piemia —decía el doctor Pingry—. ¿No le parece, doctor Westervelt? ¿Doctor Westervelt?

Se aclaró la garganta y miró de nuevo al paciente.

—Sí… eh… es lo más probable.

—¿Y qué tratamiento recomendaría? —preguntó el doctor Pingry con dureza.

—Eh… desbridar la herida y luego irrigarla con un desinfectante con un cinco por ciento de fenol.

—¿Sin ventosa ni sangrado?

Se acercó con el trapo, le quitó el polvo distraída a una mesa mientras escuchaba la conversación. Si purgaban a ese hombre, podría ser la manera de curar a Dru de su aprensión. Solo tendría que colarla para que observara. Sin embargo, cuando miró de reojo al grupo, vio que al doctor Westervelt le costaba respirar, como si se estuviera armando de valor.

—No —contestó—, no recomendaría ninguna de las dos opciones.

El doctor Pingry se hinchó como una seta venenosa. Saltaba a la vista que no estaba acostumbrado a que lo contradijeran.

—Usted y sus ideas modernas. Su abuelo curó a muchos hombres de piemia, y lo hizo sin seguir el consejo de charlatanes como ese maldito Lister. Su padre, en cambio… —Su voz se fue apagando, y se volvió hacia la señorita Cuddy—. Media hora de ventosa seca obrará milagros con este hombre. Póngase a ello ahora mismo.

Al doctor Westervelt se le había puesto rojo el cuello al oír mencionar a su padre. Si la conversación hubiera tenido lugar en un callejón por una partida de bolos, habría acabado a puñetazos, aventuró. Aunque ninguno de los dos parecía ese tipo de persona.

El doctor Pingry se dio unas palmaditas en el chaleco y gruñó:

—Sigo sin encontrar el maldito reloj.

—Son las once y media, señor —dijo el doctor Westervelt, mientras señalaba el reloj de pared que colgaba cerca.

—Soy perfectamente capaz de leer la hora. Hagamos una pausa para almorzar. Y supongo que querrá participar en ese sinsentido de la transfusión de esta tarde.

—Sí, señor. Si es posible, señor.

El doctor Pingry dirigió los ojos entornados hacia el interno sénior, el doctor Allen, que no tuvo el valor de hablar y se limitó a asentir.

—Muy bien. Pero recordad lo que os digo: el enfermo necesita menos sangre, no más.

Una, que había seguido escuchando la conversación mientras quitaba el polvo, se irguió al oír que mencionaban sangre de nuevo. Absurda o no, fuera lo que fuera esa transfusión, Dru y ella debían asistir.

El doctor Pingry salió de la sala dando zancadas, con el doctor Allen pisándole los talones. El doctor Westervelt se quedó atrás. Echó otro vistazo a la herida del hombre antes de volver a colocar el vendaje.

—Dele también un poco de caldo de carne —le indicó a la enfermera Cuddy—. Si se lo toma. Y un cataplasma de carbón para la herida. Cuando haya terminado con la ventosa, por supuesto.

La señorita Cuddy asintió y se fue presurosa al almacén. El doctor Westervelt dio media vuelta para irse.

—Doctor —dijo Una, que no se acordó de su voz de enfermera silenciosa hasta después de que varios pacientes se despertaran del susto. Los consoló con una sonrisa de disculpa y salió a buscar al médico.

Se detuvo en la puerta, y la expresión sombría se le iluminó.

—Señorita Kelly, ¿en qué puedo ayudarla?

Madre mía, se acordaba de su nombre. Habría preferido ser solo una cara borrosa más entre el mar de enfermeras que correteaban. Pero hablar con osadía al doctor Pingry, colarse en la sala de operaciones y tirarse el agua fenolizada encima no ayudaba mucho a pasar desapercibida.

—El doctor Pingry y usted estaban hablando de una transfusión. ¿Qué es?

—Sacamos sangre a un hombre y se la damos a otro.

—¿Toda?

El médico se echó a reír y aparecieron sus dientes demasiado perfectos.

—No, solo un poco.

—¿Cómo?

—Se introducen unas cánulas en las venas de los dos y se conectan con un tubo largo. La sangre del donante fluye hacia las venas del otro hombre.

Hizo una mueca. Quizá el doctor Pingry llevara razón. Ese procedimiento de transfusión sonaba como sacado de *Frankenstein*.

—¿Están muertos?

Otra carcajada.

—No, se lo aseguro, ambos están bien vivos.

Por muy monstruoso que sonara el procedimiento, era la oportunidad perfecta para ayudar a Dru.

—¿Y se va a hacer esta tarde?

—¿Por qué? ¿Está pensando en colarse para mirar como hizo en la sala de operaciones?

Un amago de sonrisa contradijo el tono burlón y, aunque Una no acababa de ver si le gustaba o solo pensaba que era rara, era momento de usar todas las armas. Se miró los pies un momento, luego alzó la vista de pronto con timidez.

—En realidad, esperaba que me llevara usted. Y a mi… eh… compañera de clase, Drusilla. De lo contrario, la enfermera Hatfield jamás lo permitiría. Mi compañera de clase y yo estamos muy interesadas en temas del sistema vascular.

El doctor Westervelt la miró con suspicacia.

—Ah, ¿sí?

Ella continuó con su coqueteo, arrastró un pie por los tablones de madera y apartó la vista para luego mirarlo a los ojos de nuevo con osadía.

—Sería de lo más instructivo ver el procedimiento junto a un médico tan apreciado como usted.

—¿Apreciado? —Se le ensombreció el semblante—. Creo que se refiere a mi abuelo.

Una se quedó sin palabras. Tal vez había metido la pata hasta el fondo.

—Yo…

Él se puso a andar.

—Valoro tanto su linaje, doctor Westervelt, como una mosca en el trasero de un caballo. —Torció el gesto al oírse pronunciar una expresión tan mal escogida, pero siguió con la verdad—. Yo… tenía muchas ganas de ver el procedimiento, y usted es el médico menos insufrible que conozco.

Él se paró, pero no se dio la vuelta. Ella maldijo para sus adentros. Jamás debería haber soltado la lengua de esa manera. Llamar insufrible a un médico, aunque solo fuera un interno júnior, no era el comportamiento propio de una enfermera que la señorita Perkins aprobaría. El médico sacudió la cabeza despacio y Una soltó de nuevo una maldición, con un nudo en el estómago. Pero luego, en vez de darse la vuelta y regañarla o subir con ímpetu la escalera hasta el despacho de la superintendente, se rio de nuevo.

—Muy bien. Hablaré con la enfermera Hatfield del procedimiento —dijo por encima del hombro—. Pero a cambio debe hacerme un favor.

Una dudó. Regla número quince: nunca te ates a nadie. Pero Dru lo necesitaba y ella necesitaba a Dru.

—Si consigue que mi compañera y yo veamos esa transfusión, haré cualquier favor que me pida, dentro de los límites de la decencia.

—Trato hecho, señorita Kelly —dijo, se fue y la dejó pensando en cuál sería el favor.

El doctor Westervelt cumplió su palabra, y dos horas después Una y Dru estaban a su lado en un cuartito de la segunda planta. Las cortinas estaban abiertas y la luz del sol iluminaba la sala. Había una cama cerca de la ventana donde yacía un hombre pálido de aspecto enfermizo. Otro hombre, en mangas de camisa y pantalones, estaba sentado a unos centímetros de la cama. Los utensilios resplandecían en una mesa cercana, junto con dos jarras de agua de porcelana y una jofaina metálica vacía pulida hasta lograr un buen lustre. Media docena de médicos y dos enfermeras trasteaban por la habitación, alisando las sábanas, comprobando el pulso del hombre enfermo, inspeccionando el instrumental como si fueran actores que prepararan la utilería para un espectáculo.

—¿Y si me desmayo delante de toda esta gente? —le susurró Dru.

Antes, cuando le había hablado del procedimiento y su plan para entrar, Dru había aducido decenas de excusas por las que le resultaba imposible ir. Había que volver a quitar el polvo de los alféizares y fregar los orinales, hacer un buen seguimiento de la ventilación. Daba igual que la sala estuviera reluciente del suelo al techo y que no se detectara ni una corriente. Casi tuvo que llevársela a rastras.

Estiró el brazo y apretó la mano fría y temblorosa de Dru.

—No te vas a desmayar. Además, de todos modos, están todos demasiado preocupados para darse cuenta.

—Pero ¿y si…?

—Pues te apoyas en la pared con toda tranquilidad y yo te agarraré.

Dru asintió, pero no parecía del todo convencida.

—¿Está segura de que su amiga quiere estar aquí? —le preguntó el doctor Westervelt unos minutos después, cuando Dru empezó a resollar—. Si palidece más, la confundirán con el paciente y acabarán por hacerle la transfusión a ella.

—Está bien. Solo un poco emocionada. Pero ¿por qué tardan tanto?

Justo entonces se abrió la puerta y entró otro hombre cargado con una gran caja negra con tres patas de madera. Separó las patas y las colocó en el suelo.

—Teníamos que esperar a que llegara el Departamento de Fotografía —contestó el doctor Westervelt, al tiempo que saludaba al recién llegado con la cabeza.

Una sintió un repentino escalofrío que le puso los pelos de punta. La única vez que había estado cerca de una máquina fotográfica había sido en la Comisaría Central de la policía. No le extrañaba que los médicos y enfermeras estuvieran tan vacilantes. Por lo menos ella, Dru y el doctor Westervelt estaban a salvo contra la pared del fondo, por detrás del gran ojo de cristal de la cámara.

El fotógrafo, un hombre desgarbado con los ojos hundidos y la nariz aguileña, se puso a andar por la sala, observando la interacción de la luz y la sombra, haciendo todo tipo de ajustes. Entretanto, dos médicos llevaron al hombre sentado hasta una báscula y anotaron el peso.

—Ese es el donante —le dijo el doctor Westervelt—. Lo volverán a pesar después del procedimiento para determinar cuánta sangre se le ha extraído.

—¿Cómo pueden asegurar que la sangre fluirá de él al paciente y no al revés?

—Por la gravedad. El aparato de transfusión incluye multitud de llaves de paso y una perilla de goma para ayudar también a controlar el flujo de sangre.

—Y el donante, ¿no saldrá perjudicado del proceso?

—Algunos se han desmayado o han desarrollado una infección en el punto de extracción de la sangre, pero un hombre joven, fuerte y pesado como este debería estar bien.

—Pero, si es peligroso, ¿por qué no se usa sangre de animal o la de un muerto?

—Ya se han intentado sin éxito transfusiones de animales a humanos —la informó Dru antes de que el doctor Westervelt pudiera contestar—. Sangre de cordero, de perro, de toro. Todas fueron letales para el receptor. La sangre de un difunto no se puede usar por problemas con la coagulación. Cuando el corazón deja de latir, la sangre empieza a coagularse de forma inmediata. He leído sobre experimentos con soluciones de fosfato para desfibrinar…

Una no tenía ni idea de a qué se refería con «coagulación» o «desfibrinar», pero le gustó oír a Dru parlotear como era propio de ella. El doctor Westervelt parecía impresionado. Estuvieron charlando en voz baja hasta que el fotógrafo anunció que estaba listo y empezó el procedimiento.

El donante se arremangó y dejó al descubierto la parte interna del brazo. Un médico asió un escalpelo de la mesa de utensilios y luego hizo varios cortes superficiales en la articulación del codo del donante hasta que quedó una vena al descubierto. Habían colocado una jofaina en el suelo, debajo del brazo estirado del donante. De los cortes salía sangre, que se concentraba en el codo del hombre y goteaba en la jofaina metálica. Ploc. Ploc. Ploc.

Dru tomó aire y giró la cabeza a un lado con la mirada fija en el suelo.

Una dio un paso hacia ella para que se tocaran los hombros y la agarró de la mano.

—No apartes la vista.

Dru gimoteó, con la cara hacia el suelo.

—Vamos. Tienes que mirar. Está a punto de pinchar la vena. —Al ver que Dru no miraba, añadió—: Creo que es la vena femoral, ¿no? O tal vez la vena pedal.

—No seas boba, la vena pedal está en el pie. Están usando la vena braquial. —Miró como si quisiera asegurarse.

—¿Y qué es eso que está utilizando el médico? A mí me parece un prendedor. O a lo mejor ha recurrido al bordado de su mujer.

Dru resopló de forma exagerada y desvió la mirada al hombre.

—Es una cánula. Es afilada en un extremo como una aguja, pero está hueca para que la sangre pueda fluir.

Las dos observaron mientras el médico introducía la cánula en la vena. La sangre salía a chorro por el otro extremo de la cánula cuando la punta estaba dentro. Dru se tambaleó, pero no apartó la vista. El médico sujetó un tubo al final de la cánula, y la goma pálida se oscureció al llenarse de sangre. Una llave de paso detenía el flujo a medio camino en el tubo.

En la vena del hombre enfermo había una cánula parecida. Unieron los dos conjuntos de tubos a los extremos de una perilla de goma y se abrieron las llaves de paso. La sangre fluyó entre los dos hombres, ayudados por el apretón ocasional de la perilla. Una sujetaba con fuerza la mano de Dru. Seguía con el rostro pálido y el sudor le moteaba la frente, pero no se había desmayado.

—Es un milagro, ¿verdad? —le susurró el doctor Westervelt.

Ella asintió, aunque hasta ese momento había estado demasiado centrada en Dru para apreciar lo que estaban viendo. Allí yacía un hombre moribundo, pálido y consumido, que podría seguir viviendo gracias a la sangre de otro hombre. ¿Cuántos hombres y mujeres más se podrían salvar? La mente se le fue sin querer a su madre, o más bien al cuerpo carbonizado en que se convirtió. ¿Algún día habría una cura para la carne devorada por el fuego? ¿Ella administraría esa cura en persona? Dejó a un lado esa idea absurda. Ella solo estaba allí para esconderse. Su vida era la de una ladrona. Siempre lo había sido y siempre lo sería.

Los médicos merodeaban alrededor de los hombres mientras las enfermeras limpiaban las salpicaduras de sangre y cubrían con gasas las venas expuestas. Cuando el lugar estuvo presentable, el fotógrafo se cubrió con una tela negra que utilizó también para tapar la parte trasera de la máquina. Los médicos y enfermeras devolvieron la atención al procedimiento. El fotógrafo manipulaba los mecanismos secretos de la cámara, luego retiró la tela.

—La escena necesita más seriedad. —Señaló a Una, Dru y el doctor Westervelt—. Ustedes tres, pónganse de pie detrás de los demás.

Ella sintió que se le encogía el estómago.

—Oh, no —dijo el doctor Westervelt—. No formamos parte del procedimiento. Solo estamos aquí para observar.

—Pues observen desde allí. —Hizo un gesto de impaciencia hacia la estrecha franja de espacio vacío entre los demás y la pared del fondo.

El doctor Westervelt miró al médico que había extendido los brazos de los hombres y ahora estaba apretando la perilla entre ellos. Asintió. El doctor Westervelt cruzó la sala y se colocó detrás del resto.

—¿Y bien? —les dijo el fotógrafo a Una y Dru, que no se habían movido—. Dense prisa. Este hombre no tiene una reserva infinita de sangre.

—No, no podemos —dijo Una—. Nosotras…

—No pasa nada —susurró Dru—. No me desmayaré. —Y tiró de ella hasta su sitio en la parte trasera del encuadre.

—Recuerden, miren a los hombres —dijo el fotógrafo, y volvió a desaparecer debajo de su tela.

Notaba cómo el pulso le daba brincos en las venas. Contra la pared, entre el doctor Westervelt y Dru, se sentía como un ratón con la cola atrapada por las garras de un gato callejero. Detestaba quedar reflejada en otra fotografía, pero no tenía adónde huir.

—¡Quietos! —vociferó el fotógrafo.

Bajó la barbilla y se acercó al doctor Westervelt, más de lo estrictamente apropiado, para que su sombra le oscureciera parte de la cara. Maldita Dru y todo ese plan ridículo. El obturador de la cámara se abrió con brusquedad. Pasado un instante se cerró, y captó para siempre el retrato de Una y el resto de la milagrosa escena.

24

ESE DOMINGO, DESPUÉS de misa, Una subió al ferrocarril elevado en la Tercera Avenida para dirigirse al centro y devolverle el favor que le había prometido al doctor Westervelt. Donde antes se deleitaba entre el gentío de la ciudad, ahora le picaba la piel como si estuviera infestada de piojos. Había menos gente que pudiera reconocerla en la Tercera Avenida que en la Sexta, una ruta más directa a Central Park, pero no respiró del todo hasta que llegó a la estación de la calle Veintiséis y dejó de estar atrapada dentro del vehículo estruendoso.

Recordó que el disfraz de señorita acaudalada y respetable engañaría a los polis y a todos sus antiguos compinches, siempre y cuando no se fijaran demasiado. La señora Buchanan había hecho maravillas con el abrigo, había frotado las manchas y remendado los desgarrones. Si le parecieron sospechosos el forro interior parcheado y el laberinto de bolsillos, no dijo nada. Con el añadido del gorro de piel, la estola y los manguitos de Dru, daba el pego. Pero, se sentía mucho más segura vestida con el uniforme de enfermera tras las gruesas paredes de piedra del Bellevue.

Entró en el parque por Miner's Gate y se dirigió por un sendero embarrado a la fuente de Bethesda. Las ramas peladas de los olmos se cruzaban por encima de su cabeza. Habían retirado a paladas la nieve del día anterior hasta formar arcenes salpicados de suciedad en ambos lados del camino. Pasaban parejas agarradas del brazo. Algunas mujeres empujaban carritos con niños envueltos en fardos. Grupos de niños pasaban como un rayo con trineos. Pese a las nubes grises que se extendían en lo alto y el frío suave de la brisa, todo el mundo parecía gozar de estar al aire libre, lejos del caos de las calles de la ciudad.

Una prefería el gentío, era más fácil escabullirse. Pero no quería tener pendiente el favor que le debía al doctor Westervelt más tiempo del necesario. Era mejor saldar cuentas y acabar con ello. Aunque eso significara quedar con él en pleno Central Park.

El día después de la transfusión esperó a que los demás médicos siguieran con su ronda y la señorita Cuddy estuviera ocupada en el armario de medicamentos para acercarse a ella. En el momento que le propuso quedar con él en la fuente de Bethesda ese domingo por la mañana, se quedó muda de la sorpresa. Antes, cuando estaba en deuda con alguien solía implicar esconderle objetos delicados o darle la mitad de su botín. Algunos hombres pedían favores más íntimos, a los que ella respondía con un rodillazo en la ingle.

—Las aprendizas tienen prohibido visitar lugares de entretenimiento —dijo al recuperar la voz.

—Consiguió llegar a la sala de operaciones. Creo que eso infringe los límites de las aprendizas.

—No fue idea mía. La señorita Cuddy no se encontraba bien y…

—Y encontró la manera de entrar en la sala de transfusiones, con mi ayuda, debo decir.

Frunció el entrecejo y lanzó una mirada al armario de medicamentos para asegurarse de que la señorita Cuddy seguía midiendo la medicación del mediodía de los pacientes.

—Y cuando nos veamos en la fuente, ¿luego qué? Las aprendizas también tienen prohibido socializar con caballeros, sean médicos o no, como bien sabe.

Él la desarmó con una sonrisa.

—Entonces será mejor que no se lo contemos a nadie.

—Es fácil para usted decirlo. Es a mí a quien expulsarán si nos pillan.

—Los domingos el parque siempre está abarrotado. Nadie nos verá, se lo prometo. Solo quiero pasar la tarde con usted.

Fue una respuesta sospechosa, pero no que mereciera un rodillazo en la entrepierna.

—De acuerdo. El domingo en la fuente.

En ese momento apareció ante sus ojos la fuente coronada por un ángel, y Una pensó que ojalá hubiera insistido en un favor distinto. Además de a los polis, tenía que estar vigilando al personal del hospital. Se disculparía al cabo de media hora y a partir de entonces se dejaría de favores.

Espió al doctor Westervelt antes de que la viera. Llevaba un abrigo Chesterfield de color verde pino, guantes marrones y bombín. Un pliegue profundo se extendía por la parte frontal de los pantalones como si los acabara de planchar. Por lo menos no se había ataviado con bastón y sombrero de copa, como muchos presuntuosos adinerados que se pavoneaban por el parque. En cambio, llevaba una cartera de piel colgada de un hombro.

Lo observó rodeando la fuente con paso lento y relajado. Se movía de forma distinta allí que en el hospital. Cuando hacía la ronda con el doctor Pingry, blandía la seguridad a modo de escudo. Allí parecía libre de esa carga. Seguía teniendo la confianza envarada de los que de pequeños han conocido tanto la devoción como la disciplina, pero los movimientos eran más libres, como si ya no estuviera a la defensiva.

Intentó recordar la última vez que se había sentido así, sin aguantar el peso de algún disfraz, libre. Habían pasado semanas, desde antes de la muerte de Mike el Viajante. Tal vez ni siquiera entonces.

El doctor Westervelt la vio y sonrió, y se le relajó el semblante aún más mientras caminaba hacia ella. Una se dio cuenta de que no estaba seguro de que se presentara. De pronto adquirió conciencia de su aspecto. Tal vez el gorro de piel y los manguitos fueran demasiado. No quería que pensara que se había arreglado por él.

—Señorita Kelly, es un placer verla. Y hace un día precioso, ¿no le parece?

Ella tiró de la estola y miró alrededor, no hacia el césped cubierto de nieve, sino a los rostros que los rodeaban, y se calmó al no reconocer a nadie.

—Hace un poco de frío —dijo, aunque las prendas que le había prestado Dru abrigaban mucho.

—Tengo el remedio perfecto para eso. —Señaló con un gesto el lago helado detrás de la fuente—. Patinar un poco sobre hielo hace que fluya la sangre. ¿Qué me dice?

Una dudó. Decenas de patinadores se deslizaban por la superficie helada, la mayoría en grupos dispersos de dos o tres. Pero el lago era grande, con ensenadas que se adentraban en la orilla boscosa. Nadie en la fuente ni en los caminos de alrededor podría verlos bien. Seguro que los demás patinadores estarían demasiado preocupados con su propio júbilo para prestarles atención. El doctor Westervelt no podía haber escogido un lugar mejor para pasar el rato sin que los vieran.

No obstante, no patinaba desde que era una niña, y solo lo había hecho una o dos veces.

—Es bastante seguro, se lo juro —dijo el doctor Westervelt, y señaló una bandera roja que ondeaba en lo alto del castillo Belvedere—. Solo la izan cuando el hielo tiene el grosor suficiente para patinar.

—No tengo patines.

—Le he traído los de mi madre. —Abrió la cartera y los sacó para que los viera—. Son un poco viejos, pero están en buen estado. Esta mañana he afilado las cuchillas.

Incapaz de inventar otra excusa, asintió y emprendieron el camino desde la fuente hasta el borde del lago. Un grupo de niños pasó veloz, y con las cuchillas hicieron saltar nubes de nieve. Luego un caballero mayor, que silbaba una melodía agradable. Si ellos podían hacerlo sin caerse, ella también. Ató los patines a las botas y respiró hondo antes de entrar en el hielo.

Los tobillos se tambalearon y agitó los brazos en un intento de mantener el equilibrio sobre las cuchillas finas. No parecía tan inestable cuando tenía cinco años, pero todos los recuerdos anteriores a la muerte de su madre eran un poco brumosos. Esperó hasta que dejó de bambolearse, luego se atrevió a dar otro paso.

Tras ella, Una oyó que el doctor Westervelt se abrochaba los patines, luego notó el revuelo del aire al pasar deslizándose con elegancia por su lado como un maldito cisne. Ella cambió el peso de un pie inestable y se deslizó con el otro, con la esperanza de alcanzarlo con un aplomo parecido. Sin embargo, avanzó dando tumbos, con la cabeza levantada y los hombros caídos como si fuera un buitre. Le falló el equilibrio de nuevo. Intentó compensarlo y echó el peso hacia atrás, pero no controló el movimiento y los patines resbalaron.

El doctor Westervelt se dio la vuelta y la agarró de los brazos, que agitaba antes de caer.

—Lo siento, debería haber preguntado si sabía manejarse en el hielo.

—Solo necesito un momento para habituarme.

—Pensé, bueno, no debería haber dado por hecho…
—Aún la sujetaba, aunque las piernas flojas se le habían afianzado, y las manos enguantadas del doctor le rodeaban los antebrazos. Los manguitos de Dru colgaban de la muñeca de Una entre ellos.

Ella bajó la mirada, esperó un momento a que se le enfriaran las mejillas, luego levantó la barbilla y lo miró a la cara. Algo en sus ojos la impresionó. Sinceridad. Vulnerabilidad. Sea como fuere, se alteró y se zafó de él.

—Gracias, doctor, creo que ya he recuperado el equilibrio.

Sin embargo, al intentar avanzar de nuevo en el hielo, las puntas de los patines se cruzaron y se hubiera caído de no ser por los reflejos rápidos y la mano firme del doctor Westervelt.

—Por favor, llámeme Edwin —dijo cuando Una ya no corría peligro inminente de caer, y se puso a instruirla sobre los principios básicos del patinaje. No hablaba como un médico que le diera clases sobre los fundamentos de la digestión o la aplicación de apósitos, sino como si fueran buenos amigos, y pronto ella empezó a patinar con cierta comodidad.

—¿En su pueblo no se patinaba sobre hielo en invierno? —preguntó mientras se abrían paso hacia el centro del lago.

Patinaba a la distancia justa para poder llegar a ella, más cerca de lo que se consideraría adecuado si estuvieran paseando en tierra firme, pero por lo visto admisible allí, en el hielo.

—¿Qué le hace pensar que no soy de la ciudad?

—¿De esta ciudad? ¿Nueva York? No se parece en nada a las mujeres de aquí.

—Ah, ¿sí? ¿Y en qué se diferencian las mujeres de Nueva York de las otras?

Él se detuvo un momento con una expresión pensativa.

—Les preocupa demasiado la corrección, supongo. Casi nunca se ríen. Ni se atreven a opinar.

—¿Y no cree que son los hombres de la ciudad los que las han hecho así?

—Estoy seguro. Nosotros no somos mejores, tan atrapados en las buenas maneras.

—¿Está igual de seguro de que todas las mujeres de la ciudad son así? ¿Y las lavanderas y las trabajadoras de las fábricas? ¿O las fruteras y las costureras de camisas?

—¿Se refiere a las mujeres trabajadoras? No lo sé.

—Yo, doctor Westervelt...

—Edwin.

—Edwin. Yo soy una mujer trabajadora. O lo seré cuando apruebe la formación.

—Eso es distinto. La enfermería es una profesión respetable que surge de una clase de mujeres respetable. No puede compararse con el servicio doméstico o las traperas.

Una se paró y los patines chirriaron en el hielo.

—¿No? ¿Tan dispares somos en nuestros deseos y necesidades?

Edwin la miró por encima del hombro, luego volvió dibujando un círculo. Estaba perplejo, tenía la cabeza ladeada y los labios apretados. Hacía escarnio de las mujeres que no podían expresar su opinión, pero parecía perdido cuando alguna lo hacía de verdad. Puso los brazos en jarras. Las piernas aún le temblaban, pero solo un poco. Esperó a que el médico dijera lo que había oído cientos de veces a los periodistas y pastores y a las mujeres caritativas de la alta sociedad que acudían en rebaño a los suburbios. Era recalcitrante, inmoral, sucio.

No obstante, la expresión era de escarmiento, como la de un niño al que han pillado al lanzar piedras a los carruajes que pasaban o al tirar de las trenzas a su hermana.

—Tiene razón. A veces me olvido de mí mismo y acabo repitiendo como un loro las opiniones de mi abuelo. —Se quitó el bombín, se pasó los dedos por el pelo bien peinado y dejó alborotados los rizos de color castaño rojizo, que parecían más propensos a ondularse o rizarse que a quedarse lisos. Pensó que estaba más guapo así, y sintió una punzada de decepción cuando volvió a ponerse el sombrero—. Hay un nido de águilas en el fondo de la siguiente ensenada. Es una imagen impresionante, si nunca has visto uno. Pero yo… eh… lo entiendo si se quiere ir.

Una miró por detrás la orilla distante. Había cumplido su promesa. Cuanto más se quedara, mayor era el riesgo de que alguien la reconociera. Sin embargo, era reconfortante estar allí, en el hielo, con él. Echaba de menos estar al aire libre, la frescura del viento invernal, las capas de sonidos y olores. Además, la compañía de Edwin no era del todo insoportable. Nunca había conocido a un hombre que admitiera sin tapujos haberse equivocado.

—Supongo que tengo algo de tiempo para ver el nido de águilas.

Esbozó esa sonrisa deslumbrante (decidió que los dientes eran reales) y se dirigieron a la ensenada. Como antes, se adaptó a su ritmo, sin atosigarla ni protegerla.

—Maine.

—¿Qué?

—De ahí soy. De Augusta, Maine.

Él se echó a reír.

—¿Y nunca aprendió a patinar? —La acribilló con más preguntas sobre ella: a qué se dedicaba su padre, si tenía hermanos, qué le hizo querer ir al Bellevue. Después de haber repetido la historia cinco o seis veces, le resultó fácil mentir. Pese a que enseguida intentó desviar la conversación hacia terrenos más seguros, él insistió con las preguntas. ¿Qué le parecía Nueva York? ¿El parque? ¿Había oído hablar de Coney Island, le gustaría ir cuando abriera en primavera?

—Podría trabajar en la agencia de detectives Pinkerton si hace tantas preguntas.

—Lo recordaré por si las cosas en el hospital no salen bien.

Luego ella le preguntó por sus orígenes y se sorprendió escuchando con interés en vez de preguntándose por la hora o preocupándose por los demás patinadores. Su familia llevaba generaciones viviendo en Nueva York: era justo el tipo de gente de buena posición de la que su padre esperaba escapar cuando se fue de Irlanda. Sin embargo, había que reconocer que Edwin no alardeaba de su linaje y casi parecía que la conversación lo inquietaba. Hablaba de ser médico como si fuera una obligación, no una elección, y confesó que su abuelo había sido cirujano en el Bellevue.

De pronto, Una entendió por qué había reconocido el apellido Westervelt la primera vez que lo oyó.

—¿El retrato de la sala principal es de su abuelo?

Edwin asintió, parecía más cohibido que orgulloso, aunque su abuelo tenía que haber sido un pez gordo para ganarse semejante lugar en la pared.

—¿Y su padre, también era médico?

Los patines de Edwin rechinaron fuerte sobre el hielo y, por primera vez, a ella le costó seguirle el ritmo.

—No. Dejó sus estudios de Medicina por una aventura empresarial. —Lo dijo con voz ronca, así que no lo presionó para sonsacarle más detalles, pero, un minuto después, el joven continuó—: Por culpa de esa aventura empresarial —y soltó una risita al pronunciar esas palabras— su padre estuvo viajando durante gran parte de la juventud de Edwin. Bebía, apostaba, incluso tenía una amante en Nueva Orleans. La única época en la que ganó algo de dinero fueron los años de la guerra, y solo como usurero y contra-bandista de algodón.

Al oírlo, Una sintió una oleada de rabia bajo la piel. Su padre había regresado de la guerra lisiado por dentro y por fuera. El de Edwin, con los bolsillos llenos de oro. Le entra-ron ganas de llamarlo «canalla cobarde», pero la vergüenza y la amargura en la voz de Edwin hicieron que se mordiera la lengua. Recordó caminar al lado de su padre hasta Union Square un Día de los Caídos, con el uniforme azul que olía a mosto y empezaba a descolorarse. Ese día parecía que cojeaba menos y que caminaba un poco más recto. En el aliento no había rastro de la pestilencia a *whisky*. Era uno de los escasos recuerdos felices que tenía de él. Al parecer, Ed-win no tenía ninguno.

—¿Dónde está ahora su padre? —le preguntó.

—Muerto. Bebió hasta entrar en estado de sopor y se ahogó en su propio vómito en algún suburbio de Nueva Orleans.

—Lo siento —dijo Una, sorprendida por la sinceridad con la que lo decía. Tenían más en común de lo que imagi-naba, y una molesta parte de ella deseó poder ser tan franca con él.

—Soy yo quien debería sentirlo. ¿Qué tipo de sinver-güenza emponzoña una tarde preciosa con tanta melan-colía?

—Nada que no pueda compensar un poco de aire fresco.

—No sé por qué… —Se quitó el sombrero e intentó en vano alisar los rizos que había alborotado antes—. Hacía años que no hablaba de eso. Pero he pensado que al final se acabaría enterando. —Se rindió con el pelo y volvió a colo-carse el sombrero, mirándola de soslayo—. De verdad que puedo ser encantador.

—Ah, ¿sí? Y también modesto, ya veo.

Los dos se rieron y luego patinaron en silencio, relajados, hasta que llegaron al fondo de la ensenada. Edwin estudió la orilla.

—Allí.

Señaló un cúmulo confuso de árboles, cuyas ramas se solapaban.

Una aguzó la mirada y sacudió la cabeza.

—No lo veo.

Edwin patinó hasta colocarse a su lado y se paró tan cerca que con el aliento calentó la mejilla de ella, y volvió a señalar. Todo el cuerpo de Una emitió un zumbido, como las vías debajo de un tren que se aproximara, y le costó enfocar la vista. Olía a clavo y menta cuando exhaló, y no pudo evitar pensar en cómo sabría su boca.

Entonces lo vio, un amasijo de palos entretejidos ubicados en la unión de tres ramas gruesas. Era mucho más grande de lo que esperaba, tal vez metro y medio de ancho y varios centímetros de profundidad. La nieve coronaba el borde. ¿Qué pájaro era el responsable de semejante maravilla? Las únicas águilas de Nueva York que había conocido eran las que se veían en el dorso de una moneda. De pronto se le humedecieron los ojos y se le formó un nudo en la garganta.

—Nunca había visto nada igual en la ciudad… eh… en cualquier ciudad.

—Las águilas americanas eran mucho más comunes en la primera época de Nueva York. La caza y la recolecta de huevos han hecho que escaseen.

Ella recordaba vagamente a un hombre que iba a la puerta trasera de la tienda de Marm Blei intentando vender un alijo de plumas de águila. Le pagaba una moneda de cinco centavos por unidad. Diez centavos por las plumas blancas de la cola. Ahora la idea la horrorizó. Se limpió los ojos antes de volverse hacia Edwin.

—¿Entonces las águilas que construyeron este nido se han ido?

—Solo durante la temporada. Suelen quedarse cerca de aguas abiertas en invierno. Pero volverán en abril a poner los huevos. Los trabajadores del parque las vigilan para asegurarse de que no las molestan.

—¿La misma pareja vuelve todos los años?

—Sí, las águilas se emparejan de por vida.

Una fue consciente de nuevo de la cercanía. Miró alrededor. Los patinadores más cercanos estaban a decenas de metros de distancia, reían, patinaban, daban vueltas, ajenos a los demás. Igual que había hecho ella, la muy boba. Una tenía sus reglas, y estar ahí con él así, permitiendo que la distrajera, suponía romper demasiadas normas.

Intentó retroceder con los patines para poner cierta distancia entre ellos, pero el extremo de una de las cuchillas quedó encallado en el hielo. Agarró las solapas del abrigo de Edwin para no caerse.

—Lo siento…

Él aprovechó el momento para inclinarse y besarla. Una se quedó helada, pero la sorpresa se derritió en un instante. Se agarró con fuerza a su abrigo y le devolvió el beso. Sabía aún mejor de lo que olía.

25

UNA ERA INCAPAZ de concentrarse. Cuando la enfermera Cuddy le preguntó por el aceite de hígado de bacalao, le llevó de linaza. Mientras preparaba un baño para un paciente, olvidó añadir agua caliente y el hombre soltó un chillido al meterse en la tina fría. Al quitarle las sanguijuelas a un paciente, fue incapaz de despegarlas, y no se dio cuenta de que les había espolvoreado azúcar en lugar de sal hasta que se atiborraron y se soltaron solas. Al final la señorita Cuddy la relegó a quitar el polvo, una tarea que ya había terminado ese día, aunque no con mucho esmero, y en la que no podía causar grandes daños.

Era el día en que la superintendente Perkins se reunía con cada una de las aprendizas para informarlas de si las habían admitido para seguir en el programa de formación. Una no tenía hora hasta las tres de la tarde; sería de las últimas del día. Había intentado averiguar si era buena o mala señal estar citada al final. ¿La señorita Perkins se reunía primero con las que pretendía expulsar, o las dejaba para lo último? Cuando se enteró de que Dru tenía hora mucho antes, dedujo que era lo segundo. Por supuesto, el orden podía ser distinto o del todo aleatorio, pero igualmente tenía un nudo en las entrañas.

Solo había pasado mes y medio desde su detención. No era suficiente ni mucho menos para que los polis se olvidaran de ella. Si la superintendente Perkins la echaba de la escuela, estaría de nuevo donde empezó, pero sin un sitio adonde ir ni dinero para desaparecer.

Pese a que hacía semanas que no se metía en ningún lío de forma oficial, la enfermera Hatfield siempre le encontraba algún pero a su trabajo. Una mínima corriente. Una mancha de polvo en la esquina de un alféizar. Una sábana que no estaba lo bastante tensa. El doctor Pingry tampoco le había cogido cariño. Su única esperanza en ese sentido era que la considerara demasiado insignificante para presentar una queja.

Lo único que consiguió apartarla de esas ideas y de la creciente incertidumbre en cuanto a su expulsión fue la ronda matutina de Edwin y los demás médicos. Entonces la atormentó un tipo de pensamiento distinto: el del beso en el parque dos días atrás. Sus labios se encontraron solo un instante, pero había sentido la sacudida hasta en los dedos de los pies. No se parecía en nada a los besos duros e indiferentes que había conocido. No recordaba quién se había apartado antes, si Edwin o ella, solo el deseo ardiente de sentir de nuevo sus labios. Sin embargo, el decoro se impuso (o, en el caso de Una, el sentido común), y regresaron patinando a la fuente en un silencio tímido.

Ahora no le cabía duda de que besarlo había sido un error. Si ocurría el milagro de que superaba el período de prueba, ¿luego qué? Era evidente que no podía tener una aventura secreta con Edwin, y menos cuando se suponía que debía pasar desapercibida y el mero hecho de hablar con él podría acabar en su expulsión.

El problema era que había disfrutado de la tarde que pasaron en el lago. Más que de ninguna desde que tenía uso de razón. El aire fresco. El nido de águilas cubierto de nieve. La conversación fluida. El beso. Durante un breve lapso de tiempo, había olvidado que huía de la policía, que Marm

Blei y su gente habían renegado de ella, que era una irlandesa pobre de los bajos fondos. Pero ella no podía permitirse olvidar.

Si a Edwin lo asolaban los mismos pensamientos, no lo demostraba. Apenas la miró durante su ronda. Bien era cierto que Una también se había propuesto no mirarlo. En el momento que sus miradas se encontraron, sus ojos parecían sonreír, aunque sus labios no los siguieran. Se percató de que eran muy bonitos, del color marrón intenso del tabaco. Eran unos ojos peligrosos que la distraían. Ese día, como siempre, Una apartó la vista enseguida. Casi se sintió aliviada una vez que él y los demás cirujanos pasaron a la siguiente sala y la dejaron de nuevo con su inquietud por la reunión con la superintendente Perkins.

Por fin llegaron las tres en punto y se dirigió a la tercera planta. En la escalera pasó junto a otra de las aprendizas. No sabía cómo se llamaba, pero recordaba haberse sentado a su lado en la clase de anatomía del doctor Pingry. Una había intentado copiar de su pizarra, pero estaba tan vacía como la suya. Cuando la chica bajó la escalera corriendo, vio que lloraba. Era evidente que la habían echado. Una se detuvo, pero no consiguió soltar la lengua lo bastante rápido para ofrecerle unas palabras de consuelo.

Para cuando llegó a la tercera planta, el corazón le palpitaba con la misma fuerza que las campanas de St. Sthepen's. ¿Le aguardaba el mismo destino? Cruzó el pasillo que conducía a la puerta de la señorita Perkins con paso lento y deliberado. Esperó un minuto entero antes de reunir el valor para llamar a la puerta.

—Pase —dijo la mujer.

Una entró y cerró la puerta tras ella con la misma suavidad con la que bajaría la tapa de un ataúd. ¿Si le contara a la señorita Perkins que toda su familia de Maine había muerto la semana anterior de gripe se apiadaría y la dejaría quedarse? Tal vez debería decir que los habían matado unos lobos rabiosos. O que habían quedado atrapados en la nieve por una nevasca y se vieron obligados a comerse unos a otros con la esperanza de sobrevivir. Seguro que era una circunstancia lo bastante lamentable para asegurarse una segunda oportunidad.

Se sentó en la silla de respaldo recto de cara al escritorio de la señorita Perkins y sacó el pañuelo. La actuación sería más convincente si lloraba.

Sin embargo, antes de que empezara a contar su lacrimógena historia de canibalismo y lobos (cuanto más trágica, mejor), la señorita Perkins se inclinó sobre la mesa y le entregó una hoja de papel.

—Felicidades, señorita Kelly, ha aprobado el período de prueba. En este contrato se detallan las condiciones de sus estudios. Si se va antes de finalizar los dos años de formación…

—¿He aprobado?

Un amago de sonrisa quebró la expresión formal de la señorita Perkins.

—Bueno, sí. ¿Pensaba que no?

Una hizo un gesto entre asentir y sacudir la cabeza.

—Sus inicios no fueron fáciles, es cierto. Pero ha sacado notas satisfactorias en los exámenes, y la enfermera Cuddy me dice que es usted competente en sus obligaciones en la sala. Además, los pacientes hablan bastante bien de usted.

—¿Sí?

—Como sin duda habrá percibido durante su período de prueba, los pacientes del Bellevue son de… clase humilde. Inevitablemente, algunos se sienten menospreciados por las enfermeras por querer limpieza o amabilidad. Sin embargo, ninguno de los pacientes con los que he hablado sobre usted se quejó de eso. De hecho, muchos dijeron que los calmaba su presencia.

Una se contuvo antes de mascullar: «¿Sí?».

—A partir de ahora el programa se vuelve más riguroso, y se espera de usted que mantenga el máximo decoro y obediencia. Es un signo de distinción estar entre las estudiantes del Bellevue y lucir el prendedor de la escuela. Las antiguas estudiantes han logrado el éxito por todo el país. Pero debe comprometerse a terminar la formación de dos años y aprobar el examen final antes de que se le conceda dicha distinción.

Le entregó su tintero y su pluma. El contrato estaba redactado con sencillez, destacaba la duración del programa, la lista casi interminable de requisitos de conducta, la inclusión del alojamiento y la manutención y un estipendio mensual de diez dólares. El sello de la escuela estaba estampado en la cabecera de la página: una grulla rodeada de amapolas y cápsulas. Era la misma imagen, con un fondo azul, que había visto en los prendedores de las licenciadas con las palabras Escuela de Enfermería Bellevue.

Pasó un dedo por el sello. Para las licenciadas era un orgullo lucir el prendedor, era algo de lo que otras estudiantes, sobre todo Dru, hablaban sin cesar. Imaginó un momento cómo quedaría en su uniforme. Era brillante, pero modesta. Un destello de esperanza para aquellos a los que atendía. Una declaración de que allí había una mujer que podía ayudar y curar. Una buena mujer. Una mujer sabia. Alguien en quien confiar.

La señorita Perkins se revolvió en su silla y Una recobró la compostura. Escribió su nombre en la parte inferior de la página, sin esperar apenas a que la tinta se secara para devolverlo. Dos años era tiempo más que suficiente para esperar a que los polis la dejaran tranquila, y, a fin de cuentas, ese era su objetivo. Entretanto, tenía asegurada comida caliente, un techo sin goteras y un elegante retrete de interior. Dios, podría quedarse los dos años enteros y conseguir el diploma. Ese pequeño prendedor azul no era un signo de esperanza, sino la puerta de entrada a casas de toda la costa este. Se acabó lo de vaciar bolsillos en estaciones de tren abarrotadas. Ascendería al rango de los profesionales de primera. Al fin y al cabo, ¿quién sospecharía de la enfermera complaciente y empática cuando desapareciera una cuchara de plata o un collar de perlas? Y todavía menos si venía de la mejor escuela del país.

La superintendente Perkins se levantó y la acompañó a la puerta. Le contó que se había organizado una pequeña recepción en la sala de la Junta Médica de la primera planta para las estudiantes recién admitidas, y Una estaba invitada.

Esta se detuvo en el umbral.

—Gracias por tener fe en mí, señorita Perkins.

La superintendente sonrió de nuevo.

—Procure seguir justificando esa fe.

Abajo, la larga mesa de roble de la sala de juntas estaba contra la pared y cubierta con una franja de muselina con bordes de encaje. En el centro había un servicio de té de porcelana, rodeado de bandejas de galletas y pastas. Las estudiantes recién admitidas se movían por la sala en pequeños grupos, hablando en un tono bajo pero animado. Las seis enfermeras jefas estaban presentes, incluida la señorita Hatfield, que le lanzó una mirada gélida con los labios fruncidos cuando entró. Algunos médicos se mezclaban con las chicas. Por suerte, ni el doctor Pingry ni el doctor Westervelt habían decidido asistir. También estaban las mujeres de la Junta de Gobierno, que parecían fuera de lugar con sus abigarrados vestidos de seda y sus sombreros con plumas. Incluso el señor O'Rourke, el guarda del hospital, hizo acto de presencia.

Dru se acercó corriendo a Una y la agarró de la mano.

—¿No es increíble? ¡Lo hemos conseguido! Claro que nunca tuve dudas contigo, pero estaba bastante segura de que me pedirían que me fuera por culpa de mi... bueno, ya sabes, mi antigua flaqueza. Pero gracias a ti...

Tiró de Una hasta la mesa y le sirvió una taza de té sin parar de charlar. Llenaron los platos de dulces y se unieron a un grupo de chicas que estaban junto a uno de los largos ventanales que daban al césped. El sol se había librado del mosaico de nubes que tapaba el cielo, y la luz jugueteaba encima de las ondas crespadas del East River.

Entre ellas estaba la señora Hobson, a la que Una recordaba de la entrevista de admisión. Llevaba un broche brillante con perlas en el cuello. No pudo evitar pensar en el precio que alcanzaría en la calle. ¿Veinticinco dólares? Treinta si el pasador era de plata pura.

—Señoritas, deben de estar encantadas por haber superado el período de prueba —dijo la señora Hobson.

Las demás estudiantes contestaron con gestos recatados y un «sí, gracias» educado. Una, en cambio, mirando aún el broche, soltó:

—Tan contentas como un ladrón en un banco.

Todas dejaron de sorber el té y la miraron confusas.

—Eh... solo es... algo que solía decir un viejo conocido. Lo que quiero decir es que sí, encantada, gracias.

Y era cierto. La preocupación del día había disminuido. Hacía semanas que no se sentía tan ligera, como si la mancha del asesinato de Mike el Viajante por fin se desvaneciera. Bebió el té y mordisqueó una galleta de mantequilla cuadrada. ¿Qué diría Marm Blei si la viera en ese momento, una auténtica estudiante de Enfermería que alternaba con médicos y mujeres de la alta sociedad? Y ese detective escurridizo que pensaba que no era más que escoria callejera. Le encantaría ver su expresión de estupor al enterarse de que había estado todo el tiempo delante de sus narices. Ella no tenía intención de decírselo. Tal vez algún día, cuando fuera rica y estuviera bien posicionada, les enviaría a los dos una carta sin sello para que supieran hasta qué punto la habían subestimado.

La señora Hobson se alejó para felicitar al resto de las chicas mientras Dru y las demás charlaban sobre qué salas esperaban que les asignaran durante las semanas siguientes. Las de la primera planta debían estar siempre impolutas para ahuyentar a las ratas, pero las plantas superiores eran sofocantes y calurosas en verano. Nadie quería que le asignaran el sótano, donde los alcohólicos se desintoxicaban en estancias frías y húmedas que parecían celdas.

A Una no le importaba dónde acabara mientras no fuera en otra de las salas quirúrgicas que supervisaba la enfermera Hatfield. Se excusó con las chicas y fue a rellenar la taza. Cuando se puso un terrón de azúcar, le llamó la atención un camillero que parecía exhausto junto a la puerta. Observó la estancia, luego se acercó corriendo al guarda O'Rourke y le susurró algo al oído. Al guarda se le ensombreció el semblante y dejó la taza de té, se limpió las manos en la parte delantera del traje y acompañó fuera al camillero.

Ella vio cómo se iban, luego volvió a unirse al círculo de mujeres junto a la ventana. La conversación había derivado a las especulaciones sobre la sala de operaciones.

—¿No os parece horrible, con todos esos estudiantes de Medicina mirándote? —dijo una de las chicas.

—Están tan atentos a la cirugía que podrías subirte la falda y bailar el cancán y ni se darían cuenta —contestó Una.

—¿Has estado en la sala de operaciones? —preguntó otra.

—No… solo… eh… me han contado cómo es.

Otra de las mujeres se inclinó hacia ella.

—¿Y de verdad has visto un cancán?

—Claro que no —repuso Una, que procuraba sonar escandalizada—. Pero una vez vi un dibujo en un folleto.

—¿Es cierto que se levantan la falda hasta por encima de la rodilla? —preguntó Dru, que también se inclinó.

—¿Por encima de la rodilla el qué, señorita Lewis?

Todas dieron un respingo al oír la voz de la enfermera Hatfield. Las mejillas de Dru palidecieron.

—Eh…

—La amputación por encima de la rodilla —intervino Una—. Estábamos comentando qué tipo de vendaje era mejor aplicar en esos casos.

La enfermera Hatfield entornó los ojos.

—¿Y cuál es su conclusión?

—Un apósito de cinco centímetros para unir los pliegues de piel —respondió Dru—. Seguido de venda elástica y un cuadrado de seda lubricada.

La enfermera Hatfield soltó un leve gruñido y se fue. Las demás chicas hicieron lo mismo y miraron con severidad a Una, como si fuera una ordinaria por haber sacado el tema del cancán.

Dru y ella se echaron a reír en cuanto ya no podían oírlas.

—No te pareces a nadie que haya conocido jamás, Una. ¿Cómo piensas tan rápido sobre la marcha?

—¿Yo? ¿Cómo puede saber alguien que hasta hace solo unos días no soportaba ver sangre qué tipo de vendaje usar en una extremidad amputada?

Dru se encogió de hombros.

—Los libros, claro. —Fue a buscar otra galleta y Una se quedó cavilando. Dru no era amiga suya, eso iba contra las reglas, pero era bonito tener a alguien con quien reírse.

Bebió el último sorbo de té y miró por la ventana. El sol había desaparecido tras la cortina de nubes, y el río antes brillante era ahora mate y gris. Se fijó en que había movimiento en primer plano. Al final la imagen se fue definiendo, y a Una le falló la mano y la taza y el platito se le resbalaron. Los dos se hicieron añicos al caer al suelo. Desvió la mirada hacia los trocitos de porcelana alrededor de los pies y luego volvió a mirar por la ventana. El guarda O'Rourke estaba en el césped, cerca de la entrada del pabellón de los dementes. Había dos hombres con él vestidos con uniforme de lana azul. Polis.

26

EL PABELLÓN DE los dementes era un edificio nuevo de una sola planta de ladrillo situado a lo largo del lado sur del césped que daba al río. Una nunca había estado dentro, ni siquiera en la ruta inicial, era uno de los pocos sitios del hospital donde no trabajaban estudiantes de la escuela de enfermería. Se había enterado en conversaciones a media voz con la señorita Cuddy de que la superintendente Perkins se negaba a colocar enfermeras en el pabellón porque la supervisión médica era insuficiente. Así, los asistentes eran semiborrachos reclutados en las pensiones, con unas habilidades acordes con sus aberrantes sueldos exiguos.

Un único médico residente supervisaba la cantidad cada vez mayor de pacientes. Junto con un examinador de demencia nombrado por la ciudad, revisaban cada caso y expedían los certificados necesarios para confiar y trasladar a los pacientes al asilo de la isla de Blackwell.

En numerosas ocasiones, al cruzar el recinto oscurecido del hospital después de su turno, había oído gritos que provenían del pabellón o visto sombras tras las ventanas barradas. Algunas enfermeras se negaban a pasar junto al edificio de noche si no iban acompañadas por el vigilante. Una había conocido a bastantes supuestos lunáticos, y sabía que era una etiqueta conveniente para muchos que simplemente no encajaban. Aun así, se santiguaba y susurraba un avemaría al pasar por allí cuando la noche era muy cerrada.

Ahora, en cambio, tenía que entrar, fueran cuales fueran los penosos horrores que sucedieran entre esas paredes. La señora Hobson y las demás enfermeras jefas de la Junta de Gobierno acudieron en manada hacia Una al oír el estruendo de la taza, y se preocuparon por el semblante pálido y la mirada inquieta. Exaltadas, dictaron sentencia y la enviaron fuera de la sala de juntas a descansar el resto de la tarde.

Sin embargo, ella no volvió a la residencia de enfermeras a descansar. Se escondió en el hueco de la escalera junto al despacho del guarda hasta que oyó que volvía del patio. Entonces salió a hurtadillas, al amparo de la sombra de la entrada arqueada hasta que tuvo la certeza de que los polis se habían ido.

¿De qué se trataba? Seguro que no habían ido a buscarla. Se le aceleró el corazón de nuevo, latía contra el pecho como un pájaro atrapado en una chimenea. La policía iba al Bellevue por muchas razones, se recordó. No paraban de ingresar borrachos y vagabundos. Los presos inválidos recibían el tratamiento en las salas, bajo supervisión policial. Pero eso no explicaba la urgencia del camillero ni la expresión grave del guarda O'Rourke. Tenía que averiguar el motivo.

El sol brillaba bajo en el cielo, aún apagado por las nubes, y arrojaba unas sombras largas y pálidas al patio. No eran tan seguras como la oscuridad, pero si los polis sospechaban que ella estaba allí, no podía esperar al anochecer. Bajó los escalones y caminó junto al perímetro del hospital, raspando la falda de sirsaca contra el muro de piedra. No le convenía que nadie de la Junta de Gobierno la viera escabullirse por el césped en lugar de estar descansando en la residencia. Cuando se acercó a la entrada del pabellón de dementes, se detuvo, se irguió y luego cruzó el césped hasta la puerta con paso decidido y lento. Regla número cinco: tiene que parecer que estás en tu salsa.

Notó un fuerte hedor en la nariz nada más entrar en el pabellón. No era a desinfectante, ya se había acostumbrado a olerlo en todo el hospital, sino a algo más parecido al patio trasero de una taberna, donde la peste de todo tipo de secreciones corporales se mezclaba en el aire. Se tapó la nariz con un pañuelo y continuó por el ancho pasillo que cruzaba el edificio, buscando al camillero que había visto antes. En ambos lados del pasillo había puertas mal talladas. Si echaba un vistazo por la mirilla veía celdas abarrotadas iluminadas solo por la luz menguante del sol. Los pacientes se apiñaban en camas de paja, en el aire frío se veían nubes de su respiración. Otros caminaban por los pequeños confines de la celda o miraban abatidos por la ventana con rejas.

Se le puso la piel de gallina. Sabía lo que les esperaba a esos pacientes en la isla de Blackwell, fueran ricos o pobres: el Octágono. Un lugar que destacaba por la mugre y la enfermedad, donde los rociarían con agua fría o los atarían a unas camas atestadas de moscas, o les pondrían camisas de fuerza, con pocas esperanzas de salir.

Poco más le esperaba a ella si los polis la encontraban, se recordó, y siguió adelante, procurando hacer caso omiso de los gemidos y chillidos erráticos de las celdas. Encontró al camillero a cuatro patas en la última celda, limpiando un charco de vómito. Miró el uniforme de enfermera con una mezcla de sorpresa y suspicacia. Los pacientes de la celda también la miraban, algunos con curiosidad lánguida, otros con un interés tan pronunciado que podría cortar huesos.

—¿Se ha perdido, señorita? —preguntó el camillero.

—Quería hacerle unas preguntas.

—¿Sus pacientes se quejan de la cena? Pues se equivoca de víctima. —Lanzó el trapo manchado a un cubo de agua sin espuma—. Yo no he tenido nada que ver con que les faltaran patas de jamón. Si me lo pregunta, el cocinero las robó de la olla de la sopa.

—No, no es nada de eso.

—Tampoco soy responsable de que falte láudano.

—De hecho, me preguntaba por los agentes de policía que han estado aquí antes.

El hombre se levantó y sacó el cubo de la celda, dejando a su paso un largo reguero de vómito y costra en el suelo. Tenía el rostro terso de un joven, pero se movía con los andares pesados de un anciano.

—Los ha visto, ¿eh? —Pasó por su lado sin decir nada más, cerró la puerta y vació el cubo en el retrete cercano.

Una lo siguió.

—El guarda O'Rourke parecía muy nervioso con su visita. ¿Sabe de qué iba?

—¿Y a usted qué más le da?

—La superintendente Perkins me ha pedido que venga a ver. —Era mejor evitar nombrar a nadie más en una mentira, pero necesitaba una ayuda—. Por si había algún peligro para las enfermeras que deba saber.

Él soltó un bufido.

—Sea cual sea el peligro, ya ha pasado.

—¿A qué se refiere?

—Anoche tuvimos un suicidio. En la sala de mujeres. —Señaló con la cabeza un grupo de celdas al fondo del pasillo, al otro lado de una puerta corredera de barras de acero—. El médico de la morgue no le dio más importancia, pero ya sabe cómo son los polis. Siempre están husmeando cuando creen que hay opciones de que se cruce un poco de pasta en su camino.

—¿Pasta? ¿Quiere decir dinero? —preguntó Una, que procuraba sonar ingenua.

El hombre asintió.

—Era un poco sospechoso. Por cómo pasó, quiero decir. No era de esas cosas que el guarda quiera que salgan en los periódicos.

Aquellas palabras deshicieron el nudo que sentía en el estómago: la visita de los polis no tenía nada que ver con ella. ¿Cómo diantres se le había ocurrido? Nadie más que Barney sabía que estaba allí. Y el Bellevue no era precisamente el primer sitio donde buscarías a una asesina huida. Por lo menos, no entre el personal. A excepción de ella misma.

Notó que le nacía una carcajada dentro. Se aclaró la garganta para disimular el sonido.

—Me alegra oírlo, gracias. Me aseguraré de transmitírselo a la superintendente.

—¿Se alegra?

—Bueno, no, no me alegra, pero por lo menos no es nada de lo que tengan que preocuparse las enfermeras. —Dio media vuelta y se dirigió a la puerta, ansiosa por respirar aire fresco.

—¿No le interesa qué tenía de sospechoso?

—¿El qué? —dijo por encima del hombro.

—El suicidio.

Se volvió hacia él a regañadientes.

—Por favor, ilumíneme.

—No lo sé.

—¿No lo sabe?

—Como le he dicho, ocurrió en la sala de mujeres. —Se dirigió a la puerta que separaba las celdas y dio un golpe en las barras con el cubo vacío—. ¡Madge!

Una mujer asomó la cabeza desde un rincón en el fondo del pasillo.

—¿Qué quieres, tontaina?

—Las enfermeras de la escuela se mueren por saber de la chica que se colgó.

Una torció el gesto al oír los gritos estridentes. No era de extrañar que los pacientes allí estuvieran locos. Ella también enloquecería con semejante ruido.

La mujer, una criatura baja y fornida con el pelo despeinado y uno de los dientes de delante ausente, anduvo como un pato hasta la puerta. Se quedó mirando a Una un momento antes de decir:

—Bueno, ¿qué quiere saber?

—En realidad yo no…

—Se preguntaba qué hacían aquí los polis. Le he contado que vinieron con las manos arriba y los ojos cerrados.

—De todos modos, no hay nada que ver —repuso la mujer—. Se colgó, punto.

—¿Con qué? —preguntó Una. Sabía lo suficiente del trato a los pacientes dementes como para estar segura de que las cuerdas, cordones y ese tipo de cosas se guardaban fuera de las celdas.

La mujer se encogió de hombros.

—Una prenda larga. Un cinturón. —Indicó con el pulgar y el índice unos cuatro centímetros—. Algo de así de ancho más o menos, si el moratón del cuello sirve de indicación

La imagen de Mike el Viajante tendido en el suelo nevado cruzó por la mente de Una.

—¿Ha dicho un cinturón?

—Puede ser. Lo que usara para hacerlo no estaba esta mañana cuando la hemos encontrado.

—¿No estaba? Pero ¿cómo puede ser?

—Seguro que una de sus compañeras de celda se lo ha llevado y lo ha escondido en algún sitio.

—¿Se lo ha preguntado?

—No puedo. La que cree que es un pájaro solo contesta con trinos y gorjeos. La otra es muda.

233

—Pero seguro que lo habría encontrado al registrarlas.

—Una hablaba con un hilo de voz, con las palabras entrecortadas—. Las ha registrado, ¿verdad? ¿La celda también?

La mujer asintió.

—Yo y los polis. Nada.

—¿Entonces cómo pueden estar tan seguros de que ha sido un suicidio?

—¿Cree que la ha matado una de sus compañeras de celda? ¿Que la ha estrangulado sin que la oyera el empleado de noche?

«O alguien ha entrado y la ha matado», pensó Una, pero no lo dijo. El aire húmedo y pestilente se enrareció. La paranoia se estaba apoderando de ella. No había motivos para creer que la mujer había sido asesinada como Mike el Viajante, pero eso no hacía que le resultara más fácil respirar. Se estiró el cuello de la blusa, luego se quitó el gorro y se abanicó la cara. Cuando volvió a mirar a la mujer, la estaba observando con atención.

—Oiga, ¿la conozco de algo?

Una volvió a colocarse el gorro en la cabeza. Le temblaban los dedos al ponérselo en su sitio. La llama de las lámparas de gas era demasiado tenue para que Una distinguiera del todo los rasgos de la mujer, pero, a simple vista, no le habían resultado familiares.

—Llevo varias semanas trabajando en el Bellevue. Seguro que nos hemos cruzado en el recinto.

La mujer sacudió la cabeza.

—Antes de eso. De otro sitio.

—Me temo que es imposible —continuó con un hilo de voz—. Acabo de mudarme de Maine.

Mientras la mujer seguía mirándola, lo único que podía hacer era no incomodarse ni retirarse. Parpadeó de forma lenta y constante, con los ojos clavados en la bufanda grasienta que llevaba la mujer encima del pelo áspero.

—Gracias por su ayuda. Estoy segura de que es como usted dice, nada sospechoso que destacar. La señorita Perkins estará contenta. Dio media vuelta y, aunque los pies estaban ansiosos por tocar madera, salió con calma del pabellón.

27

—Señorita Kelly, explíqueme con detalle sus observaciones sobre esta paciente.

Una parpadeó y sacudió la cabeza, y el entorno volvió a ganar nitidez. La sala estaba tranquila, bañada por la luz del sol matutino. El olor dulzón de las gachas de avena, recién salidas de la cocina, flotaba en el aire. Un fuego crepitaba en la estufa. Sin embargo, Una sintió un escalofrío. Dejó el trapo que había estado usando para lavarle la cara y las manos al paciente y se volvió hacia la enfermera jefa.

—Disculpe, ¿qué?

—Imagine que soy el médico en mi ronda matutina, y que es la primera vez que veo a esta paciente, ¿de qué informaría?

—El pulso es normal. No tiene fiebre ni escalofríos. La respiración…

—Desde el principio, por favor. Recuerde que hay muchos puntos importantes que el médico debe saber y que solo una enfermera observadora puede decirle.

Una asintió.

—Esta es la señora Riker, tiene treinta y nueve años, casada con…

—Levántese, señorita Kelly. No debe dirigirse al médico sentada.

Reprimió un suspiro y se puso en pie. Prefería con diferencia a la enfermera jefa Smith que a la señorita Hatfield, pero ya estaba harta de sus normas estrictas.

—Esta es la señora Riker, es…

Durante los minutos siguientes, explicó todo lo que recordaba sobre la paciente: su estado y peso, sus hábitos con la bebida, historial médico y la salud de sus familiares. Describió la piel: color, sudoración, ubicación y duración de las erupciones, enrojecimiento e hinchazón. Explicó la calidad y ritmo del pulso, la frecuencia y regularidad de las respiraciones.

—¿Y el canal alimentario? —dijo la señorita Smith cuando Una hubo terminado—. Se le ha olvidado mencionar algo sobre el apetito y la sed, sus hábitos intestinales y evacuaciones, si ha sufrido cálculos biliares o lombrices.

—No había nada reseñable, así que he pensado…

—No es usted quien debe decidir qué es reseñable y qué no. Debe transmitírselo todo al médico y que sea él quien decida.

Una bajó la mirada y asintió. La mitad de las veces parecía que el médico apenas la escuchara. Otras, la instaba a terminar con su informe con un gesto exagerado de la mano. Aun así, no le convenía discutirlo con la enfermera Smith.

Esperó a que terminara el interrogatorio, pero justo en el momento en que la enfermera Smith se dio la vuelta, la paciente tosió un poco, lo que precipitó toda una nueva ronda de preguntas sobre el carácter, la frecuencia y la duración de ese «síntoma preocupante». Una dio respuestas a trancas y barrancas. Esa mañana tenía la mente tan lejos que no recordaba si la mujer había tosido así antes o no.

Tras otro discurso sobre la importancia de una observación correcta, la envió a airear las mantas en el balcón. La nueva sala que le habían asignado, la doce, era una unidad médica femenina de la segunda planta. Una serie de cinco ventanales altos cubrían un lateral de la estancia, y daban a un balcón estrecho de hierro forjado.

Una levantó el marco de una de las ventanas de guillotina y salió con un montón de mantas. El aire fresco de la mañana le dolió en las mejillas. Unos bucles de niebla se elevaban del río y subían por el césped. Habían pasado cinco días desde la visita de los polis al Bellevue por el suicidio sospechoso en el pabellón de los dementes. Había vigilado con cuidado si regresaban, pero de momento no habían vuelto. También echaba un ojo a los periódicos. Lo que el guarda O'Rourke hubiera pagado a los polis no había bastado para impedir que la historia se filtrara a la prensa. *The New York World* había publicado un desvergonzado y escandaloso artículo («Misterioso suicidio en la sala de lunáticos del Bellevue»), pero sin mencionar la investigación policial. En cambio, insinuaba que la mujer se había colgado con un cinturón de piel que su compañera de celda, la mujer pájaro, había confundido con un gusano y se había comido.

Los rumores que corrían por el hospital eran menos absurdos. Las lavanderas especulaban con que la fallecida había usado una manta para colgarse. Lo lógico era que sus compañeras de celda la hubieran desatado de las barras de la ventana y la usaran para abrigarse, con lo fría que era esa sala, decían. Otras especulaban con que el empleado de noche había encontrado muerta a la mujer y había retirado lo que hubiera usado para matarse con la esperanza de que la muerte se considerara natural. Al día siguiente despidieron al empleado por negligencia.

Sacudió las mantas para eliminar la suciedad o los piojos y las dejó sobre la barandilla de hierro. Los cotilleos sobre el hospital ya se estaban acallando. Entonces, ¿por qué no podía concentrarse? Los polis no habían acudido por ella y probablemente no volverían para husmear en el caso. Era un simple suicidio. Hasta *The New York World* lo creía, y serían los primeros en difundir más rumores perversos.

Estaba a salvo. Su plan de esconderse allí estaba saliendo de primera. Nadie sospechaba que no fuera una chica de corazón caritativo de Maine.

Excepto tal vez la empleada de día del pabellón de los dementes. Una había pensado en ella tanto como en los polis durante los últimos días. Estiró la última manta encima de la barandilla, pero se quedó un rato fuera, con el aire frío y neblinoso. La gente confundía a desconocidos con conocidos todo el tiempo. Por eso funcionaban los esquemas de confianza. Algunos ladrones vivían solo de eso. Si averiguabas el nombre de alguien y un poco de ellos (dónde se criaron, dónde estudiaron, dónde tenían familia), podías saludarlo como si fueras un viejo amigo. Por no admitir que no te conocía, el pobre inocentón sonreía y te invitaba a tomar algo. Antes de que acabara la noche, se había convencido de que sí, en efecto, te conocía, y te prestaba tan contento diez, quince, veinte dólares para comprarle medicamentos a tu pobre hijo enfermo. Un importe que prometía reembolsar al día siguiente, pero que, desde luego, nunca devolvías.

¿Se estaba dejando llevar por ese esquema? ¿Qué ganaba la empleada de día al decir que le sonaba? A lo mejor era solo un error. No podía seguir preocupándose, o perjudicaría su recién adquirido puesto en la escuela de formación. La mujer no la había reconocido, y ya está. Además, al final, sería la palabra de la empleada contra la suya. ¿Quién iba a creer a una mujer tan chabacana y descuidada antes que a ella?

Volvió a entrar por la ventana y cruzó hasta la estufa para calentarse las manos. Nada de dar rienda suelta a la cabeza. Entre mantener limpia la sala y recordar lo que había comido cada paciente, cuánto evacuaban y con qué frecuencia tosían, ya tenía suficiente en qué pensar. Estaba a punto de volver al trabajo cuando la mirada se le quedó clavada en la llama titilante tras la rejilla de la estufa. Recordó la noche del asesinato de Mike el Viajante. El destello de luz al encender Deidre el fósforo. Era incapaz de dejar de pensar en el parecido entre el estrangulamiento y el suicidio de la mujer. Un cinturón, había dicho la empleada. Eso era justo lo que había visto en el cuello de Mike el Viajante. O creyó ver. Todo ocurrió muy rápido. ¿Podrían estar relacionadas las muertes?

Soltó una leve carcajada y dio media vuelta, se alisó el delantal y vio la larga fila de pacientes que esperaban sus atenciones. De todos los disparates que se le habían ocurrido, ese era el más absurdo. ¿Qué deducía que había pasado? ¿Que la trabajadora desaliñada asesinó a Mike el Viajante y luego a la mujer del pabellón de dementes justo de la misma manera? Eso explicaría por qué la reconocía, pero la empleada ni siquiera estaba trabajando cuando murió la mujer. Además, la persona que había visto agachada junto a Mike el Viajante en el callejón era un hombre.

¿Verdad?

Se presionó los ojos con los dedos y rio de nuevo. El desasosiego de los últimos días le estaba haciendo dudar de su memoria. Descartó la idea y volvió al trabajo, sin hacer caso del frío que seguía sintiendo bajo la piel.

28

Cuando Una salía del hospital esa tarde con las demás estudiantes, vio a Edwin apoyado en la jamba de la puerta del comedor de los médicos. Sus miradas se cruzaron un instante, y él inclinó la cabeza hacia el hueco de la escalera situado en el fondo del pasillo. Fue un movimiento suave, que alguien menos entrenado en la observación habría pasado por alto. Tal vez no tuviera práctica en valorar la naturaleza y frecuencia de la tos de un paciente, pero, sin duda, sabía leer la conducta de un hombre. ¿Cómo si no iba a escoger al ingenuo perfecto?

No era que considerara a Edwin un inocente. Si había alguna ingenua en esta situación, era ella. Quedar con él así, allí, en el hospital, donde cualquiera podía encontrarlos, era un disparate. Sin embargo, en lugar de fingir no haberse dado cuenta, asintió con rapidez.

—Se me ha olvidado decirle algo importante a la enfermera de noche —dijo a las demás estudiantes—. Será mejor que vuelva.

—Te esperamos —dijo Dru con alegría, aunque las otras pusieron cara de impaciencia y refunfuñaron. Una no las culpaba, y menos con una cena caliente esperando en la residencia de enfermeras.

—No, podría tardar un rato, si está ocupada y esas cosas. No pasa nada, volveré andando sola.

Dru no parecía muy convencida, como si cruzar la calle y caminar media manzana sola fuera tan peligroso como dar un paseo de noche por Bottle Alley. Una apretó la mano de Dru. Pese a ser del todo infundada, su preocupación resultaba conmovedora.

—Haré que me acompañe el vigilante nocturno.

Cuando Dru ya estuvo calmada, las chicas se fueron a buen paso mientras Una se dio la vuelta y empezó a subir la escalera principal. Subió a la segunda planta, siguió el pasillo hasta el tramo más estrecho de escalera que había al fondo, y volvió a bajar a la primera. Se sentó a esperar en el escalón inferior. El viejo esqueleto de ladrillo del hospital chirrió a su alrededor como si un trol gigante se moviera en cuclillas. Por lo demás, reinaba el silencio.

Se le fue la mente al pabellón de los dementes: la fallecida, la empleada y Mike el Viajante. ¿De verdad podían estar relacionados? Se quitó el gorro y se soltó el moño en la nuca. Estaba tan enredada en sus pensamientos que no oyó los pasos de Edwin al acercarse y dio un respingo al abrir la puerta que daba a la escalera.

—Disculpe, señorita Kelly. No quería asustarla.

No era él lo que la asustaba, aunque todo en él supuraba peligro para sus planes.

—No me ha asustado, solo estaba ensimismada.

Edwin empezó a decir algo para contestar cuando se oyeron pasos en la escalera de arriba. La agarró de la mano y la sacó de allí. En cuanto estuvieron a salvo, la soltó, y Una se sorprendió añorando el calor del roce. Atravesaron dos salas adyacentes, bajaron un tramo corto de escalones y salieron a la noche por una pesada puerta cubierta con una chapa de hierro. Una lo seguía a una distancia prudencial. Cuando logró salir, se percató de que se hallaban en los terrenos situados entre el ala norte y la calle Veintiocho. A la derecha estaba el aparcamiento de las ambulancias. A la izquierda, un edificio bajo de ladrillo que no reconoció. Las ventanas estaban a oscuras, y de la chimenea solo salía una leve espiral de humo.

Edwin estaba en la entrada abierta del edificio, esperándola. Ella miró alrededor para asegurarse de que no había nadie y fue con él. Cerró la puerta tras ellos y encendió un fósforo. La vasta estancia se tragó la luz débil.

—¿Dónde estamos?

Edwin agarró una lámpara de aceite de un perchero de la pared y encendió la mecha. La luz resplandeció y luego se consolidó en un brillo suave que iluminó la estancia. Las paredes estaban cubiertas por unos estantes llenos de botellas. Sobre un mostrador cercano había un mortero de piedra del tamaño de una olla sopera, con el majadero de madera, del tamaño del travesaño de una silla, descansando en un lado. Había unas tinas de cobre colocadas encima de unos pies de hierro desperdigadas por la sala, junto a unos hervidores de metal y unos enormes matraces de cristal. El aire desprendía un olor intenso y un tanto metálico.

—Es el laboratorio de fabricación del Departamento de Medicamentos —aclaró él—. Las preparaciones farmacéuticas para toda la ciudad se hacen aquí.

—¿Y lo dejan abierto?

Él se dio un golpecito en el bolsillo de la chaqueta.

—La llave maestra. Todos los médicos tenemos una.

Una se adentró en la sala. Del techo colgaban cuerdas y poleas. Al fondo, una trampilla abierta conducía al sótano, donde se almacenaban decenas de barriles de coñac. Sería el paraíso de cualquier borracho. O de un ladrón, en realidad. O de una pareja de amantes furtivos. Se dio la vuelta y miró a Edwin.

—¿Me ha traído aquí para atacar mi virtud de nuevo con un beso?

Lo dijo en un tono desenfadado, en broma, pero a él se le sonrojaron las mejillas.

—No, yo… —Se metió las manos en los bolsillos de los pantalones y se balanceó sobre los talones como si fuera un niño al que han pillado robando azúcar de la bandeja del té—. Lo siento si mi atrevimiento en el lago la ofendió.

—Entonces, ¿me ha traído para disculparse?

—No. Quiero decir, sí. O sea, no. En realidad, no. No del todo. Solo… quería volver a verla.

Una sonrió al notar su súbita vergüenza. Si fuera cualquier otro hombre, sospecharía que era un artificio, pero no tratándose de Edwin.

—Me ve todos los días en la sala.

—Sí, pero cuando los dos interpretamos los papeles que tenemos asignados.

Una hizo caso omiso de la precisión de sus palabras y mantuvo el tono jovial.

—¿Y qué papel interpreta? ¿El de interno servil?

A Edwin se le endureció la expresión, y Una lamentó haber hecho un comentario tan frívolo. Él sacó las manos de los bolsillos y tiró de la chaqueta del mismo modo que ella había visto hacer al rancio doctor Pingry.

—Yo más bien diría diligente, es una descripción más precisa. Perspicaz y deferente. Al fin y al cabo, tengo que estar a la altura de la reputación de mi abuelo.

—Y superar la vergüenza de la de su padre.

Edwin puso cara de pocos amigos y miró hacia la lámpara que había colocado en una mesa cercana, como si quisiera agarrarla e irse.

—No lo digo en tono de crítica —dijo ella—. Todos intentamos superar algo.

Edwin no contestó, pero tampoco salió corriendo. Si Una hubiese querido desplumarlo, habría dejado el tema.

Habría soltado algún halago, como lo popular que era entre el personal de enfermería, o lo listo que parecía durante las rondas. (Siempre que no intentaba impresionar al doctor Pingry.) Sin embargo, su objetivo no era distraerlo ni confundirlo, así que podía meter el dedo en la llaga. Sentía el mismo deseo que él: saborear de nuevo la libertad que habían conocido en el lago cuando no eran estudiante y médico, solo dos personas que gozaban de la compañía mutua. Una cruzó la sala, se subió al mostrador que había al lado de Edwin y se sentó. No era la postura más decorosa, pero le dolían los pies después de la larga jornada de trabajo.

—Tal vez ser un poco como su padre tampoco estaría tan mal.

Edwin se cruzó de brazos y se apoyó en el mostrador que quedaba enfrente de ella. Los tarros de medicinas que había en el estante que tenía detrás hicieron ruido. Era evidente que no era esa la cita secreta que tenía en mente.

—No conoció a mi padre.

—No, pero he conocido a muchos hombres. Y mujeres. *Alleh meiles in ainem, iz nito bei kainem.*

La miró confuso, y ella añadió:

—Solo es algo que decía una vieja conocida. Significa «nadie posee todas las virtudes».

—Cierto.

—Su padre debía de tener algunas cualidades que admirara.

Él se quedó taciturno un momento, luego se acarició la cara y suspiró.

—Supongo que… no fingía ser quien no era. Quizá haya virtud en eso.

Aquellas palabras le sentaron como una patada en la barriga. Una se había pasado media vida fingiendo ser alguien que no era. Aun así, logró asentir.

—No hay nada que esconder. Que le den a la buena opinión de la sociedad. —Torció el gesto—. Eh… disculpe el lenguaje.

—Estoy segura de que mis delicados oídos se recuperarán.

El asomo de una sonrisa fugaz quebró su expresión sombría.

—A veces me gustaría…

—¿Qué le gustaría?

—Me gustaría tener el valor de ser yo mismo.

—¿No quiere ser médico?

—Sí, mucho. Pero un tipo de médico distinto al que querrían mi abuelo o el doctor Pingry. El mes que viene hay un simposio en Filadelfia sobre los principios del doctor Lister sobre cirugía aséptica. Yo… —se interrumpió y sacudió la cabeza—. Lo siento, no le apetecerá escucharlo.

—Al contrario.

Le contó más sobre Lister y sus métodos. Sobre el simposio y las objeciones que ponía el doctor Pingry a que asistiera. Todo su rostro cobró vida al hablar, y Una se sorprendió escuchando con atención.

—Entonces tiene que asistir —dijo cuando terminó—. Que le den a la buena opinión del doctor Pingry.

Edwin se echó a reír.

—¿No me echaría de menos si me fuera?

—¡Echarlo de menos! —Ella fingió escandalizarse—. Es bastante presuntuoso por su parte, doctor. Creo que apenas notaría su ausencia.

Él se agarró el pecho en un gesto dramático.

—Oh, señorita Kelly, acaba de herirme de muerte.

Al oírlo, Una acabó riendo también. Qué fácil era acabar con las preocupaciones del día siempre que estaba con él. Olvidarse de la enfermera Hatfield, Mike el Viajante y la policía, aunque solo fuera un momento. Qué fácil y qué peligroso.

Edwin paró de reír y dio un paso hacia ella. Movió las manos en los costados hasta que volvió a meterlas en los bolsillos de los pantalones. Tenía de nuevo una mirada juguetona. ¿Pretendía besarla? Ella sabía que no le convenía permitir otro acercamiento así. Lo que había pasado en el lago había sido un error. Un error feliz, tonto, que no podía permitirse volver a cometer. Entonces, ¿por qué sentía el hormigueo de la anticipación en los labios?

Para su gran desilusión y alivio a la vez, Edwin no se acercó más.

—Por otra parte, señorita Kelly, esperaba que accediera a verme otra vez. Que me permita cortejarla. En privado, por supuesto. No me gustaría poner en peligro su puesto en la escuela.

Una parpadeó. Estaba preparada para un beso, pero ¿esto? Se bajó del mostrador y se apartó de él.

—¿Por qué iba a querer hacer eso?

—Porque es la mujer más cautivadora que he conocido jamás. Ingeniosa, amable, alegre. Cuestiona lo que digo, en vez de asentir con una sonrisa afectada.

Ella siguió apartándose hasta que se vio atrapada entre el mostrador y una tina llena de un líquido de olor fuerte.

—Yo no soy todo eso.

Edwin soltó una risita.

—¿Ve? Hasta en esto me cuestiona.

—No puedo —dijo sin mucha convicción.

—¿Soy yo lo que no le gusta o la necesidad de engaño?

—No es usted —soltó antes de que se impusiera el sentido común—. Es… cautivador también. Pero…

Edwin se acercó un paso más, con actitud de confianza renovada.

—Entonces, por favor, deme una oportunidad sincera. Es decir, si soporta guardar semejante secreto.

De pronto, notó las manos sudorosas y la boca seca, como si la hubieran pillado con las manos en la masa en pleno atraco. Una parte de ella quería distraerlo con una patada rápida en la espinilla y salir corriendo. Sin embargo, la mayor parte de su ser quería reducir la distancia entre ellos. Saborear su aliento a menta. Ser la mujer que él creía que era.

Dos pasos más y estaría lo bastante cerca para besarla. El cuerpo de Una emitía un zumbido como el de una bombilla eléctrica. Sin embargo, en lugar de besarla la tomó de la mano.

—Por favor, diga que sí, señorita Kelly.

—Una.

—Una. —Lo dijo como si fuera el tipo de vino dulce que uno saboreaba en la lengua antes de tragar—. ¿Eso es un sí?

No podía permitirse más distracciones. La reciente visita de los polis se lo había recordado. Y todo en Edwin, desde su sonrisa galante hasta los dientes demasiado perfectos, su cálida franqueza, hasta su contacto que le aceleraba el corazón, era una distracción. Ella retiró la mano y pasó por su lado en dirección a la puerta.

—No puedo, doctor, lo siento. Ya tengo suficientes secretos en mi vida.

29

Una sabía que la idea de que la empleada del pabellón de dementes estuviera involucrada en el asesinato de Mike el Viajante era inverosímil. Incluso una locura. Las dos muertes no guardaban relación.

Sin embargo, por muy absurdo que fuera, era incapaz de abandonar esa idea hasta echarle un ojo con más detenimiento a la trabajadora.

Al día siguiente por la mañana, mientras las demás estudiantes se apretujaban en la sala de prácticas para aprender sobre apósitos, vendajes y férulas, Una se escabulló por la puerta trasera y se encaminó al hospital. Obligó a Dru a prometer que esa tarde, durante la hora de estudio juntas, le enseñaría todo lo que se perdiera.

—¿Y si una de las enfermeras jefas se da cuenta de que faltas y pregunta dónde estás?

—Diles que estaba tan enferma que no podía salir de la cama.

—No sé mentir.

—No es una mentira, solo que no es la verdad. Toda la verdad. En realidad, sí tengo un dolor de cabeza horrible. Además, solo cuenta como mentira si eres tú quien se la inventa.

Dru se cruzó de brazos, saltaba a la vista que no estaba convencida.

—Por favor, le he prometido a una de las pacientes de la sala que estaría para despedirme antes del alta. Lo ha pasado fatal estas últimas semanas. —Una notó una inusitada seque-dad en la boca, le costaba escupir las palabras—. Piedras en el riñón, cálculos biliares y... y... piedras en la próstata.

—¿Piedras en la próstata? Pensaba que habías dicho que la paciente era una mujer.

—Sí, bueno, es una mujer. De hecho, es hermafrodita. —Hizo sonar los labios y tragó saliva—. Razón de más para pasar un infierno. Se le rompería el corazón si no fuera a despedirme, incluso podría sufrir una recaída.

Dru accedió a regañadientes.

Una pasó junto a los obreros que colocaban piedras para la nueva garita y cruzó el césped. Seguía con la lengua hecha un trapo, y deseó haber bebido agua o unos sorbos de café antes de salir de la residencia. Nunca se le había dado bien mentir. Las primeras veces balbuceó y tartamudeó como si tuviera harina en la boca. Sin embargo, de eso hacía más de una década, de niña. Ahora era una profesional y debía com-portarse como tal. Al fin y al cabo, había engañado a Dru desde el principio. ¿Qué importaba una mentira más?

Los árboles pelados y los arbustos nervudos salpicaban el césped. Los senderos se entrecruzaban por la hierba ma-rrón y conectaban el hospital, los pabellones y el embarca-dero. Unos cuantos pacientes renqueaban con muletas o descansaban en los bancos de madera que flanqueaban seg-mentos del camino. Sin embargo, el frío invernal hacía que la mayoría se quedara dentro. Encontró un banco cerca del pabellón de los dementes. Un grupo de arbustos crecidos lo protegían de ser visto con facilidad. Si se inclinaba un poco a la izquierda y ladeaba la cabeza, en cambio, tenía una perspectiva clara de la escalera trasera del pabellón, donde la sala de mujeres daba al césped.

Sacó un libro del bolsillo y fingió leer. Durante los últi-mos días había estado vigilando el edificio por si volvían los polis; miraba desde las ventanas de la sala doce entre tarea y tarea. Así, sabía que la empleada de día salía con frecuencia a la escalera para dar unos cuantos tragos a la petaca que escondía en el bolsillo de la falda. Solo tenía que esperar. Si podía ver mejor a la mujer a la luz del día, estaba segura de que sabría con certeza si sus caminos se habían cruzado antes, ya fuera en los suburbios o en el callejón donde habían asesinado a Mike el Viajante.

Al cabo de unos minutos, oyó el chirrido de las bisagras de la puerta y alzó la vista del libro. La empleada había salido a la escalera, justo como esperaba. Se inclinó a un lado y ladeó la cabeza para estudiar a la mujer a través de un pequeño hueco entre los arbustos. La trabajadora llevaba un gorro azul abullonado en vez de la habitual pañoleta grasienta, y el cabello con franjas grises recogido en un moño desordenado. Miró alrededor, luego sacó la petaca a escondidas del bolsillo y le dio un trago largo. Algo en el rostro de la mujer (¿tal vez las cejas?) sí le resultaba familiar. Eran pálidas y pobladas, casi sin arco. La derecha estaba interrumpida por una cicatriz fina.

No, tal vez no fueran las cejas, sino otro rasgo de la cara. Dejó a un lado el libro y se acercó hasta que se quedó agachada junto a un arbusto. ¿Era el diente que le faltaba? No, en esa ciudad a la mitad de la población le faltaban dientes. Las ramas sin hojas se enganchaban en la ropa y le arañaban la piel, pero siguió adelante. Un poco más cerca. La empleada bebió otro sorbo y tapó la petaca. Tenía los nudillos huesudos e inflados.

—¿Se le ha perdido algo? —dijo una voz por detrás.

Una se sobresaltó, perdió el equilibrio y se dio de bruces con los arbustos. Antes de que pudiera recomponerse, una mano gruesa le rodeó el brazo y tiró de ella.

—Disculpe, señorita Kelly, no quería asustarla —dijo Conor, y la puso en pie antes de soltarla.

Una se quitó la suciedad y las ramitas rotas de la falda y se recolocó el gorro. Miró por encima del hombro, pero la empleada no estaba. ¡Maldita sea!

—Parece que se ha cortado. —Conor sacó un pañuelo del bolsillo y le dio unos golpecitos en la mejilla. La piel le escoció con el roce, y el pañuelo quedó salpicado de sangre.

—Es solo un arañazo, seguro.

Cuando hizo amago de volver a limpiarle la cara, ella se apartó y miró apesadumbrada hacia el hospital. Tendría que invertir un montón de tiempo en explicar a la superintendente Perkins semejante cercanía. No importaba que al tocarla se le pusiera la piel de gallina en la nuca.

Una volvió al banco donde había dejado el libro. Conor se sentó a su lado. Hablaron a la vez.

—Solo estaba…

—¿Necesita…?

Conor sonrió y le animó a hablar con un gesto.

—Estaba buscando en los arbustos… eh… un mitón que se me había perdido.

—Puedo ayudarla a buscar. ¿Dónde lo vio por última vez?

Se dispuso a levantarse, pero Una le puso una mano en la manga.

—No se moleste. Seguro que me lo he dejado en casa.

Estuvieron un momento sentados, sumidos en un silencio incómodo. Una intentó no parecer alterada, aunque él había interferido en su fisgoneo, y a saber cuándo volvería a salir la empleada para darle otro sorbo a la petaca.

Era más fácil estar a su lado en misa con la voz del cura inundando la capilla o al volver a pie a la residencia de enfermeras después, cuando las calles bulliciosas ofrecían diversión de sobra. No era un mal tipo, y por lo general no le molestaba su compañía. Podían reírse juntos de cosas que nadie entendería en la residencia de enfermeras. Sin embargo, lo enfurecían cosas como: los golfillos de la calle, los charlatanes, las mujeres de vida disoluta. Estuvo despotricando durante varias manzanas sobre cómo estaban envenenando la ciudad, luego entró en razón y se disculpó. Una sospechaba que le parecería igual de repugnante si descubriera cuál era su verdadera vocación. Aunque, ¿a quién de sus nuevos conocidos no?

Le gustaba pensar que tal vez Dru y Edwin lo entenderían si conocieran los detalles de su apuro. Aun así, entenderlo y querer seguir disfrutando de su compañía eran cosas muy distintas.

Por fin, Conor se aclaró la garganta y luego hizo un gesto con la cabeza hacia el pabellón de los dementes.

—Me han dicho que hubo un suicidio hace unos días.

—A mí también.

—Es una pena.

—Ya… ¿Cree que… —Una dudó. Pensaría que estaba tan loca como para encerrarla allí si le contaba sus sospechas sobre la trabajadora, pero ¿a quién más podía contárselo?—. ¿Cree que es posible que la causa de la muerte de esa mujer fuera otra?

—¿Como cuál?

Una se tocó la mejilla, distraída. El rasguño había dejado de sangrar, pero aún le escocía.

—No lo sé. Es que… llamaron a la policía para investigar, y nunca encontraron la cuerda, o el cinturón, o lo que usara la mujer para ahorcarse.

—¿Por eso merodea por aquí?

Ella torció el gesto y asintió.

—Parece una ladrona al inspeccionar una tienda, ¿sabe?

—Solo he pensado…

—¿Qué, que esa vieja empleada se coló en la celda de la mujer para estrangularla?

Una bajó la mirada al regazo. En boca de Conor sonó del todo ridículo.

—¿Y por qué iba a hacer algo así?

—No lo sé. Ha sido una tontería que se me ha ocurrido. Supongo que la idea de que esa pobre mujer se matara me tiene un poco inquieta.

Conor se acercó un poco.

—No sería la primera. Este trabajo del hospital es desolador. A veces los pacientes mejoran. Otras, no. No ha sido la primera en quitarse la vida allí dentro, y no será la última. —Estiró un brazo y tocó la mejilla de Una de nuevo, recorriendo la línea del corte con la yema del pulgar—. Una lunática como esa no merece su compasión. Dejó entrar al demonio y ahora…

Una oyó unos pasos que se acercaban y se apartó. Edwin se acercaba a ellos por el camino.

—Señor McCready, yo… —Desvió la mirada hacia Una y se detuvo. Se le aflojó la mandíbula y parpadeó rápido, como si le acabaran de dar un puñetazo—. Yo… eh… —Enderezó los hombros y volvió a mirar a Conor—. Espero no ser una molestia. Soy el doctor Westervelt. Seré el sustituto como cirujano de ambulancia mientras en doctor Scott esté enfermo, y me gustaría ver el carro.

—Por supuesto, señor. —Conor se puso en pie y miró de nuevo a Una—. Ahora siga adelante y piense en lo que le he dicho.

Una asintió. Lo que había dicho tenía sentido. No lo de dejar entrar al demonio ni esas tonterías. La muerte era una realidad siniestra en el hospital. No podía salir corriendo y gritar que se trataba de un asesinato cada vez que ocurría. Además, a juzgar por la mirada glacial que le lanzó Edwin antes de irse, tenía nuevos problemas de los que preocuparse.

30

UNA LOS VIO alejarse, con la esperanza de que Edwin mirara atrás. No lo hizo. Una extraña sensación de pánico se apoderó de ella. Como si se hubiera tragado una anguila viva y aún se revolviera en el estómago.

Era obvio que Edwin había confundido su encuentro casual con Conor con una cita a escondidas. Por lo general, le importaba un pimiento lo que pensaran los demás de su conducta, pero, muy a su pesar, le preocupaba mucho lo que opinara Edwin. Sí, había rechazado que la cortejara. Y sí, confiaba en que no la delatara a la superintendente Perkins. Pero, no quería que pensara que pasaba algo entre Conor y ella, ni que ese era uno de los secretos a los que se refirió la noche anterior.

La manera de proceder más sensata era olvidarse de Edwin y volver a la residencia de enfermeras. Con un poco de suerte, llegaría justo cuando terminara la lección de la mañana y podría colarse entre las demás estudiantes de camino al hospital. Nadie, salvo Dru, sabía que se había ausentado. Sin embargo, en vez de dirigirse a la entrada, se encaminó por el césped hacia el aparcamiento de ambulancias.

Se pegó a la pared junto a la entrada y escuchó. La voz de Conor sonaba por encima del eco de los bufidos y relinchos de las caballerizas, con su acento irlandés. Edwin contestaba con una aspereza impropia de él. Su conversación fue solo profesional: qué suministros había a bordo, dónde se guardaban, cómo se notificaba al médico de guardia cuando llegaba un mensaje al receptor.

Una esperó hasta que terminaron la conversación y los pasos pesados de Conor se dirigieron a los establos para meterse dentro. La larga línea de ambulancias negras estaba lista, la primera ya enganchada a un caballo. El animal tenía los ojos entrecerrados y una de las patas traseras levantadas como si dormitara. Agitó la cola cuando Una se acercó, pero por lo demás no se movió.

Edwin estaba de pie en la parte trasera del carro y examinaba el contenido de la bolsa médica que llevaban los cirujanos de ambulancia. Una lo observó un momento desde donde estaba el caballo, sin saber qué decir. Su parte sensata sabía que debía dar media vuelta. Ya había hablado demasiado la noche anterior.

Sin embargo, ganó su parte testaruda. Edwin no tenía derecho a pavonearse por el recinto del hospital, entrometiéndose en las conversaciones personales de la gente y tergiversando sus intenciones. El caballo agitó de nuevo la cola y levantó un párpado perezoso, como si quisiera decir: «Vamos, hazlo ya». Ella lo fulminó con la mirada (aunque, desde luego, el caballo llevaba razón), y enderezó los hombros. Miró hacia los establos para asegurarse de que Conor seguía ocupado y dio un paso adelante.

Edwin alzó la vista cuando se acercó, luego volvió a bajarla hacia la bolsa médica.

—¿Puedo ayudarla en algo, enfermera Kelly, o estaba buscando al señor McCasanova?

—Se llama señor McCready, y no, venía a verte a ti.

Él siguió hurgando en la bolsa. Sacaba objetos y los examinaba como si nunca hubiera visto unas gasas o unas pinzas.

—Bueno, pues aquí estoy.

—Solo es que… antes cuando… no era lo que parecía. Me he caído en un arbusto, y el señor McCready estaba comprobando que estuviera bien.

—¿Y cómo se cae alguien en un arbusto?

Una titubeó. No podía contarle que estaba espiando el pabellón de los dementes porque, además de ser aficionada al alcohol fuerte, quizá la empleada también fuera propensa al asesinato. Edwin, que al parecer interpretó su silencio como culpa, soltó un bufido y sacudió la cabeza.

—Edwin, yo… —Sonó el gong que había encima del receptor de telégrafo y ahogó su voz—. Yo… —Intentó hablar por encima, pero el sonido inundó el aparcamiento. El caballo adormilado levantó la cabeza, con las orejas erguidas y los ojos bien abiertos mientras Conor subía de un salto al asiento del conductor.

—¿Listo, doctor? —gritó sin mirar atrás.

Edwin cerró de golpe la bolsa y subió a la ambulancia. Sonó el gong final. Una intentó hablar de nuevo, pero él la cortó.

—Tengo trabajo, enfermera Kelly, y usted debería estar en la sala.

Una sintió un hormigueo en las manos, como si le ardiera el corazón. Subió al carro justo en el momento en que empezaba a moverse.

—No me digas lo que tengo que hacer.

—Soy médico. Tú enfermera. Ni siquiera enfermera, estudiante. Pues claro que puedo decirte lo que tienes que hacer.

La ambulancia se ladeó y Edwin se dio un golpe en las rodillas. Tras años de colarse en el tranvía, Una se manejaba mejor y se había agarrado a una de las correas de mano que colgaban del techo.

—¡Sujétese! —gritó Conor desde el asiento del conductor—. ¡Empezaremos a correr de verdad en cuanto pasemos la entrada!

Edwin trepó al banco, estaba un poco pálido. No se fijó en el sombrero torcido ni en los pantalones polvorientos, y se aferró al asiento como si fuera un bote salvavidas.

La mitad delantera de la ambulancia estaba cubierta por un revestimiento de madera, pero las solapas que cubrían las grandes ventanas traseras estaban enrolladas, de manera que Una vio bien el hospital al pasar. Si saltaba ahora, quizá lograría caer de pie. En cambio, en cuanto el carro cogiera velocidad, sería más complicado salir. Desde luego, siempre podía esperar a ver un montón blando de basura o estiércol, taparse la cabeza y rodar cuando aterrizara. Una tenía mucha práctica. Al afanar la cartera de un hombre, no siempre había tiempo de esperar a que parara el tranvía. Sin embargo, a la señora Buchanan le daría un ataque de histeria si volvía a la residencia con el uniforme de enfermera cubierto de barro y heces de caballo.

Pese a todo, su parte testaruda aún no había terminado. Soltó una mano de la correa y señaló el hospital.

—Puedes darme órdenes allí dentro. Pero aquí fuera, mi única jefa soy yo. —Bajó la mirada hacia el duro camino de tierra, al tiempo que calculaba la velocidad del carro. No sería un aterrizaje airoso, pero debería poder mantenerse en pie—. Ahora, si me perdonas, yo también tengo trabajo.

Dio media vuelta y, cuando estaba a punto de saltar, la ambulancia se balanceó de nuevo, zigzagueando entre los mamposteros que trabajaban en la garita. Al girar hacia la calle Veintiséis, Una soltó sin querer la correa. Se tambaleó a un lado e intentó agarrarse a algo, lo que fuera, para no salir disparada. La calle pasó por al lado, borrosa. Ya tenía el torso fuera de la ventana cuando algo se le enganchó en la falda.

Era una mano. La de Edwin. La sujetó así, con medio cuerpo fuera, hasta que consiguió rodearle la cintura con un brazo y tirar de ella hacia dentro. Cayeron de lado en el banco.

—Dios mío, Una, ¿estás loca? —Tenía el sombrero aún más torcido, y se le había deshecho la corbata.

—Pensaba que tenía tiempo de saltar.

—¡Saltar! ¿De un carro en marcha?

Ella no se percató de que le temblaban las manos hasta que Edwin las agarró entre las suyas. Que el vestido estuviera sucio habría sido el menor de sus problemas de haber caído de bruces a esa velocidad.

—No esperaba un giro tan brusco.

Edwin sacudió la cabeza, pero sonrió, y Una sintió un gran alivio.

—Estás loca.

Él se dispuso a retirar las manos, pero Una lo retuvo. Ya no sentía como si le hirviera la sangre, un tipo de calor distinto se removía en su interior.

—No hay nada entre Con... el señor McCready y yo. Te lo prometo. Estaba... merodeando en el pabellón de dementes. Me ha dado un susto, y es cierto que me he caído en un arbusto. —Giró la cabeza para que le viera la otra mejilla—. Mira, tengo un arañazo que lo demuestra.

Edwin soltó una mano y recorrió el rasguño con la yema del pulgar como había hecho Conor. En lugar de apartarse, Una se inclinó hacia la mano.

La ambulancia pasó por un bache y Edwin se apartó para agarrarse de nuevo al asiento.

—No te dará miedo viajar en carro, ¿verdad? —preguntó Una.

—Miedo es un término demasiado fuerte —aclaró él, aunque tenía los nudillos blancos por la fuerza con la que se agarraba al banco—. Simplemente prefiero ser yo quien controle las riendas.

—El señor McCready me ha asegurado que es el mejor conductor de la ciudad.

—Eso seguro.

—Te guste o no, Edwin, el señor McCready y yo nos conocemos bastante. Asistimos al mismo servicio religioso, y ha sido tan amable de acompañarme a casa una o dos veces. Nada más.

—Hay algo en ese hombre… no me fío de él.

Ella le apartó un mechón de pelo que le había caído en la frente y le puso bien el sombrero.

—No tienes por qué. Solo tienes que fiarte de mí.

Sintió una punzada de culpa tras pronunciar aquellas palabras. ¿Cómo podía pedirle que confiara en ella si todo lo que le había dicho era mentira? Sin embargo, antes de que pudiera retirar lo dicho, notó los labios de Edwin en los suyos. Ese beso fue más intenso que el primero, insistente y descarado. Una se rindió y le correspondió en intensidad. Todo lo demás desapareció: el balanceo del carro, el tintineo de las botellas de medicamentos en la caja que había debajo del asiento, el aire frío alrededor y, con ello, la antigua vida de Una, todo aquello que había sido y a lo que tendría que volver algún día. Ni siquiera el riesgo de que los vieran ni sus pulmones, que pedían aire a gritos, echaron a perder el momento.

Cuando por fin se separaron, Una sentía un cosquilleo en los labios y el corazón le latía débil.

—Prométeme que no volverás a intentar saltar de un carro en marcha —dijo él.

Una sonrió y lo besó para no tener que mentir.

31

UNA HABÍA ESTADO tan atrapada, primero por la rabia y luego por la pasión, que no se había planteado qué hacer cuando la ambulancia llegara a su destino. Sin embargo, sus sentidos despertaron con la disminución de la marcha. Las enfermeras no salían con la ambulancia. Dudaba de que Conor dijera nada, y el paciente seguro que no lo sabía, pero ¿cómo explicaría la situación a la superintendente Perkins si llegaba a enterarse?

Se detuvieron en una calle con basura desparramada delante de un viejo edificio de viviendas de madera. Tardó un momento en recobrar la compostura, pero cuando el aire cambió de dirección y le llegó a la nariz el olor a sangre y vísceras, cayó en la cuenta de que estaban en Hell's Kitchen.

Edwin torció el gesto.

—¿Qué es ese olor?

—Los mataderos —contestó Una sin pensar, y se apresuró a añadir—: En Augusta también hay.

Hell's Kitchen nunca había sido un lugar que ella frecuentara. Las tabernas, tugurios de apuestas y prostíbulos atraían a incautos de toda la ciudad. Eran presas fáciles, si no fuera por las bandas de matones irlandeses que patrullaban las calles y que intentaban sacar tajada de todo. Entre ellos y Marm Blei, Una habría salido de allí con menos monedas en el bolsillo que al principio, así que solía alejarse de ese lugar. Regla número veintiuno: no pagues dos veces.

Se oyeron golpes en el panel frontal y Conor gritó:

—¡Hemos llegado, doctor! Estaré con el caballo y el coche si necesita algo.

Edwin tomó la bolsa médica.

—Supongo que tendremos que acostumbrarnos al olor.

—Retiró la puerta trasera del coche y bajó de un salto, luego le ofreció la mano.

Ella dudó.

—Vienes, ¿no?

Ella lo agarró de la mano y bajó del vehículo. Llamaría más la atención si esperaba en la ambulancia, todos los transeúntes se pararían a mirar dentro con la esperanza de ver algún pasajero maltrecho o ensangrentado para satisfacer su morbosa curiosidad. Ya se había congregado una pequeña multitud.

Edwin se abrió paso a empujones entre los mirones hacia los escalones del edificio. Una lo seguía de cerca. No vio al agente que los esperaba hasta que ya era demasiado tarde para dar media vuelta.

—¿Cuál es la situación, agente? —preguntó Edwin.

—Tercera planta. Número 302. Un hombre ha resbalado por la escalera al bajar de la azotea. Se ha torcido mucho la pierna. —El policía hablaba con un fuerte acento irlandés que, a diferencia de Conor, no se molestaba en ocultar. Tenía la piel blanca y el bigote oscuro demasiado largo. La insignia de latón que lucía en la chaqueta decía Distrito Policial Veinte.

Una logró relajar la tensión que sentía en el pecho lo justo para poder respirar. No conocía al poli, y su distrito era uno de los pocos a este lado de la calle Cincuenta y Siete que no había recorrido esposada. Aun así, se mantuvo a la sombra de Edwin y bajó la barbilla para ocultar la cara sin levantar sospechas.

—¿Se ha roto la pierna? —preguntó Edwin.

—No lo sé. No lo he estudiado mucho.

—Da igual, muéstrenos el camino.

—Usted y… eh… ¿la señorita?

—Sí. La enfermera Kelly será mi ayudante.

El poli cambió el peso de un pie a otro, y Una volvió a sentir un nudo en el pecho. ¿La reconocía? ¿Debería echar a correr?

Una se obligó a respirar con calma y alzó la vista para mirarlo a los ojos. Sería un desastre salir corriendo en ese momento. No conocía bien esa parte de la ciudad, seguramente la atraparían. Aunque no fuera así, la treta quedaría al descubierto y jamás podría volver a la escuela. No, solo tenía que confiar en su disfraz.

El agente desvió la mirada hacia Edwin.

—Es que… estos suburbios, doctor, no son una imagen agradable. No viven como usted y como yo. Puede que a la señorita le supere.

Una estuvo a punto de soltar una carcajada de alivio. No la había reconocido en absoluto, solo la consideraba demasiado delicada para continuar.

—Sean cuales sean las condiciones, agente, puede estar tranquilo, estoy bien formada y a la altura de la tarea —dijo ella.

—Como quiera, señorita —añadió él, y los dejó pasar al edificio.

En cuanto se cerró la puerta, los envolvió la oscuridad. El agente sacó la linterna del cinturón y la encendió con un fósforo.

—¿No hay lámparas en el edificio? —preguntó Edwin.

—En los antiguos, no —contestó el agente.

—¿Y cómo se las apañan los residentes? Seguro que no van con un farol atado al cinturón como usted.

El agente se rio.

—No, señor. Se las arreglan con un fósforo o una vela, supongo.

—No me extraña que el hombre se cayera —murmuró Edwin en un tono de desaprobación.

Ella comprendió que seguramente nunca había estado en uno de esos edificios de viviendas. Era un recordatorio cruel de que, a pesar de sus afectos, procedían de mundos muy distintos.

El policía tiró al suelo el fósforo aún ardiente que había usado para encender la linterna y empezó a subir por la escalera.

—Ahora miren por donde pisan.

Una pulverizó la cabeza del fósforo con el tacón de la bota antes de seguirlos. Con seguridad, un edificio viejo como ese tampoco tenía escalera de incendios. Procuró no pensar en ello, pese a que se le aceleró el pulso.

La escalera estrecha crujió cuando subieron. Por el suelo se veían pieles de verduras, excrementos de rata y esquirlas de cristal. El olor de los mataderos se mezclaba con el de putrefacción y orina. En mitad del segundo tramo, Edwin se detuvo y levantó el pie. Tenía un pegote viscoso en la suela de los caros zapatos de charol. Se limitó a quitárselo frotándose contra el borde del escalón y continuó.

Los recibió un gemido amortiguado cuando llegaron a la tercera planta. El agente llamó una vez a la puerta antes de abrirla. Entraron en una habitación desordenada de unos cuatro metros cuadrados. Un hervidor oxidado hacía ruido encima de la estufa. Los únicos muebles eran unos cajones y barriles de madera. Dos ventanas daban al patio trasero, lo que le daba a la estancia por lo menos un resquicio de luz.

Pese a haber vivido en los peores sitios, las semanas que Una había pasado en la residencia de enfermeras, con el mobiliario limpio y acogedor, habían debilitado sus sentidos. Oyó que Edwin tomaba aire y procuraba disimular el asco. El entusiasmo de la señora Buchanan por el orden y la pulcritud, que tanto molestaba antes a Una, ahora le parecía sagrado.

Había tres niños acurrucados con los ojos de par en par en un rincón de la estancia. Una anciana desdentada descansaba en una caja colocada al revés. Había otras dos mujeres más de mediana edad sentadas cerca de las ventanas, inclinadas sobre sus labores, con los dedos huesudos y finos, y cestas de camisas amontonadas alrededor. Una de ellas señaló la habitación adyacente, de donde procedía el quejido.

Al rodear montones de harapos, cubos de cenizas y baldes oxidados, se abrieron paso hacia la habitación. El herido estaba dentro, tumbado sobre un colchón fino, y su mujer lloraba a su lado. Una sola vela iluminaba el cuarto sin ventanas. Sin embargo, incluso en la penumbra, Una pudo ver que la lesión de la pierna del hombre era grave, retorcida por debajo de la rodilla y sangraba a través de los pantalones sucios.

El poli vaciló junto a la puerta, pero Edwin le quitó la linterna y entró presuroso. Una lo siguió. Dejó la bolsa, se quitó la chaqueta y la dejó a un lado sin importarle la suciedad ni las moscas. Cuando se arremangó, le dijo a Una:

—Abra mi bolsa y busque las tijeras para que pueda cortarle la pernera del pantalón.

Por un instante, Una se quedó mirando embobada al hombre, a su esposa y a Edwin, incapaz de moverse. Pero la situación requería una enfermera, no a una ladrona prófuga que fingía ser enfermera.

Sacudió la cabeza y se arrodilló junto a Edwin. Fuera enfermera o no, por lo menos podía ayudar. Toqueteó el pasador de la bolsa, lo intentó tres veces antes de abrirla. Cuando encontró las tijeras, el metal frío le resultó familiar al tacto. Se las dio a Edwin y lo observó mientras cortaba los pantalones del hombre. La pierna, hinchada hasta doblar el tamaño natural, había adquirido una tonalidad cerosa, de color violeta rojizo. La tibia se había fracturado y perforaba la piel. De la herida salía sangre.

La mujer soltó un grito ahogado al verlo y siguió sollozando. El hombre le ordenó en gaélico que callara, luego se volvió hacia Edwin y le dijo en inglés:

—Saque la sierra, doctor, estoy preparado.

—No creo que haga falta amputar. Por lo menos, aquí no. En cuanto tenga la pierna estabilizada, lo llevaremos al Bellevue para continuar con el tratamiento.

Edwin giró las tijeras hacia las botas del hombre, pero él se sentó y gritó:

—¡La bota no, doctor! Son el único par que tengo.

—Tiene el pie demasiado hinchado para quitarle la bota de otra manera, y tenemos que hacerlo.

—¿Y si probamos con un poco de grasa? —propuso Una. Sabía muy bien cuál era el precio de un buen par de botas.

—Supongo que podría funcionar.

Una se levantó.

—Voy a buscarla, y un poco de agua limpia. —Se volvió hacia la esposa—. A lo mejor puede ayudarme.

La mujer asintió y se tambaleó al ponerse en pie. Una le rodeó la cintura con un brazo y la llevó a la sala principal. Tenía el gaélico oxidado, pero recordaba un poco lo que solía decir su madre cuando asistía a los enfermos y necesitados. «*Ná caill do chroí.*» «No desesperes.»

—El doctor Westervelt y yo haremos que reciba el mejor tratamiento.

Con un poco de grasa la bota salió de un tirón. El hombre ni se inmutó. Una sospechaba que eso tenía que ver tanto con el láudano que Edwin le había dado como con su amable asistencia. En aquel piso gélido, el agua que había hervido solo tardó unos minutos en enfriarse. En el instante que llegó a una temperatura aceptable, limpió la sangre de la pierna del hombre. Pese a que solo la tibia había atravesado la piel, sabía gracias a su estudio nocturno con Dru que probablemente el peroné también estaba fracturado. Ayudó a Edwin a entablillarle la pierna, tenía preparados el envoltorio de estopa y los vendajes de algodón antes de que se los pidiera.

El agente fue a buscar la camilla a la ambulancia, y Una lo acompañó para tomar una manta.

—Es usted muy buena con esta gente —le dijo al volver a subir con esfuerzo por la escalera a oscuras. Ella estuvo atenta por si detectaba una señal de sarcasmo o suspicacia, pero el tono era sincero—. Me habían dicho que en el Bellevue hay una nueva estirpe de enfermeras. Ahora me lo creo.

A Una le resulto difícil hablar, era raro, como si un trozo de carbón le obstruyera la tráquea. Al fin consiguió decir:

—Gracias, agente.

De vuelta en el pequeño dormitorio a oscuras, hicieron rodar con cuidado al hombre hasta subirlo a la larga lona de la camilla, luego introdujeron las varas de madera en las aberturas que había en ambos lados. Una le ajustó la manta alrededor hasta que quedó abrigado como un bebé bien envuelto. Hizo una mueca cuando Edwin y el agente levantaron la camilla, pero, por lo demás, el láudano lo mantenía tranquilo.

Ella tomó la bolsa y los siguió mientras sacaban la camilla de la habitación. No envidiaba la tarea de abrirse paso por los empinados escalones. Sujetó en alto la linterna del agente para iluminar el camino.

Ya habían colocado al hombre en la parte trasera de la ambulancia y estaban a punto de irse cuando la esposa salió corriendo del edificio. Se subió al lateral del carro donde estaba sentada Una y le dio algo. «*Go raibh míle maith agat.*»

«Que le ocurran mil cosas buenas.» Una apenas recordaba la expresión, pero sabía que era un agradecimiento de corazón. Agarró el objeto, un pequeño medallón ovalado, y le dio la vuelta en la palma de la mano. Un lado era liso. En el otro había un relieve de la Virgen María.

—Procuraré que lo tenga cerca —dijo.

La mujer sacudió la cabeza.

—No, querida, es para usted.

La ambulancia arrancó antes de que Una pudiera insistir en devolvérselo. Era de alpaca, no de plata de verdad. Ningún perista de la ciudad le daría más de veinticinco centavos. Sin embargo, daba lo mismo. Apretó el medallón entre los dedos y luego lo guardó a buen recaudo en el bolsillo.

32

LAS SIGUIENTES SEMANAS pasaron sin sobresaltos. No hubo intentos chapuceros de espiar desde los arbustos ni viajes imprevistos en ambulancia. Tampoco encuentros irritantes con la enfermera Hatfield. El hombre de la pierna fracturada estaba instalado en la sala contigua a la suya. Una consiguió visitarlo todos los días pese a la lista creciente de obligaciones. Tenía la pierna levantada y fija con tracción, pero la herida de la perforación se había curado sin infección y el pronóstico de recuperación era bueno. Le llevaba té recién hecho, le ahuecaba la almohada y le leía siempre que tenía tiempo. Él prefería *The Irish American*, pero se conformaba con el *The World* si era el único periódico que tenía a mano.

También consiguió ver a Edwin la mayoría de los días, aunque solo fuera un instante fugaz al llevar a un nuevo paciente de la ambulancia a su sala. Cuando el doctor Scott se recuperó del resfriado y volvió a su puesto de cirujano de ambulancia, Edwin y ella idearon verse en escaleras, almacenes, incluso en el angustiante ascensor, para intercambiar unas palabras y unos besos apresurados. Los escasos domingos en que no trabajaba ninguno de los dos quedaban en Central Park y se aventuraban por los senderos embarrados y menos accesibles para que no los viera nadie del Bellevue.

Una sabía que su aventura era una temeridad. Además, cuanto más le contaba Edwin de su vida (el perro de caza favorito llamado *Ostra* que tenía de pequeño, un accidente en carroza cuando tenía nueve años en el que se fracturó el cráneo y murió el conductor, un hermanastro al que conoció en Nueva Orleans y con quien nunca volvió a hablar), más se odiaba por engañarlo. Sin embargo, cada vez que se decidía a decirle que se había terminado, su voluntad se desmoronaba.

Era distinto de los hombres con los que había coqueteado. Esos eran como ella: demasiado frívolos y precavidos en temas del corazón. Incluso Barney, el único que había demostrado que ella le importaba de verdad, expresaba sus afectos con cierto paternalismo. Edwin le hablaba como a una igual. (Las veces que no estaban en la sala, interpretando, según sus palabras, los papeles asignados.) La colmaba de halagos igual que los demás hombres, pero parecía tan interesado en saber qué pensaba como en besarla.

Por suerte, nadie en el hospital ni en la residencia de enfermeras sospechaba nada. O eso pensaba ella.

Una noche a principios de marzo, mientras estaban sentadas juntas leyendo en la biblioteca, Dru se volvió hacia ella y preguntó:

—¿Adónde vas en realidad los domingos después de la iglesia?

Ella alzó la vista del manual y procuró parecer impasible, aunque le hubiera dado un vuelco el corazón. Para ser una pueblerina, le sorprendía la agudez de los instintos de Dru. Echó un vistazo despreocupado a la sala para asegurarse de que las demás mujeres no las oían, luego miró a los ojos a Dru y esbozó una sonrisa rígida.

—Ya te lo dije, a cenar a casa de mi prima, en el centro.

—Pero siempre comes otra vez cuando vuelves.

—Es que… eh… no es muy buena cocinera. —Eso era cierto.

Una asió su taza de leche y le dio un sorbo, luego volvió a mirar el libro, con la esperanza de haber zanjado el asunto.

—¿Tienes una aventura con el marido de tu prima?

Una se atragantó con la leche, y se puso a toser y lagrimear hasta que liberó la tráquea. Si Dru conociera a Randolph, sabría lo descabellada que era la idea.

—¡Dios mío, pero qué dices! Claro que no.

Dru se ruborizó y bajó la mirada al regazo.

—Lo siento, no pretendía ofenderte. Mi madre siempre me decía que debería cerrar la boca.

Era evidente que el consejo había caído en saco roto.

—Es que… bueno, da igual. Supongo que mi madre tenía razón. —Dru se retorció las manos como si quisiera estrujar cualquier emoción—. Seguimos siendo amigas, ¿no?

Una tendió el brazo y calmó las manos de Dru.

—No seas boba, claro que sí. Me han acusado de cosas peores que esa.

—¿Qué puede haber peor que eso?

De Ramera. Facinerosa. Bandida. Escoria con botas. Irlandesucha. Amenaza. Rata de alcantarilla. Una podía enumerar decenas de insultos que le habían dedicado a lo largo de los años, pero no ahondó en ellos. Intentó volver a su libro, pero no podía concentrarse en el texto y releyó tres veces el mismo párrafo sobre métodos para detener hemorragias antes de rendirse.

—¿Qué te ha hecho pensar que estaba teniendo una aventura?

Esta vez fue Dru quien escudriñó la sala antes de inclinarse y susurrar:

—Bueno, en *La habitación olvidada* la señorita Shuttlecock se pasa horas acicalándose antes de salir a hurtadillas al encuentro de su amante, el conde Wickabee. Así se descubre al final el engaño. Su criada se da cuenta, y se lo cuenta a la cocinera, que se lo cuenta…

—¿*La habitación olvidada?* ¿En eso desperdicias velas de madrugada cuando la señora Buchanan apaga el gas? Y yo que pensaba que estabas memorizando los nombres de los vasos sanguíneos.

—No se lo dirás a nadie, ¿verdad? —Clavó los ojos en el regazo—. A lo mejor la señorita Hatfield y las demás creen que es de mal gusto.

Una sacudió la cabeza. Para algunas, leer cualquier cosa que no fuera la Biblia era considerado de mal gusto. Aunque no le sorprendería que la señorita Hatfield tuviera un tesoro de novelas tontas escondido en su habitación.

—Entonces ¿crees que soy como la señorita Scuttlebug?

—Shuttlecock, sí.

—¿Y tú eres… la criada?

—Solo es que he notado que cuidas más tu aspecto que antes. Te recoges el pelo así. Compruebas que los botones están rectos y las mangas abullonadas. Me pides que te deje los manguitos y el sombrero siempre que sales.

Una frunció el entrecejo. Por como hablaba Dru, antes iba muy desaliñada. Nunca le había encontrado sentido a cepillarse el pelo cien veces ni a arreglarse frente al espejo. Ni siquiera tenía espejo, con el dorso de una cuchara le bastaba.

—En realidad, no pensaba que tuvieras una aventura con el marido de tu prima —prosiguió Dru—. Pero como insististe en que ibas allí todos los domingos cuando no estabas de servicio en el hospital, bueno, no se me ha ocurrido otra cosa. De todos modos, el doctor Westervelt sentirá un gran alivio.

—¿El doctor Westervelt? —Una torció el gesto al notar el tono agudo. Se reclinó en la silla y dijo con más aplomo—: ¿A qué te refieres?

—¿No te has dado cuenta? Está loco por ti, Una.

Ella intentó reír, pero le salió más bien un ladrido.

—Seguro que te equivocas.

—¿Por qué si no nos habría colado para ver esa transfusión de sangre?

—Solo estaba siendo amable.

—Bueno, sin duda no estaba allí para observar el procedimiento. Apenas te quitó el ojo de encima en todo el tiempo.

Una agarró su taza de leche y se la bebió de un trago. Aun así, notaba la boca seca.

—¿No creerás que alguien más se ha dado cuenta?

Dru lo pensó durante un rato interminable, para luego negarlo con la cabeza.

—No a menos que lean muchas novelas. En *La habitación*…

—No se lo vas a comentar a nadie más, ¿verdad?

—¿Por qué? Ni siquiera la señorita Hatfield podría criticarte. No es que tú hayas provocado sus atenciones.

Una había puesto cara de póquer millones de veces. Delante de banqueros, conductores de tranvía, polis y jueces. Pero en ese momento, sus malditos labios la traicionaron con una sonrisa. De hecho, fue una media sonrisa. Un temblor.

Dru lo captó y soltó un chillido. Una la mandó callar.

—Sabía que no ibas a casa de tu prima a cenar.

—No es nada. No somos… disfrutamos de nuestra compañía, nada más.

No era nada, ¿verdad? Al fin y al cabo, nunca había accedido a que la cortejara. Además, un hombre como él, en vías de convertirse en un cirujano respetado, y ella, una ladrona oculta, formaban el tipo de pareja absurda propia de las páginas de una de las novelas de Dru.

Por primera vez en todas sus noches de estudio, Dru cerró el libro sin marcar la página ni mirar el reloj para ver si podía aprovechar unos minutos más para leer.

—Cuéntamelo todo.

Y, por primera vez, Una se lo explicó. Toda la verdad. Desde el primer momento que lo había visto en la sala a su último encuentro esa misma mañana en la escalera del noroeste, de camino a la lavandería.

—¿Siempre es tan serio como parece en el hospital? —preguntó Dru.

Una sacudió la cabeza. Esa era una de las cosas que le atraían de él: su risa cálida y natural. También cómo la hacía reír. Le gustaba que fuera considerado y curioso. Escuchaba sin interrumpirla para corregirla o engatusarla. Claro que tenía sus opiniones testarudas, pero, a diferencia de la mayoría de la gente, no se cerraba a cambiar de opinión. Le agradaba que tuviera el valor de enfrentarse al doctor Pingry. La seguridad para inspirar pura fe en sus pacientes. Aun así, cuando Una y él estaban a solas, sacaba a relucir su lado más tierno, menos seguro, y confiaba en que ella no lo aprovechara.

Por una vez, ella no sacó provecho. No se marcó un tanto. No insistió en la debilidad. No buscó ventaja. Era lo más cerca que podía estar de ser vulnerable.

Estuvieron hablando hasta que la señora Buchanan las mandó a la cama. Sin embargo, Una siguió despierta mucho después de que la residencia quedara a oscuras. Esperó sentir el golpe del arrepentimiento, como cuando bebía demasiado *whisky* o perdía las ganancias del día en una partida de cartas. No llegó. En cambio, se sentía más ligera. Casi atolondrada. Otra prueba de que charlar con Dru sobre Edwin había sido un error.

El problema era que a su cerebro aturdido no le importaba mucho. Tampoco al resto de su ser. Al cuerno las reglas, se lo había pasado bien con Dru, riendo y susurrando, tanto como cuando estaba con Edwin. Había disfrutado más que en mucho, mucho tiempo. ¿Y no merecía todo el mundo algún momento de felicidad, incluso una ladrona mentirosa de los bajos fondos?

La realidad llamaría a su puerta muy pronto. Como siempre.

33

Como las secuelas del alcohol fuerte, esa inoportuna sensación de ligereza persistía al día siguiente. Una se sorprendió sonriendo mientras le despiojaba el pelo a un paciente y tarareando (¡tarareando de verdad!) mientras fregaba bacinillas. Pero lo que necesitaba era que le tiraran un cubo de agua fría a la cabeza. Lo que pasó fue peor.

Poco después del mediodía, la enfermera jefa envió a Una a la sala de exploración del sótano, donde se examinaba a los nuevos pacientes antes de trasladarlos a la sala adecuada. Se esperaba una entrada de pacientes tras un accidente en la cercana fábrica de artículos de hojalata, y tenía que ayudar en la admisión.

La enfermera que estaba de servicio en la sala de exploración solo tuvo unos minutos para enseñarle a Una dónde se guardaban los suministros y los medicamentos antes de que llegara la primera ambulancia. Tres pacientes salieron tambaleándose de la parte trasera, magullados y ensangrentados, pero por su propio pie. La campana de la siguiente ambulancia sonó pocos minutos después, y entraron dos pacientes más, ambos en camilla. Entre las dos mujeres les prepararon camas y metieron a los tres primeros en un solo catre. A los pacientes que llegaron en la tercera ambulancia no les quedó más sitio que el suelo.

Una atendió a los heridos de menor gravedad, mientras que la otra enfermera, de segundo año, se encargó de los casos más graves. El médico al cargo y sus dos internos trajinaban entre ellas. Atendían a aquellos con heridas urgentes y al resto asignaban a toda prisa una de las salas de arriba.

Había tanta gente y ruido que la pequeña estancia parecía una sala de conciertos. Una tuvo que sortear pacientes tumbados en el suelo y rodear a otros hacinados de tres en tres en las camas para llegar al armario de los suministros. El agua del lavamanos le salpicó en el vestido, y tenía el delantal manchado de sangre. Limpió y vendó las heridas de los hombres. Untó pomadas en las quemaduras. Ayudó a los médicos a colocar y entablillar huesos fracturados. Para cada hombre que estaba consciente, rellenó una tarjeta de ingreso con su nombre, edad, dirección y familiar más cercano, y se la colgó en la camisa antes de que los celadores se lo llevaran arriba. Para los que estaban inconscientes, Una simplemente escribía DESCONOCIDO.

No podía evitar pensar en su madre mientras se apresuraba de un paciente a otro. ¿Esa escena caótica fue la que vivió después del incendio? ¿Alguien le preguntó su nombre, suspiró y escribió DESCONOCIDA al ver que la respuesta era solo una exhalación áspera e irregular? ¿Habría sido mejor morir ahí mismo, entre las cenizas y los escombros, como muchos otros?

Descartó la idea y se ocupó de cada uno de los hombres a los que atendía, incluso de los que estaban demasiado maltrechos para mascullar su nombre, y les ofreció una caricia amable o una sonrisa de consuelo.

En algún momento llegó Edwin, en teoría para ayudar a identificar qué pacientes necesitarían cirugía y de qué tipo. Una reparó en su presencia y, como siempre, sintió un calor agradable en su interior. Sin embargo, no tuvo tiempo de buscar su sonrisa ni espacio entre los pensamientos que la atosigaban para preguntarse cuándo podrían volver a verse. Aún había demasiados pacientes que necesitaban sus cuidados.

El tumulto era tal que no advirtió la llegada de otra ambulancia hasta que Conor y el cirujano trajeron a otro paciente. Acababa de liberarse un catre, pero ella aún no había tenido un momento libre para cambiar las sábanas oscurecidas por la mugre y la sangre. Dejaron al paciente en el catre de todos modos porque no había ningún sitio mejor donde colocarlo. En cuanto terminara de mezclar un lote nuevo de ungüento para las quemaduras, iría a buscar sábanas limpias y lo que necesitara el paciente.

Conor pasó por el lado de Una al salir.

—¿Otro trabajador de la fábrica? —le preguntó.

—No, creo que los trabajadores son esos. Este es solo un borracho. —Miró al paciente con aversión. No, no era aversión: era repugnancia, una mirada que solía reservarse para una letrina desbordada—. Esta ciudad estaría mejor sin ellos.

—Lo limpiaré y lo meteré en una de las celdas para alcohólicos.

—No es un hombre —dijo Conor, y escupió en el suelo—. Es lo que se considera una señorita en los bajos fondos. —Sacudió la cabeza y salió a toda prisa.

Una lo vio salir, irritada por el veneno que supuraba su voz. Ya había presenciado antes esos arrebatos. Lo había oído parlotear como un reformista agitando la Biblia, pero, al fin y al cabo, eso era un hospital. Estaba abierto a todo el que lo necesitara. Nadie era tan insufrible como un irlandés abstemio, decía siempre su padre, y Una tuvo que darle la razón.

Mezcló la última parte de aceite de linaza y agua de lima y le llevó el ungüento a uno de los internos. Estaba atendiendo a un hombre que yacía en el suelo gimiendo. Tenía la cara y los brazos cubiertos de unas quemaduras rojas y purulentas. Una ayudó al interno a vendar la herida del hombre con paños empapados con la pomada, con cuidado de que cada centímetro de quemadura quedara protegido del aire. Cuando terminaron, los celadores subieron al paciente a la sala nueve. No tuvo que preguntar si aquel hombre saldría adelante: la expresión sombría de labios apretados del médico lo decía todo.

Sin embargo, no tuvo tiempo de darle vueltas ni de volver a pensar en su madre, y lo agradeció. Se frotó las manos y sacó la última sábana limpia del armario. La borracha no se había movido desde que Conor y el cirujano de ambulancia la habían dejado en el catre. Una se habría preocupado por si estaba muerta de no ser por los fuertes ronquidos temblorosos. Una capa sucia y carcomida por las polillas le cubría el cuerpo, le tapaba la cara y se enredaba en las extremidades, así que parecía más un montón de trapos que una mujer. Por debajo de la tela solo asomaban unos cuantos mechones pelirrojos y un pie descalzo.

Giró a la mujer sobre el costado y rodeó el pesado cuerpo con una mano, al tiempo que sacaba la sábana sucia con la otra. Colocó la sábana limpia en su sitio y luego levantó a la mujer por el lado contrario y repitió el procedimiento. Los ronquidos de la mujer vacilaron un momento para luego reanudarse con más fuerza. Tal vez estuviera borracha como una cuba, pero por lo menos ahora dormía sobre una sábana limpia. Sin embargo, al volver con una tarjeta de ingreso para colgársela en la capa a la paciente, con la palabra DESCONOCIDA ya escrita en lugar de un nombre, se encontró a la mujer moviéndose.

—¿Señorita? Señorita, ¿está despierta? —Una se arrodilló junto al catre y le sacudió con suavidad el hombro.

La mujer se sobresaltó. Se peleó con la capa aún enredada en el cuerpo mientràs soltaba una retahíla de palabrotas. La voz, pese a ser ronca y sonar amortiguada, le resultó familiar. Antes de que lograra ubicarla, la mujer consiguió desenredarse y tiró la capa.

Una soltó un grito ahogado al verle el rostro. ¿Deidre? Se contuvo antes de decir el nombre en voz alta. En su cabeza las ideas daban vueltas como larvas de mosquito en un balde oxidado. Con suerte, Deidre no vería más allá del gorro y el uniforme de enfermera. A fin de cuentas, estaba borracha. El olor a coñac barato impregnaba su aliento y exudaba por la piel.

Se incorporó, pero antes de que se pusiera del todo de pie, Deidre la agarró del brazo.

—¿Una? ¿Eres tú?

—Señorita, está usted gravemente intoxicada y no sé de qué habla. —Intentó zafarse, pero Deidre la agarraba del brazo como si fueran las llaves de una caja fuerte. Una solución fácil sería pegarle un puñetazo en la mandíbula, pero no era una conducta propia de una enfermera—. Señorita, por favor, suélteme antes de que…

—Antes muerta que no reconocerte, Una Kelly.

Como no quería montar una escena ni rasgarse la manga de la camisa, Una se arrodilló de nuevo junto a la cama.

—Calla —masculló entre dientes—. O te arrepentirás.

Deidre soltó una carcajada.

—Tú y tus disfraces. No creerán que eres enfermera, ¿verdad? Y yo que pensaba que los médicos eran listos.

—Soy enfermera.

Aquello hizo que Deidre se echara a reír aún con más ganas.

—Por lo menos, aprendiza. Me presenté y me aceptaron como a las demás. Aunque tampoco es que te importe un pimiento.

Deidre se sentó, la mano aún apretaba el brazo de Una.

—¿Saben que te buscan por asesinato? ¿Lo pusiste en tu solicitud de enfermera?

Una miró por encima del hombro a los demás presentes en la sala. Pese a que habían subido a muchos de los heridos a las salas y a uno a la morgue, seguía habiendo el mismo ajetreo y bullicio que antes. La estudiante de segundo hacía malabares con un montón de trapos y una jofaina de agua mientras iba dando tumbos hacia un hombre con una herida en la cabeza que sangraba en el rincón del fondo. El médico ladraba órdenes a sus internos. Edwin examinaba la mano destrozada de un paciente. Los celadores salieron a toda prisa con otro cuerpo para la morgue. Volvió con Deidre.

—Yo no maté a nadie, y lo sabes.

—Puede que no, pero seguro que a los polis les gustaría saber que estás aquí. Incluso han ofrecido una recompensa. Apuesto a que Marm Blei también pagaría por saberlo.

A Una dejó de latirle el corazón unos segundos hasta que volvió a palpitar a un ritmo irregular. Sintió el pánico en la piel como si fuera lluvia helada.

—No serás capaz… Deidre, somos amigas.

—¡Ja! ¿Crees que no sé que intentaste colgarme el muerto del viejo Mike Sheeny? Lo supe en cuanto te vi en esa celda. —Eructó, luego esbozó una sonrisa engreída—. Así que me adelanté.

Notó el pánico frío en los huesos, le era imposible moverse. Su mente seguía vagando. Tras ella, en medio del vocerío, oyó a Edwin decirle a su paciente que tendrían que operarlo cuanto antes para salvarle la mano. El sonido de su voz, tan firme y segura, la ayudó a calmarse.

—Oye, puedo… puedo pagarte por tu silencio.

Deidre le soltó el brazo.

—¿Cuánto?

—Cinco dólares al mes.

—¡Cinco! Puedo sacarme el doble en un día vaciando bolsillos.

—Y un cuerno. ¿Cuándo fue la última vez que…? —Una se detuvo. No la ayudaría en nada discutir sobre las escasas habilidades de Deidre para el hurto—. Siete.

—¿Al mes?

—Al mes —confirmó Una, aunque le costaría arreglárselas con los tres dólares que le quedaban de la beca.

Deidre se sorbió el labio inferior, como hacía siempre que se concentraba.

—Eso son ciento diez dólares extra al año.

—Algo así.

—Los polis solo ofrecen cincuenta.

—Piensa en todos los pasteles de carne y el coñac que comprarías con la diferencia.

Una miró por encima del hombro. Habían subido a uno o dos pacientes más a las salas. Del resto, la mayoría estaban sentados, vendados, a la espera. La enfermera de segundo año estaba recogiendo las esponjas ensangrentadas y los trozos de gasa desechados por toda la sala. Los médicos estaban de consulta en un rincón. Dentro de poco querrían que Una informara sobre la paciente ebria o irían a examinar a Deidre.

—¿Trato hecho?

—Súmale un cuarto de galón de *whisky* y una botella de láudano y está hecho.

—¿Qué?

—Tenéis un montón aquí. ¿Me estás diciendo que no le das un sorbo o dos a escondidas?

—Pues no. Me podrían expulsar por eso.

—Piensa en lo que harían si supieran que eres una fugitiva de la ley.

—Está bien. Te daré láudano esta única vez, pero…

—Todas las veces. Junto con los siete dólares. Y el *whisky* también.

—Yo… —Una se interrumpió y se puso en pie con rapidez al oír unos pasos que se acercaban. Era Edwin. Miró a Deidre con cara de pocos amigos, y luego le dijo a Una:

—¿Cuál es su informe?

—Las constantes vitales son estables, señor. No tiene heridas ni mala salud a parte de la ebriedad.

Él se inclinó e intentó darle la vuelta al párpado de Deidre para examinarle la esclerótica, pero ella lo apartó de un manotazo.

—No me toques, desgraciado…

—No he observado signos de cirrosis, señor —dijo Una.

—Muy bien. Que los celadores la lleven a una celda a desintoxicarse.

—Sí, doctor.

Edwin le dedicó una sonrisa fugaz y dio media vuelta.

—Ah, doctor —dijo Deidre, que de pronto hablaba con dulzura—. Quería decirle algo sobre esta enfermera de aquí.

Una la miró con ojos suplicantes.

—Es… ha sido muy amable conmigo. Me ha dado todo lo que necesito. —Deidre desvió la mirada de Edwin a Una—. Seguro que es bueno saber que, siempre que vuelva, me atenderá la misma, ¿verdad?

Una no pudo más que asentir.

34

Una esperó a ver el primer indicio de luz previa al alba para salir de la cama. Sintió un escalofrío en la piel al vestirse. Aún quedaban varios minutos para que la señora Buchanan encendiera el gas y atizara la estufa. Se movió a hurtadillas en la fría oscuridad, se recogió el pelo en un moño sencillo y se colocó el gorro, procurando no despertar a Dru.

Tenía los nervios a flor de piel de tanta angustia y no había podido pegar ojo. Contó siete dólares del fino fajo de billetes que guardaba en el baúl y se los metió en el bolsillo. Deidre también esperaba *whisky* y que le rellenara una botella de láudano casi vacía que le había puesto en la mano antes de que los celadores se la llevaran a la celda. Paso a paso. Con suerte, Deidre se daría por satisfecha con el dinero hasta que Una pudiera colarse en el Departamento de Medicamentos y agarrar el resto.

Con el amanecer a punto de iniciarse, salió de la residencia y cruzó la calle a toda prisa hacia el hospital. En vez de subir la escalera hasta la sala doce, bajó al sótano. Allí hacía más calor que fuera, aunque aún veía su aliento cuando se elevaba en el aire. Las paredes tenían el tono húmedo y verdoso de una alcantarilla, y las cucarachas correteaban por el suelo.

Pasó por una sala larga y diáfana donde los más pobres de la ciudad podían pasar la noche. Pese a que muchos ya habían abandonado la cama (que consistía en poco más que unas planchas de madera) y se habían ido a pasar el día mendigando por las esquinas o rebuscando harapos, la peste a sudor aún impregnaba el ambiente. La propia Una había pasado algunas noches en salas de pernoctación públicas como esas, y se estremeció al recordar cómo la desolación parecía acostarse a su lado. El único sitio peor había sido el asilo de la isla de Blackwell.

No podía volver allí, pasara lo que pasara. Pero ¿cuánto tiempo podría seguir robando del hospital sin que la pillaran? ¿Cuánto tardaría Deidre en hartarse y en que una botella de láudano se convirtiera en dos, tres o cuatro? Sería más fácil mezclar el láudano o el *whisky* con arsénico y acabar con ello.

Se paró y sacudió la cabeza. Pero ¿qué idea ruin era esa? Ella podía ser muchas cosas, pero no una asesina. Tenía que encontrar la manera de cubrir las exigencias de Deidre. Si conseguía una onza o dos de *whisky* cada vez y un poco de láudano de vez en cuando, nadie se enteraría. Además, siempre estaba la llave maestra de Edwin si se quedaba corta, aunque la idea de robársela del bolsillo la ponía enferma. Dejaría el fajo para Deidre en un escondite secreto lejos del Bellevue, donde nadie, ni siquiera la entrometida de la enfermera Hatfield, la viera jamás.

Nada de eso cambiaría el hecho de que Una se fiaba de Deidre tanto como de un ladrón en una joyería. Aunque le entregara los productos todos los meses, jamás volvería a estar tranquila. Tal vez debería evitar pérdidas mayores y huir. En la residencia de enfermeras no había mucho que robar. Los adornos de todo tipo (perlas, plumas, volantes) estaban prohibidos en las salas, así que la mayoría de las aprendizas habían dejado en casa la seda y las borlas. Pero Una podía conseguir lo suficiente para un billete de tren y salir de Nueva York. La idea le revolvió el estómago. Menos mal que se había saltado el desayuno.

Más allá de la sala de pernoctación estaba la de alcohólicos. Allí olía menos a sudor y más a vómito. Las celdas flanqueaban el pasillo. Como en el pabellón de los dementes, cada puerta era de madera maciza con una pequeña mirilla en el centro. Miró en cada celda al pasar. En la mayoría había solo un ocupante, aunque Ella sabía que en momentos de ajetreo se podía meter a tres, cuatro, a veces cinco mujeres dentro. Algunas de las que vio estaban acurrucadas y dormían en unos desordenados palés de paja. Otras caminaban o estaban sentadas con las rodillas recogidas contra el pecho, soportando los horrores.

Pensó en la arenga de Conor del día anterior en la sala de exploración. No era el único que compartía esa visión cáustica. Aun así, le sorprendió al venir de un hombre de recursos humildes, que sin duda había pasado apuros. En esas mujeres, Una veía a su padre, roto por la guerra. Se veía a sí misma, aterida de frío y hambrienta, anhelando el fuego que un buen trago de *whisky* encendería en el estómago. Veía a la infinidad de mujeres que conocía de los suburbios que bebían para mitigar el dolor de los puños de sus maridos.

Incluso sintió una pizca de compasión por Deidre, que había pasado su propio calvario, pero no estaba dispuesta a permitirle que le arruinara la vida. Levantó la barbilla y enderezó los hombros al acercarse a la última celda. El día anterior, Deidre tenía la sartén por el mango. Hoy le tocaba a Una. Regla número ocho: hasta que el dinero cambia de mano, no es tarde para renegociar.

Sin embargo, cuando llegó a la última celda, la puerta estaba abierta. Dentro solo encontró a una asistenta a gatas que limpiaba el suelo. Por lo demás, la pequeña estancia estaba vacía. ¿Había pasado de largo a Deidre sin darse cuenta? Una volvió a comprobar las celdas una a una. Deidre no estaba.

¿Ya la habían liberado? Era poco probable que la hubieran soltado antes de tiempo. Una vez más, si Deidre era capaz de salir de un arresto a base de zalamerías, seguro que podía convencer a una torpe empleada nocturna de que estaba lo bastante sobria para irse.

Volvió la sensación pesada y gélida que se había apoderado de ella el día anterior. Respiró hondo para calmarse. No era el momento de perder los estribos, pero el aire húmedo y rancio no ayudaba. ¿Deidre iría a las salas a buscarla? ¿A la residencia de enfermeras? ¿La destaparía y luego iría a la policía? Fueran cuales fuesen sus intenciones, Una tenía que encontrarla primero.

Dio media vuelta y se topó con Edwin.

—Ed... eh... doctor Westervelt —dijo, y retrocedió dando tumbos—. ¿Qué hace aquí?

Él estiró el brazo para sujetarla. Al notar la mano, por lo general tan agradable, se puso aún más frenética, y se apartó.

—He venido a ver a la paciente que ingresamos ayer —aclaró.

—Pero si apenas ha amanecido.

—No podía dormir. —Bajó el tono—. De haber sabido que estabas aquí...

—No está. La paciente. Debe de haberse desembriagado y la han soltado. —Una retrocedió un paso y miró por encima del hombro hacia la salida. Tenía que asegurarse de que Deidre no estaba merodeando por el recinto, donde alguien pudiera verla—. Yo... eh... que tenga un buen día, doctor.

Edwin la agarró de la mano antes de que se diera la vuelta para huir.

—¿Nos vemos más tarde en el ascensor? A las dos en punto.

—No puedo. Hoy no. A lo mejor, eh, la semana que viene. —Intentó liberar la mano, pero siguió sujetándola.

—¡La semana que viene! —Se oyó un estrépito en una celda cercana y bajó la voz de nuevo—. Una, ¿qué pasa? Esta mañana no pareces tú.

Ella abrió la boca, pero no supo qué decir. Odiaba mentirle, pero no tenía tiempo para excusas largas. Tenía que encontrar a Deidre.

—Estoy bien. De verdad. Solo… demasiado cansada.

—Es por tanto ir a hurtadillas, ¿verdad? Yo también lo odio. Hace que me sienta como mi padre. Me estoy planteando subir al despacho de la señorita Perkins, decirle que te quiero y acabar con esto.

Las ideas vertiginosas de Una se pararon de pronto.

—¿Qué has dicho?

Edwin bajó la mirada, el color en las mejillas recién afeitadas se intensificó. Cuando volvió a mirarla a los ojos, Una buscó en ellos un rastro de falta de sinceridad. Era fácil hablar, pero mentir con los ojos requería cierta habilidad.

—Te quiero, Una Kelly —dijo él. Sus ojos lo confirmaron.

Se quedó boquiabierta un momento antes de retirar la mano. Otros hombres le habían dicho antes que la querían, borrachos, de una forma estúpida. Uno incluso le dedicó una canción. Pero sus ojos vidriosos y erráticos no contenían ni una pizca de sinceridad. Esto era distinto, era aterrador.

El ruido de unos pasos que se acercaban la salvaron de tener que hablar. Tanto ella como Edwin se separaron en un acto reflejo. Una mujer vestida con un sencillo vestido de algodón y un delantal, dedujo que era la empleada de la sala, se acercaba a ellos a la carrera.

—Disculpen. No les he oído entrar. —Se quitó las legañas de los ojos y señaló con la cabeza la última celda, de donde la asistenta acababa de salir con el cubo de fregar—. Se supone que Sally tenía que darme una voz cuando bajase alguno de ustedes. Tampoco les debe de haber oído.

—Hemos procurado no... eh... no hacer mucho ruido —dijo Una—. Por no despertar a las pacientes que aún descansan.

La empleada soltó un bufido.

—Estas mujeres serían capaces de dormir en medio de un desfile. Hasta que empiezan a desintoxicarse, claro. Entonces hasta un cementerio sería demasiado ruidoso para ellas.

Una vio que la asistenta se santiguaba y se iba corriendo por el pasillo. Por un instante, allí sola con Edwin, había olvidado lo lúgubre que era esa parte del sótano. Ahora el aire frío y repugnante era ineludible, picaba en la piel y asfixiaba los pulmones.

—Ayer trajeron a una mujer en ambulancia y la trasladaron a su sala —dijo Edwin. La postura era más rígida y la mirada se había endurecido—. Pelirroja. De estatura baja. Ebria, pero no hasta el punto de estar inconsciente. He venido a comprobar su estado y me dicen que no está. ¿La han liberado o enviado a otra sala?

La empleada agitó las manos en el delantal.

—Ninguna de las dos cosas, señor. ¿El médico al cargo no se lo ha dicho?

—Aún no he subido a verlo.

—Murió, señor.

Aquellas palabras fueron para Una como latigazo repentino de viento gélido procedente del río.

—¿Cuál fue la causa? —preguntó Edwin—. Aparte de haber bebido demasiado, no presentaba signos de mala salud. —Se volvió hacia Una—. Usted la observó a fondo ayer, enfermera Kelly. ¿No notó nada?

Ella fue incapaz de responder. Se limitó a sacudir la cabeza y susurrar:

—¿Murió? ¿Está segura?

—Sí, señora. Fue por el láudano.

—Yo no receté láudano —dijo Edwin.

La empleada se acercó a una mesa que había al final del pasillo y volvió con una botellita de cristal.

—La encontré muerta justo después de medianoche. Llevaba esto en el bolsillo, vacía hasta la última gota.

Una agarró la botella de la mano de la mujer. «Láudano, alcohol 47 %, opio 60 g por onza», decía la etiqueta en letras rojas, seguidas de las palabras DEPARTAMENTO DE MEDICAMENTOS BELLEVUE. Pero la botella que Una había robado para ella estaba casi vacía. Deidre no podía haber sufrido una sobredosis con una cantidad tan pequeña.

Al percatarse de que tanto Edwin como la empleada la estaban mirando, dijo:

—Debió de robarla mientras atendía a otro paciente. Había tal caos en la sala de exploración que ni siquiera recuerdo cuándo llegó.

—No es culpa suya, eso seguro —dijo Edwin, que luego se dirigió a la empleada—: ¿No registra a las pacientes y hace inventario de sus pertenencias al llegar?

—Sí, señor. Pero no encontramos nada.

—Una botella tan pequeña es fácil de esconder —dijo Una, y se la devolvió a la empleada—. Pero no veo… ¿cómo supo que estaba muerta? ¿No estaría solo durmiendo?

—Por los ojos, señorita. Los tenía desorbitados y rojos como si fuera el mismo demonio. Me dio un buen susto, la verdad. Entré corriendo y vi que no respiraba. Entonces encontré el láudano en el bolsillo.

—Pero ¿está segura? El láudano puede ralentizar la respiración de una paciente, y el ritmo cardiaco. —La voz de Una perdía fuerza y se volvía aguda—. A lo mejor estaba durmiendo y se confundió…

—El médico al cargo la examinó y certificó su muerte.

Él también podría haberse confundido, al despertar en plena noche y bajar a rastras a esa ratonera oscura y sórdida. Quizá había presionado con los dedos el lado que no era de la muñeca para notarle el pulso. O había colocado el estetoscopio demasiado alto o bajo o a un lado del pecho. Sea como fuere, necesitaba verla con sus propios ojos.

—¿Dónde está?

—En la morgue.

35

LA NIEBLA MATUTINA había empezado su lento ascenso hacia el río cuando Una subía del sótano. Pero, la morgue, un edificio antiguo de una sola planta en el otro extremo del césped, seguía cubierta por una neblina blanca moteada. Oyó las pisadas de Edwin en la escalera, tras ella, pero redujo el paso y se alegró de que no la siguiera más allá de la entrada de grava. Ahora no podía pensar en él, en lo que había dicho, lo que ella no había respondido. Solo podía pensar en Deidre.

Para entrar en la morgue, pasó por un pequeño patio adoquinado que daba al césped. En un lado había un edificio largo de madera que sobresalía por encima del río, donde le habían dicho que guardaban los ataúdes de repuesto. Al otro lado estaba la morgue. Al fondo había una entrada que daba a la calle Veintiséis. Había más de una decena de ataúdes apilados al azar en el rincón del patio, algunos grandes, otros tan pequeños que solo cabría una criatura.

Un hombre barbudo con una gorra a cuadros estaba de pie en el patio, rociando los adoquines helados con una manguera. No llevaba chaqueta, pese a que el ambiente era frío y brumoso, solo una camisa de algodón y unos pantalones holgados de lana sujetos con unos tirantes rojos. Al ver a Una, cerró el agua y dejó la manguera a un lado.

—¿Puedo ayudarla, señorita?

—¿Es usted el médico al cargo?

Negó con la cabeza.

—El guarda de la morgue.

—Sí, tal vez pueda ayudarme, entonces. He venido a ver a una paciente… es decir, a una paciente difunta.

El hombre se cruzó de brazos y se apoyó en el montón de ataúdes.

—Usted es una de las enfermeras de la escuela, ¿verdad?

Ella asintió.

—Lo he sabido por el uniforme. Más bien soso, si me lo permite —comentó, y luego se apresuró a añadir—: Pero a usted le queda muy bien.

—Esa no es la cuestión. Las enfermeras nos vestimos para trabajar, igual que usted. Ahora, la paciente.

—¿La muerta?

Una torció el gesto.

—Sí. ¿Dónde podría encontrar… eh… su cuerpo?

—Depende de si el cuerpo ha sido reclamado. —Dio un golpe en la tapa de uno de los ataúdes—. Pasados tres días, los que no han sido reclamados van a la fosa común.

—Pero si murió ayer.

—Bueno, entonces el cuerpo aún debería estar dentro. —Se apartó del montón de ataúdes y señaló con un gesto la puerta del edificio de piedra que les quedaba a la derecha—. Las señoritas primero.

La puerta se abrió a un largo pasillo. Una titubeó, luego entró. El guarda de la morgue la siguió. Un extraño olor impregnaba el aire húmedo: el olor intenso e irritante a desinfectante y, subyacente, la pestilencia acre, casi dulce, de la podredumbre. Se estremeció al imaginar cómo debía de apestar el edificio durante los meses de verano.

En la primera sala donde entraron había más ataúdes, con las tapas aún sin atornillar. El guarda de la morgue las fue levantando una a una para que mirara dentro. Un atractivo hombre negro cuyo pelo en espiral justo empezaba a volverse cano. Otro hombre, alemán a juzgar por su fisonomía, con un enorme y oscuro agujero de bala en la sien. Una anciana con la piel curtida y la boca desdentada. Una niña pequeña con los rasgos morenos de los italianos y los labios congelados en una sonrisa apacible. Casi apacible. Como los demás, tenía pies y manos atados con unos cordones como si quisieran contenerla bien colocada en la estrecha caja.

Cuando el guarda levantó la tapa de un ataúd poco más grande que una caja de zapatos, Una tuvo que apartar la vista.

—A este lo encontraron congelado en la calle —la informó el guarda, que parecía disfrutar con el malestar de Una—. Qué madre antinatural haría…

—La paciente que busco es una adulta, no una niña. Y estaba bien viva cuando ingresó en el hospital. —Fulminó con la mirada al guarda hasta que volvió a colocar la tapa en su sitio.

A continuación, entraron en la sala de observación. Había cuatro mesas de piedra situadas bien espaciadas delante de un ventanal que daba a la calle. La luz matutina atravesaba el cristal y envolvía a los transeúntes curiosos. Encima de cada mesa yacía un cadáver. Unas sábanas de caucho tapaban su desnudez, mientras su ropa colgaba lánguida de la pared, tras ellos. Cada uno tenía colocado un bloque de madera a modo de cuña en la nuca para levantarles la cabeza e inclinar la cara para verlos mejor. Les caía agua de unos tubos que colgaban, tapados con boquillas. Goteaba contra las sábanas de caucho y resbalaba hasta el suelo de losas.

Deidre no estaba entre los cuerpos allí estirados para su identificación, aunque Una reconoció a uno de los hombres fallecidos en el accidente del día anterior. La camisa y los pantalones sucios de hollín colgaban de un gancho tras él. Una no pudo evitar imaginar a su esposa remojando esa misma ropa en el lavamanos unos días antes y colgándola para que se secara, con cuidado de que no se arrugara. ¿La reconocería ahora, tan sucia y andrajosa?

—¿Qué pasa con la ropa si el cuerpo queda sin reclamar? —se preguntó Una en voz alta.

—La guardamos durante treinta días por si alguien reconoce la imagen del difunto que colgamos fuera, en la pared —contestó el guarda—. Después se envía al hospital para que la lave y se la dé a los pacientes que la necesiten. La ropa que está inservible va a la Isla. Creo que allí la convierten en alfombras de trapos.

Ella asintió, recordó la fábrica, el humo y el vapor que escupían las chimeneas. Había trabajado muchos días durante su estancia, sin importarle de dónde salían los trapos. Ahora, a una parte de ella le dolía pensarlo. La ropa de su madre se había quemado sin darle uso, los pocos hilos que sobrevivieron quedaron pegados a la carne consumida. Una recordaba que eran hilos azules, de su vestido diurno de cuadros Vichy. El que tenía un borde de encaje en el cuello y un modesto polisón.

Sacudió la cabeza y salió de la sala dando zancadas. ¿Qué habría hecho ella con el vestido si hubiera sobrevivido algo más que los hilos? ¿Un acerico? ¿De qué le habría servido en los aciagos años que se sucedieron? En aquel entonces, un sentimentalismo tan ñoño no habría servido de nada, y ahora tampoco ayudaría a saber qué había sido de Deidre.

El guarda de la morgue la llevó, atravesando un almacén y un despacho, hasta la parte trasera del edificio, donde se llevaban a cabo las autopsias. Sin embargo, se paró en el umbral de la puerta, y le tapó la vista.

—De verdad que no es lugar para una señorita —dijo.

—No soy una señorita. Soy enfermera.

Él metió los pulgares debajo de las cintas de los tirantes y bajó la mirada.

—Ya me ha enseñado una decena de cadáveres. ¿Por qué son tan distintos estos?

—No son… eh… los cuerpos en sí lo que puede ofenderla. Es su estado de desnudez.

Una intentó pasar rodeándolo, pero él le cortó el paso.

—Le aseguro que en esa sala no hay nada que no haya visto antes.

Él se sonrojó hasta la raíz de la barba. Una suspiró. Era un hombre lo bastante insensible para apoyarse en un montón de ataúdes, que se había deleitado en enseñarle la silueta hecha un ovillo de un bebé congelado, pero que se avergonzaba con solo pensar en que ella viera las partes íntimas de un hombre muerto.

—Nada que no haya visto en mi oficio de enfermera. Ahora, apártese, por favor.

—Usted misma.

El hombre se movió a un lado de la jamba y ella lo rodeó. Los otros cadáveres del accidente del día anterior yacían sobre unas mesas metálicas con caballetes, esperando a que los examinaran mientras les caían gotas de agua encima. Al lado había otra paciente, probablemente de la sala de maternidad, con la barriga inflada y la piel cenicienta. Y luego, al fondo del todo, Deidre, con la cabellera pelirroja derramada sobre la mesa, húmeda y apelmazada. Tenía los brazos rígidos a los lados.

Se quedó helada un momento antes de obligarse a respirar y cruzar la sala. Las botas sonaron sobre el suelo mojado, como una intrusión inquietante en el silencio. Se colocó al lado de Deidre y esperó a ver algún signo de vida:

una sacudida de la mano o un temblor de los párpados. Al ver que no detectaba nada, extendió el brazo y posó una mano en el torso de Deidre. Tenía la piel fría, el pecho inmóvil. Una se apartó.

¿De verdad esperaba que estuviera viva, durmiendo tan tranquila en una sala llena de cadáveres? Pese a todo, tuvo que reprimir el impulso de volver a extender el brazo y zarandearla como si así pudiera de alguna manera devolverla a la vida.

—Supongo que era a ella a quien buscaba —dijo el guarda.

—¿Ahora qué le va a pasar? ¿De verdad… —Una se detuvo y tragó saliva—, la van a rajar y le van a sacar todos los órganos?

El guarda se acercó con calma y se encogió de hombros.

—Si no se conoce la causa de la muerte.

—Sobredosis de láudano. Por lo menos eso dijo la empleada de la sala.

—Entonces, probablemente no.

—Entonces, ¿la dejarán expuesta hasta que alguien la reclame?

—El hospital enviará a alguien para que se lo notifique a sus familiares, si se conocen.

Una sacudió la cabeza.

—No tiene familia.

—Entonces no es probable que la reclamen, ¿no?

Marm Blei podría reclamarla. Alguien de los de antes. Seguro que no permitiría que la dieran por desaparecida sin comprobar si estaba allí. Pero ¿y los honorarios de la funeraria y los gastos del entierro? ¿Quién los iba a pagar? Teniendo en cuenta los beneficios que había obtenido Marm Blei con los botines de Deidre a lo largo de los años, lo justo sería que lo pagara ella. Pero eso no significaba que fuera a hacerlo.

—Si no, ¿la enterrarán en la fosa común?

—Depende. —El guarda paseó la mirada por el cuerpo de Deidre igual que un ladrón estudiaba un anillo de diamantes—. Parece material apto para una de las facultades de Medicina.

—¿Qué?

—Algunos de los muertos sin reclamar se dejan para la disección. La ley municipal y todo eso.

Una recordó lo que le había contado Dru sobre la Bone Bill durante su primera clase de anatomía, cómo, para prevenir la práctica de profanar tumbas se proporcionaban a las escuelas cadáveres de los fallecidos en la ciudad sin reclamar, vagabundos y personas sin amigos. Una estiró el brazo y retiró los mechones de pelo mojado que le habían caído en la cara a Deidre. Era imposible no recordar todas sus escapadas juntas, las noches movidas en las tabernas, las partidas de cartas a la luz de las velas en su piso. Una vez, cuando Marm Blei se hizo con un alijo de vestidos de seda de Francia, cogieron prestados en secreto dos y se hicieron pasar por mujeres de la alta sociedad en una elegante sala de almuerzos de Ladies' Mile. Por supuesto, se escabulleron antes de pagar la cuenta. Cuando Marm Blei se enteró, les quitó otro diez por ciento de sus ganancias durante tres meses enteros. Aun así, la aventura había merecido la pena.

—¿Cuánto le dan?

—¿Disculpe?

—Por el material apto. ¿Cuánto le pagan las facultades?

El guarda estiró los tirantes de nuevo y miró hacia la puerta.

—Las diferentes facultades me dan algo por cargar, carretear y entregarles el material. Nada más. Nada fijo. Solo lo que consideran justo dar según la carga. A fin de cuentas, yo tengo que pagar al carretero.

—¿Cuánto por cuerpo?

—Nunca lo he calculado. Me pagan por la carga.

—¿Cuántos cuerpos por carga?

Se encogió de hombros, el suave chapoteo del agua llenaba el silencio.

—Algunas veces, uno; otras, dos; otras, hasta ocho o diez.

—¿Y cuánto le pagan por cargar uno?

—Casi nunca entrego un solo cuerpo, a menos que coincida con la primavera, el final del semestre, y…

Una se acercó al hombre y lo miró a los ojos.

—¿Cuánto?

—Un dólar o dos.

—Lo doblo si me promete que no va… a apartar este.

—¿Y a usted qué más le da un paciente que otro? ¿La conoce o algo así?

Una miró de nuevo a Deidre. La empleada tenía razón: tenía los ojos inyectados en sangre, era horrible.

—No, no la conozco. Pero mi trabajo consiste en cuidar de mis pacientes, y no quiero verla cortada en pedacitos en una mesa de disección mientras la miran estudiantes ansiosos.

—Seis.

—De acuerdo. —Una metió la mano en el bolsillo y sacó tres dólares—. La mitad ahora. El resto de aquí a tres días si no la reclaman. —Le dejó el dinero en la palma de la mano—. Si no cumple, lo denunciaré al inspector municipal.

—Atiza, es usted un hueso duro de roer para ser enfermera. —Se guardó el dinero justo al abrirse la puerta de la sala de autopsias. Entraron varios hombres, encabezados por uno bajito de nariz curvada y lentes gruesas. Una dedujo que era el patólogo jefe. Los demás eran internos del hospital, jóvenes imberbes a los que había visto de vez en cuando, detrás del médico residente o de un cirujano de visita como si fueran patitos recién nacidos. Por suerte, Edwin no estaba entre ellos.

—¿Qué está pasando aquí, Bartlet? —preguntó el hombre de la nariz torcida al guarda de la morgue—. ¿Qué hace aquí una mujer?

—Es enfermera, señor. Ha venido a ver a una paciente.

El hombre bajó la barbilla y la miró por encima de la montura de las lentes.

—¿Una paciente? Aquí no hay pacientes, solo cadáveres.

—Quería estar segura, señor —dijo Una—. Eh... Bartlet estaba a punto de enseñarme la salida.

—¿Seguro? —Disimuló una risita y se acercó al cuerpo que tenía más a mano. Levantó un brazo y lo dejó caer. Cuando golpeó contra la mesa metálica se oyó el eco de un estruendo. Una dio un respingo al oír el ruido, pero no se movió—. ¿Está lo bastante muerto para usted, señorita?

Le recordó a los matones con los que tenía encontronazos en Hell's Kitchen o el Bend, tal vez un poco mayor y mejor vestido, pero igual de ruin. Su regla en la calle, la número nueve, era levantar los puños como si no tuviera miedo y, si era necesario, dar el primer puñetazo. Pese a que era tentador, sabía que no podía aplicarla en este caso. No podía permitirse que los rumores de su visita allí llegaran hasta la señorita Perkins.

—Gracias por sus... aclaraciones, doctor —dijo—. Estoy muy satisfecha y les dejo que continúen con su trabajo.

Echó un último vistazo a Deidre. Como su pelo ya no formaba una melena de león alrededor de la cara, Una se fijó por primera vez en una franja decolorada en el cuello. Al mirar con más detenimiento, se percató de que era un hematoma.

—Doctor, hay algo extraño en esta paciente... eh... este cuerpo.

El patólogo puso cara de impaciencia. Unos cuantos internos soltaron una risita.

—Enfermera, tengo cinco cadáveres que examinar en menos de una hora. No tengo tiempo para sus preguntas.

—Pero creo que a lo mejor la han estrangulado. —La idea no acabó de formarse del todo en la mente de Una hasta que pronunció esas palabras. Pero sí, eso era justo lo que parecía.

El patólogo se acercó, sacudiendo la cabeza. Una señaló la tira de piel de color azul rojizo en el cuello de Deidre.

—¿Ve este morado?

Miró solo un momento el cuerpo de Deidre antes de volver a mirar a Una con suspicacia.

—Eso es lividez, no un morado. Si hubieran estrangulado a esta mujer, se verían un montón de pequeñas petequias causadas por las puntas de los dedos del atacante.

—¿Y si no usó las manos?

El patólogo se volvió hacia el grupo de internos, apuntando a Una con un dedo huesudo.

—Justo por eso las mujeres nunca serán médicos. Un poco de *livor mortis* y se les ocurren ideas fantasiosas sobre asesinos y fantasmas que revolotean por el hospital y matan a pacientes a su antojo.

Los hombres se rieron.

—Yo no he dicho nada de fantasmas, solo que en el cuello…

—El médico a cargo me ha informado de que esta mujer murió de sobredosis de láudano. No veo nada en el cuerpo que lo contradiga. Si tiene algún problema con eso, plantéeselo a su superintendente. Pero no se preocupe, yo también tendré una conversación con ella.

Una escondió los puños en los pliegues de la falda.

—Disculpe mi impertinencia, doctor. No tengo ningún problema con su estudiada valoración.

—Bien, entonces ya sabe dónde está la salida.

36

Tres días después, Una esperó a que un pequeño remolcador negro se situara junto al embarcadero. En la proa llevaba escrito *Esperanza*. Un nombre irónico y sombrío. Entregó al guarda de la morgue los tres dólares restantes que le debía por ahorrar a los restos mortales de Deidre la indignidad de la disección, más otro dólar para asegurarle el sitio en el remolcador.

—¿Seguro que quiere ir? —dijo mientras se guardaba el dinero—. No hay mucho que ver.

Ella asintió, se apretó el nudo de la bufanda y subió a bordo. El remolcador se ciñó a la orilla del río y retrocedió hasta el edificio alargado de madera situado junto a la morgue. Los barqueros colocaron una plancha larga entre el edificio y el muelle. Los trabajadores de la morgue empujaban ataúdes por la pendiente, y los cuerpos daban golpes secos contra el lateral de sus rudimentarios receptáculos al llegar al muelle.

Todas las tardes durante los últimos tres días Una se había acercado a la ventana de la morgue en la calle Veintiséis y se quedaba de pie entre la gente que pasaba. No se atrevía a entrar y arriesgarse a tener otro altercado con el patólogo de nariz aguileña. Era fácil distinguir a los que se congregaban en la ventana por curiosidad perversa de los que tenían un propósito sincero. Los curiosos aplastaban la cara mugrienta contra el cristal y dejaban un rastro de mocos y huellas de suciedad. O pasaban rápido, como si fueran a algún sitio y se encontraran por casualidad con ese espectáculo, y a continuación caminaban mirando hacia delante con los ojos desorbitados.

Los que de verdad buscaban a alguien se quedaban. Estudiaban las imágenes de la pared, los cuerpos tras el cristal, la ropa que colgaba de los ganchos, de pronto esperanzados y aterrorizados a la vez por si reconocían algo. La camisa de su marido. La cara de su hija. El cabello pelirrojo claro de su antiguo compinche.

Todas las tardes, Una rezaba por que el cuerpo de Deidre hubiera desaparecido, reclamado por un familiar lejano o alguien de la banda de Marm Blei. Otros cadáveres llegaban y se iban, pero el suyo seguía allí.

No había olvidado el plan de Deidre de extorsionarla ni que había mentido a la policía. Aun así, era incapaz de deshacerse de la dolorosa sensación de vacío, como si se le hubieran marchitado las entrañas y se hubiera quedado hueca. Podría haber sido ella la que estuviera allí tumbada en esa mesa de autopsias, con una corriente constante de agua que la goteaba en el pecho para evitar que la carne se pudriera. Solo era una más de la gentuza de la ciudad, sin reclamar, olvidada.

El cuarto día por la mañana, antes de que llegara el remolcador, Una insistió en ver el cadáver de Deidre. Se fiaba menos del guarda de la morgue que de un borracho con una botella, y no confiaba en que cumpliera el trato hasta el final. Abrió media decena de ataúdes del depósito antes de encontrarlo, el hedor ya de por sí omnipresente se intensificó aún más. Los ojos inyectados en sangre de Deidre seguían abiertos, y la piel había adquirido un tono verdoso. Durante los últimos días, Una había observado que el cardenal del cuello se había vuelto más pronunciado, luego se extendió y desapareció. En el examen final, costaba distinguirlo de la putrefacción general que se había iniciado, como una burla de la certeza de Una de que a Deidre la habían estrangulado.

Cuando el guarda de la morgue cerró el ataúd y lo atornilló de nuevo, dibujo una X en la tapa con una frágil tiza. Ahora, de pie en la cubierta del *Esperanza*, Una observó cómo empujaban los féretros por la rampa y los colocaban en montones al azar. La silueta del barco parecía lo único que estaba en su sitio. El ataúd de Deidre, con su X blanca, fue uno de los últimos que subieron a bordo. Torció el gesto en el momento que los marineros lo levantaron por encima del resto como si no fuera más que una caja de nabos.

Con una nube de vapor, el remolcador zarpó del hospital, sin prisa pero sin pausa, río arriba entre pedazos de hielo invernal. Se detuvo en la isla de Blackwell a recoger otra carga de ataúdes (víctimas del tifus del lazareto y difuntos internos de las cárceles), y luego continuó.

El cielo estaba despejado, y el sol brillaba cegador. Las aves marinas dibujaban círculos por encima de sus cabezas, graznando y chillando. Una nunca había tenido el estómago sensible, pero el desayuno se agitaba con el cabeceo del barco. O tal vez fuera el olor de la carga.

Mientras contemplaba el río, recordó una broma de juventud: «Si quieres ir a la isla de Hart, rómpete una pierna y ve al hospital. Los médicos te llevarán enseguida». Ya no quedaba ni rastro del humor, pero la verdad persistía. Deidre había llegado al Bellevue sana y salva, aunque muy borracha. Ahora estaba muerta. Asesinada, si las sospechas de Una eran acertadas.

Sacudió la cabeza y enfocó la mirada en la pequeña isla en la distancia. Aunque una parte de ella seguía odiando a Deidre, había decidido presenciar su entierro. Todo el mundo, incluso una estafadora que jugaba a dos bandas, merecía que alguien lo acompañara hasta el final. Esperaba que alguien hiciera lo mismo por ella. Cuando terminara ese día horrible, ya pensaría en qué significaba el hematoma y qué debería hacer al respecto.

En la isla de Hart, el remolcador se detuvo junto a un muelle rudimentario y descargaron los ataúdes. Los trabajadores de la isla los carretearon hasta el cementerio con el mismo cuidado que un porteador ocupado que trabajara en una estación de tren. Los siguió acompañada del capitán. Con tanto ajetreo, había perdido la pista de en qué carro iba el ataúd de Deidre, pero se dijo que lo volvería a encontrar cuando llegara al cementerio.

No esperaba lápidas con esculturas ni urnas repletas de flores, pero la aridez de la fosa común la perturbó. No había árboles ni vegetación de ningún tipo. No se veían indicadores ni cruces labradas con tosquedad. Varios perros sarnosos, mastines, a juzgar por el tamaño, deambulaban en libertad por el terreno.

—Ni siquiera hay una valla —masculló.

—Ya —dijo el capitán—. Pero ¿qué sentido tiene? Los de fuera no están deseando entrar, y los de dentro no están en situación de salir. Además, los perros hacen un buen trabajo patrullando el recinto.

Se pararon junto a dos zanjas largas de metro y medio de profundidad y uno ochenta de ancho. El desayuno indigesto le subió a la garganta. No podía ser allí donde descansaran los cuerpos.

A modo de respuesta, los obreros empezaron a arrojar los ataúdes a la zanja como si lanzaran combustible en un hoyo de carbón. Una vez colocada la primera fila, lanzaron dos carretones de tierra encima de los ataúdes, y empezaron una fila nueva. El estruendo de la madera y el ruido suave de la tierra era ensordecedor. Uno de los perros se acercó despacio y soltó el palo para olisquear el borde de la zanja. Apareció otro al lado e intentó robarle el palo, pero lo ahuyentó con un gruñido. Olisqueó un poco más la tierra y luego recogió el palo.

No, no era un palo, Una se dio cuenta cuando se iba. Era un hueso humano.

Se apartó del capitán unos cuantos pasos tambaleándose y vomitó una mezcla de galletas, café y bilis. Se limpió la boca con el pañuelo y volvió a la zanja justo a tiempo para ver cómo metían el ataúd de Deidre, con la X blanca emborronada. Le llovió la tierra encima, que bombardeó la madera como si fuera lluvia helada. Se maldijo por no haber llevado una flor o un lazo para lanzarlo encima, pero cualquier elemento sentimental habría quedado aplastado por el peso de otro ataúd. Lo único que podía hacer era pronunciar una breve oración, santiguarse y huir de vuelta al remolcador.

37

Dos NOCHES DESPUÉS, al finalizar su turno, cuando terminó de explicar a la enfermera de noche qué medicamentos necesitaban los pacientes, cuáles requerían una atención absoluta y qué suministros había que reponer, encontró a Dru esperándola en la sala principal. Agarró a Una del brazo mientras volvían a pie a la residencia de enfermeras.

—Corre a vestirte y olvídate de la cena —dijo.

Una refunfuñó. ¿Qué tenían que estudiar tan importante para no tener tiempo de cenar? De todas formas, no recordaría ni una palabra. Ella había presenciado muchas atrocidades en los suburbios, pero la espantosa escena de la isla de Hart aún la perseguía. Incluso cuando cerraba los ojos le volvían los sonidos: el golpe seco de los ataúdes, el tamborileo de la tierra, los gruñidos de los perros enloquecidos por la carne. La escuela de formación, las clases de Dru, la complicada estratagema que Una había creado, ¿qué sentido tenía si iba a acabar como Deidre, abandonada y pudriéndose en una tumba anónima?

—Esta noche no me apetece estudiar.

—Perfecto, porque no estudiaremos.

—¿Entonces por qué…?

—Nada de preguntas. Tienes que confiar en mí. —Habían llegado a la entrada de la residencia, y Dru la empujó adentro con impaciencia—. Ponte el vestido de los domingos.

Cuando llegaron a su habitación, Dru se quitó el uniforme de enfermera y se puso un vestido con un buen corte, pero sin adornos, más rápido de lo que Una la había visto vestirse jamás. Luego se volvió hacia ella, que solo había conseguido desabrocharse unos cuantos botones, le apartó las manos y la desvistió como si fuera una niña. Cualquier otra noche, habría protestado, tal vez incluso le habría dado un coscorrón por ser tan impertinente y avasalladora, pero hoy no tenía ganas de nada de eso. Ni siquiera de cuestionarse si era una tontería confiar en su compañera o no.

En cuanto se pusieron el atuendo adecuado, Dru la sacó de la habitación y bajaron la escalera. Desde la cocina llegaba un olor a rollos de mantequilla y cordero asado que le despertó el estómago con un rugido. Se había saltado el desayuno y picoteado en el almuerzo. ¿O eso había sido en el almuerzo del día anterior? Quizá no había comido en todo el día. Dru siguió tirando de ella y salieron de la residencia, donde los olores eran menos atractivos. Sin embargo, el estómago seguía rugiéndole, una vieja sensación conocida de su primera época en la calle.

Justo antes de que partiera, subieron al tranvía que se dirigía al oeste y paraba a una manzana de la residencia. Dru pagó el billete y se sentaron en un banco que dos estibadores muy amables les cedieron. Una pensó por un momento que era peligroso salir adonde alguien pudiera reconocerla, pero era incapaz de afrontarlo, y no se preocupó más allá de ajustarse el sombrero para que el ala le tapara mejor la cara de la luz de las farolas que pasaban de largo.

Dru hablaba jubilosa por encima del traqueteo del vagón. Habían ingresado a un paciente nuevo en su sala con una dolencia de lo más desconcertante que no mejoraba por mucha terapia con ventosas o sangrías que se le aplicaran.

Una agradeció la distracción, escuchaba la cadencia animada de su tono más que las palabras en sí. Sintió una gran satisfacción al oírla hablar de sangre y diversos procedimientos que describía con tanto aplomo. Volvió a conmoverse cuando mencionó al doctor Westervelt, cuya brillante idea de tratar al paciente con ácido acetilsalicílico al final propició una mejora. Pronto esa sensación quedó eclipsada por la culpa por haberlo dejado de manera tan abrupta en la sala de alcohólicos. Aun así, ni siquiera era capaz de mantener ese sentimiento, que se consumía como una llama débil en la desesperación.

Bajaron en Madison Square Park, donde Dru compró un *pretzel* para cada una a un vendedor en una esquina del parque. Una habría preferido una jarra de *whisky*, pero por lo menos ese pan blando y salado le calmó el estómago.

—¿Todo este camino por un *pretzel*?

—No, boba, vamos.

Rodearon el parque, giraron por la calle Veintitrés y llegaron al Hotel Quinta Avenida. La deslumbrante fachada de mármol reflejaba el tenue brillo de las farolas.

—Me han dicho que por dentro es como un palacio europeo —le dijo Dru, al tiempo que señalaba el hotel con la cabeza—. Las salas de lectura, los restaurantes y las salas de dibujo están hechas al estilo francés. Cuentan que incluso tiene su propia barbería y oficina de telégrafos.

Pese a que Una había pasado mil tardes en esa zona de la ciudad, puesto que el parque tan cuidado y las tiendas elegantes situadas al sur de la Quinta Avenida eran el coto perfecto de caza para los ladrones, nunca había entrado en el hotel. Ni su mejor disfraz le permitía ir más allá de los porteros. Sin embargo, recordaba pararse de vez en cuando en la sombra de las marquesinas y asomarse a través de las ventanas al esplendor del interior. Pensaba: «Algún día seré tan rica y elegante como esos vanidosos». Ahora la idea le parecía tan inútil como absurda. Ni con todo el dinero del mundo tendría garantizada una muerte menos innoble que la de Deidre.

Caminaron media manzana más, luego se detuvieron frente a un edificio alto de piedra con unos frontones arqueados y molduras decorativas. En unas grandes mayúsculas talladas ponía EDEN MUSÉE encima de la entrada de puerta batiente.

—Es aquí —anunció Dru, que apretó la mano de Una con el rostro iluminado por un placer infantil.

—¿Qué es este sitio?

La otra no contestó. Tiró de Una al subir los escalones y pagó la entrada al portero, sin parar de sonreír. Entraron en un vestíbulo amplio iluminado por lámparas de araña donde un empleado les tomó los abrigos y las invitó a pasar a la sala adjunta. Dentro se arremolinaban varias decenas de personas, quietas frente a unas hornacinas con una tela carmesí donde unos actores formaban un retablo. Eran buenos actores, Una lo veía incluso a distancia. No eran los rufianes obscenos que actuaban en las tabernas de conciertos de Tenderloin o Five Points. Respiraban sin que se notara nada y mantenían la mirada fija pese a las murmuraciones de la gente. En evidente contraste con los árboles grises y pelados de Madison Square Park, numerosas plantas tropicales florecían por la sala, con las brillantes hojas verdes que insinuaban tierras exuberantes y remotas.

Se quedó maravillada con el esplendor, los ojos saltaban de hueco en hueco, de planta a planta, sin saber dónde fijar la atención. Por primera vez en días, sintió algo distinto al vacío.

—Sabía que te gustaría —exclamó Dru, que tiró de ella hacia una gran plataforma situada en el centro de la sala, donde se representaba un retablo de actores vestidos con elegantes ropas señoriales y religiosas—. Ayer un grupo de estudiantes de segundo año estaban mirando el catálogo y lo dejaron en la biblioteca. El museo abrió la semana pasada.

Una reprimió el impulso de dar codazos para que se acercaran más a la plataforma, y esperó junto a Dru como una señorita hasta que unas cuantas personas se desplazaron a la siguiente representación. De cerca, vio el intrincado bordado de las vestimentas de los actores, los destellos en los tejidos y los brillantes adornos. El hombre de uniforme azul con un elegante bies dorado representaba al emperador Guillermo II de Alemania, le explicó Dru. A su lado estaban la reina Victoria y el papa León XIII. Sin embargo, había algo raro en las caras. Lucían las mismas expresiones huecas y tenían los mismos semblantes pálidos y apagados que los cadáveres que Una había visto en la morgue.

Soltó un grito ahogado y retrocedió entre la multitud, chocando con hombros y pisando pies. Respiraba con jadeos rápidos y superficiales. Le pareció que la sala se tambaleaba, las plantas verdes y las cortinas lujosas se desdibujaban. Alguien, algo, fue a tocarla. Ella se apartó.

—Están muertos. Están muertos —decía una voz. Y Una sabía que era cierto.

Alguien había desenterrado los cuerpos de la fosa común y los había vestido como si fueran actores. Dio media vuelta, buscando a Deidre, y se llevó las manos a la garganta en un acto reflejo.

Alguien intentó tocarla de nuevo. Se le formó un grito en la garganta. Luego, como entre una nebulosa, reconoció la voz de Dru.

—No están muertos, Una. Escúchame. Son de cera.

Dejó que Dru la cogiera de las manos.

—Solo son modelos de cera vestidos como personas reales.

—¿De cera?

La otra asintió.

Una miró de nuevo el retablo, sintiendo el pulso en el oído. ¿Solo era cera? Se obligó a respirar despacio. De pronto lo vio. Por supuesto, no eran cadáveres vestidos. Los rasgos, pese a estar hechos con destreza, eran demasiado suaves y perfectos para ser reales. Los ojos eran de cristal pintado, y el pelo, pelucas.

El calor llegó a las mejillas de Una a medida que se le fue calmando la respiración. La gente la miraba desde todos los rincones de la sala. Un empleado se acercó corriendo.

—Tal vez la señorita quiera respirar aire fresco —le dijo a Dru—. O una bebida caliente en la sala de música.

La joven rodeó la cintura de Una con el brazo.

—Sí, una bebida caliente sería perfecto.

Pasaron por una segunda sala de retablos de obras de cera y entraron en la sala de música. Las botas de tacón sonaban suaves sobre el suelo de baldosas pulidas, apenas se escuchaban sobre la música envolvente de la orquesta. El empleado las sentó a una mesa hacia el fondo de la sala, apartadas de los demás asistentes, y luego fue a buscarles té.

—Lo siento —dijo Una—. No sé qué me ha pasado.

Se pasó el dorso de la mano por la frente, esperaba encontrar gotas de sudor, pero tenía la piel fría y seca.

—Es culpa mía. Debería haberte dicho antes que eran de cera.

—Ni siquiera parecen tan reales. No sé por qué… —Una se interrumpió. Claro que sabía por qué. Ya apenas podía cerrar los ojos sin ver un cadáver.

—Pensaba que te animaría. No doy para más. —Dru bajó la mirada y jugueteó con los cordones del bolso.

—¿Animarme?

—Has estado muy abatida estos últimos días. Creía que era por alguna riña con el doctor Westervelt, pero apenas te das por enterada cuando digo su nombre. Así que pensé que podrías tener algún problema con esa engreída, la señorita Hatfield, pero ha estado fuera toda la semana de visita con su familia en Baltimore. Entonces pensé…

—Una mujer que conocía murió. Hace solo unos días.

—Oh, Una, ¡es horrible! Debías de tenerle mucho cariño.

Ella sacudió la cabeza.

—Éramos… crecimos juntas. Pero no éramos íntimas.

—¿Cómo se llamaba?

Una echó un vistazo a la sala, alerta ante el peligro de estar en un lugar tan público. La orquesta acaparaba la atención de la mayoría de asistentes. Aquellos a los que no les seducía la música charlaban en voz baja con sus compañeros de mesa o subían a la galería, donde unas máquinas de estereopticón proyectaban en las paredes imágenes que se disolvían despacio. Nadie prestaba atención ni a Dru ni a ella.

—Se llamaba Deidre.

—A lo mejor puedes llegar a casa a tiempo para el funeral. Estoy segura de que la señorita Perkins…

—Ya fue —dijo Una con cierta brusquedad—. Además, como te he dicho, no éramos íntimas.

El camarero llegó con el té y dejó el servicio de porcelana y plata con un ademán exagerado.

—¿Podríamos tomar también una copa de coñac, por favor? —preguntó Dru.

Una quedó tan impresionada al oírla como el camarero, que cambió el peso de un pie a otro y agarró la bandeja como si fuera un escudo.

—Yo… eh… lo siento, señorita. Solo servimos alcohol a señoritas cuando van acompañadas de un caballero.

—No lo quiero para emborracharme, sino por sus propiedades medicinales. Somos enfermeras del Hospital Bellevue, donde se receta a menudo una copa de coñac, con gran éxito, para aplacar los nervios de un paciente.

—Me temo que eso no importa, señorita. Este es un establecimiento de primera categoría. Si quiere una copa de coñac, le sugiero que vaya a una taberna.

—¡Una taberna! —Dru abrió los ojos de par en par, y el rostro entero se le encendió—. ¿Qué tipo de señoritas cree que somos?

Una reprimió una carcajada. Nunca había visto a Dru enfadada.

—Disculpe. No insinuaba… solo quería decir… es la gerencia, saben…

—¿Y qué pensaría la gerencia si les dijera que ha insinuado que somos mujeres de mala reputación?

—No quería decir eso, señorita. Solo… por favor, perdone mi grosería.

Dru dejó que el hombre se avergonzara durante varios largos segundos antes de suspirar.

—De acuerdo, el té está bien, gracias.

El camarero se fue a toda prisa y Dru sirvió el té como si nada.

—Das más miedo que un caballo desbocado siempre que te enfadas.

—De verdad, estos neoyorquinos son tan quisquillosos. Solo quería un poco de coñac.

Ahora fue Una quien se rio, tan fuerte que atrajo miradas de las mesas vecinas. Se tapó la boca con la servilleta, pero no podía parar las carcajadas. Al principio tenía rígidos los músculos de los pulmones y el estómago, como por falta de uso, pero pronto se relajaron. El resto de su cuerpo, encogido como un bicho bola, también se desenroscó despacio. Se rio hasta que le dolieron los costados y se le saltaron las lágrimas. Dru también se rio, resoplaba entre risa y risa para tomar aire.

Cuando por fin se cansaron, Una estiró un brazo sobre la mesa y apretó la mano de Dru.

—Gracias.

—A veces es duro estar aquí. La ciudad es tan grande que podría engullirte entera. Por suerte nos tenemos la una a la otra.

La melodía alegre que estaba tocando la orquesta terminó. Ellas se sumaron al tímido aplauso. Un violinista en solitario empezó la siguiente canción, arrastrando el arco despacio sobre las cuerdas. El sonido transportó a Una a la isla de Hart: el cielo gris, la zanja recién cavada, la lluvia de tierra sobre los ataúdes. Se estremeció y volvió a tomar a Dru de la mano.

—La mujer que murió, Deidre, era paciente en el Bellevue. Creo que… —Tragó saliva—. Creo que la asesinaron.

38

Dru GUARDÓ SILENCIO durante todo el camino de vuelta desde el museo de cera. ¿En qué estaba pensando Una para contarle sus sospechas sobre la muerte de Deidre? Había sido por la música: esa melodía lenta y cautivadora que se coló en su interior como un fantasma. Contárselo a Dru era la única manera de sacarlo, pero una verdad tan atrevida nunca era buena idea.

—¿De verdad? —había dicho Dru.

—Sí, creo que sí.

—¿Quién?

Una bajó la mirada al regazo.

—Eh... no lo sé.

—Tienes que ir a la policía.

—No —repuso ella, tan fuerte que varias personas de las mesas vecinas se volvieron para fulminarla con la mirada. Se inclinó sobre la mesa y susurró—: No puedo. Si me equivoco, me da miedo... me da miedo que me expulsen de la escuela.

—¿Se lo has contado a la señorita Perkins?

Una negó con la cabeza.

Dru se reclinó en la silla y frunció los labios. Desvió la mirada hacia la orquesta y ahí se quedó hasta que terminó la canción evocadora. Luego hizo una señal al camarero, pagó la cuenta y no dijo nada más sobre el tema.

Ahora, mientras subían los peldaños de la residencia de enfermeras, se devanaba los sesos intentando encontrar la manera de revocar su confesión. El insólito silencio de Dru hacía que aún le costara más centrarse. Debía de pensar que Una estaba loca. Trastornada. Sobrecargada de trabajo e histérica.

La señora Buchanan abrió la puerta y les indicó que pasaran.

—He estado a punto de dejaros fuera, de verdad. —Cerró la puerta tras ellas y echó el candado—. Directas a vuestra habitación, ya.

—Sí, señora —murmuró Una, al tiempo que se quitaba el abrigo.

—Solo voy a por un libro de la biblioteca —dijo Dru.

—Es tarde para estudiar, cariño —dijo la señora Buchanan—. Estoy a punto de apagar el gas y acostarme.

—Solo será un momento.

Una empezó a subir la escalera sin ella. ¿Qué tipo de manual necesitaba a esas horas? ¿El *Manual de Medicina Psicológica y enfermedades nerviosas relacionadas*? ¿Pretendía diagnosticarla y enviarla al pabellón de dementes al amanecer?

Ya en la habitación, se cambió el vestido por el camisón. Le diría a Dru que había sido una broma. Un recelo sin fundamento real. Dru llegó al cabo de un momento y lanzó un libro sobre su cama antes de colgar el abrigo y empezar a desnudarse.

—En cuanto a lo que te he dicho antes, aún estaba un poco de los nervios y…

—No te preocupes, no se lo diré a nadie —dijo Dru por encima del hombro mientras se desabotonaba el vestido. Una notó que se le relajaba la tensión en las manos y el cuello—. Por lo menos, no hasta que lo averigüemos.

—¿Averiguarlo?

—Quién es el asesino —susurró su compañera, como si temiera que la oyeran las mujeres de las habitaciones contiguas. Una percibió cierta emoción en el tono.

—¿Me crees?

—Claro que sí.

—Pero no tengo ni idea de cómo resolver un asesinato. ¿Y tú?

Dru se quitó el vestido por los pies y el polisón de pelo de caballo mientras señalaba con la cabeza el libro que había encima de la cama. Una cruzó la habitación y lo cogió. Lo que ella pensaba que era un minúsculo manual era en realidad una recopilación de cuentos. En las letras doradas de la cubierta ponía: *Obras completas de Edgar A. Poe, Vol. 1, Cuentos*.

Una frunció el entrecejo. Nunca había oído hablar del autor, pero dudaba que una burda historia de amor de las que le gustaba leer a Dru las ayudara a averiguar quién había matado a Deidre.

—¿Crees que la respuesta está en uno de estos cuentos?

Dru se puso el camisón y le arrebató el libro.

—¿No has leído *Los crímenes de la calle Morgue*? Es uno de mis favoritos.

Una sacudió la cabeza.

—Te lo leeré.

Una encendió una vela justo en el instante en que se apagó la lámpara de gas. Se acurrucó junto a Dru en su cama y escuchó cuando empezó con el relato.

—*Qué canción cantaron las sirenas o qué nombre adoptó Aquiles…** Tenía una voz agradable al leer, clara y firme,

---

* Traducción de Marcela Testadiferro.

pero animada cuando la historia lo requería. Una se apoyó en la suave almohada y clavó la mirada en la pared del fondo. Entre el baile de luces y sombras, veía cómo avanzaba el cuento: el peculiar señor Dupin, las retorcidas calles de París, el terrorífico piso de la calle Morgue. Por un momento se le fue la mente, y se preguntó si aquello, estar tumbada al lado de Dru, era una versión de lo que podría haber sido su vida. Si hubiera tenido una hermana. Si su madre no hubiera muerto. Si se hubiera ido a vivir con Claire en vez de quedarse con su padre borracho.

Apoyó la cabeza en el hombro de Dru. El camisón olía a lavanda y violetas. Al alzar la voz, Una volvió a enfocarse en la historia y la escuchó con atención hasta el final. Cuando Dru terminó, Una se sentó y le arrebató el libro. Pasó las últimas páginas de la historia para asegurarse de que no lo había entendido mal.

—¿Un orangután? ¿Crees que un orangután mató a Deidre?

—No, boba. —Dru tomó el libro y volvió al principio de la historia—. Para descubrir quién la mató, si la mató alguien, tenemos que pensar como el señor Dupin. —Pasó un dedo por las líneas de texto y paró en medio de la página—. «Hace, en silencio, una cantidad de observaciones, e infiere…» Eso es lo que tenemos que hacer. No se limitaba a una línea concreta de razonamiento ni descartaba nada sin pensarlo dos veces. Visitaba el escenario del asesinato. Eso también lo haremos.

—¿En la sala de alcohólicos? ¿Qué vamos a encontrar allí? El cuerpo ya está retirado y enterrado.

—¿Ves? Ya estás pensando con una visión demasiado limitada. No sabemos lo que podemos encontrar hasta que vayamos. Y viste el cuerpo, ¿no?

—En la morgue, sí.

—Si no te resulta muy horrible, puedes contarme lo que viste, y yo procuraré imaginármelo. También podemos echar un vistazo al informe del patólogo. Dijiste que examinó el cadáver, ¿verdad?

—Pero ya había decidido cuál era la causa de la muerte antes siquiera de observarla.

—No tenemos por qué aceptar sus conclusiones. Podemos extraer las nuestras a partir de sus observaciones.

—Si la señorita Perkins o la enfermera Hatfield nos pillan husmeando, no sabemos en qué lío nos meteremos.

—El doctor Westervelt y tú habéis conseguido esconderos sin que os pillen. —Le dio un codazo juguetón en las costillas—. Nosotras también podemos.

Una torció el gesto al oír el nombre de Edwin. No había hablado con él desde que se había ido de esa forma tan brusca de la sala de alcohólicos. «Te quiero», le dijo él. «Te quiero.» Nunca un hombre le había dicho esas cosas en serio. Sacudió la cabeza. Ese era otro lío que tendría que solucionar, pero no esa noche.

Dru cerró el libro y lo dejó en la mesilla. Desde luego, estaba cansada después de un día tan largo, pero la expresión y el brillo en los ojos eran los de una niña en una tienda de dulces.

—Cuando resolvamos el misterio, si es que hay misterio que resolver, se lo notificaremos a la señorita Perkins juntas.

Una bajó de la cama de su compañera, se fue a la suya y se hundió en el colchón mullido. Era un buen plan, sin duda mejor del que ella habría llegado a urdir por su cuenta. Tal vez ese tal señor Poe tenía su mérito. Aun así, no estaba exento de riesgos, y la voluntad de ayudar de Dru se daba de bruces con la regla más importante de Una: cuida de ti misma.

Se sentó y se volvió hacia la joven, que estaba a punto de apagar la vela de un soplo.

—¿Por qué me ayudas?

—Somos amigas, boba. —Sonrió y apagó la vela antes de que Una pudiera corregirla.

39

EL DÍA SIGUIENTE amaneció cálido y despejado, como si por fin la primavera hubiera decidido hacer acto de presencia. Las hojas parecían haber brotado de la noche a la mañana en los árboles de Bellevue, y los minúsculos brotes verdes salpicaban el césped. La sombra de la muerte de Deidre seguía acechando a Una, junto con numerosas preguntas, pero quizá con la ayuda de Dru conseguiría darles respuesta. Entretanto, tenía que centrarse en su trabajo. Fallar en los estudios y que la expulsaran no ayudaría a encontrar al asesino de Deidre, si es que había sido un asesinato. Y tampoco la ayudaría a eludir la cárcel. Una tenía que mantener el sentido común y seguir con su conducta irreprochable en la escuela. Nada de pasos en falso ni errores. Nada de saltarse clases ni que la pillaran merodeando.

El problema seguía siendo qué hacer con Edwin. Era una responsabilidad que no se podía permitir. Por lo menos, eso le dictaba la cabeza. El corazón le decía otra cosa.

Sin embargo, sabía que no debía dejarse gobernar por un órgano tan voluble. Además, Edwin no querría verla después de haberse ido de la sala de alcohólicos sin decir palabra. O de eso trataba de convencerse cuando subía la escalera del hospital. El retrato de su abuelo colgado en la sala principal le llamó la atención, y se le quebró la confianza. Tenían la misma nariz afilada y la frente alta, pero los ojos de Edwin eran más amables, la curva de los labios más juguetona. A Una se le encogió el corazón traidor. De todos modos, Edwin merecía algo mucho mejor que una ladrona e impostora.

Antes despreciaba sin tapujos los afectos de los hombres. «Antes besaría a una rata de alcantarilla que a ti, Patrick O'Hare.» «Resérvate las canciones para las prostitutas, Tafferty.» A los hombres que no se daban por aludidos, los evitaba sin más hasta que empezaba a hervirles la sangre por otra, y nunca pasaba mucho tiempo. Incluso Barney, cuya devoción parecía más sincera, tal vez la había olvidado a esas alturas.

Sin embargo, esta última táctica esquiva no funcionaría con Edwin. Tal vez los bajos fondos fueran un lugar lo bastante grande para desaparecer, el hospital no. Además, a las estudiantes les habían asignado salas nuevas, y ella había tenido la mala fortuna de que le adjudicaran la sala quince, en el Departamento Quirúrgico. Además de volver a estar bajo la mirada atenta de la enfermera Hatfield, estaría obligada a ver a Edwin y al odioso doctor Pingry todas las mañanas durante las rondas.

El único recurso de Una era olvidarse de su corazón y hacer un desaire a Edwin si acudía a ella.

La oportunidad llegó esa misma mañana, cuando el doctor Pingry la llamó mientras estaba haciendo el caldo de carne.

Él, el doctor Allen y Edwin estaba reunidos en torno a la cama de un paciente que había recibido dos disparos durante una pelea de bar en Bowery. Una bala le había destrozado la muñeca, que el doctor Pingry había arreglado «de manera extraordinaria» en la sala de operaciones. La otra le había entrado por la espalda y le había roto dos costillas antes de instalarse en algún lugar de la cavidad abdominal.

—Vaya a buscarme la sonda para extraer balas, los fórceps y 30 mg de morfina —dijo sin levantar la vista del paciente.

Colocaron al hombre de costado y le quitaron la venda de la espalda. Como la herida era del día anterior, aún estaba fresca, sangraba poco y tenía un aura de hematomas azules y rojos alrededor. El hombre gruñó cuando el doctor Pingry le puso un dedo a cada lado del agujero de bala y lo abrió para ver dentro.

Una fue corriendo al almacén, al armario de medicamentos. El doctor Pingry como mínimo podría haber esperado a que consiguiera la morfina antes de examinar la herida. Se sentía próxima a ese hombre. Aunque no lo conociera, sabía cómo era la vida en los suburbios de Bowery: dura, violenta y deprimente. Dejó la sonda y la botella de medicamento en un ruidoso carrito, junto con gasas nuevas y un cuenco de agua fenolizada, y lo empujó.

—Me he tomado la libertad de mezclar un poco de desinfectante por si quiere lavarse las manos o limpiar la sonda antes…

—Si hubiera querido agua fenolizada, habría pedido agua fenolizada —dijo el doctor Pingry, al tiempo que la fulminaba con la mirada—. Su trabajo, enfermera, no es tomarse libertades, sino escuchar y obedecer. —Agarró la sonda para sacar balas y le colocó la bola de porcelana en la punta—. ¿Qué, me has oído, niña?

Edwin torció el gesto. El doctor Allen parecía aburrido.

—Sí, doctor —masculló Una—. Solo que Lister…

—¡Lister! Lister es un charlatán —repuso él, escupiendo baba por la boca que acabó en la sonda que meneaba hacia ella—. Hace décadas que trato a pacientes aquí, en el Bellevue, con un éxito innegable. Retiraré la bala, y luego ya verá. Lo único que necesita este hombre es descanso y calma.

Se inclinó sobre el paciente y cuando estaba a punto de introducir la sonda, Edwin carraspeó.

—Tal vez la morfina debería ir primero, doctor.

—Bueno, pues désela. ¿De qué me servís los internos si estáis aquí como pasmarotes mientras yo hago todo el trabajo?

Una observó cómo Edwin introducía el medicamento en la jeringuilla. No la había mirado a los ojos ni una sola vez desde que el doctor Pingry la había llamado. ¿Qué tipo de hombre le dice a una mujer que la quiere y luego no le dedica ni una mirada? Bien era cierto que ella se había ido sin ni siquiera reconocer sus afectos y había procurado evitarlo durante los últimos días, pero por lo menos podía concederle una mirada fulminante, una mala cara, algo.

En cambio, seguía con los ojos fijos en el paciente mientras inyectaba la morfina en el tejido subcutáneo del brazo y miraba cómo el doctor Pingry iniciaba el procedimiento. Ella también observó, preparada con una pequeña palangana metálica para recibir la bala cuando la retiraran.

El doctor Pingry insertó la sonda varios centímetros. Giró la muñeca unos pocos grados para seguir la trayectoria de entrada, con el gesto contraído por la concentración. Se detuvo, sacó a medias la sonda y volvió a insertarla. El paciente gimió en pleno sueño inducido por la morfina y se le agitaron los párpados.

Tras lo que pareció un rato interminable, el doctor Pingry retiró la sonda. La sangre cubrió la varilla hasta el mango. En lugar de usar la gasa que Una había dispuesto, sacó un pañuelo del bolsillo y limpió la punta. Si la porcelana hubiera entrado en contacto con la bala, el plomo habría dejado una marca. El doctor Pingry refunfuñó. Pese a la ausencia de marcas, dejó a un lado la sonda y tomó los fórceps finos. Antes de introducirlos, metió el dedo índice en la herida para sacar un coágulo de sangre.

Tras varios minutos más de trastear con los fórceps, el doctor Pingry retiró el instrumento y lo lanzó al carrito, con lo que esparció sangre y pedazos de tejido por todas partes.

—No se puede detectar la bala. —Se limpió las manos, luego le tiró a Una el pañuelo ensangrentado—. Lave esto y ayude al doctor Westervelt a tapar la herida.

El doctor Pingry salió tan tranquilo al patio con el doctor Allen pisándole los talones. Ella agitó el pañuelo en el puño, le dieron ganas de lanzárselo a su enorme cabeza. Una salpicadura de agua hizo que volviera a prestar atención a la cama. Vio que Edwin estaba empapando varias tiras de gasa en el agua fenolizada, luego se lavaba las manos y empezaba a limpiar la herida.

—¿Cómo aguantas a ese hombre? —preguntó Una, y tiró el pañuelo arrugado al suelo antes de frotarse las manos y colocarse a su lado.

—Es un cirujano excelente.

—¿Hablas tú o tu abuelo?

Él le lanzó una mirada airada antes de volver a concentrarse en la herida. Por lo menos, era algo.

—Pásame más gasa —le indicó.

Una humedeció varias tiras más y se las dio, y el breve contacto con su piel le trasmitió minúsculas ráfagas de energía por el brazo, como los pitidos entrecortados que viajaban por el cable de telégrafo. Estaba segura de que Dru podría explicar esa sensación con algún manual médico. No era amor, como decía Edwin. Aun así, echaba de menos esa sensación.

—¿Quieres que vaya a buscar una aguja y sutura? —preguntó, en un intento por volver a centrar la atención.

—No. —Se agachó, de manera que la herida le quedó a la altura de los ojos—. Voy a dejarla abierta por si empieza a supurar. Pero la taparemos con vendas antisépticas.

—¿Eso matará los... —¿Qué palabra había empleado Edwin al hablarle de los estudios de Lister?— ... los gérmenes que ha introducido el doctor Pingry?

—No, pero evitará que se contamine más.

Trabajó unos minutos con esmero, confeccionando una venda de varias capas de gasa empapada en desinfectante. No pudo evitar admirar su paciencia calmada y su mano firme. Cuanto más lo observaba, más peligraba su decisión de rechazarlo.

—Tú tampoco eres mal cirujano —dijo al terminar.

La miró con la frialdad de un desconocido, luego se incorporó y se lavó las manos.

—Tapa la venda con seda bañada en aceite. Caldo de ternera y gachas cuando se despierte. El láudano que necesite para el dolor.

Una lo agarró del brazo antes de que se fuera.

—Maldita sea, Edwin, ¿qué quieres que diga? —Al ver el trajín de las de segundo año al fondo de la sala, le soltó el brazo y continuó en un susurro—: ¿Que yo también te quiero? De acuerdo. Pues sí, te quiero.

No pretendía decir nada tan absurdo. Nunca había dedicado esas palabras a un hombre en su vida. Ni en broma ni en serio. Pero la idea de que Edwin se alejara de ella le daba pánico. Ahora flotaban en el aire. «Te quiero.» Era absurdo. Y totalmente cierto.

—Eso no cambia nada —se apresuró a añadir, tanto para sí misma como para él.

Edwin parpadeó varias veces y se le iluminó la cara.

—Lo cambia todo.

—No.

Echó un vistazo a las de segundo año, cogió a Una de la mano y tiró de ella hasta el almacén de al lado. El minúsculo cuarto estaba a oscuras y olía a desinfectante. Antes de que

Una encontrara las cerillas para encender la lámpara del techo, Edwing le atrapó los brazos y la besó. A Una le falló la fuerza de voluntad y le devolvió el beso. Liberó las manos y las enredó en el pelo de Edwin, revolviendo los mechones untados en pomada. Quería devorarlo y que él la devorara. Tropezaron con una estantería, desordenaron las esponjas bien apiladas y luego hicieron ruido al chocar con los orinales recién limpios. Se quedaron paralizados y escucharon un momento para asegurarse de que no habían levantado sospechas, luego se rieron como niños y volvieron a besarse.

Al final, a Una se le despejaron los sentidos lo suficiente para apartarse.

—Tengo que volver al trabajo.

—Dime otra vez que me quieres.

Una dudó, saboreó las palabras en la lengua al decir:

—Te quiero.

La verdad que contenían esas palabras la asustó. Se sintió expuesta, vulnerable, como un boxeador que se enfrenta a su oponente con un brazo inutilizado.

—Pero Edwin, no podemos…

—Cásate conmigo.

—No seas ridículo.

—Ahora no, cuando termines la formación.

—Para eso queda más de un año y medio.

Él le recorrió la mejilla con un dedo y bajó por un lado del cuello, lo que hizo que notara un agradable estremecimiento en la piel.

—Soy un hombre paciente, esperaré.

Una inclinó la cabeza hacia el pecho de Edwin, y durante unos instantes todo pareció posible: cortejarlo a escondidas, terminar la formación y obtener su certificado, casarse con él y trabajar a su lado en el hospital. Sin embargo, luego irrumpió la realidad. Era una ladrona, buscada por asesinato. Todos los días serían una mentira.

Inspiró su aroma, a jabón, loción de afeitar y un matiz de menta, luego se apartó de él, se colocó bien el delantal y se alisó el pelo.

—No podemos.

—¿Por qué no?

—Eres… no eres católico, para empezar.

Se rio.

—¿Y?

—Yo sí. —Por lo menos siempre que le convenía—. Además, estás demasiado ocupado aquí en el hospital para tener esposa.

—Para cuando te gradúes, tendré mi propia consulta, y dispondrás de todo el tiempo que quieras conmigo. —Le rodeó la cintura con el brazo y la acercó de nuevo, susurrándole al oído—. Más, si de mí depende.

Le hizo cosquillas en el cuello con el aliento.

—Edwin, tengo que irme —dijo ella, pero no hizo amago de zafarse de sus brazos. La besó de nuevo: primero en los labios, luego en la piel tierna de detrás de la oreja, después en el hueco de la garganta justo por encima del cuello del uniforme.

—Edwin…

—¿Sí?

—Sería mejor que…

Se oyó la voz del doctor Pingry desde el pasillo cercano.

—¡Westervelt!

Una y Edwin se separaron.

—¡Enfermera! ¿Dónde está el doctor Westervelt?

—Me temo que no lo sé —fue la respuesta de la enfermera de segundo año.

El doctor Pingry gruñó y sus firmes pisadas continuaron por el pasillo.

—Creo·que te llaman —dijo Una.

Edwin suspiró. Se colocó bien la chaqueta y buscó la puerta a tientas. Se volvió hacia ella antes de abrirla y la besó una vez más.

—Mañana me voy a ese simposio sobre los métodos de Lister en Filadelfia. ¿Pensarás en mi propuesta mientras estoy fuera?

—Edwin, no es solo que yo sea católica y tú estés demasiado ocupado con tu trabajo, yo… —Pero no reunió el valor para decirle la verdad.

—Sea lo que sea, te prometo que no importará. —La escasa luz que subía por debajo de la puerta del almacén iluminó su semblante serio—. Confía en mí.

Todo su ser deseaba creerlo. Intentó de nuevo pronunciar las palabras, pero la voz ronca del doctor Pingry desde el pasillo la interrumpió.

Edwin abrió una rendija la puerta del almacén, lo suficiente para salir.

—Solo prométeme que te lo pensarás.

—De acuerdo —mintió.

40

El CLIMA CÁLIDO se mantuvo durante varios días más, y propició una visita espontánea del señor P. T. Barnum y algunos de sus afamados intérpretes.

—Los pacientes que estén lo bastante bien pueden bajar al césped para disfrutar de la actuación —le dijo la enfermera Hatfield a Una y a las demás estudiantes esa mañana en el desayuno—. Aquellos cuya salud esté mejorando pero aún estén demasiado débiles para utilizar las escaleras pueden sentarse en el balcón. Asegúrese de que todos tengan una manta a mano por si se levanta brisa del río. Los pacientes aquejados de neumonía y hospitalismo no pueden asistir bajo ningún concepto. En caso de duda, deleguen en el juicio del médico.

Las mujeres se acabaron el desayuno a toda prisa mientras charlaban emocionadas. La rutina diaria del Bellevue rara vez se rompía, y menos con ocasión de algo tan alegre. Muchas de ellas, Una incluida, nunca habían visto un espectáculo del señor Barnum. Las multitudes que se congregaban para ver sus grandes funciones eran víctimas perfectas para los carteristas, pero si te pillaban corría el rumor de que el señor Barnum no molestaba a la policía y te daba de comer a los leones. Una nunca hacía mucho caso de los rumores, pero, por si acaso, se había mantenido alejada.

—Es perfecto —le susurró Dru mientras iban detrás de las otras de camino al hospital. Por una vez, había sido ella la que se había despertado tarde y con tanta calma que habían estado a punto de perderse el desayuno. Y hasta ahora no había dicho ni pío sobre el anuncio de la enfermera Hatfield, ni nada relacionado.

—¿Perfecto para qué? —preguntó Una.

—Para ir a la sala de alcohólicos.

Habían hablado de su plan unas cuantas veces desde la noche en que Dru le leyó *Los crímenes de la calle Morgue*. Esta cada vez estaba más emocionada con poner a prueba sus aptitudes de observación y deducción. Una, en cambio, se mostraba más recelosa. Si hubiera un asesino que acechaba tras las paredes del Bellevue, ¿era sensato ir a buscarlo? ¿Y no se suponía que Una debía pasar desapercibida? También sentía una desagradable molestia en el estómago, parecida a la de tomar leche cortada, cuando pensaba en que estaba involucrando a Dru en una tarea tan oscura y de mal gusto. Por mucho que el asesinato de Deidre atormentara a Una, tenía la esperanza de que Dru olvidara sus planes y volviera a fastidiarla hablando de ligamentos y huesos.

—En cuanto tengamos a nuestros pacientes instalados para el espectáculo —dijo Dru—, podemos quedar en el pasillo principal y bajar. Todo el mundo estará tan entretenido con los actores que no se darán cuenta de que nos hemos ido.

—¿Qué vamos a decirle a la empleada de la sala cuando lleguemos? Seguro que sospechará si nos ve husmeando por allí.

—No había pensado en eso.

—¿Y qué vas a decirle a la de segundo año de tu sala si te pregunta adónde vas? ¿O al guarda O'Rourke cuando te vea merodeando por el pasillo principal?

—Bueno, yo… diré que…

Apartó a Dru en cuanto pasaron junto a los obreros que trabajaban en la garita. El sol matutino brillaba con fuerza en el río. Una se tapó los ojos con una mano para protegerse de la luz.

—Esto no es una diversión. No podemos deambular por aquí como si fuéramos personajes de un libro de cuentos. A lo mejor deberíamos cancelar el plan.

—¿Y no saberlo nunca? ¿Y si tienes razón y el asesino vuelve al ataque? No podría vivir sabiendo que podría haberlo evitado. Y tú tampoco, Una Kelly.

Esta dirigió la mirada al camino de grava bajo sus pies. Dru se equivocaba: podría vivir tan pancha sin saberlo, gracias. Pero no quería deslucir la buena opinión que tenía de ella si lo reconocía. Además, era evidente que no iba a disuadirla.

—Está bien. Cuando tengas a tus pacientes instalados en la sala, coge una manta y dile a la de segundo año que vas a ver cómo están los pacientes del césped. Puede que alguno se haya olvidado la manta y tenga frío. Si alguien te para de camino, le cuentas lo mismo. Y no me esperes en la sala principal. Es demasiado sospechoso. Baja por la escalera que hay junto a la entrada hasta el sótano y espérame en la sala de pernoctación. Debería estar vacía a esta hora del día. ¿Entendido?

Dru asintió, estaba ansiosa por ganarse el aprecio de Una, y salieron corriendo a sus salas.

Al mediodía, cuando la luz del sol bañaba el césped, la tropa de acróbatas y seres curiosos del señor Barnum se reunió para empezar el espectáculo. Habían desplegado una larga alfombra sobre la hierba recién brotada. Al lado había una mesa con diversos objetos desparramados. Unas sillas rodeaban el escenario improvisado, y los pacientes que estaban lo bastante bien para salir de la sala se acumularon. Tras ellos estaba el personal. Casi todo el mundo había acudido a ver la función: celadores, enfermeras, médicos, lavanderas, personal de cocina. Hasta el guarda O'Rourke y la señorita Perkins estaban presentes.

Los balcones que daban al césped también estaban abarrotados, con pacientes inclinados sobre la barandilla para ver mejor.

—Dejen los vuelos para los actores —dijo Una para convencer a los pacientes de su sala de que se retiraran de la barandilla.

Se aseguró de que todos tuvieran una manta y un taburete, por si se cansaban de estar de pie. El placer reflejado en sus rostros fue un grato cambio respecto al dolor y aburrimiento de siempre, y entretuvo a Una. Observó a los hombres, incluso cuando empezó el espectáculo, y sonrió, no por las osadas hazañas de los actores, sino por la notable mejora en el ánimo de aquella gente. Seguro que aquello también era un tipo de medicamento.

Pasado un instante, recobró la compostura. Agarró una manta sobrante y salió presurosa, diciéndole a la enfermera de segundo año que había visto a un paciente en el césped que tiritaba de frío. Los pasillos y escaleras estaban vacíos, en las salas reinaba un silencio insólito. Desde fuera llegaban gritos de júbilo y aplausos, salpicados de largos silencios de asombro.

Atravesó la sala principal y salió por la puerta en el momento justo para ver a un artista encaramándose sobre los hombros de sus compañeros, uno tras otro, hasta crear una torre de cuatro hombres de altura. Aplaudió con el resto del público al bajar la escalera hasta la entrada que colindaba con el césped. Con la atención general centrada en los acróbatas, era el momento perfecto para colarse en el sótano. Sin embargo, cuando vio al acróbata de encima estirarse del todo, doblar las rodillas y saltar desde los hombros del hombre que tenía debajo, se quedó anonadada. Dio una voltereta con dos giros completos en el aire antes de aterrizar de pie con firmeza. Un rugido de gritos y aplausos surgió de la multitud.

—Vaya espectáculo, ¿eh?

Una desvió la mirada de los artistas y vio a Conor a su lado.

—Nunca he visto nada igual.

—¿No? ¿En el norte, en tu pueblo, no hay circos?

Volvió a desviar la mirada hacia el espectáculo. El siguiente acróbata de la torre de hombres saltó de una forma parecida, dando dos vueltas enteras antes de aterrizar en cuclillas.

—¿Eh? No… eh… quiero decir, sí, claro, solo que nunca he tenido el placer de asistir.

—Toda la isla parece un circo, si me lo permite. Baje hacia el río o Mulberry Bend y verá. Personas extravagantes, estafadores y otra gente rara.

Ella apretó los dedos en la manta. Para ser un irlandés, sin duda tenía unos ideales muy elevados.

—Es fácil criticar a los pobres con la barriga llena y un techo sobre la cabeza. Seguro que no fue fácil cuando se fue de Irlanda.

—No, ni un solo día. Pero si usted y yo podemos alejarnos del pecado, también pueden nuestros iguales.

No era la primera vez que Una imaginaba lo mucho que empeoraría la opinión que tenía de ella si supiera quién era en realidad. Motivo de más para no discutir con él y arriesgarse a exponerse. Soltó los dedos de la manta y le dedicó su mejor sonrisa.

—Desde luego, tiene razón.

Conor le devolvió la sonrisa, los hombres como él siempre eran fáciles de contentar, y ambos volvieron a prestar atención a los artistas.

Poco después, Una vio por el rabillo del ojo a Dru saliendo por la puerta principal del hospital y bajando de puntillas la escalera. Como Una, había cogido una manta, pero, en vez de sujetarla con naturalidad, la llevaba aferrada contra el pecho como si fuera un escudo. La postura era rígida y los ojos le bailaban. Cuando un celador pasó por su lado en la escalera, ella sonrió demasiado.

—No se preocupe por mí, solo voy a llevar una manta a uno de mis pacientes —dijo sin que le preguntara, y lo bastante fuerte para que Una la oyera a varios metros de distancia.

Esta torció el gesto y sacudió la cabeza.

—¿Algo la aflige, señorita Kelly? —preguntó Conor.

—Sí, sí… solo un pequeño dolor de muelas.

—Come demasiados dulces, ¿eh?

Intentó sonreír, incluso mientras Dru pasaba con torpeza por su lado.

—Que tenga usted un buen día, enfermera Lewis —le dijo Conor, levantándose la gorra.

—No se preocupe por mí, solo voy a llevar una manta…

—¡Mira eso! —exclamó Una por encima—. Un encantador de serpientes.

Cuando Conor se volvió para ver al artista, ella miró con dureza a Dru y señaló la escalera del sótano con la cabeza.

—Será mejor que vuelva a la sala —le dijo Una a Conor.

—Qué lástima que no pueda quedarse. Me han dicho que tienen a un hombre capaz de tragarse un cuchillo largo como mi brazo.

—A lo mejor lo veo desde el balcón.

—¿Nos vemos en la misa del domingo?

Asintió y dio unos pasos hacia el hospital. El encantador de serpientes tenía al público embelesado. El instrumento parecido a una flauta que tocaba llenaba el susurrante silencio con su melodía. Una aprovechó la oportunidad para cambiar de dirección y alejarse de la entrada principal y encaminarse a la estrecha escalera que llevaba al sótano.

Al llegar abajo, miró por encima del hombro para asegurarse de que nadie la había seguido, luego abrió la puerta que daba a la sala de pernoctación y se coló. La canción del encantador de serpientes desapareció cuando la puerta se cerró tras ella, igual que la luz. Una buscó a tientas una lámpara de gas por la pared y tropezó con una mesita antes de encontrar una. Giró la válvula y encendió una llama con fósforos que llevaba en el bolsillo. Con la sala ahora iluminada, dejó a un lado la manta y miró alrededor. Notó en la nariz el hedor a orina y sudor, más leve que la última vez que había estado allí, pero aun así intenso. Justo en el momento en que pensaba que la sala estaba vacía, Dru apareció detrás de una silla en el rincón. Una reprimió un chillido.

—¿Qué haces ahí escondida en la oscuridad?

—Me daba miedo que me viera alguien.

—No se admite a nadie aquí hasta el anochecer, ya lo sabes. —Se acercó a Dru y le quitó una telaraña del hombro—. Además, esconderse es el último recurso, mejor camuflarse. Comportarse como si fuera lo normal.

—De acuerdo —convino la otra, aún aferrada a la manta.

—Deja eso y vamos. No tenemos mucho tiempo.

Una la guio por la sala pestilente y bajaron a otra con una luz tenue. La humedad se pegaba a las paredes; la cal y el limo decoloraban las piedras. Tras ella, oía la respiración agitada de Dru antes de regularse.

—Esto es espantoso —dijo Dru al pasar por la zona del personal, que olía solo un poco mejor que la sala de pernoctación—. La señorita Nightingale jamás lo aprobaría.

—Gana al asilo de la isla de Blackwell… eh, o eso me han dicho.

Cuando por fin llegaron a la sala de alcohólicos, a Una se le tensaron los músculos. El aire húmedo, los llantos tenues desde las celdas, la luz escasa, era como retroceder en el tiempo y enterarse otra vez del asesinato de Deidre. Una mano cálida tomó la suya y la apretó. Era Dru.

—¿En qué celda estaba?

Una señaló con la cabeza el fondo del pasillo, tenía la garganta demasiado tensa para hablar.

Cogidas de la mano, fueron avanzando. Notaba los pies ansiosos por superar la suciedad y llegar a la celda. Cuanto antes llegaran, antes podrían irse. Sin embargo, Dru caminaba con una lentitud pasmosa, sin parar de mirar del suelo al techo, y vuelta a empezar, deteniéndose en las puertas de las celdas, con los candados, bisagras y mirillas.

Cerca del final del largo pasillo, encontraron la celda que había ocupado Deidre. Ahora había otra mujer dentro, dormida y roncando en el suelo con paja esparcida. Dru examinó el interior de la celda a través de la mirilla y toqueteó el candado oxidado de la puerta.

—¿Quién tiene la llave? —preguntó Dru.

—La empleada de la sala, supongo.

—Qué raro que no la hayamos visto. Estaba dispuesta a explicar nuestra visita para no levantar la más mínima sospecha.

Una no pudo evitar soltar una risita.

—¿La explicación empezaba por «no se preocupe por mí»?

—Bueno, sí. Y luego iba a explicar con todo detalle que…

—Mira, eso ya es sospechoso.

Dru frunció el entrecejo.

—Mejor déjame a mí lo de estirar la verdad. —Una se volvió hacia la celda—. Bueno, ¿qué estamos buscando?

—Pistas.

—¿Qué tipo de…?

Sin embargo, antes de que pudiera terminar, Dru ya había avanzado por el pasillo. Una suspiró y la siguió. Doblaron una esquina, y el pasillo terminó en un cuartito. La empleada de la sala, la misma mujer que había visto cuando fue a buscar a Deidre, se balanceaba encima de una pila de cajas, mirando por una rendija de la ventana que había en lo alto de la pared. Estaba tan cautivada, tal vez por los artistas de circo del césped, o lo poco que veía de ellos, que no había oído sus pasos. Cerca había un pequeño escritorio plagado de papeles, un montón de platos de desayuno sucios, una taza de café y un manojo de llaves. La puerta abierta que había al fondo daba a un tramo de escalera.

Como no quería asustar a la mujer y que se cayera de su precaria tarima, Una empezó a retroceder en la sala. Dru, en cambio, se acercó con decisión a la mesa y agarró el manojo de llaves, sin hacer ningún ruido.

—Sigilosa como una serpiente —susurró Una cuando doblaron la esquina y regresaron al largo pasillo de celdas—. ¿Dónde has aprendido a hacer eso?

—La señorita Nightingale dice que el ruido innecesario es la ausencia de cuidado más cruel que se puede infligir, tanto a enfermos como a sanos. —Abrió la puerta de la antigua celda de Deidre con la misma quietud. La mujer que dormitaba dentro no se despertó.

Una entró y echó un vistazo. No sabía qué esperaba encontrar, una pista de algún tipo, pero la celda parecía igual que a través de la mirilla. El olor, a sudor y vómito, era más intenso dentro, como si hubiera impregnado las paredes de piedra y nunca se pudiera eliminar del todo. Los ronquidos de la mujer eran mucho más fuertes de como sonaban desde el pasillo. El aire también parecía más frío. Más húmedo. Un escalofrío recorrió la piel de Una.

Deidre había muerto allí. En esa misma celda. Sola con su asesino.

Sin embargo, no había nada en la celda que insinuara quién podía ser esa persona. Retrocedió y esperó en el pasillo, frotándose los brazos para entrar en calor. Era inútil intentar averiguar qué le había pasado a Deidre tanto tiempo después de su muerte. Media docena de mujeres debían de haber ocupado esa celda desde entonces. Si el asesino había dejado alguna pista, hacía tiempo que había desaparecido.

Dru se quedó un minuto más en la celda, luego cerró y puso el candado en la puerta. Volvieron de puntillas a la habitación de la esquina al final del pasillo. La empleada seguía en la ventana y estiraba el cuello para ver por el vidrio pringoso. Cuando Dru se acercó con sigilo a la mesa a devolver las llaves, se dio con una piedra suelta y tropezó con un balde que había cerca, que se cayó con gran estruendo contra el suelo.

La empleada soltó un chillido, se dio la vuelta y cayó al suelo.

—¿Qué demonios hacéis vosotras dos aquí? —preguntó, mirándolas con el entrecejo fruncido y frotándose el trasero.

—No… se preocupe por nosotras —tartamudeó Dru—, solo estábamos…

—Nos hemos perdido. —Una corrió al lado de su amiga y le quitó las llaves de la mano antes de que las viera la empleada. Señaló con la cabeza la puerta abierta al otro lado del cuarto—. ¿Esa escalera sube a la planta principal del hospital?

—Pues claro.

Le ofreció una mano a la mujer y la ayudó a levantarse, con las llaves escondidas en la otra.

—¿Ha visto ya al que come espadas?

—¿El que come espadas?

—Me han dicho que miden más de sesenta centímetros, y se las traga hasta la empuñadura.

—¿De verdad?

La empleada corrió a subirse de nuevo a las cajas. Una aprovechó la distracción y volvió a dejar las llaves en la mesa. Agarró a Dru del brazo y la arrastró hasta los peldaños.

—Siento el susto —dijo Dru por encima del hombro, pero la mujer ya estaba de nuevo encima de las cajas, demasiado impaciente por ver al devorador de espadas como para prestarles atención.

Al llegar a lo alto de la escalera, se vieron en un corto pasillo junto al despacho del guarda, cerca de la entrada principal. Dru cerró la puerta y se apoyó en la pared de yeso. Cerró los ojos temblorosos un momento. Parecía igual de exhausta que esa mañana cuando bajaron corriendo a desayunar.

—Hemos estado a punto.

«Demasiado», pensó Una. ¿Y para qué? No habían averiguado nada.

Dru abrió los ojos y sonrió.

—Pero también ha sido emocionante, ¿no te parece?

—Yo creo que ha sido una tontería. Y una absoluta pérdida de tiempo.

—Pero hemos descubierto muchas cosas.

—¿Qué, que hace frío, está oscuro y apesta? Volvamos a nuestras salas antes de buscarnos problemas de verdad.

Una se dispuso a irse, pero Dru la tomó de la mano. Tenía la piel sudada, pero la agarraba con firmeza.

—No, boba. Hemos descubierto dos cosas muy impor-tantes. Primera, que no ha sido tan difícil colarnos con la empleada. Las llaves estaban ahí, encima de la mesa, para quien las quisiera. La puerta de la celda se ha abierto sin un chirrido. Las paredes son los bastante gruesas para amorti-guar los sonidos de una pelea.

—Eso no nos dice nada del asesino.

—No, pero sí explica cómo podría haber entrado y sa-lido sin ser visto.

—¿Y la segunda?

Dru bajó la voz hasta susurrar.

—Si hay un asesino, quizá trabaje aquí, en el hospital. La sala no es un sitio que te encuentres sin más. Tendría que conocer el camino para que no lo vieran.

—¿Te refieres a un médico? ¿No pensarás…?

—Dupin dice que no debemos limitar nuestro pensa-miento y rechazar una deducción a la primera. Un médico, un celador, ni siquiera el guarda puede quedar excluido.

41

Si Una ya estaba distraída antes, ahora apenas podía pensar con claridad. Toda persona con la que se cruzaba en los pasillos del Bellevue era un posible sospechoso.

—Ni siquiera sabemos si fue un asesinato —le recordó Dru esa noche en la biblioteca. Mientras las demás aprendizas estaban sentadas junto a la chimenea, hablando de acróbatas, encantadores de serpientes y personas que tragaban sables, ellas susurraban sobre un asesino de cuya existencia aún no tenían ninguna prueba—. El señor Dupin dice que no debemos…

—Lo sé, lo sé. —Una se reclinó en la silla y se soltó el pelo del moño—. No debemos perder de vista el tema en conjunto y precipitarnos con las conclusiones. —Gracias a su amiga, a esas alturas prácticamente era capaz de recitar toda la maldita historia.

Dru bostezó y apoyó la cabeza en el manual abierto que estaba entre ellas sobre la mesa. Entre la distracción de Una y el malestar de Dru, solo habían conseguido estudiar unas cuantas páginas.

—Mañana tenemos que encontrar la manera de acceder al informe del patólogo.

—Eso déjamelo a mí —dijo Una.

No le entusiasmaba volver a la morgue, pero le resultaría más fácil manejar el robo sola. Una cosa era hacerse con unas llaves que alguien había dejado a simple vista. Otra muy distinta era robar un informe guardado a saber dónde en la zona más nauseabunda del hospital.

La mañana siguiente, Una salió pronto de la residencia de enfermeras, antes del desayuno, y fue directa a la morgue. Pasó a escondidas junto al vigilante, que estaba ocupado apilando ataúdes, y llegó al cuarto trasero. Dentro estaba oscuro y frío. Varios cadáveres que esperaban la autopsia yacían bajo duchas de agua. El ploc, ploc, ploc le puso los nervios de punta. Hurgó en los cajones y armarios, pero no encontró nada.

Cuando la sala empezó a llenarse poco a poco con la luz del día y el barullo matutino fue creciendo fuera, por fin encontró un fajo de papeles encuadernados en piel, amontonados sin cuidado entre botes de muestras. No eran los informes oficiales del patólogo, sino esbozos y notas garabateadas de casos recientes. Antes de que pudiera leerlos, sonaron unos pasos que se acercaban por el pasillo. Hojeó las páginas, mirando solo la fecha. Por suerte, tenía grabado en la mente el día del asesinato de Deidre. Tomó varias páginas, todas con la misma fecha inscrita, y se las metió debajo del cinturón del delantal.

Se escondió tras la puerta en el momento que se abrió de golpe. Entraron varios hombres. Escuchó el ruido de los zapatos y el eco de sus voces, un truco que le había enseñado Marm Blei, para valorar cuándo no estaban mirando, luego se escabulló por la puerta y salió de la sala sin que la vieran.

Los papeles guardados bajo el delantal crujieron mientras caminaba a un paso ligero pero comedido al salir de la morgue. Llegó a su sala justo a tiempo de empezar con las tareas matutinas. Se alegró de ver que el paciente de la herida de bala había mejorado mucho. Estaba acurrucado entre almohadas y bolsas de arena, medio sentado, medio tumbado de lado, de manera que ni la espalda ni la mano vendada soportaban peso. Con la mano buena sujetaba una copia del *Daily Post*. Junto a la cama había un cuenco de gachas de avena a medio comer. Tal vez la esmerada venda de Edwin para cubrir la herida había ayudado.

Una retiró los platos del desayuno, le pasó la página del periódico y se puso a ordenar la sala antes de que la enfermera Hatfield hiciera la ronda. Consiguió poner a salvo las notas robadas en la morgue escondiéndolas debajo del delantal para que no hicieran ruido ni se le cayeran mientras limpiaba. Pensó que la tarde se le haría interminable hasta que Dru y ella pudieran sentarse a estudiarlas.

Sin embargo, poco después del mediodía llegó un paciente nuevo de una de las salas. Dru lo acompañó para informar sobre su estado. Esbozó una tenue sonrisa y se frotó la sien antes de empezar.

—El señor Knauff es un hombre casado, de treinta y tres años, lo trajeron hace diez días después de caerse de un carruaje y romperse la mandíbula inferior. Suele estar sobrio y no tiene enfermedades previas…

Su informe fue profusamente detallado y preciso. Una solo escuchaba a medias, esperaba que la estudiante de segundo año desapareciera en el armario de los medicamentos para poder enseñarle los papeles a Dru.

—… esta mañana durante la ronda, el doctor Lawson decidió que era necesario recubrir la mandíbula del señor Knauff con una capa de yeso de París para ayudar en la curación. Consultó con el doctor Pingry, y acordaron trasladar al paciente al cuidado del Departamento Quirúrgico porque el procedimiento requeriría el uso de éter. Las evacuaciones intestinales del señor Knauff han sido regulares, y esta mañana la orina ha sido de…

—Lo tengo —interrumpió Una cuando por fin se fue la enfermera de segundo año.

—¿Qué tienes?

—Las notas de la morgue. —Sacó los papeles de debajo del delantal. Dru se los quitó, con el rostro iluminado.

—¿Qué dicen?

—Aún no he tenido ocasión de leerlas. No es el informe oficial del patólogo, sino las notas que toma durante la observación, creo.

Dru se acercó a la ventana y pasó las páginas entre las manos.

—Quizá las utiliza luego para escribir sus hallazgos oficiales.

Una se colocó a su lado y miró las hojas de papel arrugado. Le inquietaba pensar que Deidre y los demás pacientes que había visto en la morgue ese día hubieran sido reducidos a unos cuantos esbozos rudimentarios y notas garabateadas.

—¿Podría ser ella? —Dru señaló una entrada que empezaba: «Mujer blanca, veintitantos años». Pero unas líneas más abajo decía: «Feto del útero de una gestación estimada de ocho meses».

—No, no es ella.

Dru siguió escudriñando las páginas, las pasó de principio a fin, mientras aguzaba la mirada ante la letra chapucera del médico.

—Aquí.

Una se inclinó un poco más. Era otra entrada de una mujer que encajaba con la descripción de Deidre. Más adelante decía: «Lividez fija visible en el cuello y la espalda. De aspecto moteado. De forma regular y simétrica en prominencia anterior y posterior».

—Es ella. Tiene que ser ella. ¿Qué te parece?

—Eh… —dijo su amiga, y volvió a frotarse la sien. Se sentó en una cama vacía que había junto a la ventana—.

Tendremos que consultar la guía del doctor Thomas sobre exámenes *post mortem* y anatomía mórbida esta noche. La lividez suele fijarse del todo entre ocho y diez horas después de la muerte. Pero creo recordar haber leído que podía tardar más, a veces hasta un día entero, sobre todo en entornos fríos.

—¿Y eso qué importa?

—Antes de que se fije, cuando presionas una zona del cuerpo coloreada por la lividez, palidece. Un moratón no. Puede que el patólogo calculara mal la hora de la muerte o no tuviera en cuenta la temperatura al hacer su valoración y, por tanto, confundiera el hematoma del cuello con lividez fija. Lo que es aún más interesante... —Dru se detuvo, torció el gesto y se agarró a las sábanas.

—¿Estás bien? —preguntó Una, sentada a su lado.

La otra sonrió un instante con los labios apretados.

—Sí, más o menos. ¿Qué estaba diciendo?

—Lo que es aún más interesante...

—Sí, aún es más interesante la descripción que hace el médico de las uñas. Tenía varias rotas y desiguales. Lo atribuye a su... —Dru levantó el papel y leyó—: «A su probable hábito de ebriedad y falta de higiene». Pero ¿y si...?

—Enfermera Lewis, ¿qué hace aún aquí?

Ambas se levantaron a toda prisa al oír la voz de la enfermera de segundo año.

—Yo... eh...

—Estaba acabando de contarme lo del señor Knob.

—Knauff —susurró Dru.

—Knauff.

La estudiante de segundo año sacudió la cabeza.

—Bueno, estoy segura de que sus otros pacientes hace tiempo que requieren sus cuidados.

Cuando Dru se fue presurosa, Una de nuevo se metió a escondidas los papeles bajo el delantal y volvió a sus tareas.

Ayudó a la de segundo año a preparar los medicamentos de la tarde entre exigencias de orinales, mantas y tazas de agua. Muchos pacientes tenían paños calientes que había que recalentar y vendas que cambiar. Estuvo tan ocupada que apenas advirtió que llegaba el doctor Allen al cabo de unas horas. Se entretuvo con el paciente recién llegado antes de enviarla a buscar suministros para el procedimiento de la férula. La voz aguda y nasal apenas lograba cruzar la sala, y ella se dio cuenta de que, en los más de tres meses que llevaba en el hospital, casi no lo había oído hablar.

Una terminó de mezclar la cataplasma de mostaza y linaza que estaba preparando para otro paciente, y luego fue corriendo al almacén. Agarró los suministros que necesitaba y una palangana de agua para mezclar con el yeso y fue adonde la esperaba el doctor Allen.

Le quitó una toalla de los brazos antes de que pudiera dejar los suministros y empezó a darle forma de cono para el éter.

—¿Dónde está el doctor Pingry? —preguntó Una.

—¿Está cuestionando mi capacidad de hacer solo un procedimiento tan sencillo?

—No, por supuesto que no —dijo ella, sorprendida por el tono áspero. No sabía si eran los nervios o el ego reprimido.

—Bien, pues deme un poco de algodón.

El doctor Allen agarró unas cuantas páginas de periódico de la mesita de un paciente cercano y las enrolló en forma de cono. Cubrió el interior con la toalla que le había quitado a Una, y lo rellenó de algodón.

—Ahora quédese quieto y respire hondo —ordenó al paciente, y le colocó el cono encima de la nariz y de la boca.

Justo en el momento en que estaba a punto de administrar las primeras gotas de éter, Una advirtió una mancha de lo que parecía estofado de cordero en la camisa del paciente. ¿Dru había mencionado cuándo había comido por última vez? De pronto deseó haber escuchado con más atención.

—Hoy no ha cenado, ¿verdad, señor Knauff? —preguntó Una.

El hombre dijo algo que se perdió dentro del cono.

—¿El paciente no ha hecho el ayuno? —dijo el doctor Allen.

—No estoy segura. No recuerdo lo que ha dicho la enfermera de la sala. Si lo ha dicho.

—Podría haberlo mencionado antes.

«Y tú podrías intentar ser menos imbécil», pensó ella.

—Lo siento, doctor Allen, acabo de darme cuenta.

Él la fulminó con la mirada con el mismo desdén de labios apretados con el que a menudo la miraba el doctor Pingry, a ella y a las demás aprendizas.

—Siga mezclando el yeso.

—Pero no podemos. El riesgo de…

—Los riesgos son mínimos.

¿Eso era cierto? Ojalá hubiera prestado más atención a la clase del doctor Clarkson sobre los fundamentos de la anestesia, o no se hubiera perdido la demostración de la enfermera Smith de la semana anterior sobre el cuidado de pacientes quirúrgicos. Al fin y al cabo, era un procedimiento sencillo.

—¿Está seguro?

—Perdone, enfermera, creo que no he oído bien. Seguro que no me está cuestionando. Tal vez debería llamar a la superintendente Perkins, y le explica a ella su desobediencia.

Una abrió la boca y la volvió a cerrar. Sospechaba que la insistencia del doctor Allen en seguir adelante tenía más que ver con su miedo al doctor Pingry que con nada más, pero si se lo decía acabaría en el despacho de la señorita

Perkins y de ahí a la calle. Agarró el bote de polvo de yeso y lo tamizó antes de meterlo en el cuenco de agua. El doctor Allen sonrió con aires de suficiencia y administró el éter.

El procedimiento solo duró quince minutos. En cuanto el señor Knauff se durmió, Una ayudó al doctor Allen a construir una sencilla férula de yeso que se colocaba alrededor de la mandíbula del paciente y subía hasta la coronilla. Trabajaron en silencio. Cuando terminaron, el doctor Allen se lavó las manos, dio sus órdenes: nada por boca durante cuatro horas, luego líquidos suaves según tolere, alcohol aromático de amoníaco si el paciente se despertaba con náuseas, y se fue.

Ella recogió los suministros y ordenó alrededor de la cama, comprobando con frecuencia las constantes vitales del señor Knauff. Como cabía esperar, la respiración se volvió más superficial, y dejó de roncar. El pulso se ralentizó y le volvió el color a las mejillas. Pronto despertaría, hablaría de forma escandalosa hasta que los efectos intoxicantes del éter se diluyeran del todo, luego caería en un sueño natural.

Empezó una lista mental de todas las tareas que le quedaban por terminar esa tarde. Habían recetado sanguijuelas para dos pacientes, ventosas para otro y una lavativa purgativa en otro caso. Pero, por lo menos, si estaba ocupada, no se le iría la cabeza a las ideas sobre la muerte de Deidre y las notas del patólogo que seguían guardadas bajo el delantal.

Media hora después del procedimiento, cuando Una estaba a punto de alejarse de la cama del señor Knauff a buscar un bote de sanguijuelas, oyó un pitido. Se acercó más a él y escuchó. La respiración, antes suave y fácil, se había vuelto aguda y penetrante. Llamó de un grito a la enfermera de segundo año, que acudió corriendo y reprendió a Una por alzar la voz hasta que oyó las ruidosas inhalaciones del señor Knauff. Le cambió la cara.

—Voy a buscar ayuda.

Pronto el doctor Allen, el doctor Pingry y la enfermera Hatfield se congregaron alrededor de la cama. La respiración del señor Knauff se había vuelto más ruidosa y entrecortada. Ya no tenía los labios rosas, sino de un color violeta oscuro. La escayola ya se había asentado y había que cortarla con unas tijeras para que el doctor Pingry pudiera abrirle la boca y mirar dentro. Al no encontrar nada que obstruyera la garganta, le chilló a Una que fuera a buscar un escalpelo y le hizo un agujero en el cuello. Le insertaron un tubo en la tráquea. Una y los demás esperaban, escuchando. El señor Knauff tomó aire, trémulo. Luego una vez más. Después dejó de respirar del todo.

El doctor Pingry ordenó respiraciones artificiales, y durante los veinte minutos siguientes, aunque pareció mucho más, Una, la enfermera Hatfield y el doctor Allen hicieron turnos para doblar los antebrazos del señor Knauff sobre el pecho, presionando, para luego desdoblarlos y estirarlos por encima de la cabeza. Cuando por fin el doctor Pingry declaró que sus esfuerzos eran estériles, el paciente tenía la cara azul. Sus ojos nunca se abrieron del sueño inducido por el éter.

UNA ESTABA SENTADA en los peldaños de fuera del despacho de la señorita Perkins mientras mordisqueaba la piel suave de alrededor de las uñas. Al principio sintió una especie de incredulidad aturdida ante la muerte del señor Knauff, como si los médicos, ella y el pobre fallecido formaran parte de una escena de figuras de cera como las del Eden Musée. Sin embargo, mientras lavaba y envolvía el cuerpo para el traslado a la morgue, una pena sigilosa se le instaló bajo las costillas. Debería haber escuchado mejor el informe de Dru, insistir en posponer el procedimiento.

La enfermera Hatfield acudió a ella poco después de que se llevaran el cuerpo para pedirle que informara en la tercera planta.

—La superintendente Perkins está reunida ahora mismo con los doctores Pingry y Allen —dijo, sin molestarse en contener la petulancia—. Después la llamará para que defienda su versión.

¿Defender su versión? La enfermera Hatfield hizo que sonara como si Una se sometiera a juicio.

Ahora, al escuchar el suave murmullo de las voces de los médicos procedentes del despacho de la señorita Perkins, estaba angustiada y nerviosa. Saboreó la sangre y se dio cuenta de que se había mordido las cutículas como una rata atrapada que se mordisqueara su propia cola. Cuando se abrió la puerta y la superintendente Perkins la hizo pasar con un gesto, Una se levantó despacio, no se fiaba de sus piernas.

Los doctores Pingry y Allen pasaron por su lado al salir. El doctor Pingry parecía molesto, como si la reunión con la superintendente no fuera más que un incordio añadido a su jornada ya irritante. La expresión del doctor Allen era más grave, y sus ojos grises evitaron el contacto visual con ella.

La señorita Perkins no le ofreció una silla, y Una no se atrevió a sentarse, aunque le dolían los pies y le daba vueltas la cabeza por el hambre.

—Me han contado que un paciente de su sala ha sufrido una muerte inesperada hoy.

—Sí, señora.

—El doctor Pingry deduce que la causa fue asfixia provocada por una acumulación de moco en la tráquea durante la inhalación de éter.

No sabía qué decir, así que se quedó callada.

—También supone que, para que eso ocurra en un paciente por lo demás sano, quizá ingirió comida antes de la administración del éter.

—Le dije...

—El doctor Pingry se encargará del doctor Allen y le reprobará como considere oportuno. Por su parte, el doctor Allen asegura que desconocía el estado del paciente antes de darle el éter, y no estoy en situación de cuestionar su afirmación. Sin embargo, sí estoy en situación de saber qué salió mal en sus cuidados de enfermería.

Tenía la boca seca como la leña, pero reprimió el impulso de chascar los labios o tragar saliva, por si le hacía parecer culpable.

—Yo no le di nada de comer al señor Knauff.

—¿Entonces no había comido?

Ella se devanaba los sesos en busca de una respuesta.

—Confío en que entienda lo grave que es esto, señorita Kelly. No espero menos que una explicación completa y sincera.

Una asintió, deseando haber tenido ocasión de hablar con Dru y acordar su versión antes de que la convocaran allí a responder ante la señorita Perkins.

—Puede que comiera antes de llegar a la sala.

—Pero seguro que la enfermera de traslado le habrá dado esa información al llegar.

—Yo... —Tenía la lengua tan pegajosa que le costaba pronunciar las palabras—. No recuerdo que me dijeran si el paciente había comido o no, pero supuse, dado que lo trasladaban desde cirugía, que lo habían hecho ayunar esa mañana.

—¿No recuerda que se lo dijeran o no se lo dijeron? —Al ver que la joven no contestaba, la señorita Perkins fue a tomar su pluma—. Entonces, me temo que no me queda más remedio que...

—No me lo dijeron. No me lo dijeron.

—Ya. ¿Y de quién recibió ese informe deficiente?

Una bajó la mirada. Abrió la boca, la cerró de nuevo y por fin se obligó a escupir:

—De la enfermera Lewis.

42

UNA SE PASÓ el resto de su turno preocupada, sin ser de mucha utilidad. Sabía que nada más salir del despacho de la superintendente Perkins habían llamado a Dru para que diera su versión de los hechos del día. Cuando descubriera que Una la había involucrado en la muerte del señor Knauff, ¿la señalaría? Al fin y al cabo, había sido ella quien la había interrumpido en mitad del informe para enseñarle las notas del patólogo.

¡Las notas! Aún las llevaba guardadas debajo del delantal. Si alguien las encontraba, seguro que la expulsarían. Sobre todo si Dru le hablaba a la señorita Perkins de su confabulación para delatar a un asesino imaginario en Bellevue. Mientras la aprendiza de segundo año cambiaba los vendajes de un paciente, Una metió los papeles en la caldera y observó cómo prendía el fuego y se quemaban.

Se agachó junto a la caldera y miró por la rejilla hasta que le picaron las mejillas del calor. Dru se lo contaría todo a la señorita Perkins. Como Una, no tenía elección si quería quedarse en la escuela. ¿A quién creería la señorita Perkins? Una contaba con la ventaja de haber explicado antes su versión de los hechos. Y sabía por experiencia que era una gran ventaja.

CUANDO LA ENFERMERA de noche llegó al trabajo, Una se esmeró en informarla de los casos más graves de la sala que necesitarían cuidados especiales durante la noche. A decir verdad, no esperaba llegar al final de su turno sin que la llamaran de nuevo al despacho de la señorita Perkins para obligarla a renunciar. Se quedó en la sala mientras las luces se atenuaban para la noche. Le costaba respirar por la culpa que sentía dentro. Culpa por la muerte del señor Knauff. Por implicar a Dru, la única persona de la escuela de formación que había sido amable con ella desde el principio.

Recorrió sola la corta distancia que separaba el hospital de la residencia de enfermeras. Dentro olía a jamón y calabaza hervida, pero no tenía apetito. Le horrorizaba ver a Dru. ¿Sería capaz algún día de perdonarla por su traición?

Mientras estaba en el vestíbulo y se quitaba el abrigo, oyó unos susurros audibles desde la biblioteca. Una se acercó yescuchó.

—¡No puede ser! —dijo una de las chicas.

—La enfermera Roe lo ha confirmado —aseguró otra de las aprendizas—. Trabaja con Drusilla en la sala diez. La llamaron al despacho de la superintendente Perkins al final de la tarde y nunca volvió.

—Pero ¿cómo sabes que la han expulsado?

¡Expulsada! Una se tapó la boca con la mano para ahogar un grito. Pensaba que lo peor que podía ocurrirle a Dru, si la señorita Perkins creía la versión de los hechos de Una, era que la degradaran a estar de prueba de nuevo. Dru no había tenido ni un solo problema, ni recibido más que comentarios ejemplares sobre sus exámenes.

—Se desmayó al oír la noticia. Llamaron a un celador para que la levantara del suelo, la colocara en la silla y fuera a buscar sales olorosas. Él se lo contó a Lula, de la cocina, que se lo contó a…

Una volvió a ponerse el abrigo y fue corriendo a la puerta principal. Si de verdad Dru se había desmayado, debía asegurarse de que estaba bien. Abrió la puerta y estuvo a punto de chocar con la enfermera Hatfield.

—¿Adónde va a estas horas, señorita Kelly?

—De vuelta al hospital. Me han dicho que Dru no se encuentra bien. —Intentó pasar por el lado de la enfermera Hatfield, pero ella le cortó el paso.

—No puede ver a la señorita Lewis. Por lo menos, no esta noche.

—Entonces, ¿es cierto que se ha desmayado?

La enfermera Hatfield asintió. Una retrocedió en el vestíbulo, la mujer la siguió y cerró la puerta tras ellas.

—¿Ha sido porque la han expulsado? —preguntó Una con un hilo de voz.

—Tal vez eso tuvo algo que ver. Pero se debe en mayor medida a la fiebre.

—¿Fiebre?

—Sí. Sospechamos que es tifus.

Una sintió que se le enfriaban las extremidades. La mitad de los que contraían la enfermedad morían.

—Pero ¿cómo…?

—Hace muchas semanas que hay un brote en la ciudad. Hasta una aprendiza tan poco intuitiva como usted debe de haberlo oído.

—Sí, pero a los pacientes de tifus los envían directamente a la Isla. ¿Cómo habría contraído Dru…?

—Hace dos semanas un paciente mal diagnosticado ingresó en Bellevue. —La enfermera Hatfield se quitó el abrigo y se retiró los guantes. El tono era cansado, objetivo, pero no desagradable—. La señorita Lewis cuidó de él antes de que se descubriera la verdadera naturaleza de su dolencia. Lo trasladaron de forma inmediata al Hospital Riverside, claro, pero, por lo visto, era demasiado tarde. —Se volvió hacia Una y sonrió satisfecha—. Me sorprende que la señorita Lewis no le contara el incidente.

Una se tragó la rabia que se apoderó de ella. Hacer saltar los dientes a la enfermera Hatfield de un puñetazo podría sentarle bien, pero no ayudaría en nada. Y tenía razón. ¿Por qué no se lo había dicho Dru? El miedo a haber contraído la enfermedad debía de pesarle mucho. ¿Cómo no se había dado cuenta?

Bajó la mirada para ocultar las mejillas sonrojadas mientras la vergüenza iba consumiendo la rabia a toda velocidad. Si no hubiera estado tan preocupada por su propio mal humor, por Deidre y la ridícula idea del asesinato, lo habría notado. Dru últimamente estaba más cansada de lo habitual. Además de pálida y distraída.

—¿También se la han llevado al Riverside?

—No, la atenderemos aquí, en el pabellón de Sturges.

—¿Puedo…?

—No. Solo tienen permiso para atenderla aquellas con las mejores aptitudes y destrezas. —Dicho esto, la enfermera Hatfield se fue. Se paró a medio camino en el pasillo y dijo por encima del hombro—: Oh, y más le vale hacer la maleta esta noche. La superintendente Perkins quiere volver a verla a primera hora de la mañana. No creo que sean buenas noticias.

UNA PASÓ LA noche en vela y solo picoteó durante el desayuno la mañana siguiente. Ni siquiera una taza humeante del café de la cocinera Prynne pudo calmar el frío y el nudo en las entrañas. No osaba llegar tarde al despacho de la señorita Perkins, pero cada paso que daba hacia el hospital o al subir la interminable escalera ponía a prueba su voluntad. Habían expulsado a Dru y estaba enferma, tal vez moribunda. ¿También la iban a expulsar a ella?

La señorita Perkins la recibió después de que llamara con timidez a la puerta. Igual que el día anterior, no le ofreció una silla.

—He sopesado con mucho detenimiento los hechos de la tragedia de ayer —anunció. Tenía una expresión seria y los ojos llorosos y rojos de quien no ha dormido.

Una asintió, incapaz de hablar.

—Como sabe, no es la primera vez que se pone en duda su idoneidad para esta profesión.

—Por favor, señorita Perkins, prometo ser más…

La superintendente alzó la mano. Se levantó del escritorio y se acercó a la ventana. Un halo de delicada escarcha bordeaba el cristal y centelleaba bajo la luz matutina.

—La he estado observando durante todas estas semanas, señorita Kelly. Pese al incidente, es indudable que trata bien a los pacientes. Nunca es empalagosa ni distante. Está tranquila bajo presión y ha llevado bien las clases, gracias en buena parte al tutelaje de la señorita Lewis, supongo.

—Sí, señora.

—No me cabe duda de que algún día será una buena enfermera. Sin embargo, me cuestiono su corazón.

¿Su corazón? ¿Qué significaba eso?

La señorita Perkins suspiró y se apartó de la ventana.

—La señorita Lewis y yo hablamos largo y tendido ayer, antes de que enfermara.

Una torció el gesto. Dijera lo que dijera Dru, no podía ser bueno. Tampoco la podía culpar, después de señalarla en la muerte del señor Knauff. Regla número uno: cuida de ti misma por encima de todos los demás. Había basado su vida en esas palabras. ¿Por qué ahora de repente sonaban tan huecas?

—Por favor, señorita Perkins, puedo explicarlo. Yo… es decir… nosotras, Dru y yo, la señorita Lewis, quiero decir, nosotras…

—No queda nada que explicar. La señorita Lewis asumió toda la responsabilidad por el desgraciado accidente de la muerte del señor Knauff.

Una parpadeó.

—Ah, ¿sí?

—Confesó que pensaba que el procedimiento tendría lugar la mañana siguiente al traslado, no esa tarde, y le dio la cena completa antes de llevarlo a su sala. También admitió no haberle transmitido esa información de vital importancia cuando le cedió los cuidados porque estaba distraída.

—¿Y dijo cuál era… eh… la causa de su distracción?

La señorita Perkins volvió a mirar por la ventana. Una siguió su mirada. La niebla matutina se había retirado del césped. El pabellón de Sturges, un largo edificio de ladrillo de una sola planta situado enfrente del pabellón de los dementes, apareció en primer plano.

—No habló de eso. Solo puedo deducir que fue por su enfermedad. Esta dolencia puede dejarte bastante aturdida.

—En ese caso, ¿es necesario expulsarla?

La señorita Perkins se volvió hacia Una, y la mirada cansada se endureció.

—Eso no es asunto suyo, señorita Kelly. Hoy estamos aquí para comentar su futuro, no el de ella. Por suerte para usted, además de asumir la responsabilidad de la tragedia de ayer, la señorita Lewis también habló muy bien de usted y sus aptitudes.

—¿De verdad?

—«De una valentía inusual y corazón sincero», creo que así lo formuló. Así que, pese a mis recelos, voy a permitir que se quede.

El café que se había tomado para desayunar le subió a la garganta, teñido de bilis abrasadora. Dru había guardado el secreto de Deidre y la investigación sobre su muerte pese a la amenaza de expulsión. Solo eso bastaba para que Una sintiera una culpa atroz. No entendía por qué había hablado bien de ella cuando lo merecía tan poco.

—Yo… le agradezco que me dé otra oportunidad.

—Dele las gracias a la señorita Lewis cuando se recupere. Si se recupera. Hasta entonces, procure estar a la altura de la estimable opinión que tiene de usted.

Esa noche, Una decidió ver a Dru después de terminar el trabajo de la sala. Esperó a que las demás aprendizas salieran del hospital y luego cruzó el césped con sigilo hasta el pabellón de Sturges. Dentro habían atenuado las luces hasta convertirlas en un brillo suave. La enfermera de noche siguió con sus tareas, sin prestarle atención. La cama de su amiga estaba separada varios metros de las demás, en el fondo de la sala. Una colocó una silla a su lado y le agarró la mano. Dru se movió, emitió un leve gemido, pero no despertó. Tenía la piel caliente y pegajosa. Una erupción había aparecido alrededor del cuello empapado en sudor del camisón.

Una había pasado todo el día con la garganta ahogada en bilis. Ahora sentía algo distinto: un temblor y una tensión que amenazaba con dar paso a un sollozo. Sin embargo, tenía sus reglas; número tres: no llorar; número diecisiete: nunca mostrar debilidad. Con un esfuerzo considerable, consiguió apagar esa sensación incómoda.

No era culpa suya que estuviera enferma. El tifus, el cólera, la viruela. Pese a que el Bellevue no era un hospital de epidemias, siempre existía un riesgo para el personal.

Las enfermeras no eran una excepción. Entonces, ¿por qué sentía esa maldita culpa?

Apretó la mano de Dru, le apartó el pelo humedecido de la cara y prometió regresar al día siguiente.

—Lo arreglaré —susurró antes de levantarse para irse—. No sé cómo. De alguna manera.

43

La semana siguiente fue una nebulosa de días largos y ajetreados, y noches en vela aún más prolongadas. Una no se había dado cuenta de la presencia luminosa y el sostén que había sido Dru para ella. Echaba de menos su sonrisa alegre, lo primero que veía por la mañana. Añoraba sus tazas nocturnas de leche con miel. Incluso echaba en falta sus tediosas horas de estudio y la cháchara interminable.

En la sala, la enfermera Hatfield seguía escudriñando todos sus movimientos. Las sábanas no estaban bien lisas, las cataplasmas de mostaza que mezclaba no estaban lo bastante diluidas, el caldo de ternera que hacía no tenía intensidad suficiente.

Con su amiga aún gravemente enferma y Edwin fuera en el simposio, Una sentía una extraña sensación nueva. Soledad. Se instaló en el fondo de la garganta como un mendrugo de pan seco. Intentó no hacerle caso. Procuró tragárselo o vomitarlo, pero esa sensación irritante perduraba. Llevaba años sola, ¿por qué le molestaba ahora?

Para colmo, el rufián de Bowery con la herida de bala, que al principio parecía mejorar, había ido empeorando poco a poco. Empezó a supurar pus de la herida cuando le cambiaba el vendaje. Ya no podía retener lo que comía o bebía, ni siquiera el láudano, así que le recetaron enemas nutritivos y calmantes. El doctor Pingry seguía insistiendo en que el hombre estaba estable con opciones de recuperación favorables.

En vez de limpiar y vendar la herida con gasas empapadas en desinfectante, prescribió tratamiento al aire libre con la herida sin tapar, para que pudiera excretar pus y toxinas con libertad hasta que se curara sola.

El paciente, robusto como todos los matones el primer día que ingresó, ahora estaba flaco como un esqueleto, con las extremidades larguiruchas como fósforos y las costillas marcadas bajo la piel. Incluso el servil doctor Allen intentó sugerir un tratamiento más higiénico. Sin embargo, el doctor Pingry no cedía. Miraba a los ojos a Una e insistía en que todos los efectos perjudiciales que sufría el paciente se debían a los peligrosos olores y vapores pestilentes por no ventilar la sala de forma adecuada.

Cuando Edwin regresó de Filadelfia y se sumó a los demás médicos en las rondas matutinas, palideció de la impresión al ver al hombre.

—¿Hemos intentado lavar la herida con fenol?

—El aire libre es la mejor opción —dijo el doctor Pingry como si nada—. Está drenando bien por sí sola.

Los rasgos de Edwin recobraron el color y la vivacidad.

—¡Aire libre! Eso es absurdo. Acabará con una infección en la sangre, si no la tiene ya. —Miró al doctor Allen en busca de apoyo, pero se limitó a encogerse de hombros.

—¿Tengo que recordarle quién es el jefe aquí, doctor Westervelt? Ha vuelto usted de ese simposio demasiado atrevido. ¿Ahora es un cazador de gérmenes? —Señaló una mancha en el suelo—. Mire, ahí hay un bacilo. ¡Atrápelo!

El doctor Pingry se rio y se dirigió a la cama del siguiente paciente. Edwin respiró hondo, apretó la mandíbula y lo siguió, y al pasar junto a Una le lanzó una mirada furtiva. La expresión de sus ojos se suavizó, pero Una vio la rabia encendida tras ella.

Esa tarde, el paciente murió.

Mientras lo bañaba por última vez, Una se recordó que no lo conocía. ¿Qué más daba un matón menos de Bowery? Esa parecía ser la actitud del doctor Pingry. No importaban la esposa y la hija pequeña que iban a visitarlo todas las noches. Una pensó en cuando llegaran esa noche y subieran a duras penas la escalera hasta la sala, rezando por ver algún signo de mejora, para que luego las enviaran a la morgue.

Se le acumularon las lágrimas en los ojos. Maldijo para sus adentros y parpadeó para deshacerse de ellas. Recordó el viaje a la morgue con su padre. La identificación fue rápida, pero Una se soltó de la mano de él y se acercó más al cuerpo para estar segura. Rodeó la mesa mugrienta, e intentó encontrar algún pedazo de carne sin quemar que pudiera ser reconocible. Algunos dedos de su madre habían escapado de las llamas, las uñas estaban bien cortadas. Había mechones de su hermoso pelo oscuro. Unos cuantos hilos del vestido azul. La boca, donde tan a menudo se dibujaba una sonrisa, se estiraba formando una mueca con los dientes, antes preciosos.

Reconoció eso y más, pero no quería creerlo. Durante días después del velatorio y el funeral, mientras su padre estaba sentado en la cocina y daba buena cuenta de un galón de coñac, ella se acurrucaba en el sofá y miraba por la ventana, esperando a que su madre volviera a casa. Se aferraba a la esperanza de que el cuerpo que habían identificado en la morgue no fuera el suyo.

Poco a poco esa esperanza había cristalizado en odio. Su madre la había abandonado. No tendría que haber ido a ese edificio destartalado ese día. Su padre siempre decía que debía alejarse de esa zona de la ciudad venida a menos. Había muchos otros sitios que necesitaban su caridad.

—Eso es lo que consigues, *a stór* —le dijo a su hija entre balbuceos de borracho mientras caía el atardecer sobre la ciudad y su madre aún no había vuelto—. Lo que consigues cuando cuidas a los demás más que a tu familia. Más que a ti misma.

Luego le dio una moneda de veinticinco centavos para que fuera a buscar más coñac a la tienda del final de la calle. Ella bebió un sorbo de camino a casa y abandonó su vigilancia junto a la ventana.

Ahora, mientras terminaba de lavar al hombre de Bowery, le temblaban las manos con tanta intensidad que derramó la mitad de la jofaina de agua jabonosa en el delantal. Se filtró por la falda y la enagua. Llegaron dos celadores, colocaron el cuerpo en una camilla y se lo llevaron.

Una le pidió a la enfermera de segundo año que la cubriera durante unos minutos y salió al balcón. Pensó en robar un sorbo de coñac, pero en cambio se llevó una taza de té. Tintineó contra el platillo en sus manos aún temblorosas. Pronto anochecería, y el patio de abajo estaba sumido en la sombra, sin embargo, el aire conservaba el calor del día, perfumado con matices de azafrán y hamamelis. La menguante luz solar brillaba en el río mientras fluía al sur, hacia el recién terminado puente de Brooklyn. Se tomó el té y renunció a reprimir las lágrimas.

Habían pasado años desde que había roto sus reglas para permitirse llorar. Las lágrimas la hacían parecer débil. La debilidad la convertía en blanco de acoso y explotación. Pero qué alivio dejarlas salir, que inundaran los ojos y rodaran por la cara. No sabía muy bien por qué o por quién lloraba. ¿Por el hombre de Bowery? ¿Su esposa y su hija? ¿Por el señor Knauff y el incidente del éter? ¿Deidre? ¿Dru? Las lágrimas eran más intensas, la mucosidad le obstruía la garganta. Se puso en cuclillas, dejó la taza a un lado y se abrazó las rodillas. Pensaba en su madre. Y en sí misma.

Recordó cuando iban juntas al Washington Market a comprar ostras y verduras. Los días de suerte, su madre añadía una naranja a la cesta y se la pelaba de camino a casa. Recordó sentarse en el regazo de su madre junto a la chimenea, y escucharla leer las escasas cartas que su padre enviaba a casa desde el campo de batalla. Su voz nunca titubeaba, ni siquiera cuando llegó la noticia de la bala Minié que le había atravesado la pierna. Sin embargo, esa noche dejó que Una se subiera a su cama y la abrazó hasta el amanecer.

De los años anteriores a la guerra, solo recordaba fogonazos y fragmentos: de la risa de su madre, de su padre tocando el violín con garbo, del olor a *coddle* y pan de soda que llegaba desde la cocina. Los domingos caminaban cogidos de la mano hasta la iglesia, con Una en medio, columpiándose entre sus brazos.

Era cierto: su madre se entregó a la labor benéfica con particular fervor durante los años posteriores al regreso de su padre. Para entonces su casa se había convertido en un lugar sombrío. Su madre casi nunca reía. Su padre dejó de tocar el violín. Cenaban en silencio.

Ahora se daba cuenta de que no podía culpar a su madre por necesitar pasar tiempo fuera, ni a su padre de haber vuelto roto de la guerra. Tampoco podía culpar a su yo de diecinueve años de confundir la desolación con el odio y de no haber vivido un auténtico duelo por la muerte de su madre.

Lloró hasta que oyó unos pasos en el balcón. Cuando levantó la vista, vio que Edwin se acercaba. Se puso en pie, giró la cara y se limpió las lágrimas con la manga de la camisa mientras él corría a su lado.

—Una, ¿qué te pasa?

Ella se apartó y tropezó con la taza y el platillo. El té se derramó y salpicó, goteó a través del enrejado de hierro al balcón de abajo. Por suerte, la cerámica no se había roto.

Edwin y ella se inclinaron a recogerlo, y sus dedos se rozaron al agarrar el platillo.

—Lo tengo, doctor, no se preocupe.

Edwin frunció el entrecejo, se levantó y apoyó los codos en la barandilla.

—Odio que hagas eso, que me llames «doctor» como si fuera un desconocido. Como si no te hubiera besado cien veces. Como si no…

—Shhh, alguien podría oírte.

—No me importa que lo oiga el mundo entero.

Colocó la taza encima del platillo y se levantó.

—Para ti es fácil decirlo, tú no tienes nada que perder.

—Lo siento, solo he salido a ver que estabas bien.

—Estoy bien.

Edwin sacudió la cabeza.

—También odio eso. Que me mientas.

Ella se dirigió a la barandilla, lo bastante lejos de él para no levantar sospechas, pero lo suficientemente cerca para oír cómo el aire le entraba y le salía por la nariz.

—¿Cómo te las arreglas aquí con tanta muerte?

—Intento recordar a los que siguen con vida, supongo. A los que ayudamos a mejorar. —Suavizó el tono—. ¿Eso es lo que te angustia?

—No. —Miró hacia el césped. Un paciente con muleta cojeaba por el camino entre las flores recién brotadas. Un empleado estaba sentado en un banco junto al río, fumando un cigarrillo. Una enfermera salió a la diagonal del balcón de debajo, sacudió una sábana y la colocó encima de la barandilla. Una esperó a que volviera dentro antes de seguir—. ¿Lo decías en serio antes, cuando dijiste que podía contarte cualquier cosa?

—Claro que sí. Quiero que seamos siempre sinceros y abiertos entre nosotros.

—La gente no quiere eso... sinceridad. No de verdad. Quiere medias verdades o historias inventadas o mentiras edulcoradas.

—Yo sí quiero.

Ella lo miró de reojo. Siempre esa maldita expresión sincera.

—Al volver de Nueva Orleans con el cuerpo de tu padre, ¿le contaste a tu madre cómo murió? ¿Le hablaste del hermano bastardo que habías conocido allí?

Edwin se quedó callado un momento.

—No.

—A eso me refiero.

—Solo le estaba ahorrando disgustos. Ya había soportado suficientes humillaciones con él.

—Las mentiras no siempre pretenden hacer daño.

—Es eso, ¿entonces? ¿Prefieres ahorrarme lo que sea que piensas que no podré asumir y sufrir sola?

Sola. ¿Es eso lo que quería en realidad? Una pasó la mano por la fría barandilla de hierro y dejó que se parara a medio camino entre ellos. Edwin sacó la mano también hasta colocarla junto a la suya, y sus dedos rosados se tocaron.

—No, ya no quiero eso. —Respiró hondo—. Tienes que prometerme que diga lo que diga...

—Señorita Kelly.

El sonido de la voz de la enfermera de segundo año hizo que diera un respingo. Apartó la mano y se volvió hacia la ventana abierta.

La enfermera asomó la cabeza.

—La superintendente Perkins pregunta por usted.

Una sintió frío en las entrañas.

—Tengo que irme —le dijo a Edwin cuando reunió el valor para hablar. Pasó a toda prisa por su lado y cruzó la ventana.

—¿En su despacho? —preguntó Una a la aprendiza de segundo año.

Ella asintió, y su semblante serio incrementó el desasosiego de Una.

—¿Ha dicho de qué se trataba?

—No, pero nunca es bueno.

Al llegar, Una encontró abierta la puerta del despacho de la señorita Perkins. La superintendente estaba tras el amplio escritorio hablando con la enfermera Hatfield y, cosa extraña, la señora Buchanan. Cuando llamó a la jamba de la puerta, las tres mujeres se callaron. La señorita Perkins le indicó con un gesto que pasara. Una se dio cuenta al entrar de que aún llevaba la taza de té vacía.

—No he tenido nada que ver con la muerte de ese hombre hoy. Intenté que el doctor Pingry se lavara las manos y utilizara instrumentos limpios. De verdad. Hasta los internos lo intentaron. Él se negó a cambiar…

—No la he llamado por eso, señorita Kelly —la interrumpió la superintendente Perkins.

Una respiró aliviada.

—La he llamado porque la señorita Hatfield ha presentado una acusación muy grave contra usted.

Miró a la enfermera Hatfield, luego a la señorita Perkins de nuevo. ¿Una había descuidado algo en la sala? ¿Había olvidado cerrar una ventana o pasado por alto una mancha al quitar el polvo? Seguro que eso no se consideraría muy grave. ¿Tenía que ver con Edwin? ¿Los había visto juntos? Fuera lo que fuese, Una sabía que no le convenía decir más que un trémulo:

—¿Cómo?

—Robo, señorita Kelly. Dice que le ha robado su pañuelo de seda.

—¿Qué? Eso es ridículo. ¡Una burda mentira!

—Entonces no tendrá objeciones si volvemos a la residencia y registramos su habitación.

—Claro que no.

Salió del hospital detrás de las mujeres y cruzó la calle hasta la residencia. Cuando llegaron a su habitación, Una abrió la puerta y las mujeres entraron. Sin Dru, no había sido tan escrupulosa haciendo la cama y torcieron el gesto al ver la colcha arrugada y la almohada sin ahuecar. Pensó que no estaban allí para inspeccionar sus habilidades para hacer camas.

De todos modos, la colcha fue una de las primeras cosas que retiraron. La señora Buchanan le lanzó una mirada de disculpa antes de tirar de ella e inspeccionar entre las sábanas. Miró debajo del colchón y del armazón de la cama mientras las demás mujeres revolvían el armario y daban la vuelta a los bolsillos del abrigo y los vestidos.

Una miraba desde la puerta. Esas mujeres serían unas detectives horribles. Estuvo a punto de reírse, muy a su pesar. No tantearon por encima de los estantes, por si había algo metido que no se viera. No buscaron vetas fuera de lugar en la madera donde pudiera haberse construido una pared falsa. No retiraron la alfombra para comprobar si había tablones sueltos. No golpearon las paredes por si oían el eco revelador de un escondrijo oculto.

—Ya ven, yo no he cogido nada.

La señora Buchanan hizo un gesto apaciguador.

—Lo siento, querida. Casi hemos terminado. —Se arrodilló y abrió la tapa del arcón de Una.

—Ahí no hay nada más que mi ropa interior.

—Me temo que debemos registrarlo todo. —La señora Buchanan desplegó el camisón de Una y dio la vuelta a las medias de recambio. Una había guardado el ejemplar desgastado de la revista de Barney en el fondo, junto con la aguja de corbata torcida y el medallón de la Virgen María que le había dado la mujer de Hell's Kitchen. La señora Buchanan miró por debajo, y luego se puso a recolocar las cosas del baúl.

—Mire entre las páginas de esa revista —dijo la enfermera Hatfield con cierta desesperación en el tono.

Una la fulminó con la mirada, le arrebató la revista a la señora Buchanan y se la puso en la mano.

—Tenga. Compruébelo usted misma. No se dará por satisfecha hasta que haya pasado todas las páginas.

La enfermera Hatfield hojeó con cuidado la revista, a medida que se acercaba al final su expresión engreída se desvanecía y las mejillas se le sonrojaron.

—Yo… eh… no lo entiendo. Hace días que me ha desaparecido el pañuelo. Solo usted podría haberla cogido.

Una recuperó la revista y la metió en el baúl. Aterrizó en el fondo con un ruido.

—Bueno, pues ya ve que no.

—Tiene que estar aquí, en alguna parte. Tal vez entre las cosas de la señorita Lewis. —Dio un paso hacia el arcón de Dru, pero Una le cortó el paso.

—No se atreva a tocar nada suyo.

Una lo había guardado todo tal y como Dru lo había dejado: desde la vela a medio gastar en la mesilla hasta el manguito y el gorro de piel colgados del gancho.

—De todos modos nada de esto debería estar aquí —repuso la enfermera Hatfield—. Ya no es una aprendiza.

La señorita Perkins, que hasta entonces había guardado silencio, se interpuso entre ellas.

—¡Basta! Su acusación ha resultado ser infundada, Eugenia. Me arrepiento de haberlo permitido. Creo que le debe una disculpa a la señorita Kelly.

La enfermera Hatfield se cruzó de brazos y apartó la mirada. Se quedó callada varios segundos y luego resopló.

—Lo sien…

La señora Buchanan carraspeó y le ahorró a la enfermera Hatfield el apuro de acabar.

—Me temo que la señorita Eugenia podría llevar razón con sus sospechas. —Estiró la mano. En la palma estaba el reloj de bolsillo de plata—. Creo que este es el reloj que el doctor Pingry dijo que perdió después de la clase. —Le dio la vuelta para que se vieran las letras grabadas en el dorso—. Miren, estas son sus iniciales.

44

UNA ESTABA FUERA de la residencia de enfermeras, con la maleta en la mano y sin saber adónde ir. No podía volver a Five Points, y Claire jamás la acogería. Habían pasado tres meses desde el asesinato de Mike el Viajante, no era suficiente, ni mucho menos, para que la policía hubiera cerrado el caso y se hubiera olvidado de ella. Conocía a delincuentes que habían vuelto a la ciudad años después para caer en las garras de los polis. Sin su disfraz de enfermera, Una acabaría en el mismo barco.

Tres meses, ¿solo eso? Le parecía toda una vida. Caminó por la calle Veintiséis sin un destino concreto en mente. La noche le procuraba el amparo de la luz de gas y la sombra, pero no era lo bastante tarde para que su presencia en la calle levantara sospechas. Pasó el tranvía, las ruedas rechinaron contra los adoquines, y pensó en Dru, que aún deliraba por la fiebre. Ahora estaban las dos expulsadas. Su sacrificio había sido inútil.

Pasó junto a Madison Square Park, y no se detuvo hasta que llegó a las estridentes luces eléctricas de Broadway. Los cabriolés pasaban rodando, trasladaban personas de sus hoteles a las salas de conciertos, teatros y a la ópera. Gente en busca de diversión abarrotaba también las aceras, ataviados con sus mejores galas de noche. Con su maleta y el vestido diurno de algodón, se sentía fuera de lugar. El bullicio de la calle y el escándalo de voces la desconcertaron después de tantos días en calma en el hospital. Aun así, el Tenderloin era un sitio tan válido como otro cualquiera para esconderse durante la noche.

Unas cuantas manzanas más allá de Broadway, encontró un restaurante barato escondido en el sótano de un edificio. Era un establecimiento pequeño y sucio, iluminado por unas lámparas de aceite que parpadeaban. Unos barriles del revés hacían las veces de mesas, y parecía que no habían cambiado el serrín del suelo desde antes de Navidad, pero por dos peniques podía tomar una taza de café o un vaso de cerveza rancia y sentarse toda la noche. Escogió la cerveza.

Con la bebida en la mano, encontró un barril vacío en un rincón mal iluminado y apartó todos los taburetes inseguros para no invitar a la compañía. La cerveza estaba floja, caliente y amarga, sintió arcadas con el primer sorbo. Por ahí cerca, una rata rascaba el suelo. Las cucarachas trepaban por las paredes.

Echaba de menos la cálida biblioteca con lámparas de gas de la residencia de enfermeras. El olor a libros, en lugar de a vómito, de días antes. El sabor de la leche endulzada con miel en vez del de cerveza rancia.

—Te has ablandado, Una Kelly —masculló, pero no pudo evitar torcer el gesto cuando un hombre al otro lado de la sala escupió al suelo un montón de tabaco viscoso. El hombre le sonrió, sin molestarse en ocultar los dientes manchados y resquebrajados. Ella le frunció el entrecejo.

Los dientes de Edwin eran blancos, preciosos. El sabor de su boca siempre era delicioso, a clavo y menta, cuando se besaban. Había estado tan cerca de contarle su auténtico pasado y su identidad. Por suerte no lo había hecho. Era una locura pensar que lo entendería. La mirada engreída en la cara de la enfermera Hatfield al encontrar el reloj bastó para que Una recordara que ese no era su sitio.

La señora Buchanan la miró boquiabierta, incrédula, meneando la cabeza como un juguete roto. La señorita Perkins se había mostrado más prudente. Su expresión no revelaba sorpresa ni censura, solo decepción. Levantó la mano para acallar la torpe explicación de Una e insistió en que recogiera su bolsa y se fuera de la residencia de inmediato.

Lo que más la había herido era la decepción. No podría soportar verla también en los ojos de Edwin, cuando la había mirado con más cariño que ningún otro hombre. Mejor no mancillar los recuerdos que tenía de él. Al fin y al cabo, ahora eran lo único que le quedaba.

Se obligó a dejar de pensar en él. Tenía que planear qué hacer. Con solo siete dólares en el bolsillo, tenía pocas opciones. No podía volver a los hurtos si no había un solo perista en toda la ciudad que le comprara el botín. Marm Blei se aseguraría de ello. De todas formas, todo el que fuera lo bastante tonto o estuviera tan desesperado para contravenir sus deseos le daría migajas.

Siempre estaba el trabajo en una fábrica, pero, a pesar de lo agotador que era, había más barrigas hambrientas que huecos libres en la línea de producción. Costaba mucho conseguir incluso los puestos más infames desplumando pollos o embotellando pepinillos. Los hombres de Tammany ayudarían. El precio a pagar eran unos cuantos minutos entre sus piernas.

Tragó otro sorbo de cerveza. La idea de sudar ante una ruidosa cinta transportadora diez horas al día, con las plumas pegadas a la piel y el hedor a sangre de pollo en la nariz la ponía enferma. Ni siquiera el peor día en el Bellevue se podía comparar. Por no hablar del encargado con las manos largas y los hombres de Tammany que irían a reclamarla.

Apoyó la cabeza en las manos. Hasta ahí su nueva profesión.

Por mucho que odiara la vida en el hospital al principio, con el tiempo le había cogido el gusto al trabajo. Nunca había llegado a aprender todos los absurdos nombres en latín de los huesos y músculos como Dru, pero le gustaba estar con los pacientes: aliviar sus achaques y dolores con paños calientes, levantarles el ánimo alicaído con aire fresco y luz del sol, ver cómo se les curaban las heridas y saber que ella había contribuido.

Al final de la jornada le dolían los pies. A veces también la cabeza y la espalda. Pero se sentía… útil. Capaz. Conectada con algo superior a ella.

Tal vez ese había sido el problema. Había perdido de vista sus reglas, había olvidado que para sobrevivir no te podías dejar arropar por nadie. Aun así, no se arrepentía de esa tarde en el lago con Edwin ni de sus noches en la biblioteca con Dru. Solo lamentaba el daño que les había hecho.

El hombre de los dientes manchados acercó uno de los taburetes que había apartado y se sentó a su lado. Se acabó lo de no invitar a la compañía.

—¿Qué hace una muchacha tan guapa como tú sola en un sitio como este?

Una puso cara de impaciencia. Ni siquiera era capaz de pensar en algo original que decir.

—Intentar estar sola.

—Nadie quiere estar solo. ¿Y si te invito a una copa?

—Ya tengo.

—Entonces, ¿y si te invito a otra? Dos copas siempre son mejores que una.

—¿Y si le doy un puñetazo en la nariz?

Él se rio y se acercó más.

—Lo digo en serio, señor. —Levantó un puño—. ¿Ve esta cicatriz de aquí? Es de un italiano que pensó que era un gesto cariñoso pellizcarme el trasero. Y esta es de un irlandés que intentó besarme. Y esta…

—De acuerdo, lo pillo. —Se apartó, pero no se fue—. Supongamos que me siento aquí un rato y nos tomamos las cosas con calma.

—Yo no me quiero tomar las cosas con calma ni rápido ni de ninguna manera. Quiero tomarme la cerveza en paz.

El sonido de la campana de una ambulancia ahogó la respuesta del hombre. Su cabeza volvió a Edwin y su viaje juntos a Hell's Kitchen. El jaleo en la calle. La avidez de sus besos. La impresión de llegar a su destino y tener que separarse. Otro sonido metálico, esta vez más cerca, y su mente retrocedió aún más. De vuelta a otro bar sórdido. Mike el Viajante que se bebió el coñac y le lanzó una mirada elocuente. La ambulancia que hizo sonar la campana y paró cerca justo después de que él saliera.

El hombre al lado de Una siguió parloteando, pero ella lo hizo callar con un «chis» y un gesto de la mano. Había algo distinto en el recuerdo, como si de pronto se liberara un engranaje que estaba atascado. Saltó mentalmente hasta el callejón. El destello del fósforo de Deidre. El cinturón en el cuello de Mike el Viajante. El hombre de uniforme agachado a su lado. No era un cinturón ni una cuerda: era un torniquete. La chaqueta de color oscuro y el gorro de ala corta eran los de un conductor de ambulancia.

Cerró los ojos e imaginó el instante justo antes de que a Deidre se le cayera el fósforo de la mano. El frescor en el aire. El polvo de nieve. El hedor a orina y los restos de comida podrida. El asesino que alzó la vista hacia ellas con cara de sorpresa.

Una abrió los ojos, sobresaltada.

Conor.

45

UNA ESTABA DE pie en la sombra que proyectaba el amplio arco de la garita. La estructura de piedra ya estaba casi completa. Era raro, pero ni el día anterior ni el otro se percató del avance cuando pasó por debajo para ir y volver del hospital. Los obreros estaban recogiendo sus herramientas de la jornada mientras el vigilante descansaba cerca sentado en un palé de piedras y engullía la cena.

Había escogido con cuidado la hora. Como los obreros, pronto los médicos se irían a casa. Las enfermeras y el personal del hospital estarían ocupados con la cena de los pacientes. El crepúsculo que se iba acumulando le concedería el escudo de la oscuridad.

Aun así, dudaba. Si la enfermera Hatfield o la superintendente Perkins la pillaban allí, llamarían a la policía. Nueva York se había terminado para ella, pero si cortaba por lo sano ahora y echaba a correr, podría llegar a Boston o Filadelfia y ser capaz de empezar de cero, con timos. Por muy insufrible y solitaria que le pareciera ahora esa vida, ganaba a la isla de Blackwell. Pero antes tenía que contar a alguien lo de Conor. Si había matado a Mike el Viajante, también podría haber asesinado a Deidre y a la mujer del pabellón de los dementes. Podría haber más gente en peligro en el Bellevue. Incluidos Dru y Edwin.

Se le encogió el corazón. ¿Qué le había dicho la señorita Perkins? ¿Que debería procurar estar a la altura de la estimable opinión que Dru tenía de ella? Su amiga la veía bajo un prisma mejor del que merecía. Según la antigua filosofía de Una, eso convertía a Dru en una ingenua consumada. Pero a lo mejor eso significaba también la amistad.

Respiró hondo y abandonó su lugar en la sombra. Como siempre, ofreció a los obreros un saludo amable al pasar. Mejor que pareciera que todo iba bien.

—¿Hoy no trabaja, señorita Kelly? —le preguntó uno de ellos.

—Es mi día libre —contestó, sonriendo, y desvió la mirada hacia el vigilante.

Quizá la señorita Perkins le había advertido de la expulsión de Una. Por suerte, estaba demasiado enfrascado en su cena a base de pan con mantequilla y leche para prestarle atención.

Intentó colarse en el hospital por el almacén de la planta baja, pero estaba cerrado. La puerta de al lado, una entrada lateral al ala sudoeste, también estaba cerrada. No se atrevió a usar la puerta principal. Por muchas agallas que le echara, era imposible evitar el despacho del guarda O'Rourke, situado en el vestíbulo principal. Seguro que estaba al corriente de su expulsión y la entregaría a los polis si la veía.

No le quedó más remedio que bajar la escalera al sótano. La gruesa puerta de madera estaba abierta, las bisagras chirriaron cuando la abrió de un empujón. No conocía esa parte del hospital tan bien como las demás, y orientarse en esos pasillos mal iluminados y húmedos le erizaba el vello de los brazos. Dru había deducido que el asesino tenía que conocer bien esos pasadizos. Lo suficiente para encontrar la celda de Deidre, colarse y estrangularla con el torniquete de la ambulancia. Solo de pensarlo sintió un escalofrío en la espalda. ¿Podría estar Conor acechándola en ese momento, observándola?

Tropezó con algo frío y duro, y soltó un chillido ante el consiguiente estrépito. Presa del pánico, se metió en un hueco estrecho junto a una mopa y una escoba y cerró los ojos. El eco del ruido rebotó entre las paredes, luego se desvaneció. Respiró hondo y se obligó a abrir los ojos. El pasillo estaba vacío salvo por un cubo volcado. «Serás boba», se dijo, y siguió adelante.

Al final, encontró una escalera que llevaba al hospital principal. Seguía con el corazón acelerado mientras subía los peldaños. Puede que allí arriba supiera por dónde iba, pero las opciones de que la pillaran también eran mucho mayores.

Miró dentro del comedor de médicos y la sala de juntas, con cuidado de esconderse detrás del marco de la puerta. Edwin no estaba en ninguna de las dos estancias. Volvió a la escalera y subió a la segunda planta. Se había movido mucho a hurtadillas con él para conocer todas las puertas y pasillos que se usaban menos. Para saber cómo conectaba cada sala y cómo ir de una a otra sin que los vieran. Desde luego, con el uniforme era más fácil camuflarse. Pero durante la hora de la cena había bastantes visitas, así que esperaba pasar desapercibida.

Cuando llegó a la sala nueve, entró con decisión y se sentó junto a uno de los pacientes que dormía, se inclinó sobre él y toqueteó las mantas como si fuera su esposa. La enfermera Cuddy estaba junto a la mesa principal, en el centro de la sala, sirviendo la cena para los pacientes. Al lado vio a la enfermera Hatfield.

Una agachó la cabeza. «Por favor, no mires hacia aquí», pensó. «Por favor, no mires hacia aquí.»

—Cuidado con la temperatura, enfermera Cuddy —oyó que decía la enfermera Hatfield—. El alimento debe estar caliente, no tibio, para que no perjudique el estómago del paciente y este no rechace toda la comida.

—Sí, enfermera Hatfield. Voy todo lo rápido que puedo.

La enfermera Hatfield gruñó insatisfecha, un sonido que Una conocía muy bien. También reconocía el ruido delator de sus pisadas, y torció el gesto al oír que se acercaba. Agarró la mano del hombre durmiente y empezó a murmurar el avemaría, con la cara hacia abajo. Las pisadas se detuvieron a los pies de la cama.

—¿Necesita algo, señora?

Una sacudió la cabeza y continuó con la oración. Sus ideas formaban un batiburrillo nervioso, confundía algunas palabras, pero con suerte el latín de la enfermera Hatfield no era tan bueno para notarlo. Llegó al amén y empezó desde el principio. Al final, la enfermera Hatfield se fue.

Esperó a que sus pasos desaparecieran en la sala adjunta antes de alzar la vista. No podía tener la certeza de que la enfermera Hatfield no la hubiera reconocido y se hubiera ido a avisar a la señorita Perkins, pero ahora no podía darse la vuelta. Miró a la señorita Cuddy a los ojos y le indicó con un gesto que se acercara.

—Señora… eh… Una, pensaba que te habían expulsado.

—Shhh. —Una miró por encima del hombro para asegurarse de que la enfermera Hatfield no había vuelto—. Es verdad.

—Entonces, ¿de verdad robaste el pañuelo de la señorita Todopoderosa?

—No, pero… sí me llevé el reloj del doctor Pingry.

La señorita Cuddy abrió los ojos de par en par, luego soltó una risita.

—Ese viejo cascarrabias se lo tenía bien merecido.

—¿Cómo está la señorita Lewis?

—Me temo que hoy ha empeorado un poco. Pero es una luchadora.

Una tragó saliva y asintió.

—Estoy buscando al doctor Westervelt. ¿Sabes dónde podría estar?

—Creo que está acabando en la sala de operaciones. Un caso de última hora. Fractura de cráneo.

Una se levantó.

—Yo de ti no subiría —le aconsejó la señorita Cuddy—. También están el doctor Pingry y unas decenas de estudiantes de Medicina.

No había pensado en eso. No sería tan fácil llamar su atención sin que nadie la viera.

—¿Puedes subir y darle un mensaje?

—La enfermera Hatfield ya está encima de mí por si se me enfría la cena. Si no termino para cuando vuelva, me caerá un sermón y algo más. Además, ya sabes lo quisquilloso que es el doctor Pingry con que haya demasiadas enfermeras siempre que opera. Si fuera por él, no habría ninguna.

Una miró la barriga de la señorita Cuddy. Lo había hecho bien al inflar la enagua y atarse el delantal unos centímetros más arriba para ocultar el bebé que iba creciendo. Pese a todo, podría aprovecharse de su situación. Pero ¿no había acabado así por sus tejemanejes, intimidaciones y hurtos?

—Oye, sé que no somos del todo amigas, y que antes era… bueno, un poco incordio. Pero necesito verlo. Esta noche. Puede que haya en juego vidas de pacientes.

La enfermera Cuddy frunció el entrecejo y miró de nuevo hacia la mesa donde se enfriaba la cena.

—Bah, bobadas. ¿Cuál es el mensaje?

—Dile que me espere en la sala de operaciones después de la intervención. Lo veré allí a las siete. Dile que es importante.

Una se escondió en el almacén hasta que oyó las campanas de la cercana iglesia de St. Stephen's tocar las siete. Luego subió a hurtadillas. Sin la bandada de estudiantes de Medicina curioseando desde la galería y las brillantes lámparas de gas iluminadas en lo alto, en el anfiteatro reinaba el mismo silencio espeluznante que en la morgue. La mesa metálica en el centro del escenario estaba vacía, y habían barrido del suelo el serrín empapado en sangre. El crepúsculo se filtraba por los altos ventanales arqueados y bañaba la estancia con un pálido resplandor anaranjado.

Se detuvo en la sombra del umbral y buscó a Edwin. Se adentró un poco para ver la parte superior de la galería. Había restos de un bocadillo y unas cuantas colillas en la escalera, pero la galería, como el resto de la habitación, estaba vacía. Una se mordió el labio. La enfermera Cuddy le había dado el mensaje, pero Edwin no se había quedado.

Entonces se abrió la puerta del almacén con un chirrido. Edwin apareció con una vela sin encender en la mano. Los nudos que se habían formado en su interior se deshicieron. Reprimió la urgencia de correr hacia él y dio un paso comedido hacia la luz menguante.

—Pensaba que te habías ido.

Él alzó la mirada, pero no se acercó. Entonces, sabía lo del reloj. No debería extrañarle. Los cotilleos corrían por el hospital tan rápido como en un burdel. Intentó leer en sus ojos si se lo creía o no, pero la luz estaba disminuyendo y solo distinguía una dureza que antes no estaba.

Buscó un fósforo en el bolsillo y encendió la vela.

—Edwin, yo...

—¿Es verdad? ¿Robaste el reloj del doctor Pingry?

Ella se acercó unos pasos más y se paró al ver que él no hacía ningún amago.

—Yo… yo… —Se sacudió la energía nerviosa de las manos y respiró hondo—. He robado muchas cosas en mi vida, incluido el reloj del doctor Pingry.

—¿Sufres algún tipo de compulsión? Me han dicho que los alienistas lo llaman cleptomanía.

—No. Lo hacía para sobrevivir, para ganarme la vida.

La luz de la vela titiló en su rostro. Parecía dolido. Desconcertado.

—No lo entiendo. Eres de buena familia, de Maine. Tu padre es…

—Mi padre es aficionado al opio y la bebida. No soy de Maine, nací aquí, en la ciudad. Yo… —Notó una aspereza punzante en toda la lengua. Tragó saliva y se obligó a continuar—. Llevo más de la mitad de mi vida siendo carterista y ladrona.

—¿Y luego qué? —preguntó con un hilo de voz, cansado—. ¿Te levantaste y decidiste que querías dejar atrás tu vida de delincuente y ser enfermera?

Una bajó la mirada y lo negó con la cabeza.

—Tuve un pequeño problema con mi banda. La escuela de enfermería… me pareció un buen sitio para pasar desapercibida una temporada.

—Entonces, ¿en realidad nunca quisiste ser enfermera? Todo era solo… —Agitó una mano en el aire— … una invención. Un ardid. ¿Y llevas toda tu estancia aquí robando a la gente?

—No, solo el reloj del doctor Pingry. Y solo porque… porque es un viejo sinvergüenza engreído que se lo merecía.

—¿Y el pañuelo de la señorita Hatfield?

—Eso era mentira.

—¡Mentira! —Se rio, y la dura carcajada resonó en la alta estancia. La luz de la vela tembló—. Una, todo lo que me has contado es mentira.

—Todo no. De verdad te quería… te quiero.

—Si me quisieras, me habrías contado la verdad.

—¿Para qué, para que te rieras de mí y me llamaras delincuente?

—¿Y no es lo que eres?

Una sacudió la cabeza.

—Pensaba que… a lo mejor por lo de tu padre lo entenderías.

—¿Mi padre? No tiene nada que ver con esto.

—No, tienes razón. —Dio un paso adelante, y el fuerte taconeo de las botas se sumó al débil eco de la risa de Edwin por encima de las vigas—. Puede que fuera un vividor. Te avergonzó y traicionó, pero nunca has sabido lo que es tener hambre. Ni tener congelados los dedos de las manos o sabañones en los pies cuando por fin te plantas delante de un fuego. Nunca has sabido lo que se siente al dormir en la calle sin más compañía que la de los perros callejeros. Ni tener que librarte a puñetazos, con uñas y dientes, de hombres que quieren hacerte daño.

Se dio la vuelta para no ver su expresión de horror. Nada ofendía más que la verdad. El cielo al otro lado de la ventana se fue tiñendo de colores violáceos hasta que cayó la noche. De pronto hacía frío en la sala de operaciones, como si el calor se hubiera escapado junto con la luz. Una se frotó los brazos.

—No he venido a decirte eso. Pero por lo menos ahora ya lo sabes.

—Entonces, ¿por qué has venido? —preguntó Edwin al cabo de un segundo.

Ella se volvió para mirarlo a la cara.

—Creo que hay un asesino en el Bellevue.

Por el ruido que hizo no supo si se reía o se atragantaba.

—¡Un asesino!

386

—Sí, Conor. El conductor de ambulancia. Mató a un hombre. Lo vi.

—¿Aquí?

—En un callejón cerca de Five Points. Lo estranguló con un torniquete del carro.

Edwin soltó un bufido. Una veta de cera se deslizó por el lateral de la vela hasta la mano. Dejó caer la vela, con una mueca y maldiciendo. La llama se apagó y los sumió en la oscuridad.

Una se agachó y fue a agarrar la vela. Tocó algo caliente, la mano de Edwin, y notó que se apartaba.

—Puedo encontrarla solo —dijo, y encendió un fósforo.

La vela había rodado a los pies de la mesa de operaciones. Se acercó a ella gateando y volvió a encender la mecha. Observó cómo se incorporaba, con cuidado de no volver a quemarse con la cera. Se limpió la mano en el pantalón y luego se inclinó para ayudarla a levantarse. Mantuvo la mano un momento en el brazo de Una cuando ya estaba de pie, como si no se decidiera entre atraerla hacia sí o apartarla de un empujón. Al final no hizo ninguna de las dos cosas y la soltó sin más.

—Pero creo que también ha matado a dos pacientes aquí, en el Bellevue. Una mujer del pabellón de los dementes. Y la borracha que llegó el mismo día que todos esos hombres del accidente en la fábrica.

—Murió por tomar demasiado láudano. Encontraron la botella vacía en el bolsillo, ¿te acuerdas?

—Solo estaba llena una cuarta parte. No era suficiente para matarla.

—¿Cómo lo sabes?

—Porque se la di yo. En la sala de exploración. Antes de que los celadores la bajaran a su celda. Conocía a la mujer, de la calle. Amenazó con delatarme si no se lo daba. Estaba conmigo esa noche en el callejón.

Al decirlo, de pronto Una se preguntó si Conor podría haberla reconocido. Al fin y al cabo, Deidre fue quien encendió el fósforo. La habría visto mejor a ella que a Una.

—Eso es absurdo —dijo Edwin, sacudiendo la cabeza—. Eres una ladrona que robó láudano para una amiga y ahora acusa a otro hombre de asesinarla.

—Por favor, Edwin, tienes que creerme. Creo que podría volver a matar.

—¿Y por qué iba a hacerlo?

—Es como lo que has dicho antes, una compulsión. Pero no de robar, sino de matar. Cree que esa gente es escoria. Alimañas. Solo una plaga más en la ciudad. Me lo dijo él mismo.

—¿Te dijo que mataba a gente?

—No, solo lo aberrantes que los considera: a los pobres, los mendigos, los vagabundos.

Edwin se pasó una mano por el pelo.

—Si es tan peligroso, ¿por qué no vas a la policía?

—Eh… no puedo. Tengo una orden de arresto.

La miró como si comprendiera del todo lo que decía.

—El hombre al que mató Conor, la policía cree que fui yo.

—¿Y fuiste tú?

—No, eso es lo que intento decirte. Fue Conor quien lo mató y… —Paró y estudió su cara—. ¿Crees que sería capaz de matar a un hombre?

—Ahora mismo, nada de lo que me dijeras me sorprendería.

Una le dio la espalda de nuevo y observó el titileo de la luz de la vela contra la pared. Un dolor intenso y punzante le invadió el pecho, como si un cuchillo le abriera una herida de adentro hacia fuera.

—Si no vas a ir a la policía, no veo la manera de ayudarte —dijo.

El dolor no remitió, pero Una respiró y se dio la vuelta.

—Quiero enfrentarme a él. Creo que puedo conseguir que confiese, pero necesito a alguien. Un testigo. Dijiste que podía confiar en ti. Dijiste… —Se le quebró la voz—. Dijiste que pasara lo que pasara.

Edwin torció el gesto, pero enseguida recuperó la expresión severa. Le puso la vela en la mano y la cera caliente salpicó a los dos.

—Lo siento, Una. Yo no… no puedo… adiós.

46

La mañana siguiente, tomó el tren elevado de la Sexta Avenida en la calle Veintitrés en dirección sur. A pie, aunque tal vez fuera más seguro, tardaría demasiado. Sobre todo sin sus botas. Para cuando llegara tendría los pies congelados. Aun así, ese atípico día frío de nubes bajas y rachas de nieve favorecía a Una. Saldrían menos polis a patrullar y podía subirse la bufanda hasta las orejas sin levantar sospechas.

Pese a todo, costaba tener las manos quietas y las ideas ordenadas. El encuentro de la noche anterior con Edwin aún le dolía. Cuando volvió a su destartalada y apestosa posada y se desabrochó el vestido para lavarse la suciedad del día de debajo de las axilas, esperaba encontrar una herida abierta entre los pechos. Una de esas en carne viva, purulentas, que nunca parecían sanar por muchas curas que le aplicaras.

Aún peor, ese dolor fantasma la había vuelto tan insensible que se había quitado las botas para dormir como si estuviera en la respetable residencia de enfermeras. Por la mañana habían desaparecido.

En el tren, metió los pies calados y vendados con harapos debajo del asiento, procurando no tiritar. La ciudad pasó al otro lado de la ventana como un borrón gris. No había nevado lo suficiente para cubrir los tejados manchados de hollín o las calles cubiertas de mugre, ni para transformar el polvo, la ceniza y las heces en lodo. Metió la mano en el bolsillo del abrigo, donde guardaba sus últimas posesiones: el medallón de la Virgen María, que frotaba para que le diera suerte, y la aguja de Barney, un poco torcida. Si se negaba a ayudarla, igual que Edwin, no tenía a nadie más a quien recurrir.

En la estación de la calle Bleecker, un poli se subió al vagón. A ella no le sorprendió, ya que se dirigían hacia el palacio de justicia y el ayuntamiento. Pero eso no impidió que se le cortara la respiración en la garganta o que se le acelerara el pulso. Mantuvo la cabeza gacha. Los bancos situados a ambos lados del vagón estaban casi completos, pero se metió entre dos caballeros justo enfrente de ella.

—Qué tiempo, ¿eh? —dijo cuando el tren volvió a tomar velocidad.

Una esperó a que contestara otra persona. Al ver que no respondía nadie, levantó un poco la cabeza, sonrió y asintió, rezando por que ahí terminara la cháchara. Sin embargo, en cuanto bajó la mirada, volvió a hablar.

—Pero es mejor que los veranos calurosos, ¿no cree?

Una asintió de nuevo y volvió a meter los pies debajo del asiento todo lo que pudo. Los ojos hundidos y el pelo castaño rojizo le resultaban un tanto familiares. El timbre de la voz también. Una revisó sus recuerdos, el pitido del pulso en el tímpano ahogaba el traqueteo del coche.

La estación Grand Central Depot. El día antes de su detención. Era el poli que la persiguió hasta la calle Treinta y Ocho. La única vez que la había mirado de cerca fue cuando le dio la vuelta al abrigo y fingió ser una chatarrera. ¿Recordaría su cara? Se arrepintió de haber jugado con él ese día y alargar su encuentro.

Miró de reojo por la ventana. Quedaban más de diez manzanas hasta su parada. Si bajaba en la siguiente estación y esperaba otro tren, levantaría sospechas. Sobre todo si el poli le veía los pies cubiertos de trapos al salir. No, tendría que esperar y rezar para que no la reconociera.

—Este tiempo me recuerda a mi época de chiquillo en el condado de Clare —dijo.

¿Cuántas veces tendría que asentir con recato para que dejara de parlotear? Además, mientras hablaran no pensaría en ese patio de letrinas donde se habían conocido.

—Mi padre también era de Clare.

Al poli se le iluminó el semblante.

—Ah, ¿sí? ¿De qué parte?

—De Lahinch.

—¿De verdad? Eso está a un tiro de piedra de mi casa.

Con eso bastó para que se entusiasmara con su vieja tierra hasta su parada de la calle Chambers. Le hizo un gesto con la gorra al salir, y dijo que esperaba que volvieran a verse pronto en otro trayecto. Una suspiró cuando las puertas del vagón se cerraron tras él, la primera vez que sacó todo el aire en casi media hora. Se bajó en la parada siguiente y se abrió paso en el lodo hasta el Herald Building en Newspaper Row.

El empleado del vestíbulo, un hombre larguirucho con un bigote espeso demasiado grande para el rostro estrecho, se negó a dejarla pasar sin zapatos y obligó a Una a esperar fuera hasta que bajara Barney.

—Por el amor de Dios, Una, ¿dónde están tus botas? —preguntó al verla.

—Es una larga historia.

Ahora que Barney respondía por ella, el empleado no objetó nada más para que entrara. Pero puso mala cara al ver las huellas mojadas y enlodadas que dejó en el suelo de piedra pulida cuando Barney la llevó a la escalera.

A diferencia de la última vez que había estado allí, los periodistas y mecanógrafos abarrotaban la redacción. Unas nubes de humo de cigarrillo se arremolinaban alrededor de las lámparas de gas colgantes.

—¿Podemos ir a otro sitio? —preguntó por encima del tecleo de los mecanógrafos y el clamor de voces—. ¿Un lugar privado?

—Tal vez el señor Hadley nos dejaría usar su despacho un momento. O quizá…

—¿Y la azotea?

Barney le miró los pies y frunció el entrecejo.

—Te vas a helar…

—No pasa nada. Me sentiría mejor si supiera que no nos oye nadie.

—No me digas que te has metido aún en más problemas que antes.

A regañadientes, Barney la llevó de vuelta a la escalera. Subieron varios tramos más y salieron a la azotea a través de una pesada puerta de acero. El aire frío y neblinoso le hacía cosquillas en la piel. La nieve que se derretía formaba charcos a sus pies. Las cercanas agujas de las iglesias de St. Paul y Trinity agujereaban las nubes bajas.

—Aquí arriba hace demasiado frío —dijo Barney—. Bajemos. Seguro que podemos…

—Hay un asesino en el Bellevue.

—¿Qué?

—¿Recuerdas que hace unos meses oíste hablar de que habían estrangulado a un perista?

—Claro, pensé que podría estar relacionado con esos otros asesinatos que estaba investigando en los bajos fondos, pero la policía lo atribuyó a una mujer. A una carterista del Bend. Se paró y ladeó la cabeza, y la expresión formal mutó a una cara de sorpresa de ojos desorbitados—. Un momento. ¡Eras tú!

Retrocedió un paso y resbaló con un trozo de hielo. Una lo agarró de los brazos antes de que se cayera.

—Claro que no fui yo. Es decir, estaba allí, pero yo no lo maté. Aunque sé quién lo hizo. —Le soltó los brazos y caminó de puntillas hasta un trozo seco de la azotea bajo el voladizo de la chimenea. Barney la siguió. Allí, con el suave murmuro de las calles que subía hasta ellos y los copos de nieve ocasionales que aún caían del cielo, Una se lo contó todo.

—¿Me crees? —preguntó al terminar.

—No lo sé. Sin duda, es una teoría interesante.

—¡Interesante! Hay tres personas muertas. Puede que más.

—He escogido mal las palabras, disculpa. —Se encendió un cigarrillo y le ofreció uno. Ella fue a aceptarlo, luego lo rechazó con la mano. Barney volvió a guardarse la cigarrera en el bolsillo de la chaqueta y continuó—: Pero estás loca si crees que podemos plantarnos ahí y sacarle una confesión sin más.

—¿Podemos? ¿Eso significa que me ayudarás?

—Sería una gran historia. —Le dio una calada larga al cigarrillo y luego tiró la ceniza al suelo—. El único problema es el cómo.

Una deseó que Dru estuviera allí. Se le daban bien ese tipo de planes, aunque no tuviera la discreción para sacarlos adelante. Una recordó *Los crímenes de la calle Morgue*. Ese señor Dupin, ¿cómo consiguió que confesara el dueño del orangután?

—Lo tengo —dijo al cabo de un minuto—. Tenemos que atraerlo para que salga del Bellevue, con la excusa de que tenemos algo que quiere.

—¿Y qué puede ser?

Una sacudió la cabeza. No había llegado tan lejos todavía. No podían poner un anuncio en el periódico sobre un orangután desaparecido como hizo el señor Dupin. Contempló la ciudad mientras lo sopesaba. Desde esa altura, veía todo al sur hasta Battery Park, con los árboles ligeramente verdes pese al frío. Los barcos hacían cola en el Hudson, con los mástiles enrollados, las anclas echadas, mientras otros navegaban en sus aguas agitadas, rodeando los barcos de vapor y los remolcadores que escupían humo al aire. Cuando desvió la mirada hacia tierra, se veía la intersección de Five Points, los edificios de viviendas asfixiaban el barrio por todas partes. Siguió la calle Mullberry hasta el Bend, luego desvió la mirada hacia el norte, con la esperanza de ver la fortaleza gris en expansión del Bellevue, pero las agujas de iglesias y los penachos de humo le tapaban la vista.

¿Qué más decía el señor Poe en ese absurdo cuento suyo? Evocó una frase cerca del principio: «Privado de los recursos ordinarios, el analista se arroja al espíritu de su oponente, se identifica con él, y, por lo tanto, con no poca frecuencia, ve de una sola mirada los métodos —a veces, en verdad, absurdamente simples— por los cuales puede inducirlo a error, o precipitarlo a un mal cálculo.

—Tenemos que hacer que piense que de alguna manera están a punto de descubrirse sus crímenes —dijo Una—. Eso hará que se vuelva impulsivo y más fácil de engañar.

Barney asintió despacio.

—Creo que veo a dónde quieres ir a parar. —Apagó el cigarrillo y se volvió hacia ella con una sonrisa pícara—. ¿Me has dicho que erais amigos?

—En cierto modo.

—Pero le caes bien. ¿Lo suficiente para que confíe en ti?

—No creo que me haga daño, si te refieres a eso.

—¿Y dices que te pilló husmeando después de que asesinaran a esa lunática?

Ella asintió.

—Bien, bien.

Una no veía qué diablos tenía de bueno eso. En todo caso, haría que Conor sospechara más de ella. Y, sin duda, no le gustaba pensar que se había hecho amiga de un asesino.

—¿Y si lo convences de que has conocido a una mujer que comparte las mismas sospechas sobre las muertes recientes en el Bellevue y que sabe quién es el asesino? Esa mujer, llamémosla señora Bean, ha accedido a revelarte la identidad del asesino, pero solo si quedas con ella en Washington Square al anochecer.

—No veo cómo vamos a sacar del hospital al señor McCready con ese pretexto.

—Dile… dile que te da miedo ir sola y pídele que te acompañe. Para cuando llegues, estará tan al límite que será fácil engatusarlo para que confiese. Mientras tanto, yo estaré escuchando detrás de un arbusto. En el momento que diga algo que lo incrimine, saldré de un salto y lo atraparé.

Una frunció el entrecejo. El plan no era tan absurdo y simple como esperaba.

—¿Cómo sabré detrás de qué arbusto te escondes?

—Escogeremos un sitio.

—¿Y si sopla viento y no oyes nuestra conversación? ¿Y si hay un poli de patrulla que intenta fastidiarnos por merodear de noche? O, aún peor, si me reconoce.

—¿Tienes una idea mejor?

Ella se frotó las manos para entrar en calor.

—¿Y uno de esos paneles falsos que usan los ladrones?

—¿Qué paneles?

—Es un cuarto en una posada preparado de forma especial para robar. Una mujer seduce a un hombre para que entre, y su compañero, que está escondido dentro de un armario con un falso fondo que gira como un molino, sale a hurtadillas y roba los objetos de valor del hombre mientras él y la mujer están… bueno, ya sabes… distraídos.

A Barney se le pusieron las orejas del color del rábano.

—Es el sitio perfecto para que te escondas y escuches mientras engaño a Conor para que confiese.

—No sé… —Jugueteó con la corbata y la dejó arrugada y torcida—. ¿Y si te pasa algo antes de que pueda salir?

Una buscó en el bolsillo del abrigo y sacó la aguja de plata. Le enderezó la corbata y se la colocó en la camisa.

—Estaré bien. Ya te lo he dicho, no creo que Conor me haga daño.

Barney se tocó la aguja.

—Me preguntaba adónde había ido a parar.

—Le debo mi libertad. Siento que esté un poco torcida.

—Entonces, ¿cómo piensas obligarlo a confesar?

—Esperaba que tú tuvieras una idea para eso.

Se quedaron en silencio un rato, contemplando la ciudad. La nieve había parado y el cielo empezaba a despejar.

—Me has dicho que sabes lo que lo saca de quicio —dijo Barney al final—. Úsalo en su contra. Exaspéralo lo suficiente y meterá la pata. Me ha funcionado decenas de veces al intentar conseguir una noticia.

—Pero sospechará cuando lleguemos y no haya nadie en la habitación.

—Dile… dile que la mujer debe de llegar tarde. Para él, recuerda que no eres más que una dulce enfermera inocente. No tiene motivos para no fiarse de ti.

Una lo sopesó. Todo el plan era arriesgado. Solo un periodista demasiado entusiasta y una mujer desesperada urdirían uno tan absurdo. Pero estaba desesperada. Era la única oportunidad de limpiar su nombre. De lo contrario, estaría para siempre a la fuga, escondida y timando. Intentó de nuevo distinguir el Bellevue entre la lejana confusión de siluetas a lo largo del East River. Más importante aún, no podía permitir que Conor hiciera daño a Dru ni a nadie más.

—¿Qué piensas? —preguntó Barney—. Podemos descartar la idea e ir a la policía si…

—No. —Dio un pisotón en el suelo para recuperar la sensibilidad en los dedos de los pies.

—Pero tienes que comprarte un par de botas nuevas.

47

Ese domingo en misa, Una estaba tan nerviosa que se puso en pie cuando debía arrodillarse y se arrodilló cuando tocaba sentarse. Mezcló el padrenuestro con el gloriapatri, y se pisó los cordones de las botas nuevas de camino a comulgar. Aun así, Conor, sentado solo un banco más allá, por lo visto, no se dio cuenta. Al verlo en ese momento bajo la luz que se filtraba a través de las ventanas de cristal tintado, estuvo aún más segura de que era el asesino. Como de costumbre, la esperó al pie de los escalones de la iglesia al terminar el servicio para acompañarla a casa.

—Me preocupaba no verla hoy —dijo—. Me contaron que la habían expulsado.

Aunque Una se lo esperaba y había practicado la respuesta, le salió un hilo de voz.

—Fue a la señorita Mackinlay. Escocesa nacida en Ulster, pero la gente siempre la toma por irlandesa y nos confunden.

—Entonces, ¿no la han expulsado?

Ella sacudió la cabeza con demasiada vehemencia, luego intentó esbozar una amplia sonrisa. Tenía que calmarse. No era diferente de cualquier artimaña. No importaba que solo tuviera una oportunidad para tender la trampa.

—Bueno, pues me alegro.

Caminaron un breve tramo en silencio, luego volvieron a hablar a la vez.

—Conor, yo…

—Hace buen día para…

Una soltó una risa nerviosa.

—Usted primero.

—Iba a decir que hace un día estupendo después de la racha de frío que tuvimos. ¿Qué le parece si vamos por el camino largo junto al río?

—Sería maravilloso —se obligó a decir, pese a la molestia que sentía en las entrañas.

Se detuvieron bajo las vías del tren elevado y dejaron que pasara un carruaje antes de dirigirse hacia el río.

—¿Y usted?

—¿Qué? Ah, sí… es que… quería pedirle un pequeño favor.

Él le lanzó una sonrisa desenfadada.

—Bueno, por usted, cualquier cosa, señorita Kelly.

—¿Recuerda cuando pensaba que esa vieja empleada desaliñada podría haber matado a la mujer del pabellón de los dementes?

Se le heló la expresión.

—Pensaba que se había quitado de la cabeza ese disparate.

—Sí, del todo. Pero entonces conocí a una mujer, una paciente, a la que le daba pavor dormirse de noche. No tomaba cloral ni un sorbo de coñac después de la cena. Cuando le pregunté de qué tenía miedo, me dijo que había oído hablar de otra mujer, una amiga suya, que había ingresado en el hospital después de beber demasiado licor y a la que habían estrangulado mientras dormía. Estrangulada. Igual que la mujer del pabellón de los dementes.

—Esa mujer se ahorcó.

—Puede ser. Nunca encontraron la cuerda o la sábana con la que lo hizo, ¿se acuerda? Y esa mujer, la paciente que se negaba a dormir, dice que cree que el hombre que mató a su amiga asesinó a una tercera persona cerca de Five Points.

Conor la agarró del brazo y tiró de ella hasta el borde de la acera, bajo la marquesina de una fachada. Le presionaba la carne con los dedos, no tanto para causarle dolor, pero sin duda superaba los límites de lo que se consideraría educado o amable. Miró por detrás de ellos hacia la acera casi vacía y aflojó.

—Señorita Kelly, no debería hacer caso a esas habladurías. No es propio de una enfermera. Ni de una señorita.

—Pero conoce al hombre, Conor. Dice que podría identificarlo.

Le soltó el brazo y retrocedió un paso.

—¿Le dijo quién era?

Una sacudió la cabeza.

—¿Por qué no va a la policía?

—Está demasiado asustada.

—¿De qué?

—Tiene un pasado, pero no me dijo de qué. A lo mejor de robos. Vagabundeo. Pero, si está en lo cierto, podría ir yo a la policía en su lugar.

Él sacudió la cabeza y volvió a caminar hacia el río. Una respiró para calmarse, luego corrió tras él.

—Por favor, sé que no es precisamente la fuente de mayor confianza, pero por lo menos tengo que escuchar su historia. ¿Y si tiene razón y ese hombre hace daño a alguien más? —Por pura desesperación, lo agarró del brazo y apoyó la mano en el antebrazo. Era un gesto arriesgado, íntimo, pero él no se apartó—. No podría vivir sabiendo que fui responsable de la muerte de otra persona, Conor.

Llegaron al río, y él bajó el ritmo. El agua lamía el embarcadero, y las gaviotas chillaban desde arriba.

—No entiendo qué tiene que ver conmigo nada de esto —dijo.

—No me contó nada más en el hospital, pero me dijo que podría ir a verla a una posada en la calle Baxter esta noche, cuando le dieran el alta. —Una siguió sujetándole el brazo y le puso ojitos lo mejor que pudo—. No conozco muy bien esa zona de la ciudad. Esperaba que viniera conmigo, por si acaso su motivación no fuera del todo honesta.

Apartó la mirada, primero hacia el río, luego hacia el descomunal hospital gris, a menos de una manzana de allí. Una siguió la mirada de Conor. El vino y la oblea que había tomado en misa le pesaban en el estómago vacío. Bellevue le había parecido tan lúgubre al llegar. Un mastodonte de piedra durmiente que podría despertar en cualquier momento y engullirla entera. Ahora lo sentía como su casa. El primer hogar auténtico que había conocido desde la muerte de su madre. ¿Volverían a acogerla algún día sus altos muros de ladrillo?

Conor la sobresaltó cuando le puso una mano encima de la suya.

—¿La calle Baxter, dice?

Una asintió.

—Cerca de Grand.

—¿Esta noche?

—Sí, al anochecer —contestó ella.

—¿Y esa mujer que piensa que ha atrapado a un asesino estará sola?

—Eso espero, sí. ¿Vendrá?

—Sí, iré con usted. —Le dio una palmadita en la mano, y su mirada distante hizo que a Una se le erizara el vello—. Es demasiado confiada, señorita Kelly. Demasiado confiada.

48

QUEDARON AL ATARDECER justo al otro lado de la entrada del Bellevue. Una esperó oculta en el estrecho callejón un edificio más allá de la residencia de enfermeras. En cuanto oyó los cascos de caballo en la entrada de Bellevue, salió corriendo de su escondite, así que cuando el vigilante nocturno abrió la verja y salió Conor, parecía que lo había estado esperando en la residencia. En las ventanas de la planta baja se veía luz, atenuada por las cortinas finas. ¿Estarían jugando a las cartas las señoritas?, se preguntó. ¿Estudiando sus apuntes de la clase de la mañana? Se le encogió el pecho al pensar en Dru. Si lo que hiciera esa noche suponía algún beneficio para el hospital, lo usaría para que readmitieran a Dru en la escuela.

Conor redujo la velocidad de la ambulancia justo en la entrada. Había insistido en llevarse el coche, en vez de ir en tranvía, y le aseguró que los conductores se tomaban esas libertades todo el tiempo siempre que estaban fuera de servicio.

—Te lleva a tu destino más rápido —afirmó con una sonrisa de la que Una no se fiaba del todo. Pero no replicó.

Respiró despacio y cruzó la calle. Conor bajó de un salto del banco del conductor. Lucía una expresión seria, y miró alrededor con ojos inquietos.

—¿Se lo ha contado a la señorita Perkins o a algunas de las otras aprendizas?

Una negó con la cabeza.

—No quería alarmar a nadie sin necesidad.

—Bien. —Volvió a echar un vistazo.

La luz del día se estaba extinguiendo del cielo, y las farolas aún tenían que encenderse, así que se quedaron en medio de la creciente oscuridad. Conor relajó los hombros y ayudó a Una a subir a la parte trasera del carro. Había desplegado y atado a la base las solapas de las ventanas de los dos lados, así que aún estaba más oscuro dentro que fuera. Tropezó con una bolsa de médico antes de encontrar el banco y sentarse, intentando no encogerse de miedo al cerrar la puerta de atrás.

Apoyó las manos en el banco para equilibrarse cuando el carro se puso en marcha de una sacudida. Aún había tiempo para abandonar el plan. Podía saltar y... ¿y qué? ¿Volver a la calle y dejar a Dru y al resto del Bellevue en peligro? El programa de formación le había dado un atisbo de vida más allá de la supervivencia. De cómo era que te importara la gente aparte de ti misma. Sí, había acabado sola otra vez, pero había sido por sus propios actos. No los de la enfermera Hatfield. Ni los de Edwin.

Se tragó el arrepentimiento junto con el desasosiego y se los quitó de encima. Necesitaba tener la mente lúcida esa noche. Las calles se iban congestionando cuanto más se alejaban del río. Conor conducía la ambulancia rodeando carruajes, tranvías y pesadas carretas de mulas, y hacía sonar el gong de vez en cuando para abrirse paso. Giró por la Tercera Avenida hacia una calle más tranquila. Una berlina elegante y un cabriolé desgastado también, pero ninguno alcanzaba la velocidad de Conor. Varios giros después, Una se percató de que el cabriolé seguía allí, pero unas manzanas más allá. ¿Los estaban siguiendo?

Corrió al borde del banco y miró por encima de la puerta trasera, intentando distinguir al pasajero del cabriolé. Las farolas se habían encendido y arrojaban charcos de luz en la calle. Sin embargo, incluso con la iluminación, la distancia impedía ver más que una silueta borrosa.

La ambulancia topó con un bache, hizo saltar a Una del banco y casi la sacó de la parte trasera.

—Lo siento, señorita Kelly —gritó Conor desde el frente—. ¿Está bien?

—¡Sí! —chilló ella por encima del chirrido de las ruedas, y volvió a sentarse a una distancia prudencial de la puerta.

Cuando volvió a mirar, el cabriolé había desaparecido. Era absurdo pensar que alguien los hubiera seguido. Solo Barney conocía su paradero, y con suerte ya habría llegado a la habitación y se habría escondido dentro del armario, tras el falso fondo.

Al cabo de unos minutos llegaron a la posada, un edificio antiguo de madera de cuatro plantas, encajado entre dos edificios de ladrillos más altos. Una bulliciosa taberna ocupaba el sótano.

—¿Está segura? —preguntó Conor antes de abrir la puerta trasera del carro.

—El 144 de la calle Baxter. Esa es la dirección que me dio.

Él miró hacia la taberna, donde un camarero con delantal vaciaba sin esmerarse una escupidera en la acera junto a la puerta.

—No parece un sitio adecuado para una señorita.

—Olvida que he visto cosas peores en el hospital.

—A lo mejor debería subir solo. Asegurarme de que no hay nada malo. Nunca está de más ser prudente con este tipo de gente.

—¿Y dejarme aquí sola en el carro? Me sentiría mucho más segura si estuviera con usted. —Esbozó una sonrisa dulce y le tendió la mano a Conor para que la ayudara a bajar—. Además, no creo que esa mujer hable si no estoy yo.

Tras ayudarla a bajar, Conor subió a la ambulancia y comprobó el candado de la caja de suministros.

—La mayoría de la gente no robaría en una ambulancia —dijo por encima del hombro—, pero yo no pondría la mano en el fuego por estas ratas de alcantarilla de por aquí. —Se volvió para bajar y dirigió la mirada hacia la bolsa de médico con la que Una había tropezado—. Maldita sea, pensaba que la había dejado en el Bellevue.

—No la necesitarán, ¿no?

—No, tenemos muchas más, pero no puedo dejarla aquí. Algún malhechor se la habrá afanado antes de que lleguemos a la puerta. Supongo que tendremos que subirla con nosotros. —Agarró la bolsa y bajó.

Una sintió que un escalofrío recorría sus extremidades. No creyó ni un segundo que hubiera dejado la bolsa en el suelo del carro sin querer. No, sabiendo lo que contenía entre los demás suministros: un torniquete.

Pasaron junto a la puerta de la taberna, procurando evitar los pegajosos escupitajos de jugo de tabaco, y subieron un tramo de escalera de madera hasta la entrada principal del edificio. Dentro, un minúsculo vestíbulo se dividía en un largo pasillo sombrío y otra escalera sin iluminar. Entre los dos había un pequeño escritorio con una mujer de mediana edad sentada.

—Buenas noches —le dijo Una—. Vamos a ver a alguien. Se trata de una mujer joven llamada señorita Bean.

La portera levantó la vista de los calcetines que estaba zurciendo a la luz de una vela y soltó un hipo agudo.

—¿Bean, dice? —Volvió a hipar.

Una asintió. Barney debía de haber pagado también a la mujer, además de para asegurarse un falso fondo, para dirigir a Una y a Conor hacia esa habitación cuando llegaran. Sin embargo, sus ojos opacos y vidriosos y el aliento a licor no le inspiraron mucha confianza. La mujer miró a Una, luego a Conor, que estaba unos pasos detrás de ella.

—Voy a decirle lo mismo que al otro tipo. Si lo rompes o lo manchas, lo pagas. Si los polis vienen de visita —hizo otra pausa para el hipo—, cada palo que aguante su vela.

Ella sintió el calor en el rostro. Esperó que Conor lo interpretara como vergüenza y no pánico.

—Hemos venido a ver a una señorita, no a un caballero. La señorita Bean.

La mujer frunció los labios finos y arrugados.

—Valen las mismas reglas. Tercera planta, segunda puerta a la derecha.

Subió corriendo la escalera antes de que la mujer pudiera decir nada más. Conor la siguió. Una se detuvo en el primer rellano y buscó un fósforo en el bolsillo. La escalera era igual de oscura y estrecha que en su antiguo piso. Encendió uno y se lo dio a Conor.

Él aguzó la mirada una fracción de segundo y luego lo agarró. Una encendió otro para ella y siguió subiendo a la tercera planta. Cuando llegaron a la habitación, Una llamó con fuerza y esperó varios segundos, quería dar tiempo a Barney de situarse antes de que entraran. Luego probó con el pomo. Estaba abierto, como esperaba. Abrió la puerta unos centímetros y gritó dentro.

—¿Hola?

No obtuvo respuesta.

Abrió la puerta del todo y se asomó. La habitación estaba iluminada por una sola lámpara de pared, que tenía el conducto roto y manchado de hollín. En un lado había una cama con el armazón de madera. Una alfombra deshilachada, una silla con el respaldo de escalera y un gran armario sin barnizar eran los únicos adornos. En la pared de enfrente de la puerta había una ventanita que daba a la calle.

—La señorita Bean debe de haber salido por algo —dijo Una, y se apartó para enseñar a Conor la habitación vacía—. Estoy segura de que volverá en breve. ¿Esperamos dentro?

Conor asintió, la siguió y cerró la puerta. Indicó con un gesto a Una que cogiera la silla, y dejó la bolsa de médico sobre la cama, pero no se sentó. Habría sido sugerente, un atrevimiento. «Es un asesino, pero todo un caballero», pensó Una, aunque no sirvió para apaciguarle los nervios.

Lo observó mientras estudiaba la habitación. Cruzó hacia la ventana, miró fuera, luego se acercó al armario. Una contuvo la respiración mientras abría las puertas y miraba dentro. Una mitad del armario estaba llena de estantes y cajones. La otra, una caja alta para colgar vestidos y abrigos, estaba vacía, salvo por unas cuantas perchas oxidadas. Se parecía tanto a cualquier otro armario viejo que empezó a preocuparse por si la mujer de abajo los había enviado a la habitación equivocada. Luego oyó un leve crujido. Le siguió un sonido más fuerte: probablemente la rodilla o el codo de Barney contra el panel falso. Una hizo una mueca. Con lo alto que era Barney, ahí dentro debía de sentirse como en un tarro de pepinillos. Tampoco era el hombre más hábil del mundo.

—Ratas, están por todas partes en esta ciudad —dijo ella con una risa aguda y frágil.

Conor cerró el armario.

—Y que lo diga. —Se metió las manos en los bolsillos de los pantalones y se apoyó en la pared. No parecía tan nervioso como cuando habían salido del Bellevue, la piel clara ya no estaba enrojecida y la postura era relajada.

—¿Dijo que esa mujer se llamaba señorita Bean?

—Ese fue el nombre que me dijo que usaría esta noche, pero no confío en que sea su nombre real.

Él asintió despacio.

—Gracias por acompañarme —dijo Una—. Me siento mejor con usted aquí. Ya sé que duda. Un asesino en el Bellevue. Cuando lo digo en voz alta también me hace casi dudar. —Se alisó la falda, luego juntó las manos de forma recatada en el regazo y alzó la vista hacia él. Había llegado el momento de engatusarlo para que confesara. En el cuento del señor Poe parecía tan fácil. Pero eso era ficción. Allí, cara a cara, con un asesino de verdad, era mucho más sobrecogedor. Respiró hondo y prosiguió—: Si existiera ese asesino, ¿cómo cree que sería?

Conor se encogió de hombros.

—No sé qué decirle.

—Yo me imagino a un hombre bajito. Travieso, en realidad. No feo, pero simple. Alguien al que miras y —chasqueó los dedos—, lo olvidas por completo.

Le tembló un ojo. Estaba funcionando.

—Tampoco me lo imagino muy inteligente. ¿Cómo va a serlo si lo descubre una mujerzuela boba?

—Puede que la señorita Bean no sepa tanto como cree —dijo. El cuello y las orejas empezaban a ganar color y se le escapaba el acento irlandés—. Si es que sabe algo. Hace falta ser un hombre muy listo para esconder algo así tanto tiempo.

—A lo mejor solo ha tenido suerte. —Una se levantó y se acercó a la ventana. La calle estaba oscura y desierta, salvo por un taxi desocupado y unos cuantos borrachos que iban de una taberna a otra dando tumbos. Oía la respiración de Conor desde el otro lado de la habitación, cada inhalación era más rápida y ronca que la anterior. Como un hervidor a punto de explotar. Listo para confesar. Más le valía a Barney estar escuchando—. En todo caso, seguro que es de muy baja estofa. Sucio, grosero, poco refinado. Un canalla.

En lugar de un arrebato de ira, Una oyó un leve clic. Se dio la vuelta y vio que Conor había cerrado la puerta.

—Eso no es de muy buena educación por su parte, señorita Kelly —dijo en un tono grave y regular. Se acercó a ella con la misma naturalidad que si fuera a dar un paseo dominical.

A Una se le hizo un nudo en la garganta que impidió que le entrara aire en los pulmones. Se apartó de la ventana y procuró sonreír.

—La señorita Bean se asustará si encuentra la puerta cerrada —logró decir—. Tal vez deberíamos…

—La señorita Bean no va a venir. —Cerró las cortinas de un tirón.

—Claro que sí. —Enderezó los hombros y se dirigió a la puerta. Conor la agarró del brazo antes de que diera dos pasos. Era como una trampa para osos, los dedos eran como dientes metálicos clavados en su piel. La lanzó de vuelta a la silla.

—Debería haber dejado el tema, señorita Kelly —dijo, y se puso encima de ella—. Ya se lo dije ese día en el césped, pero no me hizo caso.

El miedo nubló los pensamientos de Una. Daría sus dientes por unos puños americanos. Una porra. Dios, incluso la estúpida aguja de Barney. Seguía dentro del armario. Tenía que hacer que Conor siguiera hablando, conseguir la confesión, pero ¿cómo?

—Conor, si has hecho algo, has hecho daño a alguien, tiene que confesar. Sé que no puede ser que quisieras hacerlo.

—¿Yo? —Fue hacia la cama y abrió la hebilla de la bolsa médica—. ¡Yo! ¿Por qué cree que he hecho algo? ¿Se lo dijo esa tal señorita Bean? —Soltó una risita, mientras hurgaba en la bolsa.

«No me haría daño», se recordó Una. ¿Verdad?

—Tal vez fue esa borracha pelirroja quien se lo dijo. —Sacó algo de la bolsa. No era el torniquete, sino un trocar—. Ya nos conocíamos, de un callejón a unas manzanas de aquí. —Paseó por todo el largo de la habitación, arrastrando la punta afilada del trocar por la pared. El ruido del arañazo le puso la piel de gallina a Una.

—¿La mataste porque era una borracha?

—¡Era una ladrona y una furcia, además de borracha! —Hizo temblar la pantalla de la lámpara con la voz, y la llama vaciló. Paró, se puso la vara metálica del trocar entre los dedos y suspiró—. Pero no, no la maté. No por eso.

Dio dos pasos rápidos hacia el armario, luego abrió de un golpe las puertas y le dio una patada al panel del fondo. Giró sobre los pivotes. Antes de que Una pudiera reaccionar, clavó el trocar en la caja oscura al otro lado del panel. Barney soltó un alarido y dio un traspié hacia delante. Conor lo apuñaló de nuevo. Y otra vez. La sangre se esparcía como una mancha de tinta por la camisa y la chaqueta de Barney. Se agarraba el pecho, le costaba respirar como si se ahogara.

Una se levantó, agarró la silla y se la lanzó a Conor. Se hizo astillas en la espalda, él se tambaleó hacia delante y soltó el trocar. Vio los ojos de Barney justo cuando se desplomó, con una mezcla de miedo y perplejidad en sus pupilas dilatadas. Se derrumbó fuera del armario y acabó con un ruido sordo en el suelo. Una corrió a su lado, lanzó de una patada el trocar al otro lado de la habitación antes de arrodillarse para examinarlo.

Los labios tenían un tono violáceo, y la respiración era rápida y entrecortada. Tosió y escupió esputos espumosos teñidos de sangre. Tenía una herida en el antebrazo y dos en el pecho. Una de ellas parecía superficial. La otra silbaba con cada respiración. Con seguridad, el trocar le había perforado el pulmón.

Una se llevó una mano a la boca. Tenía que vendarlo con tela laminada y llevarlo al hospital. Sin embargo, incluso con la ambulancia esperando fuera, la idea parecía imposible. ¿Cómo iba a bajarlo por la escalera? ¿Y Conor?

Conor.

Levantó la vista. El impacto de la silla lo había empujado contra la pared. Ahora estaba desplomado en el rincón, frotándose la cabeza.

Una agarró la mano de Barney y la colocó en la herida donde antes la tenía ella.

—Haz presión aquí. —Cruzó la habitación a gatas hasta la bolsa de médico. Dentro había tela laminada y quizá algo que pudiera usar para defenderse de Conor si intentaba atacar de nuevo. Revolvió la bolsa de forma frenética. Le llamó la atención una botella de medicamento marrón. Morfina. Enterrada entre otros utensilios, vio una jeringuilla y clavó la aguja a toda prisa en la boca de la botella. Acababa de llenarla de morfina y de agarrar el asa de la bolsa cuando notó una mano enredada en su pelo que tiró de ella hacia atrás y la lanzó al suelo. La alfombra desgastada no amortiguó mucho la caída. Unos puntos de luz se le cruzaron en la vista en el instante que la cabeza golpeó contra el suelo. Se le cayó la jeringuilla de la mano.

Un gran peso se instaló en el abdomen. Logró enfocar la vista para ver a Conor a horcajadas encima de ella, inmovilizándola. Intentó revolverse, pero él apretó más con las rodillas. Se rio.

—Es usted toda una mujer, señorita Kelly. Me caía bien. De verdad. Pero fue incapaz de no entrometerse.

Una notó la cinta de piel desgastada en la palma y cayó en la cuenta de que, pese a haber perdido la jeringuilla, aún tenía la bolsa agarrada con la otra mano. Agarró con fuerza el asa.

—No entendía de ninguna manera por qué —continuó—. Una chica buena como usted. Entonces caí en la cuenta al ver su cara a la luz del fósforo al subir la escalera. —Bajó los brazos y le agarró el cuello con las dos manos, hundiéndole la tráquea—. Siempre me sonó de algo.

Ella agitó el brazo con todas sus fuerzas y le dio un golpe en la cabeza con la bolsa. Él se desplomó. Una se colocó a gatas y volcó el contenido: gasa, agujas, fórceps, botellas de medicamentos, tijeras y otros utensilios cayeron al suelo. Rebuscó entre ellos y encontró el escalpelo justo en el momento que oyó gruñir a Conor, y se puso en pie. Cuando se abalanzó sobre ella, lo rajó con la hoja. Le hirió el hombro y le hizo un corte profundo en la barbilla. Unos centímetros más abajo y le habría dado en la carótida.

Sin embargo, apenas se inmutó. Intentó atacarlo de nuevo, pero le agarró la mano y la retuvo hasta que dejó caer el escalpelo. Pataleaba y arañaba, pero, tras un momento de lucha, Conor estaba de nuevo encima de ella. Fue a buscar algo en medio del caos de instrumental médico mientras ella intentaba en vano apartarlo a empujones. Cuando vio la cinta de tela con la hebilla de latón y el tornillo, Una se quedó helada.

Conor desplegó la cinta y soltó el tornillo.

—Durante años, transporté a escoria con botas como tú al Bellevue. Ladrones, furcias y borrachos. Matones, jugadores, purria inmigrante, amigos del opio.

—Por favor, Conor, el asesinato es un pecado capital, pondrás en peligro tu alma si…

—Avaricia, lujuria, maldad, ¡esos son los pecados que Dios odia! —El tono era agudo y los ojos estaban desorbitados.

Una extendió los brazos, buscó a tientas el escalpelo encima de la alfombra… estopa… tiras de franela… hilo de sutura… entonces algo afilado le hizo cosquillas en el dedo. Miró de reojo, forzando la vista al máximo para ver qué era. ¡No era la hoja del escalpelo, sino la aguja y la jeringuilla que había llenado de morfina!

Intentó agarrarla, pero salió rodando justo cuando Conor le colocó el torniquete en el cuello. Una estiró la mano. Rozó con los dedos el cristal, pero no podía agarrarla. Conor introdujo el extremo de la tela en la hebilla y apretó tanto que solo le salía una fina ráfaga de aire de los pulmones. El pánico corría por las venas de Una y le nublaba la mente. Unos cuantos giros del tornillo, y ya no podría respirar. Extendió de nuevo el brazo, forzando los músculos y tendones hasta que le ardieron. Volvió a tocar la jeringuilla con un dedo y lo estiró por encima del suave recipiente de cristal para llevarlo a la palma.

Él dio un cuarto de giro al torniquete, casi le cerraba las vías respiratorias. A Una le ardían los pulmones. Le temblaban las manos y sentía un hormigueo. Cuando por fin tuvo la jeringuilla bien sujeta, quitó el tapón y levantó el brazo.

Conor vio su movimiento. Soltó el tornillo e intentó quitársela de la mano. Ella se escabulló de sus dedos torpes y le clavó la aguja en el brazo, hundiendo la punta, antes de que él le pudiera apartar el brazo.

Esperó, pero no pasó nada. Se sacó la jeringuilla del brazo y la lanzó al otro lado de la habitación. Se hizo añicos contra la pared. El sonido del cristal al caer al suelo quedó amortiguado por el estruendo cada vez mayor del pulso que Una notaba en el oído. Se le nubló la vista. Con cada respiración solo conseguía tomar un mínimo de aire. Notó las manos de Conor de nuevo en el torniquete, lo agarraba y toqueteaba, como si no encontrara el tornillo.

Entonces, de repente se desplomó encima de ella, flácido y pesado.

Una intentó sacárselo de encima, pero tenía las extremidades demasiado débiles por la falta de aire. Un latido llenaba la estancia, y sacudía el suelo debajo. Pensó que era el martilleo del pulso a punto de explotar en el cerebro, pero entonces el latido dio paso a un crujido. Notó que ya no tenía el peso de Conor encima y el torniquete se soltó en el cuello. Empezó a entrar y salir aire de los pulmones, que ardía al rasparle la tráquea. Parpadeó, intentando distinguir la silueta que se movía por la habitación. ¿Barney? ¿Conor? Se sentía pesada. Exhausta. Parpadeó una vez más, luego los ojos se negaron a abrirse y se rindió a la oscuridad.

49

CUANDO UNA VOLVIÓ a abrir los ojos, alguien le estaba enfocando una luz deslumbrante en la cara. Hizo una mueca y giró la cabeza, pero entonces vio que la luz la rodeaba. ¿Era luz solar? ¿Cuánto tiempo llevaba inconsciente? Notaba una palpitación en la cabeza, y la garganta le quemaba con cada bocanada de aire. ¡Pero podía respirar! El aire entraba y salía sin resistencia. Respiró bien hondo y acto seguido se arrepintió, en el momento que un ataque de tos seca la hizo doblarse de dolor.

—Ten, prueba con un sorbo de agua.

Una se volvió hacia la voz. Una mujer con un gorro blanco abullonado y vestido de milrayas le sujetaba una taza de agua en los labios. ¿Una enfermera? ¿La señorita Cuddy?

Una bebió un pequeño sorbo. El esófago le ardía tanto como la tráquea y parecía haber desaprendido a tragar. Tosió de nuevo y escupió la mitad del agua. Sin embargo, el siguiente trago bajó mejor.

—¿Dónde estoy? —preguntó con la voz tan ronca que apenas la reconocía como propia.

—En el Hospital Bellevue.

Una echó un vistazo a la habitación y las filas de camas y la larga mesa de centro tomaron forma entre tanta claridad.

—¿Cómo he llegado aquí?

—La ambulancia te trajo anoche.

¿La ambulancia? Se incorporó de un respingo. La cabeza protestó con un martilleo, la habitación se bamboleó un momento antes de resituarse. Recordó los sucesos de la noche anterior con una nitidez que le aceleró el pulso. Se agarró el cuello. El torniquete no estaba, pero le había dejado la piel hinchada y en carne viva. Pataleó las mantas que atrapaban las piernas e intentó levantarse. Una náusea se apoderó de ella antes de poder tocar el suelo con los pies.

La señorita Cuddy le puso una mano en el hombro. Una se sobresaltó.

—No pasa nada, túmbate.

—Tengo que… Conor… es peligroso.

La señorita Cuddy la empujó con suavidad para que volviera a tumbarse.

—Lo único peligroso es que intentes levantarte demasiado rápido. Túmbate aquí, yo iré a buscar a la superintendente Perkins. Quería verte en cuanto despertaras.

—Pero…

—Prueba otro sorbo de agua. Ahora mismo vuelvo.

Una dejó caer la cabeza en la almohada y cerró los ojos para ahuyentar la náusea. Lo último que quería era otro trago de agua. El mareo pasó, pero el corazón se negaba a calmarse. ¿Dónde estaba Conor? ¿Y Barney? ¿Quién la había encontrado y le había quitado el torniquete?

Oyó unos pasos tras ella y abrió los ojos. La señorita Perkins se acercó con dos polis a su lado. A Una se le tensaron los músculos. Reconoció a los dos hombres enseguida. Eran el agente Simms y el detective del distrito seis.

—Me alegro de que esté despierta, señorita Kelly —dijo la superintendente. Sonrió, pero no sirvió de mucho para calmar los nervios de Una—. Estos caballeros tienen que hacerle unas preguntas. ¿Se encuentra bien para responderlas?

Ella dudó. ¿Podía fingir que estaba demasiado cansada y luego salir corriendo en cuanto se fueran? Teniendo en cuenta que ni siquiera se podía levantar sin sentir náuseas y marearse, las opciones de huir eran escasas. Mejor contarles la verdad y esperar que la creyeran.

Asintió, y los hombres acercaron unas sillas a su cama.

—Soy el detective Collins, y este es el agente Simms. ¿Se acuerda de nosotros?

Al agente Simms se le había quedado la nariz torcida después de curarse, la fulminó con la mirada con los mismos ojos pequeños y brillantes que recordaba del callejón cuando la empujó contra la pared y la toqueteó.

—Me acuerdo.

—Entonces recordará los cargos de asesinato presentados contra usted. Sumados al de ataque a un agente de la ley —el detective miró de reojo al agente Simms—, se enfrenta a pasar el resto de su vida en la Isla.

—Yo no maté a nadie. —Le salió algo más parecido a un graznido que a un grito, seguido de otro acceso de tos—. Si fuera usted algo más que un detective de poca monta, lo sabría. Conor McCready mató a Mike el Viajante. Y a Deidre y a…

—A cinco personas en total, creemos —la interrumpió el detective.

El agente Simms cerró los puños y le crujieron los nudillos carnosos.

—Sabremos más cuando lo hagamos hablar.

—¿Qué?

—Aún está un poco grogui por la morfina que le dio —informó el detective Collins—. Era morfina, ¿verdad?

Una asintió, todavía confusa.

—¿Conor está en la cárcel?

—Lo estará en cuanto el médico le dé el alta.

—Pero ¿cómo saben…?

—Su amigo el periodista nos lo contó. No puede hablar. No sé qué de un colapso pulmonar. Pero nos ha escrito una declaración. El doctor Westervelt completó el resto.

¿Edwin? Ahora aún estaba más desorientada.

—Si colabora y nos da una declaración y la promesa de presentarse en el tribunal a testificar, haremos que se desestime la acusación de agresión.

—¿Quiere decir que me creen? ¿No estoy detenida?

—Al agente Simms no le hace mucha gracia, pero no. Señorita Kelly, ha sido usted muy valiente. Más bien fue arriesgado…

—Un disparate —lo interrumpió el agente Simms.

—Pero sin usted el señor McCready podría haberse ido de rositas.

Intentó hablar, pero la detuvo otro ataque de tos.

—Volveré esta noche a tomarle declaración —dijo el detective mientras se ponía en pie.

El agente Simms también se levantó.

—Ni se le ocurra huir. Si no se presenta a cantar en el juicio, recorreré todos los suburbios de la ciudad hasta encontrarla.

A ella le dieron ganas de decir que no la encontraría, pero asintió.

La señorita Perkins los acompañó a la salida de la sala, luego volvió a la cama de Una.

—Los agentes me han contado su… eh… historia. Parece que no es usted la señorita Una Kelly que pensábamos.

Una negó con la cabeza.

—Supongo que debería habérmelo imaginado cuando robó el reloj del doctor Pingry. ¿Algo de lo que dijo en su entrevista de admisión era cierto?

—Algunas partes. —Una se miró las manos. Tenía las uñas dentadas y rotas de la pelea de la noche anterior—. Pero no las partes que importan.

—Ya.

—El único motivo por el que presenté la solicitud para ingresar en la escuela es que necesitaba un lugar donde esconderme de la policía.

La señorita Perkins frunció el entrecejo, la única grieta en su expresión por lo demás inescrutable.

—Al principio lo odiaba —continuó Una, mirando la sala—. Tantas reglas y estudiar. Postrarse ante todo lo que dijeran los médicos. Pero había algo… asombroso en ver que un paciente enfermo se recuperaba y saber que había ayudado.

—La enfermería no es para todo el mundo —dijo la señorita Perkins—. Ves todas las facetas de la vida: el nacimiento, la muerte, la enfermedad, la curación, el trauma, la locura, la desesperación, la alegría. Para asumir todo eso hace falta una constitución de acero y un alma afable. Ese es el tipo de mujer que buscamos. Eso es lo que importa.

Una pensó inmediatamente en Dru. Estiró el brazo y agarró a la señorita Perkins.

—La señorita Lewis, no ha… no está… ¿la fiebre?

—Remitió anoche —contestó la señorita Perkins, y le dio unas palmaditas en la mano—. Según el médico de esta mañana, ha mejorado mucho.

Una cerró los ojos y suspiró. Cuando los volvió a abrir, las lágrimas le nublaban la vista. No le importaba si la señorita Perkins pensaba que era débil por llorar. Una se sentía muy agradecida.

—Todo lo que pasó con el señor Knauff fue culpa mía. Por favor, deje que la señorita Lewis siga con el programa de formación. Es justo el tipo de mujer que busca.

Merece una segunda oportunidad y una amiga mucho mejor que yo.

La mujer le ofreció su pañuelo.

—La trágica muerte del señor Knauff no fue responsabilidad de una sola persona. La mayor parte corresponde al doctor Allen. En cuanto a la señorita Lewis, sin duda, la enfermedad tuvo algo que ver.

—Entonces, ¿dejará que se quede?

La señorita Perkins asintió.

Una sonrió, la primera sonrisa genuina en días, y reprimió una nueva tanda de lágrimas.

—Gracias.

—¿Y usted, señorita Kelly?

Se encogió de hombros. Era demasiado abrumador pensarlo. No tenía dinero, ni un sitio donde vivir, ni amigos o familiares a los que recurrir. Por lo menos, ya no la buscaba la policía. Y la gente del Bellevue estaba segura.

—No puedo permitir que vuelva al programa de formación, como comprenderá.

Una asintió. No esperaba que la readmitieran en la escuela. Bastaba con que Dru pudiera quedarse. De todas formas, sintió una punzada de remordimiento.

—Al menos, no de manera oficial —prosiguió la señorita Perkins—. Pero creo que, si le explico a la junta cómo ha arriesgado su vida por acabar con un asesino que estaba entre nosotros, puede que accedan a que se quede. Podría seguir aprendiendo y mejorando sus aptitudes. Podría volver a vivir en la residencia de enfermeras. Solo que no sería una licenciada al acabar los dos años. No habría diploma ni distintivo. Pero creo que encontraría mucho trabajo, honesto, aun sin esos elementos.

—¿De verdad? ¿Haría eso por mí? ¿Hablar con la junta?

—Rara vez me equivoco con la gente, señorita Kelly. Al final, es una cuestión de corazón. Ya no dudo del suyo, pero debe mantener un expediente ejemplar. Nada de mentir ni robar, ¿entendido?

—Sí, sí. ¡Gracias!

—Bien. —Le dio otra palmadita en la mano—. Ahora, descanse un poco.

Estaba demasiado exultante para descansar. Observó a la señorita Cuddy y a la enfermera de primer año moverse por la sala cambiando vendas, administrando medicamentos, mezclando cataplasmas, lociones y antisépticos. Las vio quitar el polvo, cortar vendajes y limpiar bacinillas. Las vio correr al lado de un enfermo que estaba a punto de caer. Aplicar sanguijuelas a un paciente febril. Consolar a otro, desfigurado y atormentado por un tumor, con un paño caliente. Su trabajo no terminaba nunca, y Una quería formar parte de él. «Mejor actuar que estar sentada sin hacer nada —le decía su madre—. Mejor dar que esperar a que alguien te dé.» Y, por primera vez, comprendió que tenía razón.

50

Esa noche, tras tomar un cuenco de gachas ligeras y una taza de caldo de ternera, Una suplicó a la enfermera Cuddy que la dejara dar un breve paseo por el césped, insistió en que un poco de aire fresco le sentaría bien en los pulmones. Al final, la enfermera accedió. Le colocó en los hombros una manta pesada y la ayudó a bajar. La primavera había vuelto de pleno tras la nieve del principio de la semana. La hierba estaba verde y olorosa con flores nuevas.

—Volveré a buscarte dentro de media hora —anunció la enfermera, después de sentar a Una en un banco—. Procura no cansarte demasiado.

Ella asintió, pero en cuanto la enfermera Cuddy desapareció dentro del hospital, dejó el banco y se coló en el pabellón de Sturges.

La cama de Dru seguía apartada de las demás en el fondo de la sala, pero, en lugar de estar tumbada, entre la tos y los gemidos en un sueño febril, estaba sentada, apoyada en un montón de almohadas, y daba sorbos a un cuenco de caldo. Estaba delgada y frágil, pero las mejillas habían recuperado el brillo rosado.

Una dudó antes de abrirse paso en la sala. ¿Dru la perdonaría por haber sido tan mala amiga? Quizá no se acordaría del señor Knauff ni de todo lo que ocurrió el día que enfermó. A lo mejor podrían seguir como si no hubiera pasado nada.

Se detuvo en la mesa situada en medio de la sala y se apoyó en ella para recuperar el aliento. Aún le ardía la garganta con cada bocanada de aire que tragaba. Observó a Dru tomar otro sorbo de caldo y su resolución se diluyó. Fingir que no había pasado nada equivalía a una mentira, y Una había dejado de mentir.

Dru la vio acercarse a la cama. Abrió los ojos de par en par y le temblaron los labios antes de fruncir el entrecejo.

—¡Por el amor de Dios, Una! ¿Qué te ha pasado?

Había olvidado su lamentable aspecto, con la garganta amoratada y los ojos inyectados en sangre. Se colocó bien la manta para abrigarse y se sentó en el borde de la cama de Dru.

—Tendrías que ver al otro.

Dru no se rio, continuó mirándola confusa.

—Pero estás bien, ¿no?

—No te preocupes por mí. Estoy bien. Eres tú la que ha estado enferma. De hecho, debería dejarte descansar y volver en otro momento. Me alegro de que estés recuperándote. He estado muy preocupada. En realidad, solo quería decir… —Una hizo una pausa. Estaba divagando como una tonta.

Dru estiró el brazo y le agarró la mano.

—Sigue.

—Es que… lo siento muchísimo, Dru. Todo. Haberte implicado en la búsqueda del asesino de Deidre. Delatarte ante la señorita Perkins cuando la muerte del señor Knauff ni siquiera fue culpa tuya. Por preocuparme solo de mí misma mientras tú estabas enfermando de tifus.

Esperó a que Dru le soltara la mano y se apartara. Que levantara la barbilla y se empeñara en que Una se fuera. Pero no lo hizo.

—Hay más. No he sido sincera contigo desde el principio…

Se lo contó todo. La voz se le fue quedando más ronca y le escocía la garganta, pero siguió, mirando al suelo al hablar, temerosa de lo que podría ver en la expresión de Dru.

Cuando terminó, las acogió el silencio y, por una vez, Una deseó que la otra dijera algo. Cualquier cosa. Se atrevió a alzar la vista. En lugar de repulsión, encontró amabilidad en los ojos de su amiga.

—Oh, Una —exclamó—. No me extraña que seas tan valiente.

¿Valiente? ¿Así la veía? ¿Después de todo lo que había explicado? ¿No la veía egoísta o taimada, pero sí valiente?

Dru le apretó la mano y apoyó la cabeza de nuevo en las almohadas. Se le cerraron los párpados temblorosos, que luego se abrieron despacio. Una sabía que tenía que dejarla reposar. De todos modos, la señorita Cuddy iría a buscarla pronto. Sería mejor volver al césped. Apretó la mano de Dru y se levantó.

—Estoy segura de que la señora Buchanan podría buscarte otra compañera de habitación —dijo—. Es decir, si tú quieres.

—No seas boba. Pero prepárate. Llevamos semanas de retraso en los estudios. Nunca terminamos de leer sobre el sistema digestivo o el sistema respiratorio... —Siguió parloteando como de costumbre durante un minuto entero antes de dormirse. Una estiró la manta de Dru hasta que le llegó a la barbilla, luego volvió al césped lo más rápido posible, pues sus andares aún eran un poco inestables.

Se sentó en el banco y contempló el río. La luz solar en declive jugaba con el agua y bañaba las velas de las goletas que pasaban con un brillo anaranjado.

—¿Te importa que te acompañe? —oyó una voz por detrás.

Una se dio la vuelta y vio a Edwin. Pensó en su último desencuentro amargo, y el dolor punzante revivió en el pecho. Se sentó en el borde del banco antes de que ella pudiera contestar. Su mirada se entretuvo en el cuello de Una.

—Por Dios, estás peor que anoche.

—¿Estabas cuando me ingresaron?

Edwin agachó la cabeza.

—¿No te acuerdas? Fui yo quien te encontró.

Ella rememoró la noche anterior, el torniquete mordiéndole el cuello, el peso de Conor encima de ella, el estruendo que reverberó en los tablones del suelo. Se estremeció.

—¿Estabas ahí? ¿En la posada?

—Cuando estaba a punto de irme a casa anoche, vi al señor McCready irse con la ambulancia. No se había oído ningún gong ni llamada al cirujano, pero no le di muchas vueltas hasta que recordé lo que me habías dicho. Paré un taxi y lo seguí.

Una recordó el cabriolé que había visto detrás de ellos.

—Pensaba que no me creías.

—Y no te creí. Por lo menos, eso pensaba. Pero quería asegurarme. Al llegar adonde estaba aparcada la ambulancia, no vi nada sospechoso y supuse que Conor había entrado en la taberna a tomar algo. Cuando estaba a punto de irme te vi en la ventana de la tercera planta. Luego apareció Conor pasado un instante y cerró la cortina. Supe que algo iba mal. Habría ido a buscarte antes, pero esa maldita vigilante no me decía en qué habitación estabais. Las revisé una por una hasta que os encontré. —Se volvió en el banco para mirarla—. Gracias a Dios, conseguiste sedarlo. Un poco más de presión y el torniquete te habría matado. —Estiró el brazo como si fuera a tocarla, luego dejó caer la mano a un lado—. Nada de esto habría pasado si te hubiera creído desde el principio.

Le había dado motivos para no creerla con tantas mentiras, pero eso no significaba que estuviera preparada para perdonarlo.

Se quedaron un momento en silencio, luego Una volvió a mirar el césped. La sombra que proyectaba el hospital se había alargado para extenderse hasta el muelle. Una gran ave negra con un ramo de plumas blancas en la cola bajó en picado hacia el agua.

—¿Eso es un águila? —preguntó, mientras observaba cómo sobrevolaba la superficie cristalina antes de escapar con un pez que se revolvía.

—Eso parece. Es la época del año en que empiezan a reconstruir sus nidos. —Se inclinó hacia delante, apoyó los antebrazos en las piernas, giró la cabeza y la miró con timidez—. Podríamos quedar en Central Park el domingo para averiguarlo.

—Edwin, no. No podemos fingir que el pasado no existe. No soy la mujer de la que te enamoraste.

—Puede ser. Pero me gustaría conocer a la mujer que eres en realidad.

—Eso no fue lo que sentiste en la sala de operaciones. Apenas soportabas mirarme, ni mucho menos ayudarme. —Una levantó la mirada del río hacia el cielo que oscurecía—. No he cambiado.

—Pero yo sí. Estaba enfadado porque me habías mentido, sí. Me avergüenzo de mi comportamiento.

—Yo no he dicho…

—Lo sé. Y cuando superé mi ego maltrecho, me di cuenta de que yo también te había mentido. Te dije que podías confiar en mí, te supliqué que confiaras en mí y, en el momento que por fin lo hiciste, te di la espalda. —Se irguió y se pasó una mano por el pelo—. Si me das otra oportunidad y empezamos de nuevo, prometo no traicionarte nunca más.

Una lo miró de reojo, aún dudosa. Sin embargo, no pedía promesas ni declaraciones, solo una segunda oportunidad.

—¿No se te ha olvidado que soy una ladrona?

—Exladrona.

—¿Y que no vengo de una familia de estirados?

—No lo he olvidado, y me da igual.

—A tu familia, no.

—Me da igual si les importa. Una buena amiga me animó a ser yo mismo. Creo que seguiré su consejo.

—La señorita Perkins me ha dicho que a lo mejor puedo volver a la escuela de formación. Recordarás que está terminantemente prohibido socializar con caballeros.

Le dedicó una sonrisa pícara.

—No se lo diré a nadie. Además, resulta que sé de unos cuantos almacenes y un ascensor bastante saltarín donde podemos estar solos.

Ella sacudió la cabeza y se rio con una mueca al notar el dolor aún intenso en la garganta.

—No bromees, me duele al reír.

—Lo digo muy en serio. —Le acarició con el pulgar el dorso de la mano—. Entonces, ¿volvemos a empezar?

Una recorrió con la mirada el ala noreste del hospital hasta el río. Las primeras estrellas vespertinas brillaban en lo alto. Ni en cien años se habría imaginado trabajando en un sitio como el Bellevue, ayudando a la gente en lugar de desplumarla, abriéndoles el corazón en vez de ir a lo suyo. Contradecía todas sus reglas, pero tal vez había llegado el momento de establecer reglas nuevas.

Hizo un gesto de asentimiento y entrelazó los dedos de Edwin con los suyos.

—Sí, volvemos a empezar.

Nota de la autora

MUCHAS VECES A lo largo de mi carrera he sentido que no encajaba en el molde de lo que debería ser una enfermera. No venía de familia de enfermeras. No quise serlo desde niña. No respondía a las imágenes dóciles y santas de Florence Nightingale y las enfermeras de antes.

La enfermería no me definía como persona. Era mi oficio.

La pandemia del coronavirus lo cambió. Me dio un objetivo claro. Confirmó que mi aportación era positiva, por pequeña que fuera. Me hizo sentir orgullosa de mi profesión y honrada de formar parte de ella.

La investigación para este libro tuvo un efecto parecido. Florence Nightingale no era dócil: era una rebelde. Una pionera. Y las primeras enfermeras de Estados Unidos, las que se formaron en el Bellevue y escuelas parecidas, llegaron a la profesión por mil motivos, no solo el santo deber. Entonces, como ahora, las enfermeras no nacían de un solo molde.

Sin embargo, eso no significaba que Florence Nightingale y las primeras enfermeras de Estados Unidos no estuvieran sometidas a la influencia y limitadas por los prejuicios de su época. Los médicos se protegían con mucho celo de cualquier intrusión de las mujeres en su campo, e insistían en una cultura de obediencia que sigue existiendo hoy en día. Las mujeres de color, las no cristianas y los hombres se aceptaron en el oficio tarde y en ocasiones a regañadientes. Durante casi un siglo, el comportamiento de las enfermeras, dentro y fuera de la sala, se regía por unas normas rigurosas y puritanas.

La historia de la enfermería, como la mayor parte de la historia, es complicada y, a veces, desagradable. Sin embargo, las repercusiones de la enfermería en la medicina han sido monumentales.

La Escuela de Formación para Enfermeras del Hospital Bellevue, la primera de este tipo en Estados Unidos, se inauguró en 1873. Antes, la mayoría de las enfermeras carecían de formación y eran analfabetas. La remuneración era ínfima y las condiciones de trabajo, pésimas. Durante la primera mitad del siglo xix, las enfermeras de Nueva York se reclutaban en la cárcel y el asilo de la ciudad. Un comité de mujeres acaudaladas de la alta sociedad organizado por la Junta Estatal de Organizaciones Benéficas abrió la primera escuela de formación en enfermería del país en el Bellevue. Las fundadoras de la escuela solicitaron consejo a Florence Nightingale y diseñaron el programa de formación siguiendo el modelo de una escuela que ella había creado en Londres una década antes. Muchos médicos se oponían, creían que las mujeres no estaban a la altura de las serias exigencias de la profesión médica, y les preocupaba que la formación de enfermeras allanara el camino para que las mujeres llegaran a ser médicas.

Pese a las objeciones iniciales, el beneficio de que las enfermeras recibieran una formación profesional era inmenso. La limpieza de las salas de hospital mejoró, las tasas de infecciones bajaron, y el cuidado de los pacientes prosperó.

Al principio, las cualificaciones que requería la escuela de formación del Bellevue a las candidatas eran muy estrictas. Solo se aceptaban mujeres bien educadas, sin discapacidades, cristianas, solteras o viudas. En el primer curso hubo veintinueve candidatas, de las cuales fueron admitidas diecinueve, y de ellas solo seis se licenciaron al final. Un año después, se presentaron más de cien solicitudes. Pasados veinte años, la escuela recibía casi dos mil solicitudes al año. Pocos años después de la inauguración de la escuela ya había varias escuelas de formación de ese tipo en todo el este de Estados Unidos, y muchas de ellas contrataron a licenciadas del Bellevue como superintendentes y enfermeras jefas.

Hoy en día, en Estados Unidos se licencian más de 150 000 enfermeras cada año.

Para más información sobre los inicios de la medicina y la Edad Dorada de Nueva York, podéis consultar: *Bellevue: Three Centuries of Medicine and Mayhem at America's Most Storied Hospital*, de David Oshinsky; *New York Nightingales: The Emergence of the Nursing Profession at Bellevue and New York Hospital, 1850-1920*, de Jane E. Mottus; *The Gilded Age in New York, 1870-1910*, de Esther Crain; *Five Points: The Nineteenth-Century New York City Neighborhood That Invented Tap Dance, Stole Elections, and Became the World's Most Notorious Slum*, de Tyler Anbinder y *The Butchering Art: Joseph Lister's Quest to Transform the Grisly World of Victorian Medicine*, de Lindsey Fitzharris.

Agradecimientos

GRACIAS AL EQUIPO de Kensington por defender este libro y ayudar a que llegue a los lectores. Un agradecimiento especial a mi editor, John Scognamiglio, por la confianza y la paciencia mientras indagaba en este fragmento de la historia y encontraba mi relato.

Gracias a mi agente, Michael Carr, que sigue ayudándome a crecer como escritora. A mi grupo A, en concreto a mis primeras lectoras Jenny Ballif y Angelina Hill. Me habéis ayudado a reforzar la historia y a creer en mí misma.

Y a mi familia. Gracias por vuestro amor infinito.

La Edad Dorada

La Edad Dorada (*Gilded Age* en inglés, un concepto acuñado por Mark Twain en un libro que retrataba a la sociedad de este momento) fue un período de contrastes en la historia de los Estados Unidos, pero sin duda estuvo marcado por la expansión tanto económica como industrial y demográfica. Encuadrado tras la guerra de Secesión con unas fechas aproximadas de 1870 a 1890, esta Edad Dorada no solamente se caracterizó por esa expansión, sino que también conllevó grandes conflictos sociales, pues las desigualdades económicas se acentuaron. En concreto, Nueva York se convirtió en el símbolo del progreso (y la desigualdad).

Está considerada como la época de las grandes transformaciones en todos los niveles, desde el económico hasta el social o el cultural. La expansión del comercio, el auge de la industrialización y la urbanización, así como la llegada de nuevas tecnologías como un sistema eléctrico sostenible o el desarrollo del ferrocarril (que permitía acortar los tiempos de traslado de mercancías y personas), son algunos ejemplos de estas transformaciones.

La vida urbana cambió rápidamente. Las grandes y suntuosas fiestas, además de otros símbolos de lujo, estatus y progreso, brillaban por doquier. Sin embargo, este brillante y dorado materialismo escondía una profunda división de clases. La alta sociedad organizaba bailes mientras que los barrios obreros eran focos de enfermedad y exclusión social.

El Nueva York de la Edad Dorada

Por un lado, entre las clases adineradas se estableció un conflicto: la lucha entre los nuevos ricos (que habían hecho su fortuna gracias a la industria ferroviaria y la bolsa) y los antiguos ricos (los que descendían de aquellos llegados con el *Mayflower* en 1620), quienes se resistían a abrir la élite social a los nuevos ricos por carecer de pedigrí.

Por otra parte, la llegada masiva de inmigrantes (irlandeses, italianos, alemanes, judíos...) ocasionó un problema de hacinamiento en la ciudad, lo que conllevaba unas pésimas condiciones de salud y una extrema pobreza. La clase obrera se enfrentó a largas jornadas laborales y bajos salarios mientras malvivían en una parte de la ciudad.

Todos estos factores sociales hicieron que hubiera un gran aumento de la corrupción política y de la delincuencia.

Las desigualdades de género también eran evidentes. En general, las mujeres carecían de derechos políticos: las blancas no pudieron votar hasta 1920, pero es que las mujeres negras no lo harían hasta 1965. Las tres clases sociales principales (ricos, clase media y obreros) también diferenciaban por género: las mujeres de clase obrera trabajaban, además de en su casa, en fábricas; las mujeres de la clase media podían tener profesiones como enfermeras, profesoras, secretarias o escritoras; pero las de clase alta no trabajaban, su objetivo era casarse, para lo que eran presentadas en sociedad.

Bajo todas estas diferencias sociales, el paisaje urbano de la ciudad de Nueva York cambió radicalmente. En el sur de Manhattan se asentaron fábricas, talleres y viviendas colectivas, mientras que en el norte se emplazaban grandes y ostentosos palacetes. En esta época se construyó el famoso Puente de Brooklyn (1883) y los primeros rascacielos de Nueva York.

La salud y los avances en la Edad Dorada

En cuanto a la sanidad, puede decirse que en esta época la medicina estaba en un desarrollo muy incipiente. Las condiciones eran precarias para la mayoría de la población, ya que no existía un sistema de salud púbica universal. La atención médica dependía de la economía individual de cada uno. Además, principalmente, la medicina realizaba tratamientos poco eficientes e incluso peligrosos en ocasiones.

En esta época, debido a la masiva llegada de emigrantes y la poca preparación de infraestructuras adecuadas para albergar a tantísimas personas, tuvieron lugar graves problemas sanitarios, sobre todo de enfermedades infecciosas. De esta forma, se sucedieron epidemias de tifoidea, cólera y tuberculosis, que, como era de esperar, afectaron especialmente a la clase trabajadora.

Entonces, a partir de la segunda mitad del siglo xix, empezó a desarrollarse la medicina moderna a través de la puesta en práctica de teorías científicas sobre los gérmenes o las bacterias, por ejemplo. Concretamente, en Nueva York se profesionalizaron los trabajadores médicos y se fortalecieron los hospitales. Estos, que antes eran básicamente centros de caridad para los pobres, empezaron a considerarse lugares para desarrollar la investigación y la enseñanza.

Desde el aspecto público, las autoridades crearon organismos dedicados a la inspección sanitaria o la gestión de residuos. Es notoria la fundación en 1866 del Departamento de Salud de Nueva York, uno de los primeros de todo el país, que ponía en el centro del discurso que la medicina e higiene eran un asunto público y no individual.

El Nueva York de la Edad Dorada

El Hospital Bellevue

EN ESTE CONTEXTO es donde aparece el Hospital Bellevue. Es conocido como el hospital público más antiguo de los Estados Unidos y como uno de los hospitales con mas renombre del país, pues trataba a pacientes sin importar su estatus socioeconómico o racial.

Aunque data del siglo XVII (ubicado en lo que es hoy en día City Hall Park), oficialmente se fundó en 1736 con un total de seis camas, lo que refleja el momento histórico en el que se creó, pues la atención médica todavía estaba extremadamente ligada a la asistencia social. En 1798, la ciudad de Nueva York compró la granja Belle Vue (situada en el East River), que pasaría a ser la sede del hospital, y en 1824 la institución fue oficialmente renombrada como Bellevue.

Sin duda, el Hospital Bellevue ha estado, desde sus inicios, en la vanguardia del cuidado al paciente y de la educación médica, como muestra su posterior vinculación con la New York University (NYU).

El Hospital Bellevue se ha labrado una reputación merecida por ayudar a las personas sin hogar, los inmigrantes o las minorías, incluso durante esta Edad Dorada, pero también ha ofrecido sus servicios de salud a los presidentes de Estados Unidos.

Ha sido el escenario de innumerables hitos en la historia de la medicina. Fue el primer hospital en tener una escuela de enfermería para mujeres (inspirada en los principios de Florence Nightingale), una sala de maternidad, una clínica infantil y un servicio de ambulancias con carruajes tirados por caballos.

A lo largo de su historia, ha atendido numerosas epidemias, entre ellas la fiebre amarilla, la tuberculosis, el tifus, el cólera, el síndrome de inmunodeficiencia adquirida e incluso un caso de ébola, más recientemente. También ha sido pionero en la implementación de otros servicios especializados como la psiquiatría, la neurocirugía o la medicina forense.

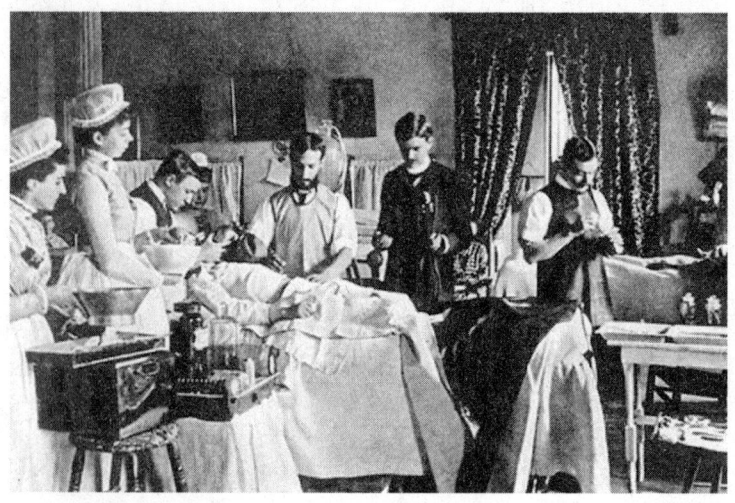

Médicos y enfermeras en el Hospital Bellevue

Sin embargo, no todo eran buenas críticas en sus comienzos. En la sociedad de la Edad Dorada era considerado como un lugar con escasez de recursos y condiciones insalubres, lo que muestra ese contexto de las limitaciones en la medicina pública de la época. Así, es un claro ejemplo de las tensiones entre el progreso científico y la desigualdad de las clases sociales.

Sin duda, el Hospital Bellevue ha recorrido un largo camino desde sus inicios como modesto asilo para pobres hasta alcanzar su gran reputación y convertirse en un referente para la medicina pública. Todo ello siempre con la filosofía de atender a todas las personas que cruzaran sus puertas.

Guía de lectura

Preguntas para el debate

1.- ¿Qué diferencias encuentras entre los primeros tiempos de la profesión de enfermera y la época actual? ¿Y qué similitudes?

2.- ¿Te sorprendieron los requisitos exigidos para solicitar el ingreso en la Escuela de Formación para Enfermeras del Hospital Bellevue?

3.- ¿Cómo han sido tus experiencias con las enfermeras?

4.- En el Nueva York de la Edad Dorada convivían la riqueza y la pobreza extrema. Los ricos vivían en mansiones de inspiración europea a lo largo de Millionaire's Row, mientras que los pobres se hacinaban en casas de vecindad, en las que a veces vivían una docena de personas por habitación. ¿Cómo se refleja esto en la novela? ¿Existe hoy el mismo grado de estratificación de clases sociales?

5.- ¿Cómo influyó la muerte de la madre de Una en su forma de pensar?

6.- La protagonista tiene una lista de normas para sobrevivir en la calle. ¿En qué aspectos le resultan de ayuda?

¿En qué la perjudican? ¿Crees que merece la pena que aplique alguna de esas normas en su nueva vida como enfermera?

7.- ¿Crees que Edwin y Una encajan bien como pareja? ¿Crees que su relación será duradera?

8.- Cuando Edwin le dice a Una que no le importa que se sepa lo de su romance, ella responde: «Para ti es fácil decirlo. Tú no tienes nada que perder». ¿Crees que tiene razón? ¿Qué dinámicas de género están en juego en la novela? ¿Existen esas mismas dinámicas en la actualidad?

9.- ¿Te resultó atractiva la mezcla de historia y ficción? ¿Crees que existen paralelismos con el mundo actual?

10.- ¿Conocías algunas de las prácticas médicas que describe la autora?

11.- El doctor Joseph Lister llegó a Estados Unidos en 1876 para compartir sus ideas sobre la teoría de los gérmenes y la asepsia, pero pasaron varios años antes de que la comunidad médica adoptara plenamente sus ideas. ¿Por qué crees que hubo tanta reticencia? Aparte de la teoría de los gérmenes, ¿qué avances médicos de los últimos ciento cincuenta años consideras que han tenido mayor repercusión en la salud pública?

12.- ¿Cambiarías el final de la novela?

Adéntrate en relatos donde las heroínas de la historia no empuñaron espadas, sino vendas, y donde la curación se convirtió en su forma de resistencia

**Una ciudad medieval francesa. Una terrible plaga.
Y una mujer con el don de curar contra todo pronóstico**

Aviñón, 1347. Eleonor es una joven herbolera con habilidades extraordinarias. Ele conoce a Guigo de Chauliac, el enigmático médico personal del poderoso papa Clemente VI, y llega a un acuerdo con él para que la acepte como aprendiz. Bajo su tutela, perfecciona sus habilidades como sanadora, combinando sus conocimientos de medicina tradicional con anatomía, astrología y técnicas quirúrgicas. Sin embargo, la llegada de la peste negra cambiará el destino de todos ellos.

**Una joven curandera lucha contra las supersticiones
en pleno siglo XVI**

Pirineo catalán, 1522. Núria queda huérfana a los diez años y una
solitaria curandera albina la acoge. La niña pronto descubrirá que tiene
un don especial para procurar remedios naturales, aunque añora a
su familia y no se resigna a la vida aislada. Feliu es un joven sacer-
dote destinado a una aldea remota de los Pirineos que tendrá que
lidiar con los rumores de brujería y con la ambición de un nuevo
arcediano, por lo que se ve obligado a decidir si obedecer o seguir
su conciencia y reunir el coraje necesario para defender a los al-
deanos y hacerle frente.

Durante la epidemia de cólera en 1892, una joven enfermera de Hamburgo lucha por su futuro, su familia y su historia de amor

Hamburgo, 1892. El cólera se adueña de la ciudad y se cobra miles de víctimas. Cuando la madre de Martha muere, es la joven quien debe garantizar la supervivencia de la familia. Consigue hacerse con un puesto de aprendiza en el Hospital de Eppendorf, donde trabaja duro hasta ascender a enfermera quirúrgica. Mientras tanto, Hamburgo se enfrenta también a una convulsa época de cambios políticos: los trabajadores del puerto se declaran en huelga, las mujeres luchan por el derecho al voto y por mejorar sus condiciones de vida. Martha se une al movimiento feminista, mientras trata de desentrañar sus sentimientos por un joven médico.

MELANIE METZENTHIN

La Enfermera del puerto

Una prueba del destino

MAEVA

**El destino de una ciudad, el sueño de una joven,
la historia de una vocación**

Hamburgo, 1913. La enfermera Martha tiene tres hijos maravillosos junto a su gran amor, Paul, un bonito apartamento e incluso una invitación a Estados Unidos para visitar a su amiga Milli. Pero el estallido de la Primera Guerra Mundial impacta también en la ciudad, y los sueños de futuro de Martha se hacen añicos. A pesar de tener cuarenta y un años, Paul es reclutado y Martha tiene que encargarse sola de la supervivencia de su familia en ese período tan difícil. Cuando Paul regresa con graves heridas después de un ataque enemigo, su matrimonio se ve expuesto a una dura prueba.

**Una joven se abre camino en tiempos inciertos.
Hulda Gold investiga la desaparición de un recién nacido
en un humilde barrio de Berlín**

Berlín, otoño de 1923. Hulda Gold se encarga de asistir el parto
de una joven en el barrio judío, sin saber que deberá recurrir a
sus habilidades para la investigación. Días después el recién nacido
desaparece y Hulda sospecha que la familia esconde desde hace
décadas un gran secreto. Al mismo tiempo, la policía busca a varios
niños desaparecidos. ¿Existe una conexión entre ambos sucesos?
Junto con el inspector Karl North, con quien mantiene una relación
llena de altibajos, se embarcará en una peligrosa búsqueda.